Gabriel García Márquez

Nachricht von einer Entführung

Gabriel García Márquez

Nachricht von einer Entführung

Aus dem Spanischen
von Dagmar Ploetz

Büchergilde Gutenberg

Lizenzausgabe für die Büchergilde Gutenberg
Frankfurt am Main und Wien
mit freundlicher Genehmigung des Verlages
Kiepenheuer & Witsch, Köln
Titel der Originalausgabe »Noticia de un secuestro«

Aus dem Spanischen von Dagmar Ploetz

Einbandgestaltung Klaus Detjen, Holm
Gesetzt aus der Walbaum Standard (Berthold)
bei Kalle Giese Grafik, Overath
Druck und Bindearbeiten
Graphischer Großbetrieb Pößneck, GmbH
Printed in Germany 1997
ISBN 3-7632-4637-1

Danksagung

Maruja Pachón und ihr Mann, Alberto Villamizar, haben mir im Oktober 1993 vorgeschlagen, ein Buch zu schreiben über Marujas Erfahrungen während ihrer sechsmonatigen Entführung und über Albertos zähe Bemühungen, sie zu befreien. Ich war mit der ersten Rohfassung schon weit gediehen, als uns klar wurde, daß man diese Entführung unmöglich losgelöst von den anderen neun, die sich zur gleichen Zeit im Land ereigneten, behandeln konnte. Denn in Wirklichkeit waren es nicht – wie wir auf den ersten Blick meinten – zehn verschiedene Entführungen, sondern eine einzige Entführung von zehn sorgfältig ausgewählten Personen, durchgeführt von ein und derselben Firma und mit einem einzigen Ziel.

Diese späte Erkenntnis zwang uns, noch einmal mit neuem Atem und einer neuen Struktur von vorne zu beginnen, damit alle handelnden Personen ihre eigene wohldefinierte Identität und ihren eigenen Bereich hätten. Das labyrinthische Geschehen verlangte nach einer erzähltechnischen Lösung, bei der die Darstellung nicht mühselig und endlos geriet, wie es bei dem ersten Ansatz der Fall gewesen wäre. Allerdings zog sich auf diese Weise die Arbeit, für die ein Jahr vorgesehen war, über fast drei Jahre hin, immer mit der sorgfältigen und sachgemäßen Unterstützung von Maruja und Alberto, deren persönliche Berichte Achse und Leitfaden dieses Buches sind.

Ich habe so viele Betroffene interviewt wie möglich und bei allen die gleiche großzügige Bereitschaft gefunden, den Frieden ihrer Erinnerungen aufzustören und für mich die Wunden wieder zu öffnen, die sie vielleicht vergessen wollten. Ihr

Schmerz, ihre Geduld und ihr Zorn haben mir den Mut gegeben, bei dieser herbstlichen Arbeit auszuharren, der schwierigsten und traurigsten meines Lebens. Bitter für mich ist nur, daß sie alle auf dem Papier nicht mehr als einen fahlen Schatten des Grauens wiederfinden werden, den sie im wirklichen Leben erlitten haben. Das gilt vor allem für die Familien der beiden toten Geiseln – Marina Montoya und Diana Turbay –, und besonders für Dianas Mutter Doña Nydia Quintero de Balcázar; die Gespräche mit ihr waren für mich eine menschlich erschütternde und unvergeßliche Erfahrung.

Dieses Gefühl des Ungenügens teile ich mit zwei Personen, die mit mir im Vertrauen die Arbeit am Bau des Buches durchlitten haben: die Journalistin Luzángela Arteaga, die mit der Hartnäckigkeit und der absoluten Diskretion einer heimlichen Jägerin fast unmögliche Details aufgespürt und eingefangen hat, und Margarita Márquez Caballero, meine Kusine und Privatsekretärin, die sich um die schriftliche Übertragung, die Ordnung, die Überprüfung der Daten gekümmert hat sowie um die Geheimhaltung des verwirrenden Grundlagenmaterials, in dem wir oft glaubten, Schiffbruch zu erleiden.

All den handelnden Personen und allen Mitarbeitern gilt meine ewige Dankbarkeit, weil sie ermöglicht haben, daß dieses bestialische Drama nicht in Vergessenheit gerät, das leider nur ein Moment der alttestamentarischen Feuersbrunst ist, in der sich Kolumbien seit über zwanzig Jahren verzehrt. Ihnen allen und mit ihnen auch allen Kolumbianern – den Schuldigen und den Unschuldigen – widme ich dieses Buch in der Hoffnung, daß uns ein solches nie mehr widerfahren möge.

G. G. M.
Cartagena de Indias, im Mai 1996

1

Bevor sie in den Wagen stieg, schaute sie über die Schulter, um sicher zu sein, daß ihr niemand auflauerte. Es war neunzehn Uhr fünf in Bogotá. Vor einer Stunde war es dunkel geworden, der Parque Nacional war schlecht beleuchtet, und die unbelaubten Bäume hoben sich geisterhaft gegen den trüben und düsteren Himmel ab, aber es war nichts Bedrohliches zu sehen. Trotz ihrer gehobenen Stellung setzte sich Maruja hinter den Chauffeur, weil sie diesen Platz schon immer am bequemsten gefunden hatte. Beatriz stieg bei der anderen Türe ein und setzte sich rechts neben sie. Sie waren in ihrer täglichen Routine fast eine Stunde zu spät dran, und beide sahen nach einem einschläfernden Nachmittag mit drei Managementkonferenzen müde aus. Besonders Maruja, bei der daheim am Abend zuvor gefeiert worden war und die höchstens drei Stunden geschlafen hatte. Sie streckte die steif gewordenen Beine aus, schloß, den Kopf auf der Rückenlehne, die Augen und gab die übliche Anweisung:

»Nach Hause, bitte.«

Sie fuhren wie alle Tage zurück, nahmen aus Sicherheitsgründen, aber auch je nach Verkehrsdichte, mal die eine, mal die andere Route. Der Renault 21 war neu und komfortabel, und der Chauffeur fuhr ihn mit strenger Umsicht. An jenem Abend war die Avenida Circunvalar nach Norden die günstigste Strecke. Die drei Ampeln standen auf Grün, und der Abendverkehr war nicht so stockend wie gewöhnlich. Selbst an den schlimmsten Tagen brauchten sie nur eine halbe Stunde von den Büros bis zu Marujas Haus in der Transversal Tercera, Nr. 84A-42, und dann brachte der Chauffeur Beatriz sieben Straßen weiter zu deren Wohnung.

Maruja stammte aus einer Familie von bedeutenden Intellektuellen, unter denen es seit Generationen Journalisten gab. Sie war selbst Journalistin, und als solche mehrfach ausgezeichnet worden. Seit etwa zwei Monaten war sie Direktorin von Focine, der staatlichen Gesellschaft für Filmförderung. Beatriz, ihre Schwägerin und persönliche Assistentin, war Physiotherapeutin und hatte nach langjähriger Berufspraxis eine Pause eingelegt, um eine Zeitlang etwas anderes zu machen. Bei Focine war sie in erster Linie für die Pressearbeit zuständig. Keine der beiden hatte irgend etwas zu befürchten, doch Maruja hatte sich fast unwillkürlich diesen Blick über die Schulter angewöhnt, nachdem im letzten August der Rauschgifthandel plötzlich und unvorhergesehen begonnen hatte, Journalisten zu entführen.

Die Furcht war berechtigt. Auch wenn der Parque Nacional, als sie vor dem Einsteigen hinter sich schaute, verlassen dazuliegen schien, lauerten ihr acht Männer auf. Einer davon saß am Steuer eines dunkelblauen Mercedes 190 mit gefälschtem Kennzeichen aus Bogotá, der auf der anderen Straßenseite geparkt war. Ein anderer saß am Steuer eines gestohlenen gelben Taxis. Vier Männer in Jeans, Turnschuhen und Lederjacken trieben sich im Schatten des Parks herum. Der siebte war groß und gutaussehend, trug einen Frühjahrsanzug und dazu ein Aktenköfferchen, das seine Erscheinung eines Jungmanagers vervollkommnete. Fünfzig Meter weiter, von einem Eckcafé aus, überwachte der für die Operation Verantwortliche diese erste reale Aktion, die sie seit einundzwanzig Tagen intensiv und peinlich genau geprobt hatten.

Das Taxi und der Mercedes folgten Marujas Wagen in sehr knappem Abstand, so wie sie es schon seit vergangenem Montag machten, um die üblichen Routen herauszufinden. Nach etwa zwanzig Minuten bogen alle in der Calle 82 rechts ab, knapp zweihundert Meter vor dem Klinkergebäude, in dem Maruja mit ihrem Mann und einem ihrer Söhne wohnte. Der Wagen hatte kaum begonnen, den steilen Hang hinaufzufahren, als das gelbe Taxi Marujas Wagen überholte und gegen den linken Bürgersteig drängte, so daß der Chauffeur hart bremsen mußte, um nicht aufzufahren. Fast gleichzeitig stoppte der Mercedes hinter ihm und ließ ihm keine Möglichkeit zurückzusetzen.

Drei Männer stiegen aus dem Taxi und gingen mit entschlossenem Schritt auf Marujas Wagen zu. Der große, gutgekleidete trug eine sonderbare Waffe, die für Maruja wie ein Jagdgewehr mit abgesägtem Kolben aussah und einen Lauf hatte, der so lang und so dick wie ein Fernrohr war. Tatsächlich war es eine 9-mm-Mini UZI mit Schalldämpfer, die man auf Einzel- oder Dauerfeuer von dreißig Kugeln in zwei Sekunden einstellen kann. Die anderen beiden Angreifer waren ebenfalls mit Maschinenpistolen und Revolvern bewaffnet. Maruja und Beatriz konnten nicht sehen, daß aus dem hinter ihnen haltenden Mercedes drei weitere Männer stiegen.

Sie waren so aufeinander eingespielt und handelten so schnell, daß Maruja und Beatriz nur lose Erinnerungsfetzen von den knapp zwei Minuten blieben, die der Überfall dauerte. Fünf Männer umstellten den Wagen und hielten die drei Insassen mit professioneller Effizienz gleichzeitig in Schach. Der sechste, die Maschinenpistole im Anschlag, bewachte die Straße. Maruja erkannte ihre Vorahnung.

»Fahren Sie, Ángel«, schrie sie dem Chauffeur zu. »Fahren Sie auf den Gehsteig, ganz egal, aber fahren Sie los.«

Ángel war wie versteinert, hätte aber so oder so nicht genügend Platz gehabt, zwischen dem Taxi vorn und dem Mercedes hinten auszuscheren. Voller Angst, daß die Männer zu schießen beginnen könnten, klammerte sich Maruja an ihre Handtasche wie an einen Rettungsring, duckte sich hinter den Sitz des Chauffeurs und rief Beatriz zu:

»Werfen Sie sich auf den Boden.«

»Ich denk nicht dran«, flüsterte Beatriz. »Auf dem Boden töten sie uns.«

Sie bebte, blieb aber gefaßt. Da sie überzeugt war, es handele sich nur um einen Raubüberfall, zog sie sich mühsam die zwei Ringe von der rechten Hand, warf sie aus dem Wagenfenster und dachte: »Sollen sie doch dran ersticken.« Aber es blieb ihr nicht genug Zeit, auch noch die zwei Ringe von der linken Hand zu ziehen. Maruja, hinter dem Sitz zusammengekauert, dachte nicht einmal daran, daß sie, passend zu den Ohrringen, einen Ring mit Diamanten und Smaragden trug.

Zwei Männer öffneten Marujas Tür und zwei andere die von Beatriz. Der fünfte feuerte durch die Scheibe auf den Kopf des Chauffeurs, ein Schuß, der sich durch den Schalldämpfer nur wie ein Seufzer anhörte. Dann öffnete der Mann die Tür des Fahrers, zog diesen mit einem Ruck heraus und gab, als er auf dem Boden lag, noch drei weitere Schüsse auf ihn ab. Es war ein eingetauschtes Schicksal: Ángel María Roa war erst seit drei Tagen Marujas Chauffeur und übte sich in seiner neuen Würde mit dem dunklen Anzug, dem gestärkten Hemd und der schwarzen Krawatte der Fahrer des Ministeriums. Sein Vorgänger, auf eigenen Wunsch in der vergangenen Woche ausgeschieden, war zehn Jahre lang der Cheffahrer von Focine gewesen.

Maruja erfuhr erst sehr viel später von dem Anschlag auf den Chauffeur. Von ihrem Versteck aus nahm sie nur den plötzlichen Lärm der zersplitternden Scheibe wahr und gleich darauf fast über ihr einen gebieterischen Schrei: »Sie suchen wir, Señora. Steigen Sie aus!« Eine eiserne Klaue schloß sich um ihren Arm und zerrte sie aus dem Wagen. Sie wehrte sich, solange sie konnte, fiel hin, schürfte sich ein Bein auf, aber die beiden Männer hoben sie auf und trugen sie bis zu dem Auto, das hinter dem ihren stand. Keiner bemerkte, daß Maruja ihre Tasche umklammerte.

Beatriz, die lange und harte Nägel hat und militärisch gut ausgebildet ist, widersetzte sich, als der junge Mann sie aus dem Wagen ziehen wollte. »Mich fassen Sie nicht an!« schrie sie. Er zuckte zusammen, und Beatriz merkte, daß er genauso nervös war wie sie und zu allem fähig. Sie änderte den Ton.

»Ich steige selbst aus«, sagte sie zu ihm. »Sagen Sie, was ich tun soll.«

Der junge Mann zeigte auf das Taxi.

»Steigen Sie in das Auto, und werfen Sie sich auf den Boden«, sagte er. »Schnell!«

Die Türen standen offen, der Motor lief, und der Fahrer saß reglos auf seinem Platz. Beatriz legte sich, so gut es ging, hinten auf den Boden. Der Entführer deckte sie mit seiner Jacke zu, ließ sich auf dem Sitz nieder und stellte die Füße auf sie. Zwei weitere Männer stiegen ein: einer neben dem Fahrer und einer dahinter. Der Fahrer wartete, bis die zwei Türen gleichzeitig zugeschlagen wurden, und startete rüttelnd in Richtung Norden auf die Avenida Circunvalar. Erst da merkte Beatriz, daß sie die Tasche auf dem Wagensitz vergessen hatte, aber es war zu spät. Noch unerträglicher als die Angst und die Unbequemlichkeit war ihr der Ammoniakgestank der Jacke.

Der Mercedes, in den sie Maruja verfrachtet hatten, war eine Minute zuvor in eine andere Richtung gestartet. Man hatte sie hinten in die Mitte gesetzt, mit einem Mann auf jeder Seite. Der auf der linken zwang sie, den Kopf auf seine Knie zu legen, in einer so unbequemen Haltung, daß sie kaum atmen konnte. Neben dem Fahrer saß ein Mann, der sich mit dem anderen Wagen über ein primitives Funktelefon verständigte. Maruja war besonders verwirrt, weil sie nicht wußte, in was für einem Wagen sie fuhr – sie hatte nicht mitbekommen, daß das Auto hinter dem ihren gestanden hatte –, doch sie spürte, daß es neu und bequem war, und womöglich gepanzert, weil der Straßenlärm nur gedämpft, wie das Rauschen von Regen, zu hören war. Sie konnte nicht atmen, das Herz schlug ihr bis zum Hals, und sie glaubte zu ersticken. Der Mann neben dem Fahrer, der als Chef auftrat, bemerkte ihre Beklemmung und versuchte sie zu beschwichtigen.

»Nur ruhig«, sagte er über die Schulter. »Wir nehmen Sie mit, damit Sie ein Kommuniqué übergeben. In ein paar Stunden sind Sie wieder zu Hause. Aber wenn Sie sich bewegen, ergeht es Ihnen schlecht, also immer schön ruhig.«

Auch der Mann, auf dessen Knien sie lag, versuchte sie zu beschwichtigen. Maruja atmete tief ein und durch den Mund aus, und begann sich zu erholen. Die Situation änderte sich ein paar Straßen weiter, als der Wagen bei einer großen Steigung in einen Stau geriet.

Der Mann am Funktelefon begann unmögliche Befehle zu schreien, die der Fahrer des anderen Autos nicht zu befolgen vermochte. Mehrere Krankenwagen saßen irgendwo auf der Autobahn fest, und der Lärm von ihren Sirenen und die ohrenbetäubenden Pfeiftöne hätten jeden verrückt gemacht, der schwache Nerven hatte. Und die der Entführer waren schwach, zumindest in diesem Augenblick. Als der Fahrer versuchte, sich mit dem Wagen durchzuschlängeln, war er so aufgeregt, daß er ein Taxi anfuhr. Es war nicht mehr als ein Stoß, aber der Taxifahrer schrie etwas, was die Nervosität aller noch steigerte. Der Mann mit dem Funktelefon gab den Befehl weiterzufahren, egal wie, und der Wagen entkam über Gehsteige und unbebaute Grundstücke.

Als sie das Hindernis hinter sich gelassen hatten, ging es wieder bergauf. Maruja hatte den Eindruck, daß sie Richtung La Calera fuhren, ein zu jener Tageszeit sehr belebter Platz am Berghang. Ihr fiel plötzlich ein, daß sie in der Jackentasche noch Kardamomsamen hatte, ein natürliches Beruhigungsmittel, und sie bat ihre Entführer, diese kauen zu dürfen. Der Mann zu ihrer Rechten half ihr, in der Jackentasche nach den Samen zu suchen, und bemerkte dabei, daß Maruja ihre Handtasche an sich drückte. Man nahm sie ihr weg, gab ihr aber das Kardamom. Maruja versuchte, sich die Entführer genau anzusehen, doch das Licht war zu schwach. Sie wagte zu fragen: »Wer sind Sie?« Der mit dem Funktelefon antwortete mit gemächlicher Stimme:

»Wir sind vom M-19.«

Das war Unsinn, denn der M-19 arbeitete bereits in der Legalität und führte gerade eine Kampagne, um in die Verfassunggebende Versammlung zu kommen.

»Im Ernst: Sind Sie vom Drogenhandel oder von der Guerrilla?«

»Von der Guerrilla«, sagte der Mann vorne. »Aber keine Sorge, wir brauchen Sie nur für eine Botschaft. Im Ernst.«

Er unterbrach sich und gab den Befehl, Maruja auf den Boden zu stoßen, weil sie durch eine Polizeisperre fahren mußten. »Sie bewegen sich jetzt nicht und sagen nichts, sonst töten wir Sie«, sagte er. Sie spürte den Lauf eines Revolvers in der Seite, und der Mann neben ihr sagte abschließend:

»Wir haben schon auf Sie angelegt.«

Es waren zehn endlose Minuten. Maruja nahm ihre ganze Kraft zusammen, kaute die Kardamomkörner, die sie allmählich wiederbelebten, konnte jedoch wegen ihrer Lage weder etwas sehen noch hören, was mit dem Posten gesprochen wurde, falls überhaupt etwas gesagt wurde. Maruja hatte den Eindruck, daß sie ohne Fragen durchgekommen waren. Sie war sich jetzt dessen sicher, daß sie, wie anfangs vermutet, in Richtung La Calera fuhren, und das erleichterte sie etwas. Sie versuchte nicht, sich aufzurichten, da sie so bequemer lag als mit dem Kopf auf den Knien des Mannes. Das Auto fuhr über einen Lehmweg und blieb etwa fünf Minuten später stehen. Der Mann mit dem Funktelefon sagte:

»Wir sind da.«

Kein Licht war zu sehen. Sie legten Maruja eine Jakke über den Kopf und ließen sie gebückt aussteigen, so daß sie nur ihre eigenen Füße sah, die erst über einen Hof und dann wohl durch eine geflieste Küche schritten. Als man ihr die Jacke vom Kopf nahm, sah sie, daß sie sich in einem Zimmerchen befanden, etwa zwei mal drei Meter groß, auf dem Boden lag eine Matratze und von der Decke hing eine rote Birne. Einen Augenblick später kamen zwei Männer herein, mit einer Art Mütze maskiert, die in Wirklichkeit das Bein einer Trainingshose war, in das für Augen und Mund drei Löcher geschnitten waren. Von nun an bekam Maruja die ganze Gefangenschaft über keine Gesichter mehr zu sehen.

Sie merkte, daß die zwei Männer, die sich um sie kümmerten, nicht die Entführer waren. Sie hatten abgetragene und schmuddelige Kleidung, waren kleiner als Maruja, die 1,67 mißt, und hatten junge Körper und Stimmen. Einer von ihnen befahl Maruja, den Schmuck abzugeben. »Aus Sicherheitsgründen«, sagte er. »Dem passiert hier nichts.« Maruja gab ihm den Smaragdring mit den winzigen Diamanten, aber nicht die Ohrringe.

Im anderen Wagen konnte Beatriz sich keine Vorstellung von dem eingeschlagenen Weg machen. Sie lag die ganze Zeit über auf dem Boden und erinnerte sich später nicht daran, einen so steilen Hang wie zu La Calera hinaufgefahren zu sein, sie waren auch an keiner Sperre vorbeigekommen, möglicherweise hatten aber nur die Taxis nicht anhalten müssen. Die Stimmung auf der Fahrt war wegen des chaotischen Verkehrs äußerst angespannt. Der Fahrer schrie ins Funktelefon, daß er nicht über die anderen Autos springen könne, fragte, was er tun solle, und das machte die im vorderen Wagen noch nervöser, so daß sie ihm unterschiedliche und widersprüchliche Anweisungen gaben.

Beatriz lag mit einem abgeknickten Bein höchst unbequem und war von dem Gestank der Jacke betäubt. Sie versuchte, es sich bequemer zu machen. Ihr Wächter meinte, sie wolle rebellieren, und sagte besänftigend: »Nur ruhig, mein Schatz, dir passiert nichts. Du überbringst nur eine Nachricht.« Als er endlich begriffen hatte, daß ihr Bein falsch lag, half er ihr dabei, es auszustrecken, und war nicht mehr so schroff. Am wenigsten konnte Beatriz ertragen, daß er sie »mein Schatz« nannte, und diese Dreistigkeit war fast beleidigender als der Gestank der Jacke. Doch je mehr er versuchte, sie zu beruhigen, desto überzeugter war sie davon, daß man sie töten würde. Sie schätzte, daß die Fahrt nicht länger als vierzig Minuten gedauert hatte, es mußte also etwa Viertel vor acht gewesen sein, als sie das Haus erreichten.

Ihre Ankunft verlief genau wie die von Maruja. Man legte ihr die übelriechende Jacke über den Kopf und führte sie mit der Ermahnung, nur nach unten zu schauen, an der Hand. Sie sah dasselbe wie Maruja: den Hof, den Fliesenboden, schließlich zwei Treppenstufen. Man wies sie an, nach links zu gehen, und nahm ihr dann die Jacke vom Kopf. Da saß Maruja auf einem Schemel, bleich unter dem roten Licht der einzigen Glühbirne.

»Beatriz!« rief Maruja. »Sie hier?«

Maruja wußte nicht, was mit Beatriz geschehen war, hatte aber gedacht, daß man sie freigelassen hätte, da sie nichts mit alldem zu tun hatte. Als sie jedoch die Schwägerin dort sah, überkam sie große Freude, nicht allein zu sein, und gleichzeitig eine maßlose Traurigkeit, weil auch Beatriz entführt worden war. Sie umarmten einander, als hätten sie sich lange nicht gesehen.

Kaum vorstellbar, daß die beiden in dem elenden Zimmer würden überleben können, zusammen auf einer Matratze am Boden schlafend, während die beiden maskierten Wächter sie nicht einen Moment aus den Augen verlören. Ein weiterer maskierter Mann, elegant, stattlich, mindestens 1,80 groß, den die anderen den *Doctor* nannten, übernahm nun das Kommando mit dem Gehabe des großen Bosses. Beatriz wurden die Ringe von der linken Hand abgezogen. Die Männer merkten aber nicht, daß sie eine goldene Halskette mit einem Marienanhänger trug.

»Dies ist eine militärische Operation, und Ihnen wird nichts passieren«, sagte der *Doctor* und wiederholte: »Wir haben Sie nur hergebracht, damit Sie der Regierung ein Kommuniqué überbringen.«

»Wer hält uns gefangen?« fragte ihn Maruja.

Er zog die Schultern hoch. »Das ist jetzt unwichtig«, sagte er. Er hob seine Maschinenpistole, damit sie die gut sahen, und fuhr fort: »Aber ich möchte Ihnen eins sagen: Das hier ist eine Maschinenpistole mit Schalldämpfer, niemand weiß, wo und bei wem Sie sind. Sollten Sie schreien oder sonst irgend etwas anstellen, gehen Sie in einer Minute über den Jordan, und keiner hört je wieder etwas von Ihnen.« Die beiden Frauen hielten in Erwartung des Schlimmsten die Luft an. Doch nach all den Drohungen wandte sich der Chef an Beatriz.

»Wir trennen Sie beide jetzt, und Sie kommen frei«, sagte er zu ihr. »Sie sind irrtümlicherweise hergebracht worden.«

Beatriz reagierte sofort.

»O nein«, sagte sie ohne jedes Zögern. »Ich bleibe bei Maruja.«

Das war eine so mutige und großherzige Entscheidung, daß sogar der Entführer ohne einen Schimmer von Ironie rief: »Was haben Sie nur für eine treue Freundin, Doña Maruja.« Dankbar und bestürzt bestätigte diese das und dankte Beatriz. Daraufhin fragte der *Doctor*, ob sie etwas essen wollten. Beide verneinten. Sie baten um Wasser, weil sie einen trockenen Mund hatten. Man brachte ihnen Limonade. Maruja, die gewöhnlich immer eine brennende Zigarette in der Hand und eine Packung und ein Feuerzeug in Reichweite hält, hatte die Fahrt über nicht geraucht. Sie bat darum, ihre Tasche, in der sie die Zigaretten hatte, zurückzubekommen, aber der Mann gab ihr eine von seinen.

Beide Frauen wollten auf die Toilette. Beatriz ging zuerst, mit einem zerfetzten und dreckigen Lumpen über dem Kopf. »Schauen Sie auf den Boden«, befahl ihr jemand. An der Hand wurde sie durch einen engen Gang bis zu einem winzigen Abort geführt, der in sehr schlechtem Zustand war und ein trauriges Fensterchen zur Nacht hin hatte. Die Tür war von innen nicht zu verriegeln, schloß aber gut, so daß Beatriz auf die Toilettenschüssel kletterte und durch das Fenster schaute. Das einzige, was sie im Licht eines Laternenpfostens sah, war ein mit roten Ziegeln gedecktes Lehmhäuschen und eine Wiese davor, wie man es oft an den Feldwegen durch die Grasebene sieht.

Als sie ins Zimmer zurückkehrte, fand sie eine völlig veränderte Situation vor. »Wir haben gerade erfahren, wer Sie sind, und Sie können uns auch von Nutzen sein«, sagte der *Doctor* zu ihr. »Sie bleiben bei uns.« Sie hatten es im Radio gehört, das eben die Entführung gemeldet hatte.

Der Journalist Eduardo Carrillo, der für die amtlichen Informationen in Radio Cadena Nacional (RCN) verantwortlich war, besprach gerade etwas mit einer Militärstelle, als diese über Funk die Nachricht von der Entführung erhielt. Die Nachricht wurde augenblicklich ohne weitere Einzelheiten gesendet. Auf diese Weise hatten die Entführer die Identität von Beatriz erfahren.

Der Rundfunk meldete außerdem, daß der Chauffeur des angefahrenen Taxis zwei Nummern des Kennzeichens und die allgemeinen Merkmale des Autos, das seines beschädigt hatte, notiert habe. Die Polizei rekonstruiere den Fluchtweg. Dieses Haus war also für alle gefährlich geworden, und sie mußten es sofort verlassen. Schlimmer noch: Die Geiseln mußten jetzt in einem anderen Wagen, und zwar im Kofferraum, transportiert werden.

Die Einwände der beiden waren fruchtlos, die Entführer wirkten genauso verstört wie sie selbst und verbargen es auch nicht. Maruja bat um etwas Alkohol, denn der Gedanke, im Kofferraum zu ersticken, machte ihr angst.

»Wir haben hier keinen Alkohol«, sagte der *Doctor* barsch. »Sie kommen in den Kofferraum, nichts zu machen. Beeilen Sie sich.«

Man zwang die Frauen, die Schuhe auszuziehen und in der Hand zu tragen, während sie durch das Haus zur Garage geführt wurden. Dort nahm man ihnen die Jacken vom Kopf, und die Männer packten die Geiseln, ohne Gewalt anzuwenden, in Fötalposition in den Kofferraum. Der war groß genug und gut belüftet, weil man die Gummidichtungen entfernt hatte. Bevor der *Doctor* ihn schloß, versetzte er ihnen noch einen Schrecken.

»Wir haben zehn Kilo Dynamit dabei«, sagte er. »Sobald ihr anfangt zu schreien, zu husten oder zu heulen, steigen wir aus und jagen das Auto in die Luft.«

Erstaunt und erleichtert stellten sie fest, daß durch die Schweißnähte des Kofferraums wie aus einer Klimaanlage ein Strom kalter und reiner Luft drang. Das Gefühl, ersticken zu müssen, wich, und zurück blieb nur die Ungewißheit. Maruja verkroch sich in sich selbst, eine Haltung, die man mit völliger Selbstaufgabe hätte verwechseln können, die aber tatsächlich ihr Zaubermittel war, um der Unruhe Herr zu werden. Beatriz hingegen, von einer unstillbaren Neugierde getrieben, rutschte näher an den Lichtspalt der schlecht justierten Kofferraumklappe heran. Durch die Rückscheibe sah sie die Insassen des Wagens: zwei Männer auf dem Rücksitz und eine langhaarige Frau neben dem Fahrer mit einem etwa zweijährigen Kind. Rechts sah sie die große gelbleuchtende Reklametafel eines bekannten Einkaufszentrums. Kein Zweifel: Es war die Autobahn nach Norden, die über eine längere Strecke beleuchtet war, und dann kam die völlige Dunkelheit eines ungeteerten Wegs, auf dem der Wagen die Geschwindigkeit drosselte. Nach etwa fünfzehn Minuten blieb er stehen.

Das mußte wieder eine neue Sperre sein. Man hörte Stimmengewirr, das Geräusch anderer Autos, Musik, aber es war so dunkel, daß Beatriz nichts erkennen konnte. Maruja wurde munter und aufmerksam, in der Hoffnung, daß es sich um einen Kontrollposten handelte, wo man die Männer zwingen würde, den Kofferraum zu öffnen. Nach etwa fünf Minuten fuhr das Auto wieder an und einen Steilhang empor, doch diesmal hatten sie keine Vermutungen über den eingeschlagenen Weg. Etwa zehn Minuten später hielt der Wagen, und der Kofferraum wurde geöffnet. Wieder verhüllte man ihnen den Kopf und half ihnen, im Finstern auszusteigen.

Zusammen legten sie, den Blick auf den Boden gerichtet, eine Strecke zurück, die der im anderen Haus vergleichbar war. Sie wurden von den Entführern durch einen Flur geleitet, durch eine Diele, wo andere Menschen sich flüsternd unterhielten, und schließlich zu einem Zimmer. Bevor er sie eintreten ließ, bereitete der *Doctor* sie vor:

»Sie werden jetzt einer guten Bekannten begegnen«, sagte er zu ihnen.

Das Licht im Zimmer war so schwach, daß es eine Zeitlang dauerte, bis sich die Augen daran gewöhnt hatten. Der Raum war höchstens zwei mal drei Meter und hatte nur ein vernageltes Fenster. Auf einer schmalen Matratze auf dem Boden saßen zwei Kapuzenmänner, denen ähnlich, die im anderen Haus zurückgeblieben waren, und schauten gebannt auf den Fernseher. Alles war düster und bedrückend. In der Ecke links von der Türe saß auf einem schmalen Eisenbett eine Frau wie ein Gespenst, das Haar weiß und matt, die Augen blicklos, das Gesicht nur Haut und Knochen. Durch keine Regung verriet sie, ob sie die andern hatte eintreten hören; sie sah nicht auf, sie atmete nicht. Nichts: Eine Leiche hätte nicht so tot aussehen können. Maruja überwand den Schock.

»Marina«, flüsterte sie.

Es war Marina Montoya, die vor fast drei Monaten entführt und für tot gehalten worden war. Don Germán Montoya, ihr Bruder, war Leiter des Regierungsbüros unter Präsident Virgilio Barco gewesen und von diesem mit großen Machtbefugnissen ausgestattet worden. Die Rauschgifthändler hatten einen seiner Söhne, Álvaro Diego, den Geschäftsführer einer bedeutenden

Versicherungsgesellschaft, entführt, um damit bei Verhandlungen Druck auf die Regierung auszuüben. Die gängige, jedoch nie bestätigte Version war, daß er nach kurzer Zeit dank einer Geheimabmachung frei kam, die dann von der Regierung nicht eingehalten wurde. Neun Monate später konnte die Entführung seiner Tante Marina nur als infame Repressalie gedeutet werden, da Marina zu diesem Zeitpunkt schon keinen Tauschwert mehr hatte. Die Regierung Barco war nicht mehr im Amt und Germán Montoya kolumbianischer Botschafter in Kanada. Nach allgemeiner Überzeugung hatte man Marina nur entführt, um sie zu töten.

Nach der ersten Aufregung über die Entführung, die zu einer Mobilisierung der Öffentlichkeit im In- und Ausland führte, verschwand Marinas Name aus den Zeitungen. Maruja und Beatriz kannten sie gut, aber es war nicht leicht, sie wiederzuerkennen. Die Tatsache, daß sie in dasselbe Zimmer gebracht wurden, bedeutete für sie vom ersten Augenblick an, daß sie sich in der Zelle der Todeskandidaten befanden. Marina regte sich nicht. Maruja drückte ihr die Hand, und ein Schauder durchfuhr sie. Marinas Hand war weder kalt noch warm und reagierte nicht.

Die Erkennungsmelodie der Nachrichten löste sie aus ihrer Erstarrung. Es war halb zehn Uhr abends am 7. November 1990. Eine halbe Stunde zuvor hatte der Journalist Hernán Estupiñán von den Nationalen Nachrichten durch einen Freund bei Focine von der Entführung erfahren und war an den Tatort geeilt. Er war noch nicht mit allen Informationen in seinem Büro zurück, als der Regisseur und Moderator Javier Ayala die Sendung statt mit dem Vorspann mit dieser dringenden Meldung begann: *Die Generaldirektorin von Focine, Doña Maruja Pachón de Villamizar, Gattin des bekannten Politikers Alberto Villamizar, sowie dessen Schwester, Beatriz Villamizar de Guerrero, wurden heute um halb acht Uhr abends entführt.* Die Absicht schien klar: Maruja war die Schwester von Gloria Pachón, der Witwe von Luis Carlos Galán, jenem jungen Journalisten, der 1979 die Bewegung Nuevo Liberalismo gegründet hatte, um die verkommenen politischen Sitten der Liberalen zu erneuern und die Partei zu modernisieren, und er hatte sich besonders ernsthaft und energisch gegen den Drogenhandel und für die Auslieferung von kolumbianischen Staatsbürgern engagiert.

2

Das erste Familienmitglied, das von der Entführung erfuhr, war Dr. Pedro Guerrero, der Mann von Beatriz. Er befand sich gerade in einem Zentrum für Psychotherapie und Sexualität, etwa zehn Block entfernt, und hielt einen Vortrag über die Evolution der Arten, von den Vitalfunktionen der Einzeller bis zu den menschlichen Emotionen und Affekten. Er wurde von dem Anruf eines Polizeioffiziers unterbrochen, der ihn in dienstlichem Ton fragte, ob er Beatriz Villamizar kenne. »Klar«, antwortete Dr. Guerrero. »Sie ist meine Frau.« Der Offizier schwieg kurz und sagte dann in einem menschlicheren Ton: »Gut, machen Sie sich keine Sorgen.« Dr. Guerrero hätte kein promovierter Psychiater sein müssen, um zu begreifen, daß dieser Satz die Einleitung zu etwas sehr Ernstem war.

»Aber was ist denn passiert?«

»Ein Chauffeur ist an der Ecke Carrera Quinta und Calle 85 ermordet worden«, sagte der Offizier. »In einem Renault 21, hellgrau, mit dem Kennzeichen PS-2034 aus Bogotá. Kennen Sie die Nummer?«

»Keine Ahnung«, sagte Dr. Guerrero ungeduldig. »Sagen Sie mir, was Beatriz passiert ist.«

»Bis jetzt können wir Ihnen nur sagen, daß sie verschwunden ist«, sagte der Offizier. »Wir haben ihre Handtasche auf dem Autositz gefunden und darin ein Notizbuch mit der Eintragung, daß in einem Notfall Sie angerufen werden sollen.«

Kein Zweifel. Dr. Guerrero selbst hatte seiner Frau geraten, eine solche Anweisung in ihr Notizbuch zu schreiben. Er kannte zwar die Nummer der Kennzeichen nicht, aber die Beschreibung traf auf Marujas Wagen zu. Der Tatort des Verbrechens lag wenige Schritte von ihrer Wohnung entfernt, wo Beatriz immer Halt machte, bevor sie nach Hause kam. Dr. Guerrero unterbrach den Vortrag mit einer hastigen Erklärung. Sein Freund, der Urologe Alonso Acuña, fuhr ihn in fünfzehn Minuten durch den teuflischen Abendverkehr um sieben Uhr zum Ort des Überfalls.

Alberto Villamizar, Ehemann von Maruja Pachón und Bruder von Beatriz, der sich nur zweihundert Meter vom Entführungsort entfernt befand, erfuhr von dem Überfall durch einen internen Anruf des Portiers. Villamizar war um vier Uhr nach einem Nachmittag bei *El Tiempo* heimgekommen, wo er an der Kampagne für die Verfassunggebende Versammlung gearbeitet hatte, deren Mitglieder im Dezember gewählt werden sollten, und er war dann, müde vom Vortag, angekleidet eingeschlafen. Kurz vor sieben kam sein Sohn Andrés heim, zusammen mit Gabriel, dem Sohn von Beatriz, der seit Kinderzeiten sein bester Freund ist. Auf der Suche nach der Mutter schaute Andrés ins Schlafzimmer und weckte dadurch Alberto. Dieser staunte darüber, daß es dunkel war, schaltete das Licht an und stellte noch verschlafen fest, daß es kurz vor sieben war. Maruja war noch nicht da.

Es war eine seltsame Verspätung. Sie und Beatriz kamen immer früher zurück, selbst dann, wenn sie in einen Stau gerieten, und wenn es einmal zu einer unvorhergesehenen Verspätung kam, gaben sie telefonisch Bescheid. Außerdem hatte Maruja mit ihrem Mann verabredet, sich um fünf daheim zu treffen. Alberto war besorgt und bat Andrés darum, bei Focine anzurufen, wo ihm die Aufsicht sagte, Maruja und Beatriz seien etwas verspätet abgefahren und müßten jede Minute ankommen. Villamizar war in der Küche, um Wasser zu trinken, als das Telefon läutete. Andrés hob ab. Schon an seiner Stimme erkannte Alberto, daß es ein beunruhigender Anruf war. In der Tat: An der Straßenecke war etwas mit einem Auto passiert, das wie Marujas Wagen aussah. Die Darstellung des Portiers war konfus.

Alberto bat Andrés, zu Hause zu bleiben, falls jemand anriefe, und verließ in aller Eile die Wohnung. Gabriel folgte ihm. Sie hatten nicht die Nerven, um auf den besetzten Aufzug zu warten, und stürzten die Treppe hinunter. Der Portier rief ihnen noch nach:

»Es soll einen Toten gegeben haben.«

Auf der Straße sah es nach einem Fest aus. Die Nachbarn schauten aus den Fenstern der Wohnhäuser, und die Autos, die an der Circunvalar festsaßen, machten einen Riesenlärm. An der Ecke versuchte eine Einsatzpatrouille der Polizei zu verhindern, daß die Neugierigen sich dem verlassenen Auto näherten. Villamizar war überrascht darüber, daß Dr. Guerrero vor ihm angekommen war.

Es war tatsächlich Marujas Wagen. Seit der Entführung war mindestens eine halbe Stunde vergangen, und es waren nur noch die Spuren zu sehen: die von einem Geschoß zerstörte Scheibe auf der Fahrerseite, der Blutfleck und der Glasregen auf dem Sitz und ein feuchter Schatten auf dem Asphalt, von wo man den Chauffeur, der noch lebte, gerade weggetragen hatte. Alles übrige war sauber und in Ordnung.

Der Polizeioffizier, effizient und förmlich, gab Villamizar die Informationen, die von den wenigen Zeugen geliefert worden waren. Sie waren bruchstückhaft und ungenau, zum Teil widersprüchlich, ließen jedoch keinen Zweifel daran, daß es sich um eine Entführung handelte und daß der Chauffeur der einzige Verletzte gewesen war. Alberto wollte wissen, ob dieser noch Aussagen gemacht hatte, die irgendeinen Hinweis gaben. Nein, es war nicht dazu gekommen: Er lag im Koma, und niemand wußte, wohin man ihn gefahren hatte.

Dr. Guerrero hingegen, gleichsam betäubt von dem Schock, schien nicht zu ermessen, wie ernst es stand. Bei seiner Ankunft hatte er die Handtasche von Beatriz erkannt, ihr Schminktäschchen, den Kalender, ein Lederetui mit dem Personalausweis, ihr Portemonnaie mit zwölftausend Pesos und der Kreditkarte, und war zu dem Schluß gekommen, daß nur seine Frau entführt worden war.

»Schau doch, Marujas Tasche ist nicht da«, sagte er zu seinem Schwager. »Vielleicht saß sie gar nicht im Wagen.«

Womöglich war das auch eine berufsbedingte Zartfühligkeit, um den Schwager abzulenken, bis beide wieder zu Atem gekommen waren. Aber Alberto war nicht ansprechbar. Ihn interessierte jetzt nur, ob im und um den Wagen herum nicht vielleicht noch anderes Blut als das des Chauffeurs war, denn er wollte sicher sein, daß keine der beiden Frauen verletzt war. Alles übrige war für Alberto klar, und er hatte fast so etwas wie ein Schuldgefühl, weil er nicht vorausgesehen hatte, daß es zu dieser Entführung kommen könnte. Jetzt war er absolut davon überzeugt, daß diese Tat sich gegen ihn persönlich richtete, und er wußte, wer sie durchgeführt hatte und warum.

Er war gerade gegangen, als die Rundfunksendungen mit der Nachricht unterbrochen wurden, daß Marujas Chauffeur in dem Privatwagen verstorben war, der ihn in die Klinik beim Country Club gefahren hatte. Kurz darauf traf der Journalist Guillermo Franco, der Gerichtsreporter von *Caracol Radio*, ein, alarmiert von der knappen Meldung eines Schußwechsels, fand aber nur noch das verlassene Auto vor. Vom Fahrersitz sammelte er einige Glassplitter und ein blutbeflecktes Zigarettenpapier auf und legte alles in ein durchsichtiges Schächtelchen, das mit Nummer und Datum versehen war. Das Schächtelchen wurde noch an jenem Abend Teil der reichhaltigen Reliquiensammlung, die Franco in seinen langen Berufsjahren ergänzend zur Gerichtschronik angelegt hat.

Der Polizeioffizier begleitete Villamizar zurück nach Hause und verhörte ihn dabei formlos, um etwas zu erfahren, was für die Untersuchung hilfreich sein könnte, doch Villamizar dachte bei seinen Antworten nur an die harten und langen Tage, die ihm bevorstanden. Als erstes unterrichtete er Andrés über seine Entschlüsse. Er bat ihn, die Leute zu empfangen, die einzutreffen begannen, damit er selbst dringende Telefonate erledigen und seine Gedanken ordnen könne. Er schloß sich ins Schlafzimmer ein und wählte die Nummer des Präsidentenpalastes.

Er hatte einen sehr guten politischen und persönlichen Kontakt zu Präsident César Gaviria, und dieser kannte ihn als einen impulsiven, aber herzlichen Menschen, der auch noch in den schwierigsten Situationen einen kühlen Kopf bewahren konnte. Daher überraschte den Präsidenten, wie erschüttert und barsch ihm Villamizar mitteilte, daß seine Frau und seine Schwester entführt worden seien, und wie er ohne Floskeln schloß:

»Sie stehen mir für ihr Leben ein.«

César Gaviria kann sehr schroff sein, wenn er es für nötig hält, und damals hielt er es für nötig.

»Hören Sie mir gut zu, Alberto«, sagte er kurz angebunden. »Es wird alles getan, was getan werden muß.«

Ebenso kühl teilte er ihm dann mit, daß er sogleich

seinen Sicherheitsberater Rafael Pardo Rueda anweisen werde, sich um die Angelegenheit zu kümmern und die Regierung ständig über die Lage zu informieren. Der Lauf der Dinge sollte beweisen, daß es sich um eine richtige Entscheidung handelte.

Es kamen massenweise Journalisten zu Villamizar. Dieser wußte von anderen Entführungsfällen, daß die Geiseln Radio hören und Fernsehen durften, und formulierte aus dem Stegreif eine Botschaft, in der er forderte, Maruja und Beatriz, zwei aufrechten Frauen, die nichts mit dem Krieg zu tun hatten, mit Anstand zu begegnen, und er kündigte an, daß er ab sofort seine ganze Zeit und seine ganze Energie darauf verwenden werde, sie freizubekommen.

Als einer der ersten erschien General Miguel Maza Márquez, Leiter der Abteilung für Innere Sicherheit (DAS), der von Amts wegen für die Ermittlungen in dem Entführungsfall zuständig war. Der General hatte dieses Amt vor sieben Jahren unter der Regierung von Belisario Betancur angetreten, es unter dem Präsidenten Virgilio Barco weiter ausgeübt und war gerade von César Gaviria erneut bestätigt worden. Eine unbekannte Überlebensdauer in einem Amt, in dem man es kaum jemandem recht machen kann, schon gar nicht in den härtesten Jahren des Kampfs gegen den Drogenhandel. Mittelgroß und fest, wie aus Stahl gegossen, mit dem Stiernacken seiner kriegerischen Rasse, ist der General ein Mann des langen und düsteren Schweigens, kann aber im Freundeskreis auch zwanglos fröhlich sein: ein echter Guajiro. In seinem Beruf allerdings kannte er kein Wenn und Aber. Für ihn war der Krieg gegen den Rauschgifthandel eine persönliche Angelegenheit, ein Kampf bis auf den Tod mit Pablo Escobar. Und das beruhte ganz auf Gegenseitigkeit. Escobar ließ für ihn zweitausendsechshundert Kilo Dynamit in zwei aufeinanderfolgenden Attentaten hochgehen: die höchste Auszeichnung, die Escobar jemals einem Feind zukommen ließ. Maza Márquez ging aus beiden Anschlägen unverletzt hervor und schrieb es dem Schutz des Göttlichen Kindes zu. Dem übrigens auch Escobar das Wunder zuschrieb, nicht von Maza getötet worden zu sein.

Präsident Gaviria vertrat die Politik, daß bewaffnete Einheiten keinen Befreiungsversuch ohne vorherige Absprache mit der Familie des Entführten unternehmen durften. Doch in der politischen Gerüchteküche war viel über die unterschiedlichen Vorgehensweisen des Präsidenten und des Generals Maza zu erfahren, und Villamizar beugte vor:

»Ich möchte klarstellen, daß ich gegen einen gewaltsamen Befreiungsversuch bin«, sagte er zu General Maza. »Ich möchte sichergehen, daß so etwas nicht vorkommt und daß ich bei jeder diesbezüglichen Entscheidung konsultiert werde.«

Maza war einverstanden. Nach einem langen informativen Gespräch gab er die Anweisung, Villamizars Telefon für den Fall abzuhören, daß die Entführer versuchen sollten, sich im Laufe der Nacht mit diesem in Verbindung zu setzen.

Bei dem ersten Gespräch mit Rafael Pardo informierte dieser Villamizar noch in jener Nacht davon, daß der Präsident ihn zur Verbindungsperson zwischen der Regierung und den Angehörigen bestimmt habe und daß er als einziger autorisiert sei, offizielle Erklärungen zu dem Fall abzugeben. Beiden war klar, daß die Entführung von Maruja ein Schachzug des Rauschgifthandels war, um über ihre Schwester Gloria Pachón Druck auf die Regierung auszuüben, und sie beschlossen, ohne noch weitere Mutmaßungen anzustellen, entsprechend zu handeln.

Kolumbien war sich seiner wichtigen Rolle im internationalen Drogenhandel nicht bewußt gewesen, solange die Drogenbosse nicht durch die Hintertür in die große Politik des Landes eingedrungen waren, zunächst durch ihre zunehmende Macht zur Korruption und Bestechung und dann mit eigenen Ambitionen. Pablo Escobar hatte 1982 versucht, einen Platz in der Bewegung von Luis Carlos Galán zu finden, doch dieser strich ihn von seinen Listen und entlarvte ihn bei einer Kundgebung in Medellín vor fünftausend Menschen. Wenig später gelangte Escobar über einen unbedeutenden Parteiflügel der traditionellen Liberalen als Nachrücker ins Repräsentantenhaus, doch den Affront vergaß er nicht und entfesselte einen Krieg auf Leben und Tod gegen den Staat und insbesondere gegen den Nuevo Liberalismo. Dessen Repräsentant in der Regierung, Rodrigo Lara Bonilla, Justizminister unter Belisario Betancur, wurde in Bogotá von einem motorisierten Killer auf der Straße ermordet. Sein Nachfolger, Enrique Parejo, wurde bis nach Budapest von einem gedungenen Mörder verfolgt, der ihm mit der Pistole ins Gesicht schoß, es aber nicht schaffte, ihn zu töten. Am 18. August 1989 wurde Luis Carlos Galán auf der Plaza der Gemeinde Soacha, zehn Kilometer vom Präsidentenpalast entfernt und von achtzehn schwerbewaffneten Leibwächtern umgeben, mit einer Maschinengewehrsalve niedergestreckt.

Der Hauptgrund für diesen Krieg war die Angst der Drogenhändler, möglicherweise in die USA ausgeliefert zu werden, wo sie wegen dort begangener Verbrechen angeklagt und zu unerhört langen Haftstrafen verurteilt werden konnten – so wie etwa Carlos Lehder, ein kolumbianischer Rauschgifthändler, der 1987 ausgeliefert und von einem US-Gericht zu sage und schreibe lebenslänglich plus 130 Jahren Haft verurteilt worden war. Das machte ein Vertrag möglich, der, in der Amtszeit von Präsident Julio César Turbay geschlossen, zum ersten Mal die Auslieferung eigener Staatsbürger ins andere Land vorsah. Präsident Belisario Betancur setzte ihn nach der Ermordung von Lara Bonilla erstmals mit einer Reihe summarischer Auslieferungen in die Tat um. Die Drogenbosse – die den langen Arm der USA in aller Welt fürchteten – stellten fest, daß es für sie keinen sichereren Platz als Kolumbien gab, und so tauchten sie schließlich als Flüchtlinge im eigenen Land unter. Die große Ironie war, daß ihnen, um ihre Haut zu retten, keine andere Alternative blieb, als sich unter den Schutz des Staats zu stellen. Diesen Schutz versuchten sie also durch Vernunft und durch Gewalt zu erlangen, mit willkürlichem und gnadenlosem Terrorismus und zugleich mit dem Angebot, sich der Gerichtsbarkeit zu stellen und ihr Kapital nach Kolumbien zurückzuführen und im Land zu investieren, sofern – das war die einzige Bedingung – sie nicht ausgeliefert würden. Sie waren eine wahre Schattenmacht mit einem Firmennamen – Die Auslieferbaren – und einer für Escobar typischen Devise: »Wir ziehen ein Grab in Kolumbien einer Zelle in den USA vor.«

Betancur führte den Krieg. Sein Nachfolger, Virgilio Barco, verschärfte ihn. Das war die Lage 1989, als César Gaviria nach der Ermordung von Luis Carlos Galán, dessen Wahlkampfleiter er gewesen war, als Präsidentschaftskandidat antrat. In seiner eigenen Wahlkampagne verteidigte er die Auslieferung als ein nützliches und unverzichtbares Mittel zur Stärkung der Justiz und kündigte eine ganz neue Strategie gegen den Rauschgifthandel an. Der Gedanke war einfach: Wer sich den Richtern stellte und einige oder alle Straftaten gestand, bekam als Hauptvergünstigung die Garantie, nicht ausgeliefert zu werden. Aber den Auslieferbaren genügte die Formulierung in dem ursprünglichen Dekret nicht. Escobar forderte über seine Anwälte, daß die Nichtauslieferung bedingungslos zugesagt werden müsse, daß Geständnis und Verrat nicht zwangsläufig Voraussetzung dafür sein sollten, daß das Gefängnis unverletzbar sein mußte und daß Angehörigen und Gefolgsleuten Schutz garantiert wurde. Escobar versuchte, dies mit Zuckerbrot und

Peitsche, mit Verhandlungsangeboten und Terroranschlägen durchzusetzen, und ließ reihenweise Journalisten entführen, um die Regierung in die Knie zu zwingen. Innerhalb von zwei Monaten hatten die Drogenbosse acht in ihre Gewalt bekommen, so daß die Entführung von Maruja und Beatriz nur ein weiteres Glied in jener unseligen Kette zu sein schien.

Villamizar empfand es so, nachdem er den durchlöcherten Wagen gesehen hatte. Später, inmitten der Menge, die ins Haus gedrungen war, überkam ihn die absolute Gewißheit, daß das Leben seiner Frau und seiner Schwester nur davon abhing, was er für ihre Rettung in Gang setzen konnte. Denn wie nie zuvor war der Krieg diesmal als ein privates Duell angelegt, dem auszuweichen unmöglich war.

Villamizar war in Wirklichkeit bereits ein Überlebender. Als Parlamentsabgeordneter hatte er 1985, als es gegen den Rauschgifthandel – von einzelnen verstreuten Dekreten für den Ausnahmezustand abgesehen – noch keine ordentlichen gesetzlichen Mittel gab, durchgesetzt, daß das Nationale Betäubungsmittelgesetz verabschiedet wurde. Später wies ihn Luis Carlos Galán an, die Verabschiedung eines Gesetzentwurfes zu verhindern, den parlamentarische Freunde Escobars im Parlament mit der Absicht eingebracht hatten, dem geltenden Auslieferungsvertrag die Unterstützung der Legislative zu entziehen. Das war Villamizars Todesurteil. Am 22. Oktober 1986 feuerten zwei Killer im Trainingsanzug, die vorgaben, vor seinem Haus Turnübungen zu machen, zwei Maschinengewehrsalven auf ihn ab, als er in sein Auto stieg. Er kam wie durch ein Wunder davon. Einer der Angreifer wurde von der Polizei erschossen, seine Komplizen wurden festgenommen und nach ein paar Jahren wieder freigelassen. Niemand hatte für das Attentat bezahlt, aber es gab keine Zweifel darüber, wer es befohlen hatte.

Galán selbst überredete Villamizar dazu, Kolumbien für einige Zeit zu verlassen, und er wurde Botschafter in Indonesien. Als er gerade ein Jahr dort war, faßten die Geheimdienste der USA in Singapur einen kolumbianischen Killer, der auf dem Weg nach Jakarta war. Es wurde nicht klar, ob er den Auftrag hatte, Villamizar zu töten, doch wurde festgestellt, daß er in den USA aufgrund einer gefälschten Sterbeurkunde als tot galt.

In der Nacht von Marujas und Beatriz' Entführung war die Wohnung Villamizars brechend voll. Leute aus Politik und Regierung und die Familien der beiden Entführten waren gekommen. Aseneth Velásquez, eine Kunsthändlerin und gute Freundin der Villamizars, die einen Stock höher wohnte, hatte die Rolle der Gastgeberin übernommen, und es fehlte nur noch Musik, dann wäre es wie jeden Freitagabend gewesen. Es ist geradezu zwangsläufig: In Kolumbien artet jede Zusammenkunft von mehr als sechs Personen, zu welchem Zwecke und zu welcher Uhrzeit auch immer, in ein Fest aus.

Zu diesem Zeitpunkt war die in der ganzen Welt verstreute Familie bereits unterrichtet. Alexandra, Marujas Tochter aus erster Ehe, hatte gerade in einem Restaurant in Maicao – auf der fernen Halbinsel von

Guajira – fertig gegessen, als Javier Ayala die Nachricht brachte. Alexandra war die Leiterin von *Enfoque*, einer populären Mittwochsendung im Fernsehen, und sie war am Tag zuvor nach Guajira gekommen, um eine Reihe von Interviews zu machen. Sie eilte ins Hotel, um die Familie anzurufen, aber die Telefone im Haus waren besetzt. Am Mittwoch zuvor hatte sie, wie durch einen glücklichen Zufall, einen Psychiater interviewt, der auf Krankheitserscheinungen durch die Verwahrung in Hochsicherheitsgefängnissen spezialisiert war. Als sie die Nachricht in Maicao erfuhr, kam Alexandra gleich der Gedanke, daß seine Therapie nützlich für die Entführten sein könnte, und kehrte nach Bogotá zurück, um diese Therapie von der nächsten Sendung an in die Praxis umzusetzen.

Gloria Pachón – Marujas Schwester, die damals Botschafterin Kolumbiens bei der UNESCO war – wurde um zwei Uhr früh von einem Satz Villamizars geweckt: »Ich habe eine üble Nachricht für Sie.« Juana, Marujas Tochter, die Urlaub in Paris machte, erfuhr es einen Augenblick später im Schlafzimmer nebenan. Nicolás, 27 Jahre alt und Musiker und Komponist, wurde in New York geweckt.

Um zwei Uhr morgens ging Dr. Guerrero mit seinem Sohn Gabriel zu einem Gespräch mit dem Abgeordneten Diego Montaña Cuéllar, dem Präsidenten der Unión Patriótica – einer der Kommunistischen Partei angegliederten Bewegung – und Mitglied der Gruppe der Notabeln. Diese hatte sich im Oktober 1989 konstituiert, um zwischen der Regierung und den

Entführern von Álvaro Diego Montoya zu vermitteln. Montaña Cuéllar wirkte nicht nur übernächtigt, sondern auch niedergeschlagen, als sie zu ihm kamen. Er hatte die Meldung von der Entführung in den Abendnachrichten gehört, und sie schien ihm ein entmutigendes Symptom zu sein. Guerrero wollte den Abgeordneten nur um seine Vermittlung bitten, damit Pablo Escobar ihn an Stelle von Beatriz als Geisel akzeptierte. Montaña Cuéllar gab ihm eine für sein Naturell typische Antwort:

»Sei kein Trottel, Pedro«, sagte er, »in diesem Land ist nichts mehr zu machen.«

Dr. Guerrero kam bei Morgengrauen heim, versuchte aber gar nicht erst zu schlafen. Die Unruhe trieb ihn um. Kurz vor sieben rief ihn Yamid Amat, der Nachrichtenchef von *Caracol*, höchstpersönlich an, und in seiner schlimmen seelischen Verfassung antwortete er mit einer tollkühnen Herausforderung an die Entführer.

Ebenfalls ohne eine Minute geschlafen zu haben, duschte Villamizar, kleidete sich an und ging um halb sieben Uhr morgens zu einer Verabredung mit dem Justizminister Jaime Giraldo Ángel, der ihn auf den neuesten Stand über den Kampf gegen den Terrorismus der Drogenhändler brachte. Nach diesem Treffen war Villamizar davon überzeugt, daß der Kampf für ihn schwierig und langwierig werden würde, aber er war für die zwei Stunden dankbar, in denen sein Wissen über den Rauschgifthandel aufgefrischt worden war, da er sich seit längerer Zeit nicht mehr mit dem Thema beschäftigt hatte.

Er frühstückte nicht und aß nicht zu Mittag. Es war schon später Nachmittag, als er nach mehreren vergeblichen Unternehmungen ebenfalls Diego Montaña Cuéllar aufsuchte, der ihn wieder einmal mit seiner Offenheit überraschte: »Vergiß nicht, dies wird eine langwierige Geschichte«, sagte er. »Mindestens bis Juni nächsten Jahres, bis nach der Verfassunggebenden Versammlung, denn Escobar wird Maruja und Beatriz als Schutzschild benutzen, damit er nicht ausgeliefert wird.« Viele Freunde waren irritiert über Montaña Cuéllar, weil er, obwohl er doch ein Mitglied der Gruppe der Notabeln war, seinen Pessimismus auch vor der Presse nicht verbarg.

»Ich jedenfalls werde diesen Klamauk nicht mehr mitmachen«, sagte er in seiner blumigen Sprache zu Villamizar. »Wir sitzen hier wie die reinsten Trottel.«

Villamizar fühlte sich erschöpft und einsam, als er nach einem Tag ohne Zukunft heimkam. Die zwei trockenen Whiskys, die er hintereinander herunterstürzte, warfen ihn um. Sein Sohn Andrés, der von da an sein einziger Begleiter sein sollte, brachte ihn dazu, um sechs Uhr abends zu frühstücken. Als er gerade dabei war, rief ihn der Präsident an.

»Jetzt geht's, Alberto«, meinte er in seiner freundlichsten Art. »Kommen Sie doch rüber, damit wir miteinander reden können.«

Präsident Gaviria empfing ihn um sieben Uhr abends in der Bibliothek seiner Privatwohnung innerhalb des Präsidentenpalastes, wo er seit drei Monaten mit seiner Frau Ana Milena Muñoz und seinen zwei

Kindern, dem elfjährigen Simón und der achtjährigen María Paz, wohnte. Die Bibliothek war ein kleiner, aber gemütlicher Zufluchtsort neben einem Wintergarten mit leuchtenden Blumen, Holzregale standen darin, die von offiziellen Publikationen und Familienfotos überquollen, dazu eine tragbare Hi-Fi-Anlage, mit den Lieblingsplatten: die Beatles, Jethro Tull, Juan Luis Guerra, Beethoven, Bach. Nach den erschöpfenden Arbeitstagen im Amt beendete der Präsident dort die weniger förmlichen Audienzen oder entspannte sich mit den Freunden der Abenddämmerung bei einem Glas Whisky.

Gaviria kam mit einer freundschaftlichen Begrüßung auf Villamizar zu und sprach mit ihm in einem solidarischen und verständnisvollen Ton, doch mit einer etwas rauhen Offenheit. Villamizar aber war nun, nach Überwindung des ersten Schocks, schon etwas ruhiger und auch hinlänglich informiert, um zu wissen, daß der Präsident nur sehr wenig für ihn tun konnte. Beide waren sicher, daß der Entführung von Maruja und Beatriz politische Motive zugrunde lagen, und man mußte kein Hellseher sein, um zu erkennen, daß Pablo Escobar der Urheber war. Das Wesentliche sei aber nicht, dies zu wissen, sagte Gaviria, sondern, zu erreichen, daß Escobar es zugebe. Dies sei der erste wichtige Schritt zur Sicherheit der Entführten.

Villamizar war sich von Anfang an im klaren darüber, daß der Präsident, um ihm zu helfen, weder den Rahmen der Verfassung oder der Gesetze verlassen noch die militärischen Operationen zur Suche nach den Entführern aussetzen würde; allerdings würde er auch keine Rettungsaktionen ohne Erlaubnis der Familien unternehmen.

»Das«, sagte der Präsident, »ist unsere Politik.«

Mehr gab es nicht zu sagen. Als Villamizar den Präsidentenpalast verließ, waren vierundzwanzig Stunden seit der Entführung vergangen, und er stand seinem Schicksal blind gegenüber, wußte aber, daß er, was immer er privat für seine Entführten unternahm, auf die Solidarität der Regierung bauen konnte und Rafael Pardo zu seiner Verfügung stand. Am verläßlichsten erschien ihm jedoch der krude Realismus von Diego Montaña Cuéllar.

Die erste Entführung in dieser beispiellosen Serie war – am 30. August, knapp drei Wochen nach Präsident César Gavirias Amtsantritt – die von Diana Turbay gewesen. Diana war Chefredakteurin der Fernsehnachrichten *Criptón* und der Zeitschrift *Hoy x Hoy* aus Bogotá, zudem Tochter des Expräsidenten der Republik und Vorsitzenden der liberalen Partei Julio César Turbay. Sie war zusammen mit vier Mitgliedern ihres Teams entführt worden: der Reporterin Azucena Liévano, dem Redakteur Juan Vitta, den Kameraleuten Richard Becerra und Orlando Acevedo sowie dem in Kolumbien ansässigen deutschen Journalisten Hero Buss. Insgesamt sechs.

Die Lockspeise der Entführer war ein angebliches Interview mit dem Pfarrer Manuel Pérez, dem obersten Kommandanten des Nationalen Befreiungsheers

(ELN). Von den wenigen Personen, die von dieser Einladung erfuhren, war keiner dafür, daß Diana sie annahm. Unter ihnen der Verteidigungsminister, General Óscar Botero, und Rafael Pardo, dem der Präsident die Gefahren der Expedition vor Augen geführt hatte, damit Pardo die Familie Turbay darüber aufklärte. Nur wer Diana nicht kannte, konnte jedoch glauben, daß sie auf die Reise verzichten würde. Dabei mußte sie das Interview mit dem Priester Manuel Pérez eigentlich weniger locken als die Möglichkeit zu einem Friedensdialog. Jahre zuvor hatte sie unter absoluter Geheimhaltung auf einem Maultier eine Expedition unternommen, um mit bewaffneten Selbstverteidigungsgruppen auf deren Gebiet zu sprechen, ein einsamer Versuch, diese Bewegung vom eigenen politischen und journalistischen Standpunkt aus zu verstehen. Die Nachricht war zu jener Zeit nicht relevant, noch wurden die Ergebnisse des Gesprächs publik gemacht. Später freundete sich Diana trotz ihrer alten Gegnerschaft zum M-19 mit dessen Kommandanten Carlos Pizarro an und besuchte ihn auf der Suche nach Friedenslösungen in seinem Feldlager. Derjenige, der sich die List, mit der man sie entführte, ausgedacht hatte, muß diese Vorgeschichte gekannt haben. Jedenfalls hätte zu jenem Zeitpunkt nichts in der Welt, aus welchem Grund und trotz welcher Hindernisse auch immer, Diana davon abhalten können, mit Pfarrer Pérez zu sprechen, der einen der Schlüssel für den Frieden in der Hand hielt.

Wegen diverser Schwierigkeiten im letzten Moment war dieses Treffen im Jahr zuvor aufgeschoben worden, aber dann am 30. August machten sich Diana und ihr Team um fünf Uhr nachmittags, ohne jemandem Bescheid zu geben, in einem klapprigen Kleinlaster auf den Weg, begleitet von zwei jungen Männern und einem Mädchen, die behaupteten, von der Leitung des ELN geschickt worden zu sein. Die Reise von Bogotá aus war eine gelungene Parodie, denn genauso wäre sie verlaufen, wenn sie wirklich von der Guerrilla durchgeführt worden wäre. Die Begleiter mußten zu einer bewaffneten Bewegung gehören oder gehört haben oder hatten ihre Lektion gut gelernt, da sie weder in den Gesprächen noch im Verhalten auch nur einen Fehler begingen, der die Täuschung hätte verraten können.

Am ersten Tag erreichten sie die Stadt Honda, hundertsechsundvierzig Kilometer westlich von Bogotá. Dort warteten andere Männer mit bequemeren Fahrzeugen auf sie. Nach dem Abendessen in einem Gasthaus für Viehtreiber setzten sie die Fahrt unter einem heftigen Regenschauer auf einem Landweg fort, der kaum noch zu sehen und gefährlich war, und erlebten den Tagesanbruch in der Erwartung, daß der Weg nach einem gewaltigen Erdrutsch geräumt werde. Schließlich gelangten sie müde und gerädert um elf Uhr vormittags an einen Ort, wo eine Patrouille mit fünf Pferden auf sie wartete. Diana und Azucena setzten dann die Reise vier Stunden lang zu Pferd, ihre Begleiter zu Fuß, fort, erst über einen dichtbewachsenen Bergrücken und später durch ein idyllisches Tal mit friedlichen Häusern zwischen den Kaffeepflanzungen. Die Menschen kamen heraus, als sie vorbeizogen, manche erkannten Diana und winkten von ihren Terrassen aus. Juan Vitta schätzte, daß mindestens fünfhundert Personen sie auf der ganzen Strecke gesehen hatten. Am Nachmittag stiegen sie in einem verlassenen Hof ab, wo ein junger, wie ein Student aussehender Mann sich als Mitglied des ELN vorstellte, ihnen aber nichts über ihr Ziel sagte. Alle schienen verwirrt. In einer Distanz von knapp einem halben Kilometer war ein Stück der Autobahn zu sehen, und im Hintergrund eine Stadt, zweifelsohne Medellín. Also ein Gebiet, das nicht zum ELN gehörte. Dies konnte – wie Hero Buss dachte – ein besonderer Schachzug von Pfarrer Pérez sein, um sie in einer Gegend zu treffen, wo ihn niemand vermutete.

Nach zwei weiteren Stunden erreichten sie in der Tat Copacabana, eine Gemeinde, die vom demographischen Überschwang Medellíns verschlungen worden war. Sie stiegen bei einem weißen Häuschen mit bemoosten Dachziegeln ab, das fast in einen wilden Steilhang hineingebaut war. Drinnen war ein großer Raum und auf jeder Seite ein Zimmerchen. In dem einen standen drei Doppelbetten, dort richteten sich die Führer ein. In dem anderen mit einem Doppel- und einem Stockbett wurden die Männer des Teams untergebracht. Diana und Azucena wurde das beste Zimmer nach hinten heraus zugewiesen, in dem einiges darauf hindeutete, daß es von Frauen benutzt worden war. Das Licht brannte mitten am Tag, da alle Fenster mit Brettern vernagelt waren.

Nach etwa drei Stunden Wartezeit kam ein maskierter Mann, der sie im Namen der Führung begrüßte und ihnen mitteilte, daß Pfarrer Pérez sie bereits erwarte, aus Sicherheitsgründen aber zuerst die Frauen hingebracht würden. Diana ließ daraufhin zum ersten Mal Zeichen von Unruhe erkennen. Hero Buss riet ihr unter vier Augen, sie solle unter keinen Umständen die Trennung der Gruppe zulassen. Als sie dies jedoch nicht verhindern konnte, steckte sie ihm heimlich ihren Personalausweis zu, hatte aber keine Zeit zu erklären, wozu, er nahm ihn jedoch als Beweisstück für den Fall, daß man sie verschwinden ließe.

Vor Tagesanbruch brachten sie die Frauen und Juan Vitta weg. Hero Buss, Richard Becerra und Orlando Acevedo blieben mit fünf Wächtern in dem Zimmer mit dem Doppel- und dem Stockbett zurück. Der Verdacht, in eine Falle geraten zu sein, verstärkte sich von Stunde zu Stunde. Eines Nachts beim Kartenspielen fiel Hero Buss die Luxusuhr von einem der Wächter auf. »Der ELN hat also schon Rolex-Niveau erreicht«, spottete er. Doch sein Gegenüber fühlte sich nicht angesprochen. Hero Buss wunderte sich auch darüber, daß sie keine Waffen für den Guerrillakampf, sondern für Operationen in der Stadt trugen. Orlando, der wenig sprach und sich als lästiges Anhängsel empfand, ahnte die Wahrheit auch ohne all diese Hinweise, weil er das unerträgliche Gefühl hatte, daß etwas Ernstes geschah.

Zu dem ersten Umzug kam es am 10. September, als um Mitternacht die Wächter mit dem Schrei hereinstürmten: »Das Gesetz ist da!« Nach drei Stunden Gewaltmarsch durch den Wald bei fürchterlichem Sturm erreichten sie das Haus, in dem sich Diana, Azucena und Juan Vitta befanden. Es war geräumig und gut eingerichtet, hatte einen großen Fernseher, und es gab nichts, das Verdacht hätte wecken können. Keiner von ihnen ist je darauf gekommen, daß sie in jener Nacht, rein durch Zufall, beinahe befreit worden wären. Es war nur eine kurze Zwischenstation, und sie nutzten die wenigen Stunden, um Gedanken, Erlebnisse und Pläne für die Zukunft auszutauschen. Diana schüttete Hero Buss ihr Herz aus. Sie erzählte, wie deprimiert sie sei, weil sie alle in diese ausweglose Falle geführt habe, sie gestand ihm, daß sie die Erinnerungen an ihre Familie - ihren Mann, ihre Kinder, ihre Eltern -, die ihr keinen Augenblick Ruhe ließen, einzudämmen versuche. Doch sie erreiche immer nur das Gegenteil.

In der darauffolgenden Nacht, als man sie mit Azucena und Juan Vitta zu Fuß auf einem unmöglichen Weg und bei strömendem Regen zu einem dritten Haus brachte, erkannte Diana, daß nichts von dem, was man ihnen erzählte, der Wahrheit entsprach. Noch in derselben Nacht nahm ihr ein unbekannter Wächter die letzten Zweifel.

»Ihr seid nicht beim ELN, sondern in Händen der Auslieferbaren«, sagte er zu ihnen. »Aber keine Sorge, denn ihr werdet Zeugen eines historischen Ereignisses werden.«

Das Verschwinden von Diana Turbays Team war noch immer ein Rätsel, als neunzehn Tage später Marina Montoya entführt wurde. Drei gutgekleidete Männer, die mit 9-mm-Pistolen und Mini UZI Maschinenpistolen mit Schalldämpfer bewaffnet waren, verschleppten sie, als sie gerade ihr Restaurant *Donde las Tías* im nördlichen Teil Bogotás geschlossen hatte. Ihre Schwester Lucrecia, die immer beim Bedienen der Gäste half, hatte glücklicherweise wegen eines verstauchten Knöchels den Fuß in Gips und war deshalb nicht ins Restaurant gekommen. Marina hatte bereits geschlossen, öffnete aber wieder, weil sie zwei der drei Männer, die geklopft hatten, wiedererkannte. Sie hatten seit der vergangenen Woche mehrmals im Restaurant zu Mittag gegessen, und das Personal mit ihrer Freundlichkeit, ihrem Humor nach Art der Paisas, der Leute aus der Medelliner Gegend, und ihren Trinkgeldern von dreißig Prozent für die Kellner beeindruckt. An jenem Tag benahmen sie sich jedoch anders. Kaum war die Tür geöffnet, klemmten sie diese mit einem Kreuzschlüssel fest und zerrten Marina aus dem Lokal. Es gelang ihr, sich mit einem Arm an einen Lichtmast zu klammern, und sie begann zu schreien. Einer der Angreifer stieß ihr das Knie ins Kreuz, so daß sie keine Luft mehr bekam. Sie verlor die Besinnung und wurde im luftdurchlässigen Kofferraum eines blauen Mercedes 190 fortgefahren.

Luis Guillermo Pérez Montoya, achtundvierzig Jahre alt, Topmanager bei Kodak in Kolumbien und eins von Marinas sieben Kindern, hatte die gleiche Erklärung für die Entführung seiner Mutter wie alle anderen auch: Es war eine Repressalie dafür, daß die Regierung nicht die Vereinbarungen zwischen Germán Montoya und den Auslieferbaren eingehalten hatte. Er war von Natur aus mißtrauisch gegen alles, was mit der politischen Welt zu tun hatte, und machte es sich daher zur Aufgabe, seine Mutter durch direkte Verhandlungen mit Pablo Escobar zu befreien.

Orientierungslos, ohne vorherigen Kontakt zu irgend jemandem, ohne auch nur zu wissen, was er nach seiner Ankunft dort tun sollte, flog er zwei Tage später nach Medellín. Am Flughafen nahm er ein Taxi und wies den Fahrer ohne nähere Details an, ihn in die Stadt zu fahren. Die Realität sprang ihm entgegen, als er am Rand der Landstraße die Leiche eines etwa fünfzehnjährigen Mädchens liegen sah, festlich bunt gekleidet und mit verschmiertem Make-up. Auf ihrer Stirn war ein Einschußloch und ein getrocknetes Blutrinnsal. Luis Guillermo, der nicht glauben wollte, was er sah, zeigte auf sie.

»Da liegt ein totes Mädchen.«

»Ja«, sagte der Fahrer, ohne hinzusehen. »Das sind die Puppen, die mit Don Pablos Freunden tanzen gehen.«

Der Zwischenfall hatte das Eis gebrochen. Luis Guillermo erzählte dem Fahrer vom Zweck seines Besuchs, und der gab ihm den Tip für ein Treffen mit der Tochter einer angeblichen Kusine von Pablo Escobar.

»Geh heute um acht zur Kirche hinter dem Markt«, sagte er. »Da kommt ein Mädchen hin, das Rosalía heißt.«

Sie saß tatsächlich dort auf einer Bank an der Plaza und wartete auf ihn. Sie war fast noch ein Kind, aber ihr Verhalten und die Sicherheit, mit der sie sprach, waren die einer reifen und geschulten Frau. Der erste Schritt zu einer Verhandlung sei, eine halbe Million Pesos in bar zu bringen. Sie gab das Hotel an, in dem er am nächsten Donnerstag absteigen und am Freitag um sieben Uhr früh oder um sieben Uhr abends auf einen Anruf warten sollte.

»Eine gewisse Pita wird dich anrufen«, erklärte sie.

Vergeblich wartete er zwei Tage und einen Teil des dritten Tages. Dann endlich erkannte er den Betrug und war dankbar, daß Pita nicht angerufen hatte, um das Geld einzufordern. Er ging damals so diskret vor, daß seine Frau erst vier Jahre später von den Reisen und ihren jämmerlichen Resultaten erfuhr, als er erstmals für diese Reportage davon erzählte.

Vier Stunden nach der Entführung von Marina Montoya blockierten ein Jeep und ein Renault 18 von vorne und hinten den Wagen von Francisco Santos, dem Chefredakteur von *El Tiempo*, in einer Einbahnstraße des Viertels Las Ferias, im Westen von Bogotá. Er fuhr seinen roten Jeep selbst, der ganz gewöhnlich aussah, aber ein gepanzertes Modell war, und die drei Angreifer, die das Fahrzeug umstellten, hatten nicht nur 9-mm-Pistolen und Mini UZI Maschinenpistolen mit Schalldämpfer, sondern einer von ihnen hatte auch einen Spezialknüppel, um die Scheiben einzuschlagen. Nichts davon wurde gebraucht. Pacho Santos, unverbesserlich diskutierfreudig, hatte schon die Tür geöffnet, um mit den Angreifern zu reden. »Ich wäre lieber gestorben, als nicht zu wissen, was los war«, sagt er. Einer der Entführer hielt ihm die Pistole an die Stirn und ließ ihn mit gebeugtem Kopf aus dem Wagen steigen. Ein anderer öffnete die Vordertür und gab drei Schüsse ab, von denen einer die Scheibe traf und die anderen beiden den Schädel des achtunddreißigjährigen Chauffeurs Oromansio Ibáñez durchschlugen. Pacho bemerkte es nicht. Erst Tage später, als er den Überfall rekapitulierte, erinnerte er sich daran, das durch den Schalldämpfer abgeschwächte Pfeifen der drei Kugeln gehört zu haben.

Die Aktion lief so schnell ab, daß sie inmitten des hektischen Mittwochverkehrs nicht auffiel. Ein Polizeibeamter fand die Leiche, die auf dem Vordersitz des verlassenen Wagens ausblutete; er griff zum Funktelefon und hörte am anderen Ende sofort eine in den Galaxien verlorene Stimme.

»Ja, bitte.«

»Wer spricht?« fragte der Polizist.

»Hier ist *El Tiempo*.«

Zehn Minuten später war die Meldung im Äther. Tatsächlich war der Überfall schon seit vier Monaten vorbereitet, wäre aber fast an Pacho Santos' unregelmäßigem Tagesablauf und weil man nie wußte, wo er sich gerade befand, gescheitert. Aus eben den Gründen hatte fünfzehn Jahre zuvor der M-19 darauf verzichtet, seinen Vater, Hernando Santos, zu entführen.

Diesmal war alles bis ins letzte Detail vorausgeplant worden. Die Autos der Entführer entkamen, als sie überraschend in einen Stau auf der Avenida Boyacá, Höhe Calle 80, gerieten, über die Gehsteige und verloren sich in einem verwinkelten Kleinbürgerviertel. Pacho Santos saß zwischen zwei Entführern, und seine Augen waren von einer mit Nagellack bemalten Brille verdeckt, aber er folgte im Geist den Kurven und Haken, die der Wagen machte, bevor er holpernd in eine Garage fuhr. Durch die Route und die Dauer der Fahrt bekam er eine vage Vorstellung davon, in welchem Stadtteil sie sich befanden.

Einer der Entführer ergriff seinen Arm und führte Pacho, der immer noch die Blindenbrille trug, bis zum Ende eines Ganges. Sie stiegen in den ersten Stock empor, bogen nach links, liefen etwa fünf Schritte und traten in einen eisigkalten Raum. Dort nahm man ihm die Brille ab. Er befand sich in einem düsteren Zimmer, die Fenster waren mit Brettern vernagelt und von der Dekke hing eine einsame Birne. Die einzigen Möbel waren ein Doppelbett mit schmuddeligen Laken, ein Tisch mit einem Kofferradio und ein Fernseher.

Pacho kam darauf, daß seine Räuber es nicht nur aus Gründen der Sicherheit so eilig gehabt hatten, sondern auch weil sie rechtzeitig zum Fußballspiel Santafé gegen Caldas da sein wollten. Zur allgemeinen Beruhigung gaben sie Pacho eine Flasche Aguardiente, ließen ihn mit seinem Radio allein und gingen ins Erdgeschoß, um sich das Spiel anzuhören. Er trank in zehn Minuten die Flasche bis zur Hälfte leer, spürte keinerlei Wirkung, bekam aber Lust, das Spiel zu hören. Seit seinen Kindertagen war er ein fanatischer Anhänger von Santafé und konnte dann den Aguardiente nicht mehr genießen, weil er sich über das Unentschieden ärgerte: zwei zu zwei. Am Ende sah er in den Fernsehnachrichten Archivbilder von sich, im Smoking und von Schönheitsköniginnen umringt. Erst da erfuhr er vom Tod seines Chauffeurs.

Nach den Nachrichten kam ein Wächter mit einer Filzmaske, der Pacho befahl, die Kleider abzulegen und einen grauen Trainingsanzug anzuziehen, der in den Gefängnissen der Auslieferbaren Pflicht zu sein schien. Der Wächter wollte ihm auch sein Asthmaspray, das er in der Jackentasche hatte, wegnehmen, aber Pacho überzeugte ihn davon, daß es für ihn lebenswichtig war. Der Maskierte erklärte ihm die Regeln der Haft: Er durfte das Bad im Korridor benutzen, ohne Einschränkungen Radio hören und fernsehen, aber nur in Zimmerlautstärke. Dann befahl er ihm, sich hinzulegen, und band seinen Knöchel mit einem Strick an das Bettgestell.

Der Wächter legte, parallel zum Bett, für sich eine Matratze auf den Boden und begann einen Augenblick später mit einem unregelmäßigen Pfeifton zu schnarchen. Die Nacht verdichtete sich. Pacho wurde im Dunkeln bewußt, daß dies gerade einmal die erste Nacht einer ungewissen Zukunft war, in der alles geschehen konnte. Er dachte an seine Frau María Victoria – von ihren Freunden Mariavé genannt –, die hübsch, intelligent und charakterstark war und mit der er damals zwei Kinder hatte, den zwanzig Monate alten Benjamín und den sieben Monate alten Gabriel. Ein Hahn krähte in der Nachbarschaft, und Pacho wunderte sich über dessen verdrehte innere Uhr. »Ein Hahn, der um zehn Uhr nachts kräht, muß verrückt sein«, dachte er. Pacho ist ein emotionaler, impulsiver Mensch, der nah am Wasser gebaut hat: das treue Abbild seines Vaters. Andrés Escabi, der Mann seiner Schwester Juanita, war in einem Flugzeug ums Leben gekommen, das mit einer Bombe der Auslieferbaren in der Luft explodiert war. Inmitten der erschütterten Familie hatte Pacho einen Satz gesagt, der alle erschaudern ließ: »Einer von uns wird im Dezember nicht mehr am Leben sein.« Die Nacht der Entführung aber, das spürte er, war nicht seine letzte. Zum erstenmal standen seine Nerven nicht unter Strom, und er war sicher zu überleben. An dem Atemrhythmus merkte er, daß der neben ihm liegende Wächter wach war. Pacho fragte ihn:

»In wessen Hand befinde ich mich?«

»Welche Hand ziehen Sie vor?« fragte der Wächter. »Die der Guerrilla oder die des Drogenhandels?«

»Ich glaube, ich bin in Pablo Escobars Hand«, sagte Pacho.

»Stimmt«, sagte der Wächter und verbesserte sich sogleich: »In der Hand der Auslieferbaren.«

Die Meldung war im Äther. Aus der Telefonzentrale von *El Tiempo* wurden die nächsten Verwandten angerufen, und diese riefen wieder andere an und so weiter, bis ans Ende der Welt. Durch eine Reihe sonderbarer Zufälle war Pachos Frau eine der letzten in der Familie, die es erfuhr. Minuten nach der Entführung hatte ihr Freund Juan Gabriel Uribe sie angerufen, der noch nicht wußte, was genau passiert war, und sich nur zu fragen getraut hatte, ob Pacho schon heimgekommen sei. Sie sagte nein, und Juan Gabriel wagte es nicht, ihr die noch nicht bestätigte Nachricht zu übermitteln. Ein paar Minuten später rief Enrique Santos Calderón an, der ein Cousin ihres Mannes war und stellvertretender Leiter von *El Tiempo*.

»Weißt du schon die Sache mit Pacho?« fragte er sie.

María Victoria dachte, er meine eine andere Neuigkeit, die sie bereits kannte und die etwas mit ihrem Mann zu tun hatte.

»Natürlich«, sagte sie.

Enrique verabschiedete sich eilig, um weitere Verwandte anzurufen. Jahre später, als sie über das Mißverständnis sprach, meinte María Victoria dazu: »Das kam davon, daß ich so neunmalklug war.« Gleich darauf rief Juan Gabriel wieder an und erzählte ihr alles auf einmal, der Fahrer sei getötet worden und Pacho verschleppt.

Präsident Gaviria und seine engsten Berater begutachteten gerade eine Reihe von Fernsehspots mit Wahlaufrufen für die Verfassunggebende Versammlung, als sein Presseberater Mauricio Vargas ihm ins Ohr flüsterte: »Pachito Santos ist entführt worden.« Die Vorführung wurde nicht unterbrochen. Der Präsident, der eine Brille fürs Kino brauchte, nahm sie ab und sah Vargas an.

»Halten Sie mich auf dem laufenden«, sagte er.

Er setzte die Brille auf und sah sich weiter die Vorführung an. Sein enger Freund Alberto Casas Santamaría, Minister für das Kommunikationswesen, hatte, da er neben ihm saß, die Nachricht gehört, und nun ging sie von Mund zu Mund an die Präsidentenberater weiter. Ein Schaudern ging durch den Saal. Aber der Präsident zuckte nicht mit der Wimper, einem Prinzip folgend, das seinem Wesen entspricht und das er wie eine Schulregel formuliert: »Erst muß diese Aufgabe gelöst sein.« Nach Ende der Vorführung nahm er die Brille ab, steckte sie in die Brusttasche und gab Mauricio Vargas eine Anweisung:

»Telefonieren Sie mit Rafael Pardo, er soll jetzt gleich den Sicherheitsrat einberufen.«

Mittlerweile führte er den vorgesehenen Meinungsaustausch über die Spots. Erst als eine Entscheidung gefallen war, ließ er sich den Schock anmerken, den ihm die Nachricht von der Entführung versetzt hatte. Eine halbe Stunde später betrat er den Saal, wo ihn schon die Mehrheit der Mitglieder des Sicherheitsrates erwartete. Sie hatten kaum mit der Beratung begonnen, als Mauricio Vargas auf Zehenspitzen hereinkam und ihm ins Ohr sagte:

»Marina Montoya ist entführt worden.«

In Wirklichkeit war das schon um vier Uhr nachmittags – vor Pachos Entführung – passiert, doch es hatte vier Stunden gedauert, bis die Nachricht den Präsidenten erreichte.

Hernando Santos Castillo, Pachos Vater, schlief bereits seit drei Stunden, zehntausend Kilometer entfernt, in einem Hotel im italienischen Florenz. In einem Nebenzimmer war seine Tochter Juanita und in einem anderen seine Tochter Adriana mit ihrem Mann untergebracht. Alle hatten die Nachricht telefonisch bekommen und beschlossen, den Vater nicht zu wecken. Doch sein Neffe Luis Fernando rief ihn direkt aus Bogotá an und wählte eine möglichst vorsichtige Einleitung, um seinen achtundsechzigjährigen Onkel, der schon fünf Bypassoperationen hinter sich hatte, zu wecken.

»Ich habe eine sehr schlechte Nachricht für dich«, sagte er.

Hernando dachte natürlich an das Schlimmste, bewahrte aber Haltung.

»Was ist passiert?«

»Pacho ist entführt worden.«

Die Nachricht von einer Entführung, so hart sie auch sein mag, ist nicht so endgültig wie die eines Mordes, und Hernando seufzte erleichtert auf. »Gott sei Dank!« sagte er und änderte dann sofort den Ton:

»Ruhe bewahren. Jetzt müssen wir sehen, was zu tun ist.«

Eine Stunde später, in der duftenden Frühe des toskanischen Herbstes, machten sich alle gemeinsam auf die lange Rückreise nach Kolumbien.

Die Familie Turbay war voller Sorge, weil sie eine Woche nach Dianas Aufbruch noch keine Nachrichten von ihr hatte, und bat um eine offizielle Anfrage der

Regierung bei den wichtigsten Guerrillaorganisationen. Eine Woche nach dem Datum, an dem Diana zurückgekehrt sein sollte, fuhren ihr Mann Miguel Uribe und der Abgeordnete Álvaro Leyva heimlich zur Casa Verde, dem Hauptquartier der Revolutionären Streitkräfte von Kolumbien (FARC) in die Ostkordillere. Von dort aus setzten sie sich mit allen bewaffneten Organisationen in Verbindung, um herauszufinden, ob Diana bei einer von ihnen war. Sieben Gruppen verneinten das in einem gemeinsamen Kommuniqué.

Da die Regierung nicht wußte, woran sie sich halten sollte, warnte sie die Öffentlichkeit vor all den falschen Kommuniqués und bat darum, man möge diesen doch nicht mehr Glauben schenken als den Mitteilungen der Regierung. Die harte und bittere Wahrheit war aber, daß die Öffentlichkeit in jenen Jahren den Kommuniqués der Auslieferbaren uneingeschränkt glaubte. So gab es allerseits einen Stoßseufzer der Erleichterung, als am 30. Oktober, einundsechzig Tage nach der Entführung von Diana Turbay und zweiundvierzig nach der von Francisco Santos, die Auslieferbaren letzte Zweifel mit einem einzigen Satz zerstreuten: »Wir erklären öffentlich, daß die verschwundenen Journalisten in unserer Gewalt sind.« Acht Tage später wurden Maruja Pachón und Beatriz Villamizar entführt. Es gab Grund genug für die Vermutung, daß es eine weitere Eskalation geben würde.

Am Tag nach dem Verschwinden von Diana und ihrem Team, als noch keinerlei Verdacht auf eine

Entführung bestand, wurde Yamid Amat, der allseits bekannte Nachrichtenchef von *Caracol Radio*, auf einer Straße im Zentrum von Bogotá von einem gedungenen Kommando, das ihn mehrere Tage verfolgt hatte, abgefangen. Amat befreite sich durch einen überraschenden athletischen Kraftakt aus ihren Händen und entging, niemand weiß wie, einem Schuß, den sie hinter ihm herfeuerten. Wenige Stunden später gelang es María Clara, der Tochter von Expräsident Belisario Betancur, die mit ihrer zwölfjährigen Tochter Natalia unterwegs war, in ihrem Auto einem anderen Entführungskommando zu entkommen, das ihr in einem Wohnviertel von Bogotá den Weg abgeschnitten hatte. Die einzige Erklärung für diese beiden Fehlschläge war, daß die Entführer den strikten Befehl hatten, ihre Opfer nicht zu töten.

Die ersten, die mit Sicherheit wußten, wer Maruja Pachón und Beatriz Villamizar gefangenhielt, waren Hernando Santos und Expräsident Turbay, weil Escobar selbst es ihnen achtundvierzig Stunden nach der Entführung schriftlich über einen seiner Anwälte hatte mitteilen lassen: »Du kannst ihnen sagen, daß die Gruppe die Pachón hat.« Am 12. November gab es noch indirekt eine Bestätigung in einem Schreiben mit dem Briefkopf der Auslieferbaren, gerichtet an Juan Gómez Martínez, den Chef der Zeitung *El Colombiano* in Medellín, der im Namen der Notabeln mehrfach mit Escobar verhandelt hatte. »Die Festnahme der

Journalistin Maruja Pachón«, ließen die Auslieferbaren wissen, »ist unsere Antwort auf die Folterungen und Entführungen, die in den letzten Tagen in der Stadt Medellín von eben dem Organ der Staatssicherheit begangen wurden, das wir schon mehrfach in unseren vorherigen Kommuniqués angeprangert haben.« Einmal mehr brachten sie ihre Entschlossenheit zum Ausdruck, keine einzige Geisel freizulassen, solange sich die Situation nicht änderte.

Dr. Pedro Guerrero, der Mann von Beatriz, war von Anfang an verstört über seine völlige Hilflosigkeit, die Ereignisse wuchsen ihm über den Kopf, und er beschloß, seine psychiatrische Praxis zu schließen. »Wie konnte ich Patienten behandeln, wenn ich selbst schlimmer dran war als sie«, hat er gesagt. Er litt an Angstzuständen, die er nicht auf seine Kinder übertragen wollte. Er fand keinen Augenblick Ruhe, tröstete sich mit abendlichen Whiskys und weidete seine Schlaflosigkeit, indem er in *Radio Recuerdo* die tränenseligen Boleros für Verliebte hörte. Da sang jemand: *»Wenn du mich hören kannst, mein Liebling, so antworte mir.«*

Alberto Villamizar, dem gleich klar war, daß die Entführung seiner Frau und seiner Schwester nur ein Glied in einer unheilvollen Kette war, suchte Schulterschluß mit den Angehörigen der anderen Entführten. Der erste Besuch, den er mit seiner Schwägerin, Gloria Pachón de Galán, bei Hernando Santos machte, war jedoch entmutigend. Hernando lag zusammengebrochen auf einem Sofa und war völlig demoralisiert.

»Ich bereite mich nur darauf vor, so wenig wie möglich zu leiden, wenn sie Francisco umbringen«, sagte er als erstes zu ihnen. Villamizar versuchte, einen Plan für Verhandlungen mit den Entführern zu entwerfen, den Hernando jedoch mit unheilbarer Bitternis zerstörte.

»Seien Sie doch nicht naiv, Junge«, sagte er, »Sie haben ja keine Ahnung, was das für Typen sind. Da kann man nichts machen.«

Expräsident Turbay war auch nicht sehr ermutigend. Er wußte aus verschiedenen Quellen, daß seine Tochter in der Gewalt der Auslieferbaren war, hatte aber beschlossen, es nicht öffentlich zu bestätigen, solange er nicht genau wußte, was diese forderten. Eine Journalistengruppe, die ihn in der vergangenen Woche darauf angesprochen hatte, hatte er kühn ins Leere laufen lassen.

»Mein Herz sagt mir, daß Diana und ihre Mitarbeiter bei ihrer journalistischen Arbeit aufgehalten worden sind, daß es sich aber nicht um eine Festnahme handelt.«

Der Zustand der Mutlosigkeit war nach drei Monaten fruchtloser Bemühungen verständlich. Villamizar faßte es so auf, aber statt sich vom Pessimismus der anderen anstecken zu lassen, hauchte er dem gemeinsamen Anliegen neuen Geist ein.

Einer seiner Freunde, der in jenen Tagen gefragt wurde, was für ein Typ denn Villamizar sei, hatte ihn mit einem Federstrich charakterisiert: »Er ist ein großartiger Zechkumpan.« Villamizar hatte das gut aufgenommen, als einen beneidenswerten und seltenen Vorzug. Noch am Tag der Entführung seiner Frau wurde ihm jedoch bewußt, daß dies in seiner Lage auch ein gefährlicher Vorzug war, und er beschloß, keinen Schluck mehr in der Öffentlichkeit zu trinken, solange seine Entführten nicht frei waren. Als geselliger Trinker wußte er, daß der Alkohol die Wachsamkeit mindert, die Zunge lockert und in gewisser Weise den Realitätssinn verändert. Das ist ein Risiko für jemanden, der jedes Wort und jede Handlung auf die Goldwaage legen muß. Die Disziplin, die er sich auferlegte, war also keine Buße, sondern eine Sicherheitsvorkehrung. Er ging auf kein Fest mehr, nahm Abschied von den Stunden der Boheme und den politischen Abendbummeln. In den Nächten, in denen die emotionale Anspannung am stärksten war, hörte Andrés bei einem Glas Mineralwasser dem Vater zu, wenn der seinem Herzen Luft machte und sich mit einem einsamen Drink tröstete.

Bei den Treffen mit Rafael Pardo wurden alternative Ansätze erörtert, doch sie vertrugen sich nicht mit der Politik der Regierung, die auf jeden Fall die Drohung mit der Auslieferung aufrechterhalten wollte. Außerdem wußten beide, dies war das stärkste Druckmittel dafür, daß sich die Auslieferbaren stellten, und der Präsident setzte es mit ebenso großer Überzeugung ein, wie ihrerseits die Auslieferbaren es als Vorwand benutzten, sich nicht zu stellen.

Villamizar hatte keine militärische Ausbildung, war aber in Kasernennähe aufgewachsen. Dr. Alberto Villamizar Flórez, sein Vater, war jahrelang Arzt der Präsidentengarde gewesen und dadurch eng mit dem Leben der Offiziere verbunden. Der Großvater, General Joaquín Villamizar, war Kriegsminister gewesen. Einer seiner Onkel, General Jorge Villamizar Flórez, Generalkommandeur der Streitkräfte. Alberto hatte von ihnen sowohl den Charakter eines Soldaten als auch den eines Santandereaners geerbt, herzlich und herrisch zugleich, ernsthaft und lebenslustig, ein Mann, der Nägel mit Köpfen macht, der geradeheraus sagt, was er zu sagen hat, und der in seinem Leben nie jemanden geduzt hat. Das Vorbild seines Vaters behielt bei ihm jedoch die Oberhand, und er absolvierte das gesamte Medizinstudium an der Universidad Javeriana, ohne es aber je abzuschließen, da ihn die unvermeidbaren Stürme der Politik forttrugen. Nicht als Militär, sondern als echter Santandereaner trägt er immer eine kurze 38er Smith & Wesson bei sich, die er nie gebrauchen möchte. Auf jeden Fall, ob nun bewaffnet oder unbewaffnet, seine beiden größten Tugenden sind die Entschlossenheit und die Geduld. Auf den ersten Blick scheinen sie sich zu widersprechen, doch das Leben hat ihm gezeigt, daß sie es nicht tun. Mit einem derartigen Erbe ausgestattet, hatte Villamizar zwar mehr Schneid als genug, um eine bewaffnete Lösung der Entführungen zu versuchen, lehnte eine solche jedoch ab, solange es nicht um Leben oder Tod ging.

So sah er Ende November nur eine einzige Lösung: Escobar gegenüberzutreten und von Santandereaner zu Antioqueñer zu verhandeln, hart und zäh. Eines Abends, müde von so viel Hin und Her, legte er Rafael Pardo die Karten auf den Tisch. Dieser hatte Verständnis für seine Sorgen, aber auch eine entschiedene Antwort.

»Hören Sie mal, Alberto«, sagte er in seiner nüchternen und direkten Art zu ihm, »machen Sie alle Vorstöße, die Sie wollen, versuchen Sie, was Sie können, aber wenn Sie weiter unsere Unterstützung haben wollen, dann, das müssen Sie wissen, dürfen Sie nicht über unsere Politik der Unterwerfung hinausgehen. Keinen Schritt, Alberto. Das muß klar sein.«

Keine anderen Tugenden als seine Entschlossenheit und seine Geduld hätten Villamizar besser dabei helfen können, die inneren Widersprüche auszuhalten, die diese Bedingungen für ihn schufen. Nämlich: handeln, wie immer er wollte, mit Phantasie und nach Gutdünken, doch stets mit gebundenen Händen.

3

Maruja öffnete die Augen und erinnerte sich an ein altes spanisches Sprichwort: »Möge Gott uns ersparen, was zu ertragen wir fähig sind.« Zehn Tage waren seit der Entführung vergangen, und für Beatriz und sie wurde allmählich zur Routine, was ihnen in der ersten Nacht unvorstellbar erschienen war. Die Entführer hatten ihnen wiederholt erklärt, daß es sich um eine militärische Operation handelte, doch die Bedingungen der Haft waren schlimmer als Gefängnis. Sie durften nur in dringenden Angelegenheiten sprechen und dann immer nur flüsternd. Sie durften nicht von der Matratze aufstehen, die ihnen gemeinsam als Bett diente, und um alles Nötige mußten sie die Wächter, die sie auch dann nicht aus den Augen ließen, wenn sie schliefen, um Erlaubnis bitten: um die Erlaubnis sich hinzusetzen, die Beine auszustrecken, mit Marina zu sprechen, zu rauchen. Maruja mußte sich ein Kopfkissen vor den Mund halten, um das Hustengeräusch zu dämpfen.

Marina hatte das einzige Bett, das Tag und Nacht von der ewigen Nachttischlampe beleuchtet wurde.

Parallel neben dem Bett auf dem Boden lag die Matratze, auf der Maruja und Beatriz schliefen, eine mit dem Kopf oben, die andere mit dem Kopf unten, wie die Fischlein im Sternkreiszeichen, und sie hatten zusammen nur eine Decke. Die Wächter saßen auf dem Boden und lehnten sich gegen die Wand. Sie hatten so wenig Platz, daß ihre Füße, wenn sie die Beine ausstreckten, auf der Matratze lagen. Sie lebten im Dämmerlicht, weil das einzige Fenster mit Brettern vernagelt war. Vor dem Schlafen wurde der Türspalt mit Lumpen zugestopft, damit man im Haus nicht das Licht von Marinas Nachttischlampe sah. Abgesehen vom Widerschein des Fernsehers gab es weder bei Tag noch bei Nacht ein weiteres Licht, da Maruja die blaue Birne hatte entfernen lassen, die alle so grauenhaft bleich aussehen ließ. In dem unbelüfteten verschlossenen Raum entwickelte sich warmer Mief. Am schlimmsten war es in der Zeit von sechs bis neun Uhr früh, wenn die Gefangenen wach waren, keine Luft bekamen, auch nichts zu essen oder zu trinken, und darauf warteten, daß die Lappen vom Türspalt entfernt würden, um wieder atmen zu können. Der einzige Trost für Maruja und Marina war, daß sie dann prompt eine Kanne Kaffee und eine Schachtel Zigaretten erhielten, sooft sie darum baten. Für Beatriz, in Atemtherapie spezialisiert, war der im Zimmerchen gestaute Rauch eine Qual. Sie ertrug ihn jedoch schweigend, weil die anderen glücklich dabei waren. Marina rief einmal bei einer Tasse Kaffee und einer Zigarette aus: »Wie wird das erst schön, wenn wir drei zusammen bei mir zu Hause sitzen, rauchen und unseren Kaffee trinken und über diese schrecklichen Tage lachen.« An jenem Tag litt Beatriz nicht unter dem Rauch, sondern bedauerte es, Nichtraucherin zu sein.

Daß sie alle drei im selben Gefängnis waren, war womöglich eine Notlösung, denn das Haus, in das man sie zuerst gebracht hatte, war für die Entführer wohl nicht mehr brauchbar gewesen, nachdem das geschrammte Taxi ihre Fahrtrichtung durchgegeben hatte. Nur so erklärte sich der Ortswechsel im letzten Moment und das Elend, daß nur ein schmales Bett da war, eine einfache Matratze für zwei Personen und weniger als sechs Quadratmeter für drei Geiseln und zwei Wächter vom Dienst. Auch Marina war aus einer anderen Wohnung – oder von einer anderen Finca, wie sie sagte – hergebracht worden, weil dort die Besäufnisse und die Unordnung der Wächter die ganze Organisation gefährdet hatten. Auf jeden Fall schien es unbegreiflich, daß eines der großen multinationalen Unternehmen der Welt nicht wenigstens so viel Herz bewies, seine Gefolgsleute und seine Opfer menschenwürdig unterzubringen.

Sie hatten nicht die geringste Ahnung, wo sie waren. Durch den Lärm wußten sie, daß eine Straße für schwere Laster in der Nähe vorbeiführen mußte. Es schien auch ein Ladengeschäft mit Ausschank und Musik zu geben, das bis spät geöffnet hatte. Zuweilen war ein Lautsprecher zu hören, der zu politischen wie religiösen Veranstaltungen aufrief oder donnernd Konzerte übertrug. Mehrmals hörten sie die Parolen der Kampagnen für die bevorstehende Wahl der Verfassunggebenden Versammlung. Häufiger war das Surren kleiner Flugzeuge zu hören, die nicht weit entfernt starteten und landeten, was darauf hindeutete, daß sich die Entführten in der Gegend von Guaymaral befanden, einem Flugplatz mit kurzer Landebahn, der zwanzig Kilometer nördlich von Bogotá liegt. Maruja, die von klein auf mit dem Savannenklima vertraut war, spürte, daß die Kälte in ihrem Zimmer nicht der auf offenem Land, sondern der in der Stadt glich. Zudem waren die übertriebenen Vorsichtsmaßnahmen der Wächter nur verständlich, wenn sie sich in einem städtischen Ballungsgebiet befanden.

Das Verwunderlichste aber war das gelegentliche Getöse eines Hubschraubers, das sich so nah anhörte, als befinde er sich über dem Haus. Marina Montoya meinte, damit käme ein Heeresoffizier, der für die Entführungen verantwortlich sei. Im Laufe der Zeit sollten sie sich an den Lärm gewöhnen, denn während ihrer Gefangenschaft landete der Hubschrauber mindestens einmal im Monat dort, und die Geiseln zweifelten nicht daran, daß das etwas mit ihnen zu tun hatte.

Es war unmöglich, die Grenze zwischen der Wahrheit und den ansteckenden Phantasien von Marina zu unterscheiden. Sie sagte, Pacho Santos und Diana Turbay befänden sich im selben Haus, in anderen Zimmern, der Offizier vom Hubschrauber kümmere sich also bei jedem Besuch um alle drei Fälle zugleich. Einmal hörten sie beunruhigenden Lärm auf dem Hof. Der Verwalter beschimpfte seine Frau zwischen sich überschlagenden Kommandos, man solle da anheben, sie rüberschaffen, umdrehen, so, als ginge es darum, eine Leiche irgendwo hineinzubekommen, wo sie nicht hineinpaßte. Marina glaubte in ihren düsteren Delirien, daß sie vielleicht Francisco Santos zerstükkelt hatten und nun dabei waren, die einzelnen Teile unter den Fliesen in der Küche zu verscharren. »Wenn es erstmal mit dem Gemetzel losgeht, dann hört das nicht auf«, sagte sie. »Wir sind als nächste dran.« Es war eine Nacht des Grauens, bis sie zufällig erfuhren, daß man eine einfache Waschmaschine, die auch zu viert nicht zu heben war, an einen anderen Platz gewuchtet hatte.

Nachts war die Stille absolut, unterbrochen nur von einem verrückten Hahn, der kein Zeitgefühl hatte und krähte, wann immer es ihm gefiel. In der Ferne war Hundegebell zu hören, und auch ganz in der Nähe, wahrscheinlich von einem abgerichteten Wachhund. Für Maruja war der Anfang schwer. Sie rollte sich auf der Matratze zusammen, schloß die Augen und öffnete sie mehrere Tage lang nur, wenn es wirklich nötig war, auf diese Weise versuchte sie, klare Gedanken zu fassen. Nicht, daß sie acht Stunden hintereinander hätte schlafen können, sie schlief höchstens eine halbe Stunde, und beim Wachwerden war da wieder die Beklemmung, die mit der Wirklichkeit auf sie lauerte. Es war eine ständige Angst: das physische Gefühl, über dem Magen einen Stahlriemen gespannt zu haben, der jederzeit platzen und die Panik hervorbrechen lassen könnte. Maruja ließ den gesamten Film ihres

Lebens ablaufen, um an den guten Erinnerungen Halt zu finden, doch immer setzten sich die unangenehmen durch.

Auf einem ihrer drei Heimaturlaube von Jakarta aus hatte Luis Carlos Galán sie bei einem privaten Mittagessen darum gebeten, ihm bei der Leitung seiner bevorstehenden Wahlkampagne für das Präsidentenamt zu helfen. Sie war bei einem früheren Wahlkampf seine Image-Beraterin gewesen; zusammen mit ihrer Schwester Gloria war sie durch das ganze Land gereist, sie hatten Triumphe gefeiert, Niederlagen überwunden und Gefahren umschifft, das Angebot war also naheliegend. Maruja fühlte sich bestätigt und erfreut. Gegen Ende des Essens fiel ihr jedoch an Galán etwas nicht Bestimmbares auf, ein übernatürliches Licht: die plötzliche scharfe Hellsicht, daß man ihn töten würde. Es war eine solche Offenbarung, daß sie ihren Mann dazu überredete, nach Kolumbien zurückzukehren, obwohl General Maza Márquez ihn ohne nähere Erklärung vor der Todesgefahr, die ihn erwartete, gewarnt hatte. Acht Tage vor ihrer Rückreise wurden sie in Jakarta mit der Nachricht geweckt, Galán sei ermordet worden.

Diese Erfahrung hinterließ bei ihr eine Neigung zur Depression, die durch die Entführung noch verstärkt wurde. Sie fand nichts, an das sie sich hätte klammern können, um sich von der Vorstellung zu lösen, daß auch auf sie eine tödliche Gefahr lauerte. Sie weigerte sich zu reden und zu essen. Die Teilnahmslosigkeit von Beatriz und die Brutalität der Kapuzenmänner störten sie, sie konnte Marinas Unterwürfigkeit und ihre Identifikation mit dem Regiment der Entführer nicht ertragen. Marina wirkte auf sie wie ein weiterer Gefängniswärter, sie rief sie zur Ordnung, wenn Maruja schnarchte, im Schlaf hustete, sich mehr als nötig bewegte. Wenn Maruja ein Glas irgendwo hinstellte, griff Marina sofort erschreckt danach: »Vorsicht!« und stellte es woanders hin. Maruja begegnete ihr mit großer Geringschätzung. »Lassen Sie nur«, sagte sie, »Sie haben hier nichts zu bestimmen.« Zu allem Übel beunruhigte es die Wächter tief, daß Beatriz den Tag damit verbrachte, sich über Einzelheiten ihrer Haft Notizen zu machen, um später, wenn sie wieder frei wäre, ihrem Mann und ihren Kindern davon erzählen zu können. Sie hatte auch eine lange Liste von all dem aufgestellt, was in dem Zimmer abscheulich war, gab aber schließlich auf, als sie nichts fand, das nicht abscheulich war. Die Wächter hatten im Radio gehört, daß Beatriz Physiotherapeutin war, und das mit Psychotherapeutin verwechselt, und da sie deshalb befürchteten, Beatriz entwickele eine wissenschaftliche Methode, um sie in den Wahnsinn zu treiben, verboten sie ihr das Schreiben.

Marinas seelischer Verfall war verständlich. Die Ankunft der anderen beiden Geiseln mußte für sie wie ein unerträgliches Eindringen in eine Welt bedeuten, die sie im Laufe von zwei Monaten im Vorzimmer des Todes bereits zu der ihren, zu der ihren allein, gemacht hatte. Ihr Verhältnis zu den Wächtern, das sehr eng geworden war, veränderte sich durch die beiden Frauen, und innerhalb von kaum zwei Wochen wurde sie wieder von den fürchterlichen Leiden und den tiefen Einsamkeiten eingeholt, die sie bereits hatte überwinden können.

Alles in allem erschien Maruja keine Nacht so entsetzlich wie die erste, die endlos war und eisig kalt. Um ein Uhr früh hatte die Temperatur in Bogotá nach Messungen des Meteorologischen Instituts zwischen 13 und 15 Grad betragen, im Zentrum und in der Gegend des Flughafens hatte es genieselt. Maruja war von der Müdigkeit besiegt worden. Sobald sie eingeschlafen war, begann sie zu schnarchen, doch ihr Raucherhusten weckte sie immer wieder, er war hartnäckig und unbezähmbar und wurde von der Feuchtigkeit in den Wänden noch schlimmer, die bei Morgengrauen eisigen Tau schwitzten. Jedesmal, wenn sie hustete oder schnarchte, traten die Männer nach ihrem Kopf. In ihrer unkontrollierbaren Angst unterstützte Marina sie noch und drohte Maruja, man werde sie an die Matratze binden, damit sie sich nicht so viel bewege, oder knebeln, damit sie nicht schnarche.

Marina ließ Beatriz die Frühnachrichten im Radio hören. Das war ein Fehler. In seinem ersten Interview mit Yamid Amat von *Caracol Radio* forderte ihr Mann die Entführer mit einer wüsten Schimpfkanonade heraus. Dr. Pedro Guerrero schleuderte ihnen entgegen, sie sollten sich wie Männer benehmen und das Gesicht zeigen. Beatriz bekam einen Anfall von Panik, da sie überzeugt davon war, daß diese Beleidigungen ihr schaden würden.

Zwei Tage später kam ein gutgekleideter Chef, einmeterneunzig groß und massig, öffnete die Tür mit einem Tritt und tobte wie ein Wirbelwind ins Zimmer. Sein makelloser Anzug aus kühler Wolle, seine italienischen Mokassins und seine gelbe Seidenkrawatte entsprachen keineswegs seinem ungehobelten Benehmen. Er stieß zwei oder drei Schmähungen gegen die Wächter aus und nahm sich den Schüchternsten vor, den seine Kameraden Lamparón nannten. »Ich höre, Sie sind sehr nervös«, sagte er zu ihm. »Ich mache Sie darauf aufmerksam, daß nervöse Leute hier sterben.« Und wandte sich dann ebenso rücksichtslos an Maruja.

»Ich habe erfahren, daß Sie heute nacht gestört haben, daß Sie Krach machen, husten.«

Maruja antwortete ihm mit einer vorbildlichen Ruhe, die leicht für Verachtung gehalten werden konnte.

»Ich schnarche beim Schlafen und merke das nicht«, sagte sie. »Gegen den Husten kann ich nichts machen, das Zimmer ist eisig, und aus den Wänden läuft in der Früh das Wasser.«

Der Mann war nicht für Beschwerden zu haben.

»Glauben Sie etwa, Sie können hier tun und lassen, was Sie wollen?« schrie er. »Wenn Sie nachts wieder schnarchen oder husten, können wir Ihnen den Kopf mit einem Schuß wegpusten.«

Dann wandte er sich auch an Beatriz.

»Oder auch Ihren Kindern oder Ihren Männern«, sagte er. »Wir kennen die alle genau und haben sie bestens im Blick.«

»Tun Sie, was Sie wollen«, sagte Maruja. »Ich kann nichts gegen das Schnarchen machen. Erschießt mich, wenn ihr wollt.«

Sie war ehrlich und mit der Zeit wurde ihr klar, daß sie gut daran tat. Die harte Behandlung gleich vom ersten Tag an gehörte zu den Methoden der Entführer, die Geiseln zu demoralisieren. Beatriz hingegen, noch immer beklommen von der Wut ihres Mannes im Rundfunk, war weniger hochfahrend.

»Warum ziehen Sie unsere Kinder da mit rein, die haben doch nichts damit zu tun«, sagte sie, den Tränen nah. »Haben Sie denn keine Kinder?«

Er bejahte die Frage, womöglich ergriffen, doch Beatriz hatte die Schlacht verloren: Vor Tränen konnte sie nicht weitersprechen. Maruja, die sich bereits beruhigt hatte, sagte zu dem Chef, wenn man wirklich zu einer Vereinbarung kommen wolle, solle man sich doch an ihren Mann wenden.

Sie glaubte, daß der Maskierte diesen Rat befolgt hatte, denn er kam am Sonntag wie verändert wieder. Er brachte die Tageszeitungen mit Erklärungen von Alberto Villamizar, die auf eine gütliche Einigung mit den Entführern abzielten. Diese, so hatte es den Anschein, begannen sich entsprechend zu verhalten. Der Chef zumindest war so zuvorkommend, daß er die Geiseln darum bat, eine Liste mit notwendigen Dingen aufzustellen: Seife, Zahnbürsten und Zahnpasta, Zigaretten, Hautcreme und ein paar Bücher. Ein Teil des Bestellten bekamen sie noch am selben Tag, einige der Bücher aber erst vier Monate später. Mit der Zeit häuften sich bei ihnen alle möglichen Bildchen und Souvenirs mit dem Göttlichen Kinde und Maria der Hilfreichen an, von den verschiedenen Wächtern mitgebracht oder als Erinnerung zurückgelassen, wenn sie sich für einen kurzen Urlaub verabschiedeten oder davon zurückkehrten. Nach zehn Tagen hatten die Geiseln bereits eine häusliche Routine. Sie stellten die Schuhe unter das Bett, aber das Zimmer war so feucht, daß sie ab und zu zum Trocknen in den Hof gebracht werden mußten. Herumlaufen durften die Frauen nur in den Herrensocken, die man ihnen am ersten Tag gegeben hatte, verschiedenfarbig und aus dicker Wolle, und sie zogen zwei Paar übereinander an, damit man die Schritte nicht hörte. Die Kleidung, die sie am Tag der Entführung getragen hatten, war beschlagnahmt worden, und man hatte ihnen statt dessen Trainingsanzüge gegeben – einen in Grau und einen in Rosa –, in denen sie dann lebten und schliefen, sowie zwei Garnituren Unterwäsche, die sie unter der Dusche wuschen. Am Anfang schliefen sie angezogen. Später, als sie Nachthemden hatten, zogen sie die in sehr kalten Nächten über den Trainingsanzug. Sie bekamen auch einen Beutel, um ihre karge persönliche Habe unterzubringen: den Ersatztrainingsanzug, die Unterwäsche zum Wechseln, Binden, Medikamente und Waschzeug.

Es gab nur ein Bad für die drei Geiseln und die vier Wächter. Sie mußten es mit geschlossener, aber unverriegelter Tür benutzen und durften selbst dann, wenn sie Wäsche wuschen, nicht länger als zehn Minuten unter der Dusche bleiben. Man brachte ihnen so viele Zigaretten, wie sie rauchen wollten, das war bei Maruja über eine Schachtel pro Tag und bei Marina noch mehr. In dem Zimmer gab es einen Fernsehapparat und ein Kofferradio aus dem Haus, damit die Geiseln Nachrichten und die Wächter Musik hören konnten. Die Morgennachrichten hörten sie leise, fast heimlich, die Wächter hingegen hörten ihre Tanzmusik so laut, wie es ihrer Stimmung entsprach.

Den Fernseher schalteten sie um neun Uhr morgens ein, um das Bildungsprogramm zu sehen, dann die Telenovelas und zwei, drei weitere Sendungen bis zu den Mittagsnachrichten. Am längsten war die Phase von vier Uhr nachmittags bis elf Uhr nachts. Der Fernseher blieb, wie in Kinderzimmern, auch dann angeschaltet, wenn niemand hinsah. Die Nachrichten aber wurden von den Geiseln mit allergrößter Aufmerksamkeit verfolgt, um verschlüsselte Botschaften ihrer Familien zu entdecken. Natürlich erfuhren sie nie, wie viele ihnen entgingen oder wie viele harmlose Sätze sie fälschlich für Hoffnungsbotschaften hielten.

Alberto Villamizar erschien in den ersten beiden Tagen achtmal in verschiedenen Nachrichtensendungen auf dem Bildschirm und war sich dessen gewiß, daß über einen der vielen Kanäle seine Stimme die Entführten erreichen würde. Marujas Kinder waren im übrigen fast alle bei den Medien beschäftigt. Einige betreuten regelmäßige Fernsehsendungen und benutzten diese, um eine Kommunikation aufrechtzuerhalten, die, wie sie annahmen, einseitig und vielleicht nutzlos war, an der sie aber dennoch festhielten.

Die erste Sendung, die die Geiseln am folgenden Mittwoch sahen, hatte Alexandra nach ihrer Rückkehr aus Guajira produziert. Der Psychiater Jaime Gaviria, ein Kollege von Beatriz' Mann und ein alter Freund der Familie, gab eine Reihe kluger Ratschläge, wie man bei Aufenthalten in geschlossenen Räumen guten Mutes bleibt. Maruja und Beatriz, die Doktor Gaviria seit jeher kannten, begriffen den Sinn der Sendung und merkten sich seine Lehren.

Es war die erste in einer Reihe von acht Folgen, die Alexandra, aufbauend auf ein langes Gespräch mit Dr. Gaviria über die Psychologie von Entführten, vorbereitet hatte. Das Hauptanliegen war, Themen zu wählen, die Maruja und Beatriz ansprachen, und darin persönliche Botschaften zu verpacken, die nur sie entschlüsseln konnten. Alexandra beschloß sodann, jede Woche eine Persönlichkeit vorzustellen, die darauf vorbereitet war, gezielte Fragen zu beantworten, die zweifellos bei den Geiseln unmittelbar Assoziationen auslösen würden. Das Erstaunliche war, daß auch vielen uneingeweihten Zuschauern auffiel, daß irgend etwas in diese unschuldigen Fragen verpackt war.

Nicht weit von dort, in derselben Stadt, waren die Haftbedingungen in dem Quartier von Francisco Santos ebenso abscheulich wie bei Maruja und Beatriz, aber nicht so streng. Eine Erklärung dafür wäre, daß es in ihrem Fall nicht nur um ein politisches Ziel, sondern auch um Rache ging. Außerdem ist es so gut wie sicher, daß die Wächter von Maruja und die von Pacho verschiedenen Gruppen angehörten. Sie gingen, und sei es nur aus Gründen der Sicherheit, getrennt vor und hatten keinerlei Verbindung untereinander. Doch es gab auch unerklärliche Unterschiede. Pachos Wächter gaben sich persönlicher, selbständiger und zuvorkommender und waren weniger darauf bedacht, ihre Identität zu verbergen. Das Schlimmste für Pacho war, daß er zum Schlafen mit einer Kette, die, um Schwären vorzubeugen, mit Isolierband umwickelt war, an die Bettpfosten angekettet wurde. Das Schlimmste für Maruja und Beatriz war, daß sie nicht einmal ein Bett hatten, an das sie gefesselt werden konnten.

Pacho bekam vom ersten Tag an pünktlich die Zeitungen. Im allgemeinen waren die Presseberichte über seine Entführung derart uninformiert und willkürlich, daß die Entführer sich darüber schlapp lachten. Als Maruja und Beatriz entführt wurden, war Pachos Tagesablauf schon zur Routine geworden. Er blieb die Nacht über wach und schlief etwa um elf Uhr vormittags ein. Er sah fern, allein oder mit seinen Wächtern, oder unterhielt sich mit diesen über die Nachrichten des Tages und vor allem über die Fußballspiele. Er las bis zur Ermattung und hatte noch die Nerven, Karten oder Schach zu spielen. Sein Bett war bequem, und er schlief von der ersten Nacht an gut, bis er sich eine juckende Krätze holte und ihm die Augen brannten, das gab sich aber wieder, nachdem man die

Baumwolldecken gewaschen und das Zimmer gründlich gereinigt hatte. Man sorgte sich nie darum, daß jemand von draußen das brennende Licht sehen könnte, weil die Fenster mit Brettern vernagelt waren.

Im Oktober tauchte überraschend eine neue Hoffnung auf: der Befehl, er solle ein Lebenszeichen für seine Familie vorbereiten. Er mußte sich große Mühe geben, um die Beherrschung zu bewahren. Er bat um eine Kanne schwarzen Kaffee und zwei Päckchen Zigaretten und begann die Botschaft so niederzuschreiben, wie sie ihm aus dem Herzen kam, ohne auch nur ein Komma zu korrigieren. Dann sprach er sie auf eine Minikassette, die von den Boten den normalen vorgezogen wurde, weil sie besser zu verstecken war. Er sprach so langsam und deutlich, wie er nur konnte, und versuchte dabei eine Haltung zu demonstrieren, die seine düstere Gemütsverfassung nicht verriet. Zuletzt las er die Schlagzeilen der Tagesausgabe von *El Tiempo* vor, um das Datum der Botschaft zu dokumentieren. Er war zufrieden, besonders mit dem ersten Satz: »Alle Menschen, die mich kennen, wissen, wie schwierig diese Botschaft für mich ist.« Als er sie jedoch später, schon mit innerem Abstand, gedruckt las, hatte er den Eindruck, sich mit dem letzten Satz selbst die Schlinge um den Hals gelegt zu haben, denn darin bat er den Präsidenten, alles ihm mögliche für die Befreiung der Journalisten zu tun. »Allerdings«, so ermahnte er ihn, »ohne dabei die Gesetze oder verfassungsmäßigen Grundsätze zu übertreten, was nicht nur dem Lande zugute kommt, sondern auch der

Pressefreiheit, die derzeit geknebelt ist.« Seine Niedergeschlagenheit verstärkte sich ein paar Tage später, als Maruja und Beatriz entführt wurden. Denn er deutete es als Zeichen, daß die Angelegenheit langwierig und kompliziert werden würde. Das war die Keimzelle eines Fluchtplans, der ihm zur unabwehrbaren Obsession werden sollte.

Die Haftbedingungen von Diana und ihrem Team – fünfhundert Kilometer nördlich von Bogotá und drei Monate nach der Entführung – unterschieden sich von denen der anderen Geiseln, da die Tatsache, zwei Frauen und vier Männer gleichzeitig gefangenzuhalten, komplizierte Probleme der Logistik und der Sicherheit aufwarf. In dem Gefängnis von Maruja und Beatriz war der völlige Mangel an Nachsicht befremdlich. In dem von Pacho Santos überraschten die Vertraulichkeit und Ungezwungenheit der gleichaltrigen Wächter. Bei Dianas Gruppe herrschte eine Atmosphäre der Improvisation, die Entführte und Entführer in ständiger Alarmbereitschaft und Ungewißheit hielt, eine allgemeine Unbeständigkeit, die sich auf alles übertrug und die Nervosität aller verstärkte.

Dianas Entführung stand zudem unter einem unsteten Stern. Während der langen Gefangenschaft mußten die Geiseln ohne Erklärung mindestens zwanzigmal außer- und innerhalb Medellíns umziehen, in Häuser von unterschiedlicher Art und Ausstattung. Diese Beweglichkeit wurde vielleicht dadurch möglich, daß die Entführer sich, anders als die von Bogotá, in ihrer natürlichen Umgebung bewegten, die sie völlig unter Kontrolle hatten, und direkten Kontakt mit ihren Vorgesetzten hielten.

Die Geiseln wurden nie alle in einem Haus untergebracht, nur zweimal und dann nur für wenige Stunden trafen sie zusammen. Erst waren es zwei Gruppen: Richard, Orlando und Hero Buss in einem Haus, Diana, Azucena und Juan Vitta in einem anderen in der Nähe. Einige der Quartierwechsel wurden leichtsinnig und unvorbereitet durchgeführt, ganz plötzlich, ohne Zeit, die Sachen zusammenzusuchen, weil angeblich ein Angriff der Polizei bevorstand, und fast immer ging es zu Fuß über schroffe Hänge, stapften sie unter endlosen Regenschauern durch den Schlamm. Diana war eine kräftige und resolute Frau, doch diese unbarmherzigen und entwürdigenden Fußmärsche unter den physischen und psychischen Bedingungen der Haft überstiegen ihre Widerstandskraft bei weitem. Andere Umzüge hingegen gingen mit einer verblüffenden Normalität vonstatten. Die Geiseln wurden durch die Straßen Medellíns gefahren, in gewöhnlichen Taxis, die den Polizeikontrollen und Straßenpatrouillen auswichen. Für alle am härtesten war in den ersten Wochen, entführt zu sein, ohne daß irgend jemand davon wußte. Sie sahen fern, hörten Radio, lasen Zeitungen, aber es kam keine Nachricht von ihrem Verschwinden, bis am 14. September *Criptón* ohne Angabe einer Quelle meldete, daß sie sich nicht wegen eines journalistischen Auftrags bei den Guerrillas aufhielten, sondern von den Auslieferbaren entführt worden seien. Es sollten noch mehrere Wochen vergehen, bis diese sich öffentlich zu der Entführung bekannten.

Für Dianas Team war ein intelligenter und ungezwungener Paisa zuständig, den alle Don Pacho nannten, ohne Nachnamen oder sonstigen Titel. Er war etwa dreißig Jahre alt, wirkte aber wie ein gesetzter älterer Mann. Allein seine Anwesenheit hatte den Vorzug, augenblicklich die anstehenden Alltagsprobleme zu lösen und Hoffnung für die Zukunft einzuflößen. Er brachte den Geiseln Geschenke, Bücher, Süßigkeiten, Musikkassetten und hielt sie auf dem laufenden über den Krieg und die aktuelle Lage im Lande.

Er tauchte jedoch nur gelegentlich auf und konnte seine Autorität schlecht delegieren. Die Wächter und Boten waren eher chaotisch, erschienen nie maskiert, riefen sich mit Spitznamen aus Comics und überbrachten den Geiseln vom einen zum anderen Haus schriftliche oder mündliche Botschaften, die diesen wenigstens als Trost dienten. In der ersten Woche kauften sie ihnen die vorgeschriebenen Trainingsanzüge, das Toiletten- und Waschzeug und die lokalen Zeitungen. Diana und Azucena spielten mit ihnen Karten und halfen ihnen oft dabei, die Einkaufsliste für den Markt zusammenzustellen. Einer gab einen Satz von sich, den Azucena verwundert in ihre Notizen aufnahm: »Um Geld braucht ihr euch keine Sorgen zu machen, davon gibt's mehr als genug.« Am Anfang lebten die Wächter in ihrer Unordnung, hörten lautstark Musik, aßen unregelmäßig und liefen in Unterhosen durchs Haus. Doch Diana übernahm das Kommando und rückte die Dinge zurecht. Sie zwang sie, sich anständig anzuziehen, die Musik leiser zu stellen, die beim Schlafen störte, und wies einen aus dem Zimmer, der auf einer Matratze neben ihrem Bett schlafen wollte.

Azucena war mit ihren achtundzwanzig Jahren ruhig und romantisch veranlagt und konnte nicht ohne ihren Mann leben, nachdem sie vier Jahre lang gelernt hatte, mit ihm zu leben. Sie hatte Anfälle von Eifersucht und schrieb ihm Liebesbriefe, wohl wissend, daß die ihn nie erreichen würden. Von der ersten Woche der Entführung an machte sie sich täglich Aufzeichnungen, die, von ungewöhnlicher Frische, für das Schreiben ihres Buches sehr nützlich waren. Sie arbeitete seit mehreren Jahren für Dianas Nachrichtensendung, die Beziehung der beiden Frauen hatte sich aber auf das Berufliche beschränkt, doch im Unglück kamen sie sich nun immer näher. Sie lasen gemeinsam Zeitung, unterhielten sich bis zum Morgengrauen und schliefen möglichst bis zur Mittagszeit. Diana suchte geradezu zwanghaft das Gespräch, und Azucena lernte von ihr Lektionen über das Leben, die ihr keine Schule beigebracht hätte.

Die Mitglieder ihres Teams haben Diana als intelligente Kameradin, fröhlich und voller Leben, in Erinnerung, auch als scharfsinnige politische Analytikerin. In ihren mutlosen Stunden offenbarte sie ihnen ihre Schuldgefühle, weil sie alle in dieses unvorhersehbare Abenteuer hineingezogen hatte. »Es ist mir gleich, was mit mir geschieht«, sagte sie, »aber wenn euch etwas zustößt, werde ich nie mehr in Frieden mit mir leben können.« Um Juan Vitta, mit dem sie eine langjährige Freundschaft verband, machte sie sich wegen seiner schlechten Gesundheit Sorgen. Er war einer von denen, die besonders nachdrücklich und mit guten Argumenten gegen diese Reise gewesen waren, dennoch hatte er sich Diana angeschlossen, kaum daß er nach einem schweren Vorinfarkt aus dem Krankenhaus entlassen worden war. Diana vergaß das nicht. Am ersten Sonntag der Entführung kam sie weinend in sein Zimmer und fragte ihn, ob er sie nicht dafür hasse, daß sie nicht auf ihn gehört habe. Juan Vitta antwortete mit aller Aufrichtigkeit. Ja: Er hatte sie von ganzem Herzen gehaßt, als man ihnen mitteilte, daß sie in den Händen der Auslieferbaren seien, aber er hatte die Entführung dann schließlich als unabwendbares Schicksal angenommen. Der Groll der ersten Tage hatte sich auch bei ihm in Schuldgefühle verwandelt, weil er unfähig gewesen war, ihr die Reise auszureden.

Hero Buss, Richard Becerra und Orlando Acevedo hatten in einem nahegelegenen Haus derweil weniger Grund zur Aufregung. In den Schränken hatten sie eine unerhörte Menge von Männerkleidung gefunden, noch in Originalverpackung und mit den Schildern großer europäischer Marken. Die Wächter erzählten ihnen, daß Pablo Escobar in mehreren sicheren Häusern für Notfälle diese Kleider zum Wechseln habe. »Nutzt es aus, Jungs, verlangt, was ihr wollt«, scherzten sie. »Der Transport dauert ein wenig, aber innerhalb von zwölf Stunden können wir jeden Wunsch erfüllen.« Die Mengen von Lebensmitteln und Getränken, die am Anfang auf Maultieren gebracht wurden, waren unglaublich. Hero Buss sagte den Wächtern, daß kein Deutscher ohne Bier leben könne, und beim nächsten Mal brachten sie ihm drei Kisten. »Es war eine lockere Atmosphäre«, hat Hero Buss in seinem perfekten Spanisch gesagt. In jenen Tagen überredete er einen Wächter dazu, ein Foto von den Entführten zu machen, wie sie gerade für das Mittagessen Kartoffeln schälten. Später gelang es ihm, in einem anderen Haus, wo das Fotografieren verboten war, eine automatische Kamera auf dem Schrank zu verstecken, mit der er eine gute Serie Farbdias von Juan Vitta und sich selbst machte.

Sie spielten Karten, Domino, Schach, doch die Geiseln waren den irrwitzigen Wetteinsätzen und den Taschenspielertricks der Wächter nicht gewachsen. Alle waren sie jung. Der Jüngste mochte erst fünfzehn sein und war stolz darauf, daß er mit seinem Erstlingswerk bei einem Wettmorden an Polizisten, auf die ein Kopfgeld von je zwei Millionen ausgesetzt war, bereits eine Prämie gewonnen hatte. Sie schätzten das Geld so gering, daß Richard Becerra ihnen gleich am Anfang eine Sonnenbrille und eine Jacke für Kameraleute zu einem Preis verkaufte, für den er sich fünf neue kaufen konnte.

In kalten Nächten rauchten die Wächter zuweilen Marihuana und spielten mit ihren Waffen. Zweimal gingen Schüsse los. Einer davon durchschlug die

Badezimmertür und verletzte einen Wächter am Knie. Als sie im Radio einen Aufruf von Papst Johannes Paul II. zur Freilassung der Geiseln hörten, schrie einer der Wächter:

»Was muß sich dieser Hurensohn da einmischen?«

Empört über die Verunglimpfung sprang einer seiner Gefährten auf, und die Geiseln mußten vermitteln, um die beiden von einer Schießerei abzuhalten. Sonst nahmen Hero Buss und Richard so etwas auf die leichte Schulter, um sich nicht selbst verrückt zu machen. Orlando dachte, daß er als Geisel überflüssig sei und schon deshalb ganz oben auf der Liste der Exekutionen stehe.

Inzwischen waren die Geiseln in drei Gruppen auf verschiedene Häuser verteilt worden: Richard und Orlando in eins, Hero Buss und Juan Vitta in ein anderes und Diana und Azucena in ein drittes. Die beiden Kameramänner wurden vor aller Augen in einem Taxi durch den höllischen Verkehr im Geschäftszentrum gefahren, während alle Sicherheitseinheiten Medellíns sie suchten. Sie wurden in einem Haus untergebracht, das noch im Rohbau war, und zusammen in ein Zimmer gesteckt, das eher wie ein Kerker von zwei mal zwei Metern aussah, mit einem schmutzigen Bad ohne Licht. Vier Männer bewachten sie. Zum Schlafen gab es nur zwei Matratzen auf dem Boden. In einem Nebenzimmer, das immer geschlossen blieb, befand sich eine andere Geisel, für die – wie die Wächter erzählten – ein Lösegeld in vielfacher Millionenhöhe gefordert wurde. Es handelte sich um einen korpulenten

Mulatten, der eine Kette aus massivem Gold um den Hals trug, und sie hatten ihn an den Händen gefesselt und hielten ihn absolut isoliert.

Das weitläufige und komfortable Haus, in das Diana und Azucena gebracht wurden und in dem sie die meiste Zeit ihrer Gefangenschaft verbrachten, schien die Privatresidenz eines großen Bosses zu sein. Sie aßen dort mit am Familientisch, beteiligten sich an Privatgesprächen und hörten Platten, die gerade in Mode waren. Darunter solche von Rocío Durcal und Juan Manuel Serrat, wie Azucena sich notierte. In diesem Haus sah Diana auch eine Fernsehsendung, die in ihrer Wohnung in Bogotá gedreht worden war, und ihr fiel dabei ein, daß sie die Schrankschlüssel irgendwo versteckt hatte, wußte aber nicht mehr, ob hinter den Musikkassetten oder hinter dem Fernsehapparat im Schlafzimmer. Und ihr fiel auch ein, daß sie in der Eile, mit der sie das letzte Mal das Haus für die Unglücksreise verließ, vergessen hatte, den Safe abzuschließen. »Hoffentlich hat niemand da die Nase reingesteckt«, schrieb sie ihrer Mutter in einem Brief. Ein paar Tage später bekam sie in einer harmlos wirkenden Fernsehsendung eine beruhigende Antwort.

Das häusliche Leben schien sich durch die Geiseln nicht verändert zu haben. Unbekannte Damen erschienen und behandelten sie wie Familienangehörige, schenkten ihnen Anhänger und Bildchen von wundertätigen Heiligen, die ihnen helfen sollten freizukommen. Übel war nur das grausame Klima. Wenn, selten genug, die Sonne einmal schien, konnten sie nicht hinaus, weil dort immer Männer arbeiteten, vielleicht als Maurer verkleidete Wächter. Diana und Azucena machten, jede auf ihrem Bett sitzend, Fotos voneinander, auf denen noch keine äußerliche Veränderung zu sehen ist. Auf einem anderen Bild, das drei Monate später von Diana aufgenommen wurde, sieht sie verhärmt und gealtert aus.

Am 19. September, als sie von der Entführung von Marina Montoya und Francisco Santos erfuhr, begriff Diana – auch ohne die Anhaltspunkte, die man draußen hatte –, daß es sich in ihrem Fall nicht um eine Einzeltat handelte, wie sie zuerst gedacht hatte, sondern um eine politische Operation, die auf die Zukunft hin angelegt war, um mit diesem Druckmittel die Übergabebedingungen diktieren zu können. Don Pacho bestätigte ihr das: Es gab eine Liste von ausgewählten Journalisten und Persönlichkeiten, die jeweils, wenn die Interessen der Entführer es erforderlich machten, entführt werden sollten. Da beschloß sie, Tagebuch zu führen, nicht so sehr, um über die Tage, die sie verbrachte, zu erzählen, sondern um ihre Gemütszustände und ihre Einschätzung der Ereignisse festzuhalten. Alles mögliche: Anekdoten aus der Haft, politische Analysen, menschliche Beobachtungen, Gespräche ohne Antwort mit ihrer Familie oder mit Gott, der Jungfrau Maria und dem Göttlichen Kinde. Mehrere Male schrieb sie ganze Gebete ab – darunter das Vaterunser und das Ave Maria –, und diese schriftliche Andacht war für sie vielleicht eine unverbrauchte und daher tiefere Art des Gebets.

Offensichtlich hat Diana nicht an einen Text gedacht, der publiziert werden sollte, sondern an ein politisches und privates Gedankenprotokoll, das sich durch die Dynamik der Ereignisse zu einem erschütternden Gespräch mit sich selbst entwickelte. Sie schrieb es in ihren runden und großen Schriftzügen, die klar wirken, doch schwierig zu entziffern sind und die Zeilenabstände des Schulhefts ganz ausfüllen. Am Anfang schrieb sie heimlich bei Morgengrauen, aber als die Wächter das entdeckten, besorgten sie ihr genügend Papier und Bleistifte, um sie beschäftigt zu halten, während sie schliefen.

Die erste Eintragung stammt vom 27. September, eine Woche nach der Entführung von Marina und Pacho, und lautet: »Seit Mittwoch, dem 19., als der Verantwortliche für diesen Einsatz kam, sind so viele Dinge geschehen, daß ich außer Atem bin.« Sie fragte sich, warum ihre Entführer sich nicht zu der Tat bekannten, und antwortete sich selbst, wahrscheinlich, um sie ohne öffentlichen Skandal umbringen zu können, falls sie ihren Zwecken nicht dienlich sein sollte. »So sehe ich das, und es erfüllt mich mit Grauen«, schrieb sie. Sie sorgte sich mehr um den Zustand ihrer Gefährten als um den eigenen und interessierte sich für Nachrichten aus jeglicher Quelle, die Rückschlüsse auf ihre Situation zuließen. Sie war, wie ihre ganze Familie und besonders ihre Mutter, schon immer eine praktizierende Katholikin gewesen, und im Laufe der Haftzeit sollte ihr Glaube immer inniger und tiefer werden, bis hin zu mystischen Zuständen. Sie betete zu Gott und der Jungfrau für jeden, der etwas mit ihrem Leben zu tun hatte, sogar für Pablo Escobar. »Vielleicht braucht er Deine Hilfe mehr«, schrieb sie in ihrem Tagebuch an Gott. »Ich weiß von Deiner Regung, ihn das Gute sehen zu lehren, damit er weiteres Leid verhindert, und ich bitte Dich für ihn, daß er unsere Situation verstehen möge.«

Das Schwierigste war zweifellos für alle, sich an das Zusammenleben mit den Wächtern zu gewöhnen. Die von Maruja und Beatriz waren vier völlig ungebildete junge Männer, brutal und launisch, die sich alle zwölf Stunden zu zweit ablösten und dann mit ihren schußbereiten Maschinenpistolen auf dem Boden saßen. Alle trugen T-Shirts mit Werbeaufdrucken, Turnschuhe und kurze Hosen, die sie manchmal selbst mit der Baumschere gestutzt hatten. Einer der beiden, die um sechs Uhr morgens kamen, schlief immer noch bis neun weiter, während der andere Wache hielt, aber meistens schlief auch dieser dabei ein. Maruja und Beatriz hatten sich überlegt, daß, falls zu dieser Zeit ein Polizeikommando das Haus angreifen sollte, die Wächter nicht einmal Zeit genug zum Aufwachen hätten.

Gemeinsam war diesen der absolute Fatalismus. Sie wußten, sie würden jung sterben, akzeptierten das und lebten nur für den Augenblick. Sie wollten, so entschuldigten sie ihren abscheulichen Beruf vor sich, ihre Familien unterstützen, sich gute Kleider kaufen, Motorräder besitzen und für das Glück ihrer Mutter sorgen, die sie über alles verehrten und für die sie zu sterben bereit waren. Sie bauten, wie ihre Geiseln, auf das Göttliche Kind und Maria die Hilfreiche. Täglich beteten sie zu ihnen und erflehten ihren Schutz und ihre Barmherzigkeit, mit einer pervertierten Frömmigkeit, da sie Gelübde leisteten und Opfer versprachen, damit die Heiligen ihnen zum Erfolg bei ihren Verbrechen verhalfen. Gleich nach der Verehrung der Heiligen kam die des Rohypnols, eines Beruhigungsmittels, das ihnen erlaubte, im wirklichen Leben die Heldentaten aus dem Kino zu vollbringen. »Man muß es mit einem Bier runterspülen, dann hebt man sofort ab«, erklärte ein Wächter. »Dann besorgt man sich ein ordentliches Schießeisen und klaut sich ein Auto zum Spazierenfahren. Geil ist das entsetzte Gesicht, mit dem man dir die Autoschlüssel gibt.« Alles andere haßten sie: die Politiker, die Regierung, den Staat, die Justiz, die Polizei, die ganze Gesellschaft. Das Leben, sagten sie, ist Scheiße.

Am Anfang war es unmöglich, sie auseinanderzuhalten, weil die Geiseln nur die Maske von ihnen sahen und alle gleich zu sein schienen. Das heißt, ein einziger. Die Zeit lehrte sie jedoch, daß die Maske zwar das Gesicht, aber nicht den Charakter verbirgt. So gelang es ihnen, sie zu individualisieren. Jede Maske hatte eine unterschiedliche Identität, eine eigene Wesensart, eine unverkennbare Stimme. Mehr noch: Sie hatte ein Herz. Ohne es gewollt zu haben, teilten die Geiseln am Ende mit ihnen die Einsamkeit der Haft. Sie spielten zusammen Karten und Domino, und sie halfen sich beim Lösen der Kreuzworträtsel und Denkaufgaben in den alten Zeitschriften.

Marina befolgte ergeben die Gesetze ihrer Gefängniswärter, war aber nicht unparteiisch. Die einen mochte sie, die anderen konnte sie nicht leiden, sie gab auf ganz mütterliche Art boshafte Kommentare weiter und stiftete dadurch Unfrieden unter den Männern, was die Harmonie im Zimmer gefährdete. Aber alle zwang sie, den Rosenkranz zu beten, und alle beteten sie.

Unter den Wächtern des ersten Monats war einer, der wiederholt unter plötzlichen Anfällen von Demenz litt. Sie nannten ihn Barrabás. Er betete Marina an, schäkerte zärtlich und wie ein Kind mit ihr. Dagegen war er vom ersten Tag an Marujas erbitterter Feind. Er konnte plötzlich durchdrehen, dann gab er dem Fernseher einen Tritt und rannte mit dem Kopf gegen die Wand.

Der seltsamste von den Wächtern, düster und schweigsam, war sehr dünn und fast zwei Meter groß und zog sich über die Maske noch die dunkelblaue Kapuze eines Trainingsanzugs, er sah dann wie ein verrückter Mönch aus. Und so nannten sie ihn auch: Monje. Lange Zeit konnte er zusammengekauert und wie in Trance dasitzen. Er mußte einer der Dienstältesten sein, denn Marina kannte ihn gut und zeichnete ihn mit ihrer Fürsorge aus. Er brachte ihr von seinen freien Tagen Geschenke mit, darunter ein Kruzifix aus Plastik, das Marina an demselben einfachen Band, mit dem sie es erhalten hatte, um den Hals trug. Nur sie hatte sein Gesicht gesehen, denn bevor Maruja und Beatriz dazukamen, waren alle Wächter unverhüllt gewesen und hatten nichts getan, um ihre Identität zu verbergen. Marina deutete es als Indiz dafür, daß sie nicht lebendig aus dieser Haft kommen würde. Sie sagte, er sei ein gutaussehender Jüngling mit den schönsten Augen, die sie je gesehen habe, und Beatriz glaubte ihr, denn seine Wimpern waren so lang und geschwungen, daß sie aus den Augenlöchern der Maske herausschauten. Der Monje war zum Besten und Schlimmsten fähig. Er entdeckte auch, daß Beatriz eine Kette mit der wundertätigen Jungfrau als Anhänger trug.

»Ketten sind hier verboten«, sagte er. »Die müssen Sie mir geben.«

Beatriz weigerte sich voller Angst.

»Die dürfen Sie mir nicht wegnehmen«, sagte sie. »Das bringt wirklich Unglück, dann stößt mir etwas Schlimmes zu.«

Er wurde von ihrer Angst angesteckt. Er erklärte ihr, daß Anhänger verboten seien, weil elektronische Sensoren darin stecken könnten, mit denen man sie über weite Entfernungen hinweg orten könnte. Aber er fand eine Lösung:

»Wir machen das so«, schlug er vor, »Sie behalten die Kette, geben mir aber den Anhänger. Sie müssen entschuldigen, aber das ist mir befohlen worden.«

Lamparón wiederum hatte die Obsession, daß man ihn töten würde, und er bekam vor Angst Krämpfe. Er bildete sich ein, Geräusche zu hören, gab vor, daß er eine schreckliche Narbe im Gesicht hatte, vielleicht um diejenigen zu täuschen, die ihn zu identifizieren versuchten. Er wischte die Gegenstände, die er berührt hatte, mit Alkohol ab, um keine Fingerabdrücke zu hinterlassen. Marina machte sich über ihn lustig, konnte aber nicht mäßigend auf seine Wahnvorstellungen wirken. Plötzlich, mitten in der Nacht, wachte er auf. »Hört!« flüsterte er voller Entsetzen. »Da kommt die Polizei!« Eines Nachts löschte er die Nachttischlampe, und Marina stieß sich heftig an der Badezimmertür. Fast wäre sie ohnmächtig geworden. Zu allem Überfluß beschimpfte Lamparón sie noch, daß sie sich nicht in der Dunkelheit bewegen könne.

»Jetzt reichts«, fuhr sie ihn an. »Das hier ist kein Kriminalfilm.«

Auch die Wächter wirkten wie Geiseln. Sie durften sich nicht im übrigen Haus bewegen, und in ihrer freien Zeit schliefen sie in einem Zimmer, das ebenfalls mit einem Vorhängeschloß zugesperrt war, damit sie nicht flüchteten. Alle waren sie waschechte Antioqueñer, kannten Bogotá kaum, und einer erzählte, daß man sie, wenn sie alle zwanzig oder dreißig Tage Urlaub vom Dienst hatten, mit verbundenen Augen oder im Kofferraum des Wagens wegbrachte, damit sie nicht erfuhren, wo sie sich befanden. Ein anderer befürchtete, daß man ihn töten würde, sobald man ihn nicht mehr brauchte, damit er seine Geheimnisse mit ins Grab nehme. In höchst unregelmäßigen Abständen erschienen besser gekleidete Chefs mit Kapuzen, die sich berichten ließen und Anweisungen gaben. Ihre Entscheidungen waren unvorhersehbar, und Entführte wie Wächter waren ihnen gleichermaßen ausgeliefert.

Frühstück bekamen die Geiseln zu den unwahrscheinlichsten Zeiten: Milchkaffee und ein Maisbrot mit einer Wurst darauf. Mittags gab es Bohnen oder Linsen in einer grauen Brühe; Fleischstückchen in Fettpfützen, einen Löffel Reis und eine Limonade. Sie mußten, da es keinen Stuhl im Zimmer gab, auf der Matratze sitzend essen, und nur mit dem Löffel, denn Messer und Gabeln waren aus Sicherheitsgründen verboten. Das Abendessen wurde aus aufgewärmten Bohnen und anderen Resten vom Mittag improvisiert.

Die Wächter sagten, daß der Hausherr, den sie Verwalter nannten, den größten Teil des Haushaltsgeldes selbst einstecke. Er war ein stämmiger Mann in den Vierzigern, mittelgroß, und man konnte von seiner näselnden Sprechweise und den blutunterlaufenen und unausgeschlafenen Augen, die durch die Löcher der Kapuze schauten, auf sein Faunsgesicht schließen. Er lebte mit einer kleinen, ewig keifenden Frau zusammen, die zerlumpt herumlief und faulige Zähne hatte. Sie hieß Damaris, und den ganzen Tag über sang sie aus vollem Hals Salsa, Vallenatos und Bambucos. Sie hatte das Gehör eines Kanoniers, sang aber mit so viel Begeisterung, daß man sich nur vorstellen konnte, daß sie allein zu ihrer Musik durchs ganze Haus tanzte.

Teller, Gläser und Laken wurden erst gespült und gewaschen, wenn die Geiseln sich beschwerten. Die Klosettspülung durfte nur viermal am Tag betätigt werden, und am Sonntag, wenn die Familie ausging, wurde abgesperrt, damit kein Wasserrauschen die Aufmerksamkeit der Nachbarschaft erregte. Die Wächter urinierten ins Waschbecken oder in den Abfluß der Dusche. Nur wenn sich der Hubschrauber der Chefs ankündigte, versuchte Damaris ihre Nachlässigkeit eiligst mit Feuerwehrtechnik zu vertuschen und spritzte Böden und Wände mit einem Schlauch ab. Jeden Tag sah sie bis ein Uhr mittags die Telenovelas, und dann warf sie das, was sie fürs Mittagessen da hatte, in den Dampfkochtopf – Fleisch, Gemüse, Kartoffeln, Bohnen, alles durcheinander – und setzte ihn auf das Feuer, bis das Pfeifen ertönte.

Die häufigen Streitigkeiten mit ihrem Mann verrieten eine Befähigung zur Wut und eine Erfindungsgabe für Schmähungen, die zuweilen den Gipfel der Inspiration erreichten. Sie hatten zwei Töchter, neun und sieben Jahre alt, die in eine nahegelegene Schule gingen und manchmal andere Kinder zum Fernsehen oder zum Spielen im Hof einluden. Die Lehrerin kam manchmal samstags zu Besuch, und andere, lautere Freunde tauchten irgendwann auf und improvisierten Feste mit Musik. Dann wurde die Tür des Zimmers mit einem Vorhängeschloß abgesperrt, und die Geiseln wurden gezwungen, das Radio auszuschalten, ohne Ton fernzusehen und nicht einmal in dringenden Fällen das Bad zu benutzen.

Ende Oktober fiel Diana Turbay auf, daß Azucena besorgt und traurig war. Sie hatte den ganzen Tag nicht geredet und kein Bedürfnis gezeigt, irgend etwas mit ihr gemeinsam zu machen. Das war keine Seltenheit: Ihre Fähigkeit abzuschalten war außergewöhnlich, vor allem, wenn sie las, und insbesondere, wenn das Buch die Bibel war. Aber ihre Schweigsamkeit war diesmal mit Schreckhaftigkeit und ungewöhnlicher Blässe verbunden. Zur Rede gestellt offenbarte sie Diana, daß sie seit zwei Wochen befürchte, schwanger zu sein. Ihre Berechnung war eindeutig. Sie war über fünfzig Tage in Haft, und zweimal war ihre Periode ausgeblieben. Wegen der guten Neuigkeit machte Diana einen Freudensprung – eine für sie typische Reaktion –, ging dann aber auf Azucenas Kummer ein.

Bei einem seiner ersten Besuche hatte Don Pacho ihnen versprochen, daß sie am ersten Donnerstag im Oktober freikämen. Sie glaubten es, denn es traten sichtbare Veränderungen ein: bessere Behandlung, besseres Essen, größere Bewegungsfreiheit. Doch gab es immer einen Vorwand, den Termin zu verschieben. Nach dem angekündigten Donnerstag hieß es, sie würden am 9. Dezember zur Feier der Wahl der Verfassunggebenden Versammlung freigelassen. So ging es weiter mit Weihnachten, Neujahr, Heilige Drei Könige oder irgendeinem Geburtstag, es war eine Kette von Ankündigungen, die eher Trostpflästerchen zu sein schienen.

Don Pacho besuchte sie auch den November über. Er brachte ihnen neue Bücher, Tageszeitungen, veraltete Zeitschriften und Schachteln mit Pralinen. Er erzählte von den anderen Entführten. Als Diana erfuhr, daß sie nicht eine Gefangene von Pfarrer Pérez war, versteifte sie sich darauf, ein Interview mit Pablo Escobar zu bekommen, nicht so sehr, um dieses – falls es dazu kam – zu veröffentlichen, sondern um mit ihm darüber zu diskutieren, unter welchen Bedingungen er sich stellen würde. Ende Oktober teilte ihr Don Pacho mit, ihrem Ersuchen sei stattgegeben worden. Doch die Nachrichten vom 7. November versetzten dieser Hoffnung den ersten schweren Schlag: Die Übertragung des Fußballspiels zwischen den Mannschaften von Medellín und Nacional wurde unterbrochen, um die Entführung von Maruja Pachón und Beatriz Villamizar zu melden.

Juan Vitta und Hero Buss hörten davon in ihrem Gefängnis und hielten es für die denkbar schlechteste Nachricht. Auch sie waren zu dem Schluß gekommen, daß sie in diesem Horrorfilm nur Komparsen waren. »Füllmaterial«, wie Juan Vitta sagte. »Einwegflaschen«, wie die Wächter sie nannten. Einer von ihnen hatte Hero Buss in einer hitzigen Diskussion angeschrien:

»Halten Sie das Maul, Sie sind hier doch gar nicht eingeladen.«

Juan Vitta versank in einer Depression, aß nicht mehr, schlief schlecht, verlor die Orientierung und entschied sich für die sanftere Lösung, ein für allemal zu sterben, statt jeden Tag Millionen Tode zu erleiden. Er war bleich, ein Arm schlief ihm ein, er atmete schwer und schreckte im Schlaf hoch. Gespräche führte er nur noch mit seinen toten Verwandten, die er in Fleisch und Blut um sein Bett stehen sah. Voller Sorge veranstaltete Hero Buss ein deutsches Donnerwetter: »Wenn Juan hier stirbt, dann seid ihr dafür verantwortlich«, sagte er zu den Wächtern. Die Warnung kam an.

Sie besorgten einen Arzt, Dr. Conrado Prisco Lopera, Bruder von David Ricardo und Armando Alberto Prisco Lopera – von der berüchtigten Bande der Priscos –, die mit Pablo Escobar seit seinen Anfängen als Rauschgifthändler zusammenarbeiteten und als Gründer der jugendlichen Killerbanden in der nordöstlichen Kommune von Medellín galten. Es hieß, sie führten eine Bande junger Schläger an, die für die schmutzige Arbeit zuständig waren, darunter die Bewachung der Entführten. Die Ärzteschaft hingegen behandelte Dr. Conrado als ehrenwerten Kollegen, und sein einziger Makel war, der Hausarzt Pablo Escobars zu sein oder gewesen zu sein. Er kam mit unverhülltem Gesicht und überraschte Hero mit einem Gruß auf deutsch:

»Hallo, Hero, wie geht's uns?«

Für Juan Vitta war es eine schicksalhafte Visite, nicht wegen der Diagnose – Streß im fortgeschrittenen Stadium –, sondern wegen seiner Leidenschaft für Bücher. Das einzige, was der Arzt ihm verordnete, war ein Sirup aus guter Literatur. Das genaue Gegenteil zu den politischen Nachrichten des Dr. Prisco Lopera, die auf die Gefangenen wie ein Sud wirkten, der auch den Gesündesten umbringt.

Dianas Zustand verschlimmerte sich im November: starke Kopfschmerzen, krampfartige Koliken, eine schwere Depression; doch im Tagebuch finden sich keine Hinweise, daß der Arzt sie untersucht hätte. Sie dachte, es sei vielleicht eine Depression, weil ihre Situation, die gegen Ende des Jahres immer ungewisser wurde, so festgefahren war. » Hier vergeht die Zeit anders, und wir haben nicht gelernt, damit umzugehen«, schrieb sie. »Es fehlt jeder Eifer.« Eine Notiz aus jener Zeit belegt den Pessimismus, der sie befallen hatte: »Es ist mir gelungen, eine Revision meines bisherigen Lebens zu machen: Wie viele Lieben, was für eine Unreife bei wichtigen Entscheidungen, wieviel Zeit auf Dinge verschwendet, die es nicht wert waren!« Ihr Beruf nahm bei dieser drastischen Gewissenserforschung einen besonderen Platz ein: »Obgleich meine Überzeugungen in bezug auf das, was Journalismus ist und sein muß, immer fester werden, sehe ich die Dinge weder klar noch umfassend genug.« Die Zweifel sparten nicht einmal ihre eigene Zeitschrift aus, »die mir so ärmlich erscheint, nicht nur wirtschaftlich gesehen, sondern auch inhaltlich.« Und sie schrieb ihr Urteil mit sicherer Hand: »Sie ist zu oberflächlich und zu wenig analytisch.«

Die Tage jeder einzelnen Geisel vergingen im Warten auf Don Pacho, dessen stets angekündigten und selten eingehaltenen Besuche das Maß der Zeit waren. Die Entführten hörten die Sportflugzeuge und Hubschrauber über das Haus fliegen und hatten den Eindruck, daß es sich um routinemäßige Kontrollflüge handelte. Die Wächter hingegen wurden durch jedes Flugzeuggeräusch aufgescheucht, und sie gingen mit ihren Waffen in Kampfstellung. Die Geiseln wußten durch wiederholte Ankündigungen, daß sie im Fall eines bewaffneten Angriffs als erste erschossen würden.

Trotz allem endete der November mit einem Hoffnungsschimmer. Azucena Liévanos Befürchtungen hatten sich als unbegründet erwiesen: Es waren die Symptome einer Scheinschwangerschaft, die womöglich durch die nervöse Anspannung hervorgerufen worden war. Aber Azucena freute sich nicht. Im Gegenteil: Nach dem ersten Schrecken war die Vorstellung, ein Kind zu bekommen, zu einer Hoffnung geworden, die sie wiederbeleben wollte, sobald sie freikam. Diana wiederum sah Zeichen der Hoffnung in den Erklärungen der Notabeln über die Möglichkeiten einer Vereinbarung.

Der Rest des Novembers war für Maruja und Beatriz eine Zeit der Eingewöhnung. Jede zimmerte sich auf ihre Weise eine Überlebensstrategie zusammen. Beatriz, die mutig und willensstark ist, flüchtete sich in den Trost, die Wirklichkeit herunterzuspielen. Sie brachte die ersten zehn Tage gut hinter sich, aber ihr wurde bald bewußt, daß die Lage doch komplizierter und unheilvoller war, und so stellte sie sich vorsichtig dem Unglück. Maruja, die trotz ihres fast irrationalen Optimismus eine kühle Analytikerin ist, hatte von Anfang an begriffen, daß sie einer Realität gegenüberstand, die von ihr nicht zu beeinflussen war, und daß die Entführung lang dauern und schwer sein würde. Sie verkroch sich in sich selbst wie eine Schnecke in ihr Haus, sparte Energien, dachte alles von Grund auf durch, bis sie sich an den unausweichlichen Gedanken gewöhnte hatte, daß sie sterben könnte. »Wir kommen hier nicht lebendig heraus«, sagte sie sich und war selbst darüber überrascht, daß diese fatalistische Erkenntnis einen entgegengesetzten Effekt hatte. Von da an fühlte sie sich als Herrin ihrer selbst und in der Lage, auf alle und alles einzugehen, und durch Überreden erreichte sie, daß die Disziplin weniger streng gehandhabt wurde. Sogar das Fernsehen wurde nach der dritten Haftwoche unerträglich, die Kreuzworträtsel gingen ihnen aus, ebenso die wenigen lesbaren Artikel in den Illustrierten, die sie im Zimmer vorgefunden hatten und die vielleicht die Hinterlassenschaft einer früheren Entführung waren. Doch auch an ihren schlechtesten Tagen verschaffte Maruja sich, so wie sie es im wirklichen Leben auch immer gemacht hatte, etwa zwei Stunden absoluter Einsamkeit.

Trotz alledem zeigten die ersten Nachrichten im Dezember, daß es Grund zu Hoffnungen gab. Während Marina ihre schrecklichen Prophezeiungen abgab, begann Maruja, sich optimistische Spielchen auszudenken. Marina schloß sich ihr schnell an: Einer der Wächter hatte den Daumen beifällig hochgestreckt, und das hieß, daß alles gut lief. Einmal, als Damaris nicht zum Markt ging, deuteten sie das als Zeichen dafür, daß es nicht nötig war, weil sie bald freigelassen würden. Ein Spiel war, sich vorzustellen, wie sie befreit würden, und sie bestimmten dann den Termin und die Art und Weise. Da sie im Dunkeln lebten, malten sie sich aus, an einem Sonnentag freizukommen, und wollten auf der Terrasse von Marujas Wohnung feiern. »Was möchtet ihr essen?« fragte Beatriz. Marina, die ein Händchen fürs Kochen hatte, diktierte ein Menü für Königinnen. Es fing als Spiel an und hörte in der Wirklichkeit auf, sie richteten sich zum Ausgehen her, schminkten sich gegenseitig. Am 9. Dezember, einem der Termine, die wegen der Wahl zur Verfassunggebenden Versammlung für die Freilassung genannt worden waren, hielten sie sich bereit, sogar für die Pressekonferenz, für die sie jede einzelne Antwort vorbereitet hatten. Der Tag verging in unruhiger Erwartung, endete jedoch ohne Bitterkeit, weil Maruja mit absoluter Sicherheit und ohne den Schatten eines Zweifels wußte, daß sie früher oder später von ihrem Mann befreit würden.

4

Die Entführung der Journalisten war also eine Reaktion auf die Fragen, die Präsident César Gaviria seit seiner Zeit als Innenminister unter Virgilio Barco bedrängten: Wie konnte man den Terrorismus in den Griff bekommen? Ließ sich eine juristische Alternative zum Krieg entwickeln? Das war ein zentrales Thema seiner Wahlkampagne für die Präsidentschaft gewesen. In seiner Einführungsrede hatte er es noch einmal betont, allerdings eine wichtige Unterscheidung gemacht, daß nämlich der Terrorismus der Händler ein nationales Problem sei, für das es eine nationale Lösung geben konnte, während der Rauschgifthandel international agiere, und es dafür nur internationale Lösungen geben konnte. Die Priorität hatte der Kampf gegen den Drogenterrorismus, da die Öffentlichkeit nach den ersten Bomben Gefängnis für die Terroristen forderte, bei den nächsten verlangte, daß sie ausgeliefert würden, doch von der vierten Bombe an um Gnade für sie bat. Auch in dieser Hinsicht sollte die Auslieferung ein letztes Druckmittel sein, um die Verbrecher zur Aufgabe zu zwingen, und Gaviria war bereit, dieses Mittel ohne Rücksicht anzuwenden.

In seinen ersten Amtstagen hatte er kaum Zeit, mit jemandem darüber zu sprechen, weil er erschöpft von der Aufstellung des Kabinetts und der Einberufung einer Verfassunggebenden Versammlung war, von der die erste grundsätzliche Staatsreform seit hundert Jahren ausgehen sollte. Rafael Pardo teilte seit der Ermordung von Luis Carlos Galán die Sorge des Präsidenten über den Terrorismus. Aber auch er war von den Mühen des Anfangs mitgenommen. Er war in einer besonderen Situation. Seine Ernennung zum Berater für Sicherheit und öffentliche Ordnung war eine der ersten gewesen, und das in einem Regierungspalast, der erschüttert wurde von dem Erneuerungsschwung eines der jüngsten Präsidenten des Jahrhunderts, der Gedichte verschlang und die Beatles bewunderte und dem radikale Veränderungen vorschwebten, denen er selbst einen bescheidenen Namen gab: *El Revolcón* – der Umbruch. Inmitten jenes Wirbelwinds lief Rafael Pardo mit einem Köfferchen voller Papiere herum, und wo immer Platz war, setzte er sich zum Arbeiten hin. Seine Tochter Laura dachte, ihr Vater habe die Anstellung verloren, weil er nicht zu festen Zeiten fortging und heimkam. In Wahrheit entsprach die von den Umständen erzwungene Regellosigkeit durchaus Rafael Pardos Wesen, der mehr von einem Poeten als von einem Staatsbeamten hatte. Er war achtunddreißig Jahre alt. Die akademische Schulung war ihm anzumerken und gut fundiert: Abitur am Gimnasio Moderno in Bogotá, Ökonomie an der Universidad de los Andes, wo er auch neun Jahre lang gelehrt und geforscht hatte, sowie ein Postgraduierten-Lehrgang über Planungsprobleme am Institut für Sozialforschung in Den Haag, Holland. Im übrigen las er fast wahnhaft jedwedes Buch, das ihm in die Hand fiel, ganz besonders aus zwei weit auseinanderliegenden Sparten: Poesie und Sicherheitsfragen. Zu jener Zeit besaß er nur vier Krawatten, die er in den letzten vier Jahren zu Weihnachten geschenkt bekommen hatte, und er band sie nicht freiwillig um, sondern steckte nur eine für Notfälle in die Tasche. Er kombinierte Hosen und Jakken, ohne auf Muster oder Stil zu achten, zog zerstreut zwei verschiedenfarbige Socken an und lief, wenn er konnte, in Hemdsärmeln herum, weil er keinen Unterschied zwischen Wärme und Kälte kannte. Seine größten Ausschweifungen waren die Pokerpartien mit seiner Tochter Laura, die beiden spielten mit Bohnen statt Geld und in absoluter Schweigsamkeit, manchmal bis zwei Uhr morgens. Claudia, seine schöne und geduldige Frau, geriet darüber in Verzweiflung, wie er, einem Somnambulen gleich, durch das Haus wandelte und nicht wußte, wo die Gläser standen, wie man eine Tür abschloß oder Eiswürfel aus dem Kühlschrank holte, auch hatte er die fast magische Fähigkeit, das, was ihm nicht paßte, nicht wahrzunehmen. Seine merkwürdigsten Eigenschaften waren jedoch diese statuenhafte Unerschütterlichkeit, die keinerlei Hinweis auf seine Gedanken gab, und das unbarmherzige Talent, ein Gespräch mit nicht mehr als vier

Worten abzuschließen oder eine heftige Diskussion mit einem lapidaren Einsilber zu beenden.

Seine Studien- und Arbeitskollegen konnten sich seine Untauglichkeit im häuslichen Bereich nicht erklären, kannten sie ihn doch als intelligenten, ordentlichen Arbeiter von beängstigender Gelassenheit, der durch seine unaufmerksame Art wohl nur die Aufmerksamkeit von sich ablenken wollte. Er ließ sich von kleinen Problemen irritieren, für hoffnungslose Sachen aber brachte er große Geduld auf, und er hatte einen unbeugsamen Charakter, der nur durch seinen unerschütterlichen Sinn für Humor und seine Verschmitztheit gemildert wurde. Präsident Virgilio Barco hatte wohl die nützliche Seite seiner Verschlossenheit und seiner Leidenschaft für Geheimnisse erkannt, denn er betraute ihn mit den Verhandlungen mit der Guerrilla und den Hilfsprogrammen in Konfliktzonen, und in dieser Eigenschaft erreichte Rafael Pardo die Friedensvereinbarungen mit dem M-19. Präsident Gaviria, der, was Staatsgeheimnisse und unergründliche Schweigepausen betraf, mit ihm konkurrieren konnte, bürdete ihm dazu noch die Probleme der Sicherheit und öffentlichen Ordnung in einem der unsichersten und zerrüttetsten Länder der Welt auf. Pardo trat sein Amt an, das ganze Büro in seinem Aktenköfferchen, und mußte noch zwei Wochen lang um Erlaubnis fragen, wenn er in fremden Büros das Telefon oder die Toilette benutzen wollte. Doch der Präsident beriet des öfteren irgendein Thema mit ihm und hörte ihm bei schwierigen Versammlungen mit weitsichtiger Aufmerksamkeit zu. Eines Nachmittags, als Pardo allein mit dem Präsidenten in dessen Büro zurückblieb, fragte ihn dieser:

»Sagen Sie einmal, Rafael, bereitet es Ihnen keine Sorgen, daß einer dieser Typen sich plötzlich der Justiz stellen könnte und wir kein Belastungsmaterial haben, um ihn zu verhaften?«

Das war der Kern des Problems: Die von der Polizei bedrängten Terroristen konnten sich nicht entschließen, sich zu stellen, weil sie keine Garantien für ihre persönliche Sicherheit und die ihrer Familien hatten. Der Staat hatte seinerseits keine Beweise, um die Terroristen, selbst wenn man sie faßte, zu verurteilen. Es galt, eine juristische Formel dafür zu finden, daß die Terroristen Straftaten gestanden und der Staat ihnen und ihren Familien dafür Schutz bot. Rafael Pardo hatte über das Problem bereits für die vorherige Regierung nachgedacht, und er hatte, als Gaviria ihm diese Frage stellte, noch alte Unterlagen dazu in seinem Köfferchen. Sie boten in der Tat einen Lösungsansatz: Wer sich der Justiz stellte, bekam einen Strafnachlaß, sofern er ein Delikt gestand, das es möglich machte, ihn vor Gericht zu bringen, und es wurde ihm eine zusätzliche Strafminderung gewährt, wenn er dem Staat Besitz und Geld übergab. Das war schon alles, doch der Präsident sah die vollständige Lösung vor sich, denn der Ansatz deckte sich mit seiner Vorstellung von einer Strategie, die weder Krieg noch Frieden, sondern Rechtmäßigkeit anstrebte und dem Terrorismus Argumente entzog, ohne dabei auf die unabdingbare Drohung mit der Auslieferung zu verzichten.

Präsident Gaviria schlug das seinem Justizminister Jaime Giraldo Ángel vor. Der erfaßte sofort, worum es ging, da auch er seit geraumer Zeit darüber nachdachte, auf welche Weise mit dem Problem des Rauschgifthandels im Rahmen der Gesetze verfahren werden könnte. Im übrigen waren sie beide Anhänger der Auslieferung von kolumbianischen Straftätern und sahen darin ein Instrument, die Drogenbosse zur Kapitulation zu zwingen.

Giraldo Ángel, mit seiner Art eines zerstreuten weisen Mannes, seiner genauen Ausdrucksweise und seiner Fähigkeit, die Dinge im Vorfeld zu systematisieren, ergänzte den Vorschlag mit eigenen Ideen und anderen Elementen, die das Strafgesetzbuch bereits vorsah. Von Samstag auf Sonntag tippte er einen ersten Entwurf in seinen Reporterlaptop und zeigte den Text, noch mit handschriftlichen Korrekturen und Strichen versehen, am Montag früh dem Präsidenten. Der Titel, der mit Tinte am Anfang stand, war eine historische Keimzelle: Unterwerfung unter die Justiz.

Gaviria verfährt mit seinen Projekten sehr sorgfältig. Er legte sie dem Ministerrat nicht vor, bevor er nicht sicher war, daß sie angenommen wurden. Also ging er den Entwurf gründlich mit Giraldo Ángel und auch mit Rafael Pardo durch, der zwar kein Jurist ist, dessen wenige Worte jedoch den Punkt zu treffen pflegen. Dann schickte Gaviria die ausgearbeitete Fassung an den Sicherheitsrat, wo Giraldo Ángel die Unterstützung von General Óscar Botero, dem Verteidigungsminister, fand sowie die des Direktors der staatlichen Ermittlungsbehörde, Carlos Mejía Escobar, eines jungen und effizienten Juristen, der das Dekret später im wirklichen Leben anwenden sollte. General Maza Márquez stellte sich nicht gegen das Projekt, obgleich er der Meinung war, daß im Kampf gegen das Medellín-Kartell alles andere als Krieg zwecklos sei. »Dieses Land kommt erst wieder ins Lot, wenn Escobar tot ist«, pflegte er zu sagen. Denn er war davon überzeugt, daß Escobar sich nur stellen würde, um unter dem Schutz der Regierung den Rauschgifthandel vom Gefängnis aus weiterzubetreiben.

Der Entwurf wurde dem Ministerrat mit der Erläuterung vorgelegt, daß es nicht darum ginge, mit den Terroristen Verhandlungen zu führen, um die Menschheit von einer Plage zu befreien, für die als erste die Verbraucherländer verantwortlich waren. Vielmehr versuche man, im Kampf gegen den Drogenhandel das Mittel der Auslieferung juristisch wirksamer einzusetzen, indem man innerhalb eines Pakets von Anreizen und Garantien als größte Vergünstigung die Nichtauslieferung jenen anbot, die sich der Gerichtsbarkeit stellten.

Eine der entscheidenden Diskussionen ging um den Stichtag für Straftaten, die von den Richtern berücksichtigt werden sollten. Keine nach Erlaß des Dekrets begangene Straftat sollte demnach ungeahndet bleiben. Fabio Villegas, Leiter des Regierungsbüros und scharfsichtigster Gegner des Stichtages, stützte sich auf ein gewichtiges Argument: Nach Ablauf der Frist für nichtjustitiable Straftaten wäre die Regierung politisch nicht mehr handlungsfähig. Dennoch beschloß die Mehrheit mit dem Präsidenten, daß man zunächst diesen Stichtag beibehalten sollte, und zwar weil absehbar war, daß die Straftäter sonst das Dekret als Freibrief ansehen würden, so lange weiter Straftaten zu begehen, bis sie bereit waren, sich zu stellen.

Um die Regierung vor jedem Verdacht illegaler oder unwürdiger Unterhandlungen zu bewahren, kamen Gaviria und Giraldo überein, derweil keinen direkten Abgesandten der Auslieferbaren zu empfangen, noch mit ihnen oder irgend jemand anderem über Gesetzesfragen zu verhandeln. Also nicht über Prinzipielles zu diskutieren, sondern nur über Verfahrensweisen. Der Direktor der staatlichen Ermittlungsbehörde – der nicht der Exekutive unterstellt ist und auch nicht von ihr ernannt wird – sollte der offizielle Beauftragte für jedweden Kontakt mit den Auslieferbaren oder ihren Rechtsvertretern sein. Jeder Austausch mit ihnen würde schriftlich stattfinden und auf diese Weise dokumentiert sein.

Der Entwurf des Dekrets wurde in fieberhafter Eile und mit einer in Kolumbien durchaus nicht üblichen Diskretion beraten und dann am 5. September 1990 angenommen. Daraus wurde das Dekret 2047 für den Ausnahmezustand: Wer sich stellte und Straftaten gestand, konnte als Hauptvergünstigung mit der Nichtauslieferung rechnen; wer über das Geständnis hinaus mit der Justiz zusammenarbeitete, konnte bis zu einem Drittel Strafminderung bekommen, wenn er sich stellte und gestand, und bis zu einem weiteren

Sechstel, wenn er mit der Justiz zusammenarbeitete und bereit war, gegen andere auszusagen. Insgesamt also ein Strafnachlaß von maximal fünfzig Prozent für eine oder alle Straftaten, wegen derer die Auslieferung beantragt worden war. Es war die Justiz in ihrer einfachsten und reinsten Ausprägung: Galgen und Garrotte. Eben jener Ministerrat, der das Dekret unterzeichnet hatte, wies drei Auslieferungsanträge ab und stimmte dreien zu, gleichsam um öffentlich kundzutun, daß die neue Regierung nur im Rahmen der von dem Dekret vorgesehenen Vergünstigungen auf die Auslieferung verzichtete.

In Wahrheit ging es nicht nur um ein einzelnes Dekret, sondern um eine klar definierte Regierungspolitik im Kampf gegen den Terrorismus im allgemeinen, und die betraf nicht nur die Drogenhändler, sondern auch Fälle gewöhnlicher Kriminalität. General Maza Márquez äußerte bei den Beratungen des Sicherheitsrates nicht, was er wirklich über das Dekret dachte, Jahre später jedoch – in seiner Wahlkampagne für die Präsidentschaft – geißelte er es erbarmungslos als einen »Fehlgriff jener Zeit. Mit ihm wurde die Justiz in ihrer Würde beschädigt und das historisch gewachsene Ansehen des Strafgesetzes über Bord geworfen.«

Der Weg war lang und steinig. Die Auslieferbaren, in der Welt bereits als Firmenname von Pablo Escobar bekannt, lehnten das Dekret sofort ab, ließen dabei aber eine Hintertür offen, um weiter und für sehr viel mehr zu kämpfen. Der Hauptgrund für die Ablehnung des Dekrets war, daß es nicht verbindlich festlegte, daß sie nicht ausgeliefert würden. Im übrigen beanspruchten sie, als politische Straftäter betrachtet zu werden, damit ihnen die gleiche Behandlung wie den Guerrilleros des M-19 zuteil würde, die begnadigt und als politische Partei anerkannt worden waren. Eins der Mitglieder des M-19 war nun Gesundheitsminister, und sie alle nahmen an der Wahlkampagne zur Verfassunggebenden Versammlung teil. Ein weiteres Anliegen der Auslieferbaren war, ein Gefängnis zu bekommen, in dem sie vor ihren Feinden wirklich sicher waren, sowie Schutzgarantien für das Leben ihrer Familien und ihrer Gefolgsleute.

Es hieß dann, die Regierung habe unter dem Druck der Entführungen das Dekret als Konzession an den Drogenhandel geschaffen. Tatsächlich war der Entwurf bereits vor der Entführung von Diana in Arbeit gewesen, und nachdem das Dekret bereits erlassen war, zogen die Auslieferbaren mit der fast gleichzeitigen Entführung von Francisco Santos und Marina Montoya die Schraube noch weiter an. Später, als sich herausstellte, daß acht Geiseln nicht genügten, um zu erreichen, was sie wollten, entführten sie Maruja Pachón und Beatriz Villamizar. Jetzt hatten sie die magische Zahl erreicht: neun Journalisten. Dazu die – schon vorab verurteilte – Schwester eines Politikers, der Escobars Selbstjustiz entkommen war. In gewisser Weise wurde Präsident Gaviria, noch bevor das Dekret seine Wirkung zeigen konnte, ein Opfer seiner eigenen Erfindung.

Diana Turbay Quintero hatte, wie ihr Vater, ein intensives, leidenschaftliches Verhältnis zur Macht und dazu die Gabe zu führen. Beides bestimmte ihr Leben. Sie wuchs zwischen den Großen der Politik auf und konnte fortan schwerlich eine andere Sicht der Welt haben. »Diana war ein Staatsmann«, hat eine Freundin, die sie verstand und liebte, gesagt. »Und Dianas wichtigster Lebensinhalt war der alles beherrschende Wunsch, ihrem Land zu dienen.« Doch – wie die Liebe – ist die Macht zweischneidig: Man übt sie aus und ist ihr ausgesetzt. Sie erzeugt einen wahren Zustand der Euphorie und zugleich das Gegenteil: die Sehnsucht nach einem Glück, das unhaltbar und flüchtig, nur der idealen Liebe vergleichbar ist, nach der man sich sehnt und vor der man sich fürchtet, der man nachjagt, die man aber nie erreicht. Diana litt an einer unstillbaren Begierde, alles wissen zu wollen, bei allem dabeizusein, das Wie und Warum der Dinge und den Sinn ihres Lebens aufzuspüren. Einige Menschen, die ihr nahestanden und sie liebten, haben die Unsicherheiten ihres Herzens wahrgenommen und denken, daß sie sehr selten glücklich war.

Es ist – ohne sie selbst gefragt zu haben – unmöglich zu wissen, welche von den zwei Schneiden der Macht ihr die schlimmsten Wunden zufügte. Sie muß sie im eigenen Fleisch gespürt haben, als sie, achtundzwanzigjährig, Privatsekretärin und rechte Hand ihres Vaters war und von den Wechselwinden der Politik erfaßt wurde. Ihre zahllosen Freunde sagen, daß Diana einer der intelligentesten Menschen gewesen sei, die sie kennengelernt haben, daß der Grad ihrer Informiertheit unvorstellbar war, ihre analytische Fähigkeit erstaunlich und daß sie über die göttliche Gabe verfügte, auch noch die dritte Absicht der Leute zu erkennen. Ihre Feinde sagen ohne Umschweife, daß sie ein Keim des Unfriedens im Umfeld des Thrones gewesen sei. Andere dagegen meinen, daß sie ihr eigenes Glück dem Bestreben unterordnete, das Glück ihres Vaters vor allem zu bewahren und gegen alle zu verteidigen, und daß sie womöglich so zum Werkzeug von Höflingen und Schmeichlern geworden war.

Sie wurde am 8. März 1950 unter dem unbarmherzigen Zeichen der Fische geboren, als ihr Vater schon in der Warteschlange für die Präsidentschaft stand. Er war ein geborener Führer, wo immer er auch auftauchte: im Colegio Andino in Bogotá, beim Sacred Heart in New York und, ebenfalls in Bogotá, an der Universität Santo Tomás de Aquino, wo er das Jurastudium beendete, ohne das Diplom abzuwarten.

Als sie spät zum Journalismus kam – glücklicherweise eine Macht ohne Thron –, muß das für Diana eine Wiederbegegnung mit ihrem besseren Ich gewesen sein. Sie gründete die Zeitschrift *Hoy x Hoy* und die tägliche Nachrichtensendung *Criptón*, für sie ein direkterer Weg, den Frieden vorzubereiten. »Ich habe nicht mehr vor, gegen irgend jemanden zu kämpfen, noch habe ich Lust, jemandem Ärger zu machen«, sagte sie damals. »Ich bin jetzt ganz auf Versöhnung aus.« So sehr, daß sie für den Frieden sogar Gespräche mit Carlos Pizarro, dem Kommandanten des M-19 führte, der einst eine Rakete abgefeuert und damit nur knapp das Zimmer verfehlt hatte, in dem sich gerade Präsident Turbay aufhielt. Die Freundin, die das erzählt hat, sagte unter Lachen: »Diana hatte kapiert, daß man wie ein Schachspieler vorgehen muß, nicht wie ein Boxer, der gegen die Welt anrennt und Schläge kassiert.«

Also war es mehr als natürlich, daß ihre Entführung – neben ihrer menschlichen Bedeutung – ein politisches Gewicht hatte, mit dem schwer umzugehen war. Expräsident Turbay hatte privat und in der Öffentlichkeit gesagt, daß er keinerlei Nachricht von den Auslieferbaren habe, dies schien ihm am Vernünftigsten, solange nicht bekannt war, was diese verlangten, in Wahrheit hatte er aber, kurz nach der Entführung von Francisco Santos, eine Botschaft erhalten. Er hatte Hernando Santos davon unterrichtet, als dieser aus Italien zurückgekehrt war, und ihn zu sich nach Hause eingeladen, um einen gemeinsamen Aktionsplan zu entwerfen. Santos traf ihn im Dämmerlicht seiner riesigen Bibliothek an, niedergedrückt von der Gewißheit, daß Diana und Francisco hingerichtet würden. Am meisten beeindruckte Santos – wie alle, die Turbay in jener Zeit gesehen haben – die Würde, mit der er sein Unglück trug.

Der an beide Väter gerichtete Brief war drei Seiten lang, in Blockbuchstaben mit der Hand geschrieben und ohne Unterschrift, und hatte eine überraschende Einleitung: »Empfangen Sie von uns, den Auslieferbaren, einen hochachtungsvollen Gruß.« Das einzige, was nicht an der Authentizität des Briefes zweifeln ließ, war der bündige, direkte und unzweideutige Stil, der Escobar eigen war. Er bekannte sich zunächst zur Entführung der beiden Journalisten, die sich, so der Brief, »bei guter Gesundheit befinden und unter guten Haftbedingungen, die für diese Fälle als normal angesehen werden können«. Der Rest des Briefes war ein Memorandum über das durch polizeiliche Übergriffe erlittene Unrecht. Am Ende wurden die drei Punkte, die für eine Freilassung der Geiseln unverzichtbar waren, festgelegt: Aussetzung aller militärischen Einsätze gegen die Auslieferbaren in Medellín und Bogotá; Rückzug des mit dem Kampf gegen den Rauschgifthandel beauftragten Elitekorps der Polizei; Absetzung seines Kommandanten und weiterer zwanzig Offiziere, die als Verantwortliche für Folterungen und die Ermordung von vierhundert Jugendlichen der nordöstlichen Kommune von Medellín genannt wurden. Bei Nichterfüllung dieser Bedingungen drohten die Auslieferbaren mit einem Ausrottungskrieg, mit Sprengstoffanschlägen in den großen Städten, mit der Ermordung von Richtern, Politikern und Journalisten. Die Schlußfolgerung war einfach: »Kommt ein Staatsstreich, so ist er uns willkommen. Wir haben nicht mehr viel zu verlieren.«

Die schriftliche Antwort sollte ohne vorherige Gespräche binnen drei Tagen im Hotel Intercontinental von Medellín übergeben werden, wo ein Zimmer auf den Namen von Hernando Santos reserviert sein würde. Die Mittelsmänner für weitere Kontakte würden von den Auslieferbaren selbst bestimmt. Santos schloß sich Turbays Entscheidung an, diese oder spätere Botschaften nicht bekanntzumachen, solange man keine handfeste Information hatte. »Wir können uns nicht dazu hergeben, für irgend jemanden den Boten zum Präsidenten zu spielen«, schloß Turbay, »und wir dürfen auch nicht weiter gehen, als der Anstand erlaubt.«

Turbay schlug Santos vor, unabhängig voneinander eine Antwort zu schreiben und dann beide Antworten in einen gemeinsamen Brief einzubringen. So wurde es gemacht. Das Resultat war im wesentlichen eine förmliche Erklärung, daß sie nicht in der Lage seien, sich in Regierungsangelegenheiten einzumischen, wohl aber bereit, jede Verletzung der Gesetze oder der Menschenrechte bekanntzumachen, wenn die Auslieferbaren stichhaltige Beweise dafür lieferten. Was die Einsätze der Polizei anginge, erinnerten Turbay und Santos daran, daß es nicht in ihrer Macht stünde, diese zu unterbinden, sie könnten auch nicht verlangen, daß die zwanzig beschuldigten Offiziere ohne Beweis abgesetzt würden, noch könnten sie Artikel über eine Situation schreiben, über die sie nicht Bescheid wüßten.

Der Notar Aldo Buenaventura, ein glühender Anhänger des Stierkampfs seit seiner fernen Schulzeit im Liceo Nacional von Zipaquirá und ein alter Freund von Hernando Santos, dessen volles Vertrauen er besaß, überbrachte den Antwortbrief. Er hatte gerade das Zimmer 308, das im Hotel Intercontinental reserviert war, betreten, als er einen Anruf bekam.

»Sind Sie Señor Santos?«

»Nein«, erwiderte Aldo, »aber ich bin in seinem Auftrag hier.«

»Haben Sie mir das Bestellte mitgebracht?«

Die Stimme klang so herrisch, daß Aldo sich fragte, ob das nicht Pablo Escobar leibhaftig sei, und antwortete ihm: Ja. Zwei junge Männer, die wie Manager aussahen und auftraten, kamen ins Zimmer. Aldo übergab ihnen den Brief. Sie drückten ihm mit einer höflichen Verbeugung die Hand und gingen.

Noch bevor eine Woche vergangen war, bekamen Turbay und Santos Besuch von Guido Parra Montoya, einem Anwalt aus Antioquia, der ihnen einen neuen Brief von den Auslieferbaren brachte. In den politischen Kreisen von Bogotá war Parra kein Unbekannter, jedoch schien er stets aus einem Schattenbereich aufzutauchen. Achtundvierzig Jahre alt, war er zweimal als Stellvertreter von Liberalen im Repräsentantenhaus gewesen und einmal als Abgeordneter für die Alianza Nacional Popular (Anapo), aus der der M-19 hervorging. Er war im Rechtsbüro der Regierung von Carlos Lleras Restrepo Berater gewesen. In Medellín, wo er seit seinen jungen Jahren als Anwalt gearbeitet hatte, wurde er am 10. Mai 1990 wegen des Verdachts auf Unterstützung einer terroristischen Organisation festgenommen und nach zwei Wochen wegen Mangels an Beweisen freigelassen. Trotz dieser und anderer Vorkommnisse, hielt man ihn für einen erfahrenen Juristen und für einen guten Unterhändler.

Als geheimer Gesandter der Auslieferbaren schien er jedoch denkbar ungeeignet, da er überall auffiel. Er war einer jener Männer, die Auszeichnungen ernst nehmen. Er kleidete sich in Silbergrau, die Uniform der Geschäftsleute zu jener Zeit, trug dazu Hemden in kräftigen Farben und jugendliche Krawatten mit großen Knoten nach der italienischen Mode. Sein Auftreten war zeremoniös und seine Rhetorik hochtrabend, und er war nicht nur leutselig, sondern geradezu beflissen. Eine selbstmörderische Eigenschaft, wenn man gleichzeitig Diener zweier Herrn sein will. In der Gegenwart eines Expräsidenten aus dem liberalen Lager und des Direktors der wichtigsten Zeitung des Landes ging seine Redegewandtheit mit ihm durch: »Ehrwürdiger Dr. Turbay, mein sehr verehrter Dr. Santos, verfügen Sie über mich, wie immer Sie wollen«, sagte er und beging eine Unachtsamkeit, die ihn das Leben hätte kosten können:

»Ich bin der Anwalt von Pablo Escobar.«

Hernando hakte bei diesem Fehler gleich ein.

»Dann ist der Brief, den Sie bringen, von ihm?«

»Nein«, korrigierte sich Guido Parra, ohne mit der Wimper zu zucken. »Er ist von den Auslieferbaren, aber Ihre Antwort geht an Escobar, damit er Einfluß auf die Verhandlung nehmen kann.«

Die Unterscheidung war wichtig, weil so Escobar keine Spuren für die Justiz hinterließ. In den Briefen, die ihn kompromittieren konnten, etwa solchen, in denen über Entführungen verhandelt wurde, war seine Schrift durch die Blockbuchstaben nicht erkennbar. Unterzeichnet waren diese Schreiben von den Auslieferbaren oder mit irgendeinem Vornamen: Manuel,

Gabriel, Antonio. Wenn Escobar sich aber zum Ankläger erhob, gebrauchte er in seinen Briefen die eigene, ein wenig kindliche Schrift und unterschrieb nicht nur mit Vor- und Nachnamen, sondern setzte auch noch seinen Daumenabdruck dazu. In der Zeit, als die Journalisten entführt wurden, hätte man sogar an seiner Existenz zweifeln können. Es war zwar möglich, daß die Auslieferbaren nur eines seiner vielen Pseudonyme war, doch war auch das Gegenteil denkbar: daß der Name und die Identität von Pablo Escobar am Ende nichts als eine Chiffre für die Auslieferbaren war.

Guido Parra schien immer bereit weiterzugehen, als die Auslieferbaren schriftlich vorschlugen. Man mußte jedoch alles mit der Lupe lesen. Eigentlich suchte er für seine Klienten eine ähnliche politische Behandlung zu erreichen, wie sie der Guerrilla zuteil geworden war. Außerdem ging er das Problem der Internationalisierung des Drogenhandels direkt an und empfahl, die Vereinten Nationen einzuschalten. Angesichts der klaren Absage von Santos und Turbay, schlug er ihnen jedoch verschiedene andere Vorgehensweisen vor. So begann eine ebenso lange wie fruchtlose Unterhandlung, die schließlich in einer Sackgasse endete.

Nach dem zweiten Gespräch suchten Santos und Turbay persönlichen Kontakt zum Präsidenten. Gaviria empfing sie um halb neun Uhr abends im kleinen Salon seiner Privatbibliothek. Er war gelassener als gewöhnlich und begierig auf Neuigkeiten von den Geiseln. Turbay und Santos berichteten ihm über die beiden Briefe und ihr Antwortschreiben sowie über die Vermittlung von Guido Parra.

»Ein schlechter Botschafter«, sagte der Präsident. »Sehr intelligent, ein guter Anwalt, aber höchst gefährlich. Immerhin hat er die volle Rückendeckung von Escobar.«

Er las die Briefe mit der Konzentrationsfähigkeit, von der alle immer beeindruckt waren: als würde er unsichtbar. Seine Kommentare waren, als er fertig gelesen hatte, durchdacht und umfassend, und er zog die sachgemäßen Schlüsse, ohne ein Wort zuviel zu verlieren. Er erzählte ihnen, daß die Geheimdienste keine Ahnung hätten, wo die Geiseln gefangengehalten würden. Neu war für den Präsidenten die Bestätigung, daß sie sich in der Gewalt von Pablo Escobar befanden.

Gaviria bewies an jenem Abend einmal mehr seine Meisterschaft darin, erst alles in Frage zu stellen, bevor er zu einer endgültigen Entscheidung kam. Er erwog die Möglichkeit, daß die Briefe gefälscht seien, daß Guido Parra ein fremdes Spiel betreibe, ja, daß alles ein Schachzug von jemandem sei, der nichts mit Escobar zu tun habe. Mutloser, als sie gekommen waren, verließen seine Gesprächspartner den Präsidenten, da er den Fall anscheinend für ein ernstes Staatsproblem hielt, das ihm wenig Spielraum für persönliche Gefühle gewährte.

Ein Haupthindernis für eine Vereinbarung war, daß Escobar, je nachdem, wie sich seine Probleme entwikkelten, die Bedingungen änderte, um zusätzliche und unvorhergesehene Vorteile herauszuschlagen und die Entführungen so lange hinauszuziehen, bis die Verfassunggebende Versammlung sich zur Auslieferung, vielleicht sogar für die Begnadigung ausgesprochen hätte. Das wurde in der listigen Korrespondenz, die Escobar mit den Familien der Geiseln führte, nie ganz klar. Wohl aber in der geheimen, die er mit Guido Parra führte, um ihn über die strategische Linie und die langfristigen Perspektiven der Verhandlungen zu unterrichten. »Es ist gut, wenn Du Santos alle unsere Sorgen übermittelst, damit die Angelegenheit nicht noch verfahrener wird«, schrieb er in einem Brief. »Es muß schriftlich festgelegt und verfügt werden, daß wir auf keinen Fall und wegen keiner Straftat in kein Land ausgeliefert werden.« Er verlangte auch, daß das für ihre Übergabe erforderliche Geständnis präziser erläutert wurde. Zwei weitere Punkte waren vorrangig: die Bewachung des Sondergefängnisses und die Sicherheit der Familien und Gefolgsleute.

Die Freundschaft zwischen Hernando Santos und Expräsident Turbay, die stets eine politische Grundlage gehabt hatte, wurde damals persönlich und eng. Sie konnten sich viele Stunden lang schweigend gegenübersitzen. Es verging kein Tag, an dem sie nicht am Telefon persönliche Eindrücke, geheime Vermutungen und neue Fakten austauschten. Sie hatten schließlich sogar einen eigenen Code für vertrauliche Nachrichten entwickelt.

Das alles muß nicht leicht gewesen sein. Hernando Santos ist ein Mann von ungeheurem Einfluß, der allein mit einem Wort ein Leben retten oder zerstören kann. Er ist emotional, leicht reizbar und hat ein Sippenbewußtsein, das großes Gewicht bei seinen Entscheidungen hat. Diejenigen, die mit ihm in der Zeit der Entführung seines Sohnes zusammenlebten, befürchteten, er würde den Kummer nicht überleben. Er wollte nicht essen und schlief keine Nacht durch, blieb immer in der Nähe des Telefons und stürzte sich beim ersten Klingeln darauf. In jenen schmerzlichen Monaten war er ungesellig, begab sich in psychotherapeutische Behandlung, um den Tod seines Sohnes, den er für unabwendbar hielt, überstehen zu können, und zog sich in sein Büro oder seine Zimmer zurück, beschäftigte sich dort mit seiner fabelhaften Sammlung von Briefmarken und von Briefen, die bei Flugzeugunglücken beschädigt worden waren. Seine Frau, Elena Calderón, die Mutter seiner sieben Kinder, war vor sieben Jahren gestorben, und er war wirklich allein. Seine Probleme mit dem Herzen und den Augen verschlimmerten sich, und er gab sich keine Mühe, die Tränen zu unterdrücken. Sein vorbildhafter Verdienst war es, auch unter derart dramatischen Umständen die Zeitung nicht mit seiner persönlichen Tragödie zu belasten.

Eine wesentliche Stütze in jener bitteren Zeit war für ihn die Stärke seiner Schwiegertochter María Victoria. Von den Tagen, die unmittelbar auf die Entführung folgten, blieb ihr in Erinnerung, wie ihre

Wohnung von den Verwandten und Freunden ihres Mannes in Beschlag genommen wurde, die alle auf den Teppichen lagerten und bis spät Whisky und Kaffee tranken. Sie sprachen immer über die gleichen Dinge, während der Schock der Entführung und sogar das Bild des Entführten nach und nach schwächer wurden. Als Hernando aus Italien zurückgekehrt war, begab er sich direkt in das Haus von María Victoria und begrüßte sie mit so viel Rührung, daß es ihr fast das Herz zerriß, doch als er dann Vertrauliches über die Entführung besprechen wollte, bat er sie, ihn mit den Männern allein zu lassen. María Victoria, die einen starken Charakter hat und die Fähigkeit zur Reflexion besitzt, wurde bewußt, daß sie in einer Familie von Männern immer eine Randfigur geblieben war. Sie weinte einen ganzen Tag lang, ging jedoch gestärkt daraus hervor, weil sie entschieden hatte, im eigenen Haus ihren Platz und ihre Identität zu behaupten. Hernando verstand nicht nur ihre Beweggründe, sondern warf sich auch die eigenen Versäumnisse vor und fand dann in ihr die beste Stütze in seinem Schmerz. Von da an einte die beiden ein unzertrennbares Band des Vertrauens, sowohl im direkten Umgang miteinander als auch per Telefon, Brief oder durch eine Mittelsperson, sogar per Telepathie, denn auch im schwierigsten Familienrat genügte es ihnen, sich anzusehen, um zu wissen, was der andere dachte und was zu sagen war. María Victoria hatte gute Ideen, zum Beispiel, in der Zeitung unverschlüsselte Artikel zu bringen, um mit

Pacho lustige Neuigkeiten aus dem Familienleben teilen zu können.

Liliana Rojas Arias, die Frau des Kameramanns Orlando Acevedo, und Martha Lupe Rojas, die Mutter von Richard Becerra, waren die Betroffenen, an die am wenigsten gedacht wurde. Obwohl sie keine engen Freundinnen waren und – trotz des Familiennamens – nicht verwandt, wurden sie durch die Entführung unzertrennlich. »Nicht so sehr wegen des Leids«, hat Liliana gesagt, »als um einander Gesellschaft zu leisten.«

Liliana stillte gerade Erick Yesid, ihren eineinhalbjährigen Sohn, als die Nachrichtenredaktion *Criptón* ihr mitteilte, daß das gesamte Team von Diana Turbay entführt worden sei. Sie war vierundzwanzig Jahre alt, hatte drei Jahre zuvor geheiratet und lebte im ersten Stock des Hauses ihrer Schwiegereltern im Stadtteil San Andrés im Süden von Bogotá. »Sie ist ein so fröhliches Mädchen, sie hatte eine so böse Nachricht nicht verdient«, hat eine Freundin gesagt. Nicht nur fröhlich, sondern auch einfallsreich, denn als sie sich vom ersten Schock erholt hatte, setzte sie das Kind zur Nachrichtenzeit vor den Fernseher, damit es seinen Vater sehen konnte, und das machte sie weiter regelmäßig bis zum Ende der Entführung.

Ihr, wie auch Martha Lupe, sicherte die Nachrichtenredaktion zu, daß sie weiter unterstützt würden, und als dann Lilianas Kind erkrankte, wurden die Kosten übernommen. Auch Nydia Quintero rief die beiden an und versuchte sie zu beruhigen, obwohl sie selbst zu keinem Zeitpunkt beruhigt war. Sie versprach ihnen, daß alles, was sie bei der Regierung unternähme, nicht nur für ihre Tochter, sondern für das ganze Team sei und daß sie jede Information über die Entführten an sie weitergeben würde. So geschah es auch.

Martha Lupe lebte mit ihren beiden Töchtern zusammen, die damals vierzehn und elf Jahre alt waren, und war von Richard abhängig. Als er mit Dianas Gruppe aufgebrochen war, hatte er ihr ausrichten lassen, daß es sich um eine dreitägige Reise handele, daher begann sie, sich nach einer Woche Sorgen zu machen. Sie glaube nicht, daß es eine Vorahnung gewesen sei, hat sie gesagt, doch Tatsache ist, daß sie ständig beim Sender anrief, bis man ihr mitteilte, daß etwas Merkwürdiges vorgefallen sei. Wenig später wurde die Entführung gemeldet. Von da an ließ sie den ganzen Tag über in Erwartung der Rückkehr ihres Sohnes das Radio laufen und rief jedesmal beim Sender an, wenn ihr Herz es ihr riet. Beunruhigend war für sie der Gedanke, daß unter den Entführten ihr Sohn eindeutig den geringsten Rückhalt hatte. »Aber ich konnte nicht mehr tun als weinen und beten«, sagte sie. Nydia Quintero überzeugte sie davon, daß sie sehr viel mehr für die Befreiung tun konnte. Sie lud sie zu ihren weltlichen und religiösen Veranstaltungen ein und übertrug ihren Kampfgeist auf sie. Liliana machte sich das gleiche Bild von Orlandos Lage, und so war sie in einem Dilemma gefangen: Entweder wurde er als letzter hingerichtet, weil er am wenigsten Wert hatte, oder als erster, weil sein Tod in der Öffentlichkeit die gleiche Erschütterung auslösen konnte, die Konsequenzen für die Entführer jedoch geringer waren. Bei diesem Gedanken war sie immer in Tränen aufgelöst, und das während der ganzen Entführungszeit. »Jeden Abend, wenn ich das Kind schlafen gelegt hatte, setzte ich mich zum Weinen auf die Terrasse und schaute auf die Tür, um ihn hereinkommen zu sehen«, hat sie gesagt. »Und das habe ich Nacht für Nacht getan, bis ich ihn wiedergesehen habe.«

Mitte Oktober übermittelte Doktor Turbay Hernando Santos telefonisch eine in seinem Privatcode verschlüsselte Botschaft. »Ich habe ein paar sehr gute Zeitungen, wenn du dich für die Stierkampfsache interessierst. Wenn du willst, schicke ich sie dir.« Hernando begriff, daß es um eine wichtige Nachricht über die Entführten ging. In der Tat handelte es sich um eine Kassette, die, in Montería abgestempelt, in Doktor Turbays Haus gelangt war und ein Lebenszeichen von Diana und ihren Kollegen enthielt, um das die Familien seit mehreren Wochen dringend gebeten hatten. Dianas Stimme war unverkennbar: *Papito, unter diesen Umständen ist es schwer, dir eine Botschaft zu schicken, aber nachdem wir lang darum gebeten haben, ist es uns erlaubt worden.* Nur ein Satz enthielt einen Hinweis für künftige Aktionen: *Wir sehen und hören ständig Nachrichten.*

Doktor Turbay beschloß, die Botschaft dem Präsidenten zu bringen und zu versuchen, irgendeinen neuen Hinweis zu erhalten. Gaviria empfing Turbay und

Santos gleich nach der Arbeit des Tages, wie immer in der Bibliothek seiner Privatwohnung, und er war entspannt und gesprächig wie selten. Er schloß die Tür, schenkte Whisky ein und gestattete sich einige vertrauliche Mitteilungen über die Politik. Durch die Halsstarrigkeit der Auslieferbaren schienen die Übergabeverhandlungen festgefahren zu sein, und der Präsident war bereit, sie durch ein paar juristische Klarstellungen im ursprünglichen Dekret wieder in Gang zu bringen. Er hatte den ganzen Nachmittag daran gearbeitet und war zuversichtlich, noch am selben Abend das Problem lösen zu können. Am nächsten Tag, so versprach er, werde er Santos und Turbay die gute Nachricht übermitteln.

Am folgenden Tag kamen sie wie vereinbart wieder und trafen auf einen anderen Menschen, der mißtrauisch und finster war, und sie führten vom ersten Satz an ein zukunftsloses Gespräch mit ihm. »Es ist ein sehr schwieriger Augenblick«, sagte ihnen Gaviria. »Ich wollte Ihnen helfen und habe das auch im Rahmen des Möglichen getan, aber jetzt kommt langsam der Moment, wo ich nichts mehr werde tun können.« Es war klar, daß etwas Entscheidendes seine Stimmung verändert hatte. Turbay bemerkte es sofort, und es waren noch keine zehn Minuten vergangen, als er sich mit feierlicher Ruhe aus dem Sessel erhob. »Präsident«, sagte er, ohne eine Spur von Groll, »Sie handeln, wie Sie müssen, und wir als Familienväter. Ich verstehe das, und ich bitte Sie inständig, tun Sie nichts, was Ihnen als Staatschef Schwierigkeiten bereiten könnte.« Und mit dem Finger auf den Präsidentensessel zeigend, schloß er:

»Säße ich dort, ich würde das gleiche tun.«

Gaviria, beunruhigend bleich, stand auf und verabschiedete sie am Fahrstuhl. Ein Adjutant fuhr mit ihnen hinunter und öffnete ihnen die Wagentür auf der Ausfahrt der Privatwohnung. Keiner sprach, bis sie in die frühe Nacht eines tristen und regnerischen Oktobers hinausgefahren waren. Der Verkehrslärm drang gedämpft durch das Panzerglas.

»Von dieser Seite her ist nichts zu machen«, seufzte Turbay nach langem Grübeln. »Zwischen gestern nacht und heute ist etwas geschehen, das er uns nicht erzählen kann.«

Dieses dramatische Treffen mit dem Präsidenten hatte zur Folge, daß nun Doña Nydia Quintero in vorderster Front auftauchte. Sie war mit dem Expräsidenten Turbay Ayala, ihrem Onkel, verheiratet gewesen und hatte vier Kinder mit ihm gehabt. Diana war die Älteste. Sieben Jahre vor der Entführung war die Ehe mit dem Expräsidenten vom Heiligen Stuhl annulliert worden, und Nydia Quintero hatte in zweiter Ehe den liberalen Abgeordneten Gustavo Balcázar Monzón geheiratet. Aus ihren Erfahrungen als First Lady kannte sie die protokollarischen Grenzen eines Präsidenten, insbesondere im Umgang mit seinem Vorgänger. »Man mußte nur eins tun, nämlich Präsident Gaviria seine Verpflichtung und seine Verantwortung vor Augen führen«, hatte Nydia gesagt. Also versuchte sie eben dies, wenn auch mit wenig Zuversicht.

Nydias Aktivitäten in der Öffentlichkeit hatten, sogar schon vor der offiziellen Bekanntgabe der Entführung, unglaubliche Dimensionen erlangt. Sie organisierte die Besetzung der Nachrichtensender von Fernsehen und Rundfunk durch Gruppen von Kindern, die eine Bittschrift verlasen, damit die Geiseln freigelassen würden. Am 19. Oktober, dem »Tag der nationalen Versöhnung«, erreichte sie, daß um zwölf Uhr mittags in Städten und Gemeinden Messen gelesen wurden, um für die Eintracht der Kolumbianer zu beten. In Bogotá fand die Messe auf der Plaza Bolívar statt, zur gleichen Zeit gab es in zahlreichen Stadtteilen Friedensdemonstrationen, weiße Tücher wurden geschwenkt und eine Fackel entzündet, die brennen sollte, bis die Geiseln wohlbehalten zurückgekehrt waren. Dank Nydias Anregung begannen die Fernsehnachrichten die Sendung mit den Bildern der Entführten, die Tage der Gefangenschaft wurden gezählt, und nach jeder Freilassung entfernte man das jeweilige Bild. Ebenfalls auf ihre Initiative hin wurde im ganzen Land vor Anstoß aller Fußballspiele zur Befreiung der Geiseln aufgerufen. Maribel Gutiérrez, die kolumbianische Schönheitskönigin von 1990, begann ihre Dankesrede ebenfalls mit einem Aufruf zur Freilassung der Entführten.

Nydia nahm an den Treffen von den Familien der anderen Entführten teil, hörte sich an, was die Rechtsanwälte zu sagen hatten, unternahm über die Fundación Solidaridad por Colombia, deren Vorsitzende sie seit zwanzig Jahren ist, insgeheim Vorstöße, hatte aber fast immer das Gefühl, sich nur im Kreis zu drehen. Das war zuviel für ihr impulsives, leidenschaftliches Naturell und ihre geradezu hellseherische Feinfühligkeit. Aufmerksam verfolgte sie, was alle anderen unternahmen, bis sie merkte, daß sie sich in einer Sackgasse befanden. Weder Turbay noch Hernando Santos, noch sonst eine wichtige Persönlichkeit würde den Präsidenten dazu bringen, mit den Entführern zu verhandeln. Das schien ihr unumstößlich festzustehen, als Dr. Turbay ihr von dem Fiasko seines letzten Besuches beim Präsidenten erzählte. Sie faßte daraufhin den Entschluß, auf eigene Faust zu handeln, und eröffnete unabhängig eine zweite Front, um auf geradem Wege die Befreiung ihrer Tochter in Angriff zu nehmen.

In jenen Tagen behauptete ein anonymer Anrufer beim Medelliner Büro der Fundación Solidaridad por Colombia, direkte Nachrichten von Diana zu haben. Er sagte, daß ein alter Kollege auf einer Finca in der Nähe von Medellín ihm in den Gemüsekorb einen Zettel gelegt habe, auf dem stand, daß Diana sich am Ort befände. Daß die Wächter der Entführten sich beim Fußballschauen mit Bier vollaufen ließen, bis sie umfielen, und dann gar nicht mehr in der Lage wären, bei einer eventuellen Befreiungsaktion zu reagieren. Zur größeren Sicherheit bot er an, einen Plan der Finca zu schicken. Das war eine so überzeugende Nachricht, daß Nydia als Antwort darauf nach Medellín reiste. »Ich habe den Informanten gebeten, mit niemandem darüber zu sprechen, und habe ihm klargemacht, welche Gefahr meiner Tochter und selbst den Wächtern droht, wenn jemand einen Befreiungsversuch unternehmen sollte«, hat Nydia erzählt.

Die Nachricht, daß sich Diana in Medellín befand, brachte sie auf die Idee, Martha Nieves und Angelita Ochoa zu besuchen, die Schwestern von Jorge Luis, Fabio und Juan David Ochoa. Die Männer wurden des Drogenhandels und der unrechtmäßigen Bereicherung beschuldigt und waren als persönliche Freunde von Pablo Escobar bekannt. »Ich ging mit dem brennenden Wunsch dorthin, mit ihrer Hilfe Kontakt zu Escobar zu bekommen«, hat Nydia Jahre später in Erinnerung an jene bitteren Tage gesagt. Doch die Schwestern Ochoa sprachen von den Polizeiübergriffen, deren Opfer ihre Familien geworden waren, hörten Nydia zwar interessiert zu und zeigten Mitgefühl mit ihrem Fall, sagten aber auch, daß sie nichts bei Pablo Escobar ausrichten könnten.

Martha Nieves wußte, was eine Entführung bedeutete. Sie selbst war 1981 vom M-19 entführt worden, der von ihrer Familie ein Lösegeld mit vielen Nullen gefordert hatte. Escobar reagierte mit der Gründung einer grausamen Gruppe – Tod den Entführern (Muerte a los secuestradores – MAS) –, die nach drei Monaten blutigen Krieges gegen den M-19 Marthas Freilassung erreichte. Auch deren Schwester Angelita hielt sich für ein Opfer polizeilicher Gewalt, und beide zusammen zählten Nydia in aller Ausführlichkeit die Übergriffe der Polizei auf, die Fälle von Hausfriedensbruch, die unzähligen Verstöße gegen die Menschenrechte.

Nydia gab nicht auf und kämpfte weiter. Einen letzten Versuch machte sie mit der Bitte, Escobar wenigstens einen Brief zu übermitteln. Sie hatte ihm über Guido Parra schon einen Brief geschickt, aber keine Antwort bekommen. Die Schwestern Ochoa schlugen ab, einen zweiten Brief weiterzugeben, weil sie fürchteten, Escobar könne ihnen später vorwerfen, ihm irgendwie geschadet zu haben. Gegen Ende des Besuchs jedoch wurden sie empfänglicher für Nydias Drängen, so daß diese mit der Gewißheit nach Bogotá zurückkehrte, in zwei Richtungen eine Tür aufgestoßen zu haben: zur Befreiung ihrer Tochter einerseits und andererseits zur friedlichen Übergabe der drei Brüder Ochoa. Deshalb schien es ihr geraten, den Präsidenten persönlich von ihrem Vorstoß zu informieren.

Er empfing sie sofort. Nydia kam gleich auf die Klagen der Schwestern Ochoa über das Verhalten der Polizei zu sprechen. Der Präsident ließ sie reden, stellte höchstens einzelne sachbezogene Fragen. Er war offensichtlich nicht bereit, den Vorwürfen die gleiche Bedeutung wie Nydia zuzumessen. Was ihren eigenen Fall anging, wollte Nydia dreierlei: daß die Entführten freigelassen wurden, daß der Präsident die Zügel in die Hand nahm, um eine Befreiungsaktion zu verhindern, die tödlich ausgehen konnte, und daß er die Frist für die Übergabe der Auslieferbaren verlängerte. Der Präsident sicherte ihr nur zu, daß weder bei Diana noch in irgendeinem anderen Fall ein Befreiungsversuch ohne das Einverständnis der Familien unternommen würde.

»Das ist unsere Politik«, sagte er.

Aber selbst dann fragte sich Nydia, ob der Präsident genügend Vorkehrungen getroffen hatte, um sicherzustellen, daß niemand ohne seine Autorisierung einen solchen Versuch unternahm.

Noch bevor ein Monat vergangen war, unterhielt sich Nydia im Haus einer gemeinsamen Freundin wieder mit den Schwestern Ochoa. Sie besuchte auch eine Schwägerin von Pablo Escobar, die ihr ausführlich von den Übergriffen berichtete, deren Opfer sie und ihre Brüder waren. Nydia übergab ihr einen Brief an Escobar. Der Brief, zweieinhalb Seiten im Amtsformat, fast ohne Rand in ihrer schnörkeligen Schrift und einer genauen, anschaulichen Sprache geschrieben, war das Ergebnis mehrerer Entwürfe. Ihr Ziel war, Escobars Herz zu treffen. Sie schrieb zunächst, daß sie sich nicht an den Kämpfer wende, der, um seine Zwecke zu erreichen, zu allem fähig sei, sondern an Pablo, den Menschen, »dieses empfindsame Wesen, das seine Mutter anbetet und sein Leben für sie hingäbe, an den Mann, der eine Frau und kleine unschuldige und hilflose Kinder hat, die er beschützen will«. Sie begreife, daß Escobar mit der Entführung der Journalisten die öffentliche Meinung auf seine Sache habe aufmerksam machen wollen, meine aber, daß dieser Zweck längst erreicht sei. Also, schloß der Brief, »zeigen Sie sich als der Mensch, der Sie sind, und geben Sie uns mit einer großherzigen humanitären Geste, die alle Welt verstehen wird, die Entführten zurück«.

Escobars Schwägerin schien wahrhaft gerührt, als sie das las. »Sie können ganz sicher sein, daß dieser Brief ihn sehr bewegen wird«, sagte sie, innehaltend, wie zu sich selbst. »Alles, was Sie unternehmen, bewegt ihn und wirkt sich zugunsten Ihrer Tochter aus.« Am Ende faltete sie den Brief wieder zusammen, steckte ihn in den Umschlag und klebte diesen selbst zu.

»Sie können beruhigt gehen«, sagte sie mit unbezweifelbarer Aufrichtigkeit zu Nydia. »Pablo wird noch heute Ihren Brief bekommen.«

An jenem Abend kehrte Nydia voller Hoffnungen auf die Wirkung ihres Briefes nach Bogotá zurück und war entschlossen, den Präsidenten um das zu bitten, was Doktor Turbay nicht gewagt hatte: eine Pause bei den Polizeieinsätzen, solange über die Freilassung der Geiseln verhandelt wurde. Sie tat es, aber Gaviria sagte ihr ohne Umschweife, daß er diesen Befehl nicht geben könne. »Wir konnten den Auslieferbaren zwar einen gesetzlichen Ausweg anbieten, aber nicht ihre Verfolgung unterbinden«, sagte er später. »Das hätte den Geiseln auch nicht zur Freiheit verholfen, sondern nur Escobar dazu, unbehelligt zu bleiben.«

Nydia sah sich einem Mann aus Stein gegenüber, dem das Leben ihrer Tochter gleichgültig war. Sie mußte eine Welle der Wut unterdrücken, während der Präsident ihr erklärte, daß das Thema der Polizeigewalt nicht verhandelbar sei, daß die Polizei für ihre Aktionen nicht um Genehmigung einkommen müsse, daß er ihr auch nicht befehlen könne, es zu unterlassen, innerhalb der rechtsstaatlichen Grenzen zu handeln. Der Besuch war ein Fehlschlag.

Angesichts ihrer ergebnislosen Vorstöße beim Präsidenten der Republik hatten Turbay und Santos beschlossen, an andere Türen zu klopfen, und es fiel ihnen keine bessere Tür ein als die der Notabeln. Diese Gruppe bestand aus den Expräsidenten Alfonso López Michelsen und Misael Pastrana, dem Abgeordneten Diego Montaña Cuéllar und dem Erzbischof von Bogotá, Kardinal Revollo Bravo. Im Oktober fand ein Treffen der Notabeln mit den Angehörigen der Entführten im Haus von Hernando Santos statt. Die Angehörigen berichteten zunächst von den Begegnungen mit Präsident Gaviria. Wirklich interessierte López Michelsen daran nur die Möglichkeit, das Dekret durch juristische Präzisierungen zu reformieren, um der Politik der Unterwerfung unter das Gesetz neue Wege zu öffnen. »Da müssen wir uns etwas einfallen lassen«, sagte er. Pastrana war dafür, nach Ansätzen zu suchen, mit denen man die Auslieferbaren zwingen könnte, sich zu stellen. Doch mit welchen Mitteln? Hernando Santos wies Montaña Cuéllar darauf hin, daß er die Guerrilla mobilisieren könnte.

Nach einem langen und informationsreichen Austausch zog López Michelsen den ersten Schluß. »Wir lassen uns auf das Spiel der Auslieferbaren ein«, sagte er. Und schlug daher vor, einen offenen Brief zu schreiben, damit bekannt würde, daß die Notabeln als Sprecher für die Familien der Entführten auftraten. Alle waren sich darüber einig, daß López Michelsen den Brief aufsetzen sollte.

Nach zwei Tagen war der erste Entwurf fertig und wurde bei einem neuen Treffen, zu dem auch Guido Parra und ein weiterer Anwalt von Escobar kamen, vorgetragen. In dieser Erklärung wurde zum ersten Mal die These aufgestellt, daß der Rauschgifthandel als kollektive Straftat *sui generis* angesehen werden könne, was den Unterhandlungen einen völlig neuen Weg öffnete. Guido Parra sprang auf.

»Eine Straftat *sui generis*«, rief er begeistert aus, »das ist genial!«

Davon ausgehend interpretierte er auf seine Art den Begriff als ein himmlisches Privileg an der nebulösen Grenze zwischen gewöhnlicher und politischer Straftat, was den Traum der Auslieferbaren, die gleiche politische Behandlung wie die Guerrillas zu erfahren, in greifbare Nähe rückte. Bei der ersten Lesung fügte jeder etwas Eigenes hinzu. Zum Schluß forderte einer der Anwälte Escobars, daß die Notabeln einen Brief von Gaviria beibringen sollten, in dem der Präsident ausdrücklich und unmißverständlich eine Garantie für Escobars Leben abgab.

»Bedaure«, sagte Hernando Santos, empört über die Forderung, »aber da mache ich nicht mit.«

»Ich erst recht nicht«, sagte Turbay.

López Michelsen lehnte das Ansinnen energisch ab. Der Anwalt bat daraufhin, man möge ein Treffen mit dem Präsidenten arrangieren, damit er ihnen mündlich die Garantie für Escobar gebe.

»Dieses Thema wird hier nicht behandelt«, sagte López abschließend.

Bevor sich die Notabeln trafen, um den Entwurf für ihre Erklärung aufzusetzen, war Pablo Escobar bereits über ihre geheimsten Absichten informiert. Nur so ist zu erklären, daß er in einem dringlichen Brief an Guido Parra den Verhandlungsrahmen absteckte: »Freie Hand gebe ich Dir darin, die Form zu finden, daß Dich die Notabeln zu einem Gedankenaustausch einladen«, schrieb er. Und zählte sogleich eine Reihe von Entscheidungen auf, die von den Auslieferbaren bereits getroffen worden waren, um jedweder anderen Initiative zuvorzukommen.

Der Brief der Notabeln war in vierundzwanzig Stunden fertig und enthielt eine wichtige Neuheit gegenüber dem bisherigen Vorgehen: »Unsere Bemühungen haben eine neue Dimension erreicht, die nicht nur eine anstehende Befreiung umfaßt, sondern auch einen Weg, auf dem für alle Kolumbianer ein globaler Frieden zu erreichen ist.« Das war eine neue Definition, die immerhin die Hoffnungen mehrte. Präsident Gaviria sagte diese Definition zu, doch er hielt es für geraten, eine Trennlinie zu ziehen, um jegliches Mißverständnis bezüglich der offiziellen Position zu vermeiden, und so wies er den Justizminister an, amtlich bekanntzugeben, daß die Regierung für eine Übergabe der Terroristen allein die Politik der Unterwerfung unter das Gesetz vorsehe.

Escobar gefiel keine Zeile des offenen Briefes. Sobald er ihn am 11. Oktober in der Presse gelesen hatte, schickte er Guido Parra eine wütende Erwiderung, die er in den Salons von Bogotá zirkulieren lassen sollte. »Der Brief der Notabeln ist beinahe zynisch«, hieß es da. »Wir sollen die Geiseln schnell freilassen, weil die Regierung sich Zeit nimmt, unsere Angelegenheit zu untersuchen. Glauben die etwa, daß wir uns noch einmal täuschen lassen?« Die Position der Auslieferbaren sei, so schrieb er, seit dem ersten Brief die gleiche geblieben. »Es gab keinen Grund, sie zu ändern, da wir keine positive Antworten auf unser erstes Schreiben bekommen haben. Das hier ist ein Geschäft und kein Spiel, um herauszufinden, wer der Schlaue und wer der Dumme ist.«

In Wahrheit war Escobar zu diesem Zeitpunkt den Notabeln schon um mehrere Lichtjahre voraus. Seine Forderung ging damals dahin, daß die Regierung ihm ein eigenes, sicheres Territorium zuwies – ein Haftlager, wie er es nannte –, vergleichbar dem, das der M-19 gehabt hatte, während die Übergabeformalitäten abgewickelt wurden. Mehr als eine Woche zuvor hatte er Guido Parra einen detaillierten Brief über das Spezialgefängnis, das er für sich beanspruchte, geschrieben. Er meinte, der perfekte Ort sei eine Finca, zwölf Kilometer von Medellín entfernt, die ihm gehörte, aber auf den Namen eines Strohmannes eingetragen war und die von der Gemeinde Envigado angemietet werden könnte, um sie zum Gefängnis umzubauen. »Da dies Ausgaben verursacht, würden die Auslieferbaren ein Entgelt in Höhe der Kosten zahlen«, hieß es später. Und er endete mit einem erstaunlichen Absatz: »Ich schreibe Dir das alles, weil ich wünsche, daß Du mit dem Bürgermeister von Envigado sprichst, ihm sagst, daß Du von mir kommst, und ihm die Idee erklärst. Ich möchte, daß Du ihn dazu bringst, einen offenen Brief an den Justizminister zu schreiben, in dem er diesem mitteilt, er glaube, daß die Auslieferbaren nicht auf das Dekret 2047 reagiert hätten, weil sie um ihre Sicherheit fürchten müßten, und daß die Gemeinde von Envigado als Beitrag für den Frieden des kolumbianischen Volkes bereit sei, ein Spezialgefängnis einzurichten, das denjenigen, die sich stellten, Schutz und Sicherheit gewähre. Rede geradeheraus und deutlich mit ihnen, damit sie dann mit Gaviria sprechen und ihm das Lager vorschlagen.« Die erklärte Absicht des Briefes war, den Justizminister zu einer öffentlichen Antwort zu zwingen. »Ich weiß, das schlägt wie eine Bombe ein«, hieß es in Escobars Brief. Und er endete mit größter Dreistigkeit: »Auf diese Weise bringen wir sie dahin, wo wir sie haben wollen.«

Doch der Minister lehnte das Angebot in der vorliegenden Form ab, und Escobar sah sich genötigt, den Ton im nächsten Brief zu mäßigen, und bot zum ersten Mal mehr an, als er forderte. Er versprach im Tausch für das Haftlager die Konflikte zwischen den verschiedenen Kartellen, Banden und Gangs zu lösen, zu garantieren, daß sich über hundert reuige Drogenhändler stellten, und so endgültig eine Bresche für den Frieden zu schlagen. »Wir fordern weder Begnadigung noch Dialog, noch sonst irgend etwas, was man meint, uns nicht gewähren zu können«, sagte er. Es war ein einfaches

Kapitulationsangebot, »während sonst allenthalben Dialog und politische Anerkennung gefordert wird«. Er äußerte sich sogar geringschätzig über das, was ihm am teuersten war: »Ich habe keine Probleme mit der Auslieferung, denn ich weiß, wenn sie mich lebend fassen, dann bringen sie mich um, wie sie es mit allen anderen gemacht haben.«

Seine Taktik war damals, sich die Briefe der Geiseln mit enormen Gefälligkeiten bezahlen zu lassen. »Sag dem Herrn Santos«, hieß es in einem anderen Brief, »wenn er Beweise für das Überleben von Francisco haben will, soll er erst einmal den Bericht von America's Watch abdrucken, ein Interview mit dessen Direktor Juan Méndez sowie einen Bericht über Massaker, Folterungen und die Verschwundenen in Medellín.« Aber zu jener Zeit hatte Hernando Santos bereits gelernt, mit der Situation umzugehen. Er merkte, daß dieses Hin und Her von Vorschlägen und Gegenvorschlägen ihn, aber auch seine Gegner zermürbte. Zum Beispiel Guido Parra, der Ende Oktober in einer kaum noch erträglichen nervlichen Verfassung war. Santos' Antwort an Escobar war, daß er keine Zeile von irgend etwas veröffentlichen und auch keinen Abgesandten mehr empfangen werde, solange er keinen triftigen Beweis dafür habe, daß sein Sohn am Leben sei. Alfonso López Michelsen unterstützte ihn mit der Drohung, aus der Gruppe der Notabeln auszuscheiden.

Das zeigte Wirkung. Zwei Wochen später rief Guido Parra Hernando Santos von einem Gasthaus für Viehtreiber aus an. »Ich bin mit meiner Frau unterwegs und werde um elf bei Ihnen zu Hause sein«, sagte er. »Ich bringe Ihnen ein besonders köstliches Dessert mit, Sie machen sich gar keine Vorstellung, wie mir das geschmeckt hat und wie es Ihnen schmecken wird.« Hernando dachte voreilig, daß er Francisco brächte. Aber es war nur dessen Stimme, auf einer Minikassette aufgenommen. Es dauerte über zwei Stunden, bis Hernando Santos sie hören konnte, da er kein passendes Gerät hatte, bis jemand darauf kam, daß sie die Kassette über den Anrufbeantworter abhören konnten.

Pacho Santos hätte für viele Berufe getaugt, nur Sprechunterricht hätte er nicht geben können. Er will genauso schnell sprechen, wie er denkt, und seine Gedanken kommen simultan und überstürzen sich. In jener Nacht aber überraschte er durch das genaue Gegenteil. Er sprach langsam, mit wohltemperierter Stimme und perfektem Satzbau. Tatsächlich waren es die zwei Botschaften – die eine für die Familie, die andere für den Präsidenten –, die er eine Woche zuvor aufgenommen hatte.

Die Schlauheit der Entführer, Pacho die Schlagzeilen der Zeitung als Nachweis für das Datum lesen zu lassen, war ein schwerer Fehler, den ihnen Escobar wohl nicht verziehen hat. Dem Gerichtsreporter von *El Tiempo*, Luis Cañón, gab der Fehler jedoch die Gelegenheit, sich mit einem Schlag als großer Journalist hervorzutun.

»Sie halten ihn in Bogotá gefangen«, sagte er.

In der Tat hatte die Ausgabe, aus der Pacho vorgelesen hatte, eine späte Schlagzeile gebracht, die nur noch in die Lokalausgabe gelangt war und deren Vertrieb beschränkte sich auf den Norden der Stadt. Diese Erkenntnis war Gold wert und hätte entscheidend sein können, wenn Hernando Santos nicht gegen eine gewaltsame Befreiung gewesen wäre.

Für ihn war es ein Augenblick der Wiederauferstehung, vor allem weil der Inhalt der Botschaft ihm die Gewißheit gab, daß der gefangene Sohn das Vorgehen des Vaters in dem Entführungsfall guthieß. Außerdem hatte man innerhalb der Familie immer den Eindruck gehabt, daß Pacho wegen seines feurigen Temperaments und seiner Gemütsschwankungen der Verletzlichste unter den Brüdern war, und niemand hätte erwartet, daß er nach sechzig Tagen Haft im Vollbesitz seiner geistigen Kräfte und derart selbstbeherrscht sein würde.

Hernando rief die ganze Familie zusammen und ließ sie bis zum Morgengrauen die Botschaft hören. Nur Guido überwältigten seine Alpträume. Er weinte. Hernando ging zu ihm, um ihn aufzumuntern, und erkannte den Geruch panischer Angst, der aus seinem durchgeschwitzten Hemd drang.

»Denk dran, mich tötet nicht die Polizei«, sagte ihm Guido Parra unter Tränen. »Mich tötet Pablo Escobar, denn ich weiß bereits zu viel.«

María Victoria ließ sich nicht rühren. Sie meinte, daß Parra mit Hernandos Gefühlen spiele, daß er seine Schwäche ausnütze und ihm auf der einen Seite etwas gewähre, um ihm auf der anderen mehr zu entlocken. Guido Parra muß das irgendwann bemerkt haben, weil er in jener Nacht zu Hernando sagte: »Diese Frau ist wie ein Eisberg.«

So standen die Dinge am 7. November, als Maruja und Beatriz entführt wurden. Den Notabeln wurde damit der Boden unter den Füßen entzogen. Am 22. November schlug Diego Montaña Cuéllar – wie er angekündigt hatte – seinen Mitstreitern die Auflösung der Gruppe vor, und sie übergaben in einer feierlichen Sitzung dem Präsidenten ihre Schlußfolgerungen über die grundsätzlichen Forderungen der Auslieferbaren.

Sollte Präsident Gaviria erwartet haben, daß das Dekret zur Unterwerfung eine massenhafte und sofortige Kapitulation der Rauschgifthändler bewirken würde, dann muß er eine Enttäuschung erlitten haben. Denn es kam nicht so. Die Reaktionen der Presse, der politischen Kreise, ausgezeichneter Juristen und sogar einige triftige Einwände von den Anwälten der Auslieferbaren machten deutlich, daß das Dekret 2047 nachgebessert werden mußte, ermöglichte es doch, daß jeder Richter nach eigenem Ermessen die Auslieferung handhaben konnte. Ein anderer Webfehler war, daß sich die entscheidenden Beweismittel gegen die Drogenhändler im Ausland befanden, aber die Kooperation mit den USA schwierig geworden war und das Dekret die Fristen zu eng setzte, um die Beweise rechtzeitig beizubringen. Die Lösung – die das Dekret nicht vorsah – wäre gewesen, die Fristen zu verlängern und die Verantwortung dafür, die Beweismittel ins Land zu bekommen, direkt auf den Präsidenten zu übertragen.

Auch Alberto Villamizar fand in dem Dekret nicht die entscheidende Unterstützung, die er erwartet hatte. Bis zu dem Moment hatten der Gedankenaustausch mit Santos und Turbay und die ersten Treffen mit Escobars Anwälten ihm erlaubt, sich ein allgemeines Bild von der Situation zu machen. Sein erster Eindruck war, daß das Dekret zur Unterwerfung klug, jedoch mit Fehlern behaftet war und ihm nur einen sehr kleinen Spielraum zur Befreiung seiner Entführten ließ. Inzwischen verging die Zeit ohne irgendeine Nachricht von ihnen, und es gab keinen noch so kleinen Beweis für ihr Überleben. Er hatte nur einmal Gelegenheit gehabt, mit ihnen in Kontakt zu treten, als er ihnen durch Guido Parra einen Brief schickte, in dem er beiden den Optimismus und die Sicherheit vermittelte, daß er nichts anderes mehr tat, als für ihre Befreiung zu arbeiten. »Ich weiß, Deine Situation ist fürchterlich, aber sei ruhig«, schrieb er an Maruja.

In Wahrheit tappte Villamizar im dunkeln. Er hatte alle seine Verbindungen ausgeschöpft, und sein einziger Halt in dem langen November war Rafael Pardos Zusicherung, der Präsident denke über eine ergänzende und erläuternde Neufassung des Dekrets 2047 nach. »Sie ist so gut wie fertig«, sagte er. Rafael Pardo kam fast jeden Abend bei ihm vorbei und hielt ihn über das, was er unternahm, auf dem laufenden, doch auch er war sich nicht ganz sicher, wie er weiter vorgehen sollte. Aus den bedächtigen Gesprächen mit Santos und Turbay schloß Villamizar, daß die Verhandlungen festgefahren waren. Er glaubte nicht an Guido

Parra. Er kannte ihn seit der Zeit, als Parra sich im Kongreß herumgetrieben hatte, und er hielt ihn für einen undurchsichtigen Opportunisten. Aber ob gut oder schlecht, es war seine einzige Karte, und Villamizar beschloß, alles darauf zu setzen. Es gab keine andere, und die Zeit drängte.

Auf seine Bitte hin bestellten Expräsident Turbay und Hernando Santos Guido Parra zu sich, unter der Bedingung, daß auch Dr. Santiago Uribe, ein anderer Anwalt Escobars mit einem seriösen Ruf, anwesend sein sollte. Guido Parra begann das Gespräch mit seinen üblichen hochtrabenden Floskeln, doch Villamizar fuhr ihm nach Santandereaner Art in die Parade.

»Mir erzählen Sie keine Scheiße«, sagte er. »Kommen wir zur Sache. Sie haben doch alles in den Dreck gefahren mit Ihren idiotischen Forderungen. Hier gibt's nur eins: Die Kerle müssen sich stellen und irgendein Verbrechen gestehen, für das sie zwölf Jahre aufgebrummt bekommen. So einfach ist das. Das sagt das Gesetz. Punktum. Dafür kriegen sie Strafminderung und ihr Leben garantiert. Alles andere ist dummes Zeug.«

Guido Parra hatte keine Bedenken, sich auf den Ton einzustellen.

»Hören Sie, Herr Doktor«, sagte er, »es ist doch so, daß die Regierung sagt, sie werden nicht ausgeliefert, alle Welt sagt das, nur: Wo steht das explizit im Dekret?«

Villamizar stimmte zu. Wenn die Regierung sagte, sie werde nicht ausliefern, da dies der Sinn des Gesetzes sei, so mußte man die Regierung davon überzeugen, daß sie die Ungenauigkeiten auszuräumen hatte. Alles übrige – die weit hergeholten Interpretationen der Straftat *sui generis*, die Ablehnung von Geständnissen oder von unmoralischen Denunziationen – seien nur rhetorische Ablenkungsmanöver von Guido Parra. Denn es war klar, daß für die Auslieferbaren – wie schon ihr Name sagte – im Augenblick die einzige reale und dringende Forderung war, nicht ausgeliefert zu werden. Also erschien es ihm nicht unmöglich, eine solche Präzisierung des Dekrets zu erreichen. Aber zuvor verlangte Villamizar von Guido Parra die gleiche Offenheit und Entschiedenheit, die auch die Auslieferbaren forderten. Er wollte erstens wissen, wie weit Parra autorisiert war zu verhandeln, und zweitens, wie lange es nach der Novellierung des Dekrets dauern würde, bis die Geiseln freigelassen würden. Guido Parra wurde förmlich.

»Vierundzwanzig Stunden später sind sie frei«, sagte er.

»Selbstverständlich alle«, sagte Villamizar.

»Alle.«

5

Ein Monat nach der Entführung von Maruja und Beatriz war die absurde Haftordnung brüchig geworden. Sie fragten nicht mehr um Erlaubnis, wenn sie sich erheben wollten, und jede schenkte sich selbst Kaffee ein oder schaltete die Fernsehkanäle um. Sie sprachen im Zimmer immer noch im Flüsterton, doch sie bewegten sich spontaner. Maruja mußte nicht mehr ins Kopfkissen husten, paßte aber immerhin auf, daß man sie draußen nicht hören konnte. Die Mahlzeiten änderten sich nicht, die gleichen Bohnen, die gleichen Linsen, die gleichen trockenen Fleischfetzen und eine gewöhnliche Tütensuppe.

Die Wächter sprachen viel miteinander, als einzige Vorsichtsmaßnahme flüsterten sie. Sie erzählten sich gegenseitig blutrünstige Geschichten darüber, wieviel sie mit der nächtlichen Jagd auf Polizisten in Medellín verdient hatten, sprachen über ihre Mannestaten und ihre Liebesdramen. Maruja hatte sie davon überzeugen können, daß es im Fall einer gewaltsamen Befreiung vernünftiger wäre, die Frauen zu beschützen, um sich so zumindest eine anständige Behandlung und ein barmherziges Urteil zu sichern. Zu Beginn ließ die Männer alles kalt, denn sie waren unrettbare Fatalisten, doch Marujas Annäherungstaktik erreichte, daß sie nicht mehr die Waffen auf ihre schlafenden Gefangenen richteten, sondern sie in ein Staubtuch gewickelt hinter dem Fernseher versteckten. Die wechselseitige Abhängigkeit und das gemeinsame Leiden verliehen den Beziehungen schließlich einen Hauch von Menschlichkeit.

Maruja schluckte nichts herunter, was sie hätte verbittern können, das entsprach ihrem Temperament. Sie machte sich Luft bei den Wächtern, die zum Streiten wie geschaffen waren, und trat ihnen mit einer Entschiedenheit entgegen, die schaudern ließ:

»Erschießen Sie mich doch.« Manchmal reagierte sie sich auch an Marina ab, deren Willfährigkeit den Wächtern gegenüber sie empörte und deren apokalyptische Phantasien sie wahnsinnig machten. Marina hob zuweilen den Blick und gab ohne jeden Grund eine demoralisierende Bemerkung oder eine düstere Prophezeiung von sich.

»Hinter dem Hof, da ist eine Werkstatt für die Autos der Killer«, sagte sie einmal. »Da sitzen sie alle Tag und Nacht, mit Gewehren bewaffnet und bereit, uns zu erschießen.«

Den schlimmsten Zusammenstoß gab es aber an einem Nachmittag, als Marina eine ihrer üblichen Schimpftiraden gegen die Journalisten losließ, weil sie in einer Fernsehsendung über die Entführten nicht erwähnt worden war.

»Das sind alles Scheißkerle«, sagte sie.

Maruja fuhr sie an:

»So nicht«, sagte sie zornig. »Mehr Respekt.«

Marina erwiderte nichts und bat sie später, in einem ruhigen Augenblick, um Entschuldigung. In Wirklichkeit lebte sie in einer anderen Welt. Sie war etwa vierundsechzig Jahre alt und einst eine auffallende Schönheit gewesen, sie hatte wunderschöne große schwarze Augen und eine silberne Haarmähne, die auch noch im Unglück ihren Glanz bewahrte. Jetzt war Marina nur noch Haut und Knochen. Als Beatriz und Maruja auftauchten, hatte sie fast zwei Monate lang mit niemandem außer den Wächtern gesprochen und brauchte dann Zeit, sich mühsam umzugewöhnen. Die Angst hatte ihre Verheerungen hinterlassen: Marina hatte zwanzig Kilo verloren und war seelisch am Ende. Sie war ein Gespenst.

Sehr jung hatte sie einen in der Sportwelt anerkannten Chiropraktiker geheiratet, einen korpulenten Mann mit einem großen Herzen, der sie bedingungslos liebte und dem sie vier Töchter und drei Söhne gebar. Sie hatte überall die Zügel in der Hand, im eigenen Haus und in ein paar fremden Häusern, denn sie fühlte sich für die Probleme einer großen Antioqueñer Familie zuständig. Sie war für alle wie eine zweite Mutter, sowohl wegen ihrer Autorität als auch wegen ihrer Besorgtheit, kümmerte sich aber auch um jeden Unbekannten, der ihr Herz anrührte.

Eher aus einem unzähmbaren Drang nach Unabhängigkeit denn aus Not verkaufte sie Autos und

Lebensversicherungen, was auch immer sie wollte, nur um eigenes Geld zum Ausgeben zu haben. Doch wer sie näher kannte, dem tat es weh, daß das Leben einer Frau mit so vielen natürlichen Tugenden unter einem unglücklichen Stern stand. Ihr Mann war fast zwanzig Jahre lang in psychiatrischer Behandlung und arbeitsunfähig, zwei ihrer Brüder kamen bei einem fürchterlichen Verkehrsunfall um, ein anderer wurde von einem Infarkt hingestreckt, wieder ein anderer bei einem mysteriösen Unfall an einem Ampelpfosten zerquetscht, und ein weiterer, von Fernweh getrieben, war für immer verschwunden.

Ihre Lage als Geisel war unlösbar. Sie selbst teilte die allgemeine Meinung, daß man sie nur entführt hatte, um eine gewichtige Geisel zu haben, die man umbringen konnte, ohne die Übergabeverhandlungen zum Scheitern zu bringen. Doch angesichts der Tatsache, daß sie nun schon sechzig Tage Kerker hinter sich hatte, durfte sie vielleicht annehmen, daß ihre Henker irgendeinen Vorteil entdeckt hatten, den sie für ihr Leben eintauschen konnten.

Jedenfalls fiel auf, daß sie auch in ihren schwersten Zeiten lange Stunden in sich gekehrt mit der sorgfältigen Pflege ihrer Finger- und Fußnägel zubrachte. Sie feilte und polierte sie und malte sie mit durchsichtigem Nagellack an, so daß sie wie die Nägel einer jüngeren Frau aussahen. Mit der gleichen Sorgfalt zupfte sie sich die Augenbrauen und enthaarte sich die Beine. Nachdem die ersten Klippen umschifft waren, halfen Maruja und Beatriz ihr dabei. Sie lernten, mit ihr umzugehen. Mit Beatriz führte Marina endlose Gespräche über Leute, die sie mochte oder nicht mochte, ein unaufhörliches Gewisper, das selbst die Wächter aufregte. Maruja versuchte, ihr Trost zu geben. Beiden tat es weh, daß sie, außer den Gefängniswärtern, als einzige wußten, daß Marina lebte, aber es keinem erzählen konnten.

Einer der wenigen Lichtblicke, die Maruja und Beatriz in jener Zeit hatten, war die überraschende Rückkehr des maskierten Chefs, der sie am ersten Tag besucht hatte. Fröhlich und optimistisch brachte er die Nachricht, daß sie noch vor dem 9. Dezember, dem Wahltermin für die Verfassunggebende Versammlung, freigelassen werden könnten. Für Maruja war dieses Datum von besonderer Bedeutung, es war ihr Geburtstag, und die Vorstellung, ihn mit der Familie verbringen zu können, löste vorzeitigen Jubel bei ihr aus. Doch es war eine flüchtige Illusion: Eine Woche später sagte ihnen derselbe Chef, daß sie am 9. Dezember nicht freigelassen würden, auch nicht zu Weihnachten oder Neujahr, daß die Entführung vielmehr lange dauern würde. Das war für beide ein harter Schlag. Maruja hatte eine leichte Venenentzündung und heftige Schmerzen in den Beinen. Beatriz bekam einen Erstikkungsanfall, und ihr Magengeschwür begann zu bluten. Eines Nachts, als sie vor Schmerzen verrückt wurde, flehte sie Lamparón an, er möge doch eine Ausnahme bei den Haftregeln machen und ihr erlauben, zu dieser Stunde auf die Toilette zu gehen. Er gestattete es ihr nach langem Überlegen mit dem Hinweis, daß er sich einer ernsten Gefahr aussetze. Aber der Gang nützte nichts. Beatriz winselte weiter wie ein verletzter kleiner Hund, glaubte zu sterben, bis Lamparón sich ihrer erbarmte und beim Verwalter Buscopan holte.

Trotz all ihrer bisherigen Bemühungen hatten die Geiseln keine verläßlichen Anhaltspunkte dafür, wo sie sich befanden. Wegen der Angst der Wächter, Nachbarn könnten sie hören, und wegen der Geräusche und Stimmen, die von draußen hereindrangen, dachten sie, es sei ein städtisches Gebiet. Der verrückte Hahn, der zu jeder Tages- oder Nachtzeit krähte, schien ein Beweis dafür, denn Hähne, die in oberen Stockwerken gehalten werden, pflegen den Sinn für die Zeit zu verlieren. Oft hörten sie unterschiedliche Stimmen, die ganz in der Nähe immer denselben Namen riefen: »Rafael.« Die Kurzstreckenflugzeuge schossen tief vorbei, und der Hubschrauber landete weiterhin in einer solchen Nähe, daß man ihn über dem Haus hörte. Marina beharrte auf der nie bewiesenen Version von dem hohen Offizier des Heeres, der den Verlauf der Entführung überwachte. Für Maruja und Beatriz war das eine weitere Phantasiegeschichte, allerdings wurden jedes Mal, wenn der Hubschrauber kam, die militärischen Regeln der Haft wieder streng eingehalten: das Haus wie eine Kaserne aufgeräumt, die Tür von innen mit einem Riegel und von außen mit einem Vorhängeschloß verschlossen; Flüstern, Waffen im Anschlag und ein nicht ganz so widerliches Essen.

Die vier Wächter, die vom ersten Tag an bei ihnen gewesen waren, wurden Anfang Dezember durch vier neue ersetzt. Einer war anders als alle anderen und dermaßen sonderbar, als sei er einem Gruselfilm entstiegen. Er wurde Gorilla genannt und sah wirklich so aus: riesig, kraftstrotzend wie ein Gladiator und mit tiefschwarzer Haut, die lockig behaart war. Er hatte eine derartige Stentorstimme, daß es ihm nicht gelang, sie zu einem Flüstern zu dämpfen, und niemand wagte es, das von ihm zu fordern. Die anderen hatten offensichtlich ihm gegenüber Minderwertigkeitsgefühle. Statt kurzer Hosen wie seine Kollegen trug er eine Turnhose. Er hatte die übliche Strickmütze und ein enges Unterhemd, das den vollkommenen Oberkörper mit dem Anhänger des Göttlichen Kindes am Hals zeigte, wunderbare Arme mit einem brasilianischen Glücksbändchen, und in die farblosen Handflächen seiner riesigen Hände waren die Schicksalslinien wie mit Feuer eingebrannt. Er paßte kaum in das Zimmer hinein und hinterließ bei jeder Bewegung Spuren von Unordnung. Für die Geiseln, die gelernt hatten, mit den vorherigen Wächtern umzugehen, war es ein böses Erwachen. Vor allem für Beatriz, die sich sofort seinen Haß zuzog.

Wächter wie Geiseln lebten in jenen Tagen unter dem Zeichen der Langeweile. Als Vorspiel zum Weihnachtstrubel veranstalteten die Hausbesitzer eine Novene mit einem befreundeten Pfarrer, der ahnungslos war oder ein Komplize. Sie beteten, sangen Weihnachtslieder im Chor, verteilten Süßigkeiten an die Kinder und stießen mit Apfelwein an, dem Familiengetränk. Zum Schluß besprengten sie das Haus mit

Weihwasser, um die bösen Geister zu vertreiben. Sie brauchten dafür soviel Wasser, daß sie es in Benzinkanistern heranschleppen mußten. Als der Priester gegangen war, kam die Frau zu ihnen ins Zimmer und besprengte den Fernseher, die Matratzen, die Wände. Die drei Geiseln fühlten sich überrumpelt und wußten nicht, wie sie reagieren sollten. »Das ist Weihwasser«, sagte die Frau, während sie mit der Hand weitersprengte. »Damit uns nichts passiert.« Die Wächter bekreuzigten sich, fielen auf die Knie und empfingen den reinigenden Schauer wie eine himmlische Salbung.

Diese Lust zu beten und zu feiern, die so typisch für die Menschen aus Antioquia ist, ließ den Dezember über keinen Augenblick nach. Also paßte Maruja auf, daß die Entführer nicht dahinterkamen, daß am Neunten ihr Geburtstag war: 53 gelebte Jahre. Beatriz hatte versprochen, das Geheimnis zu wahren, doch die Wärter erfuhren es durch eine Sondersendung im Fernsehen, die Marujas Kinder ihr am Vorabend widmeten.

Die Wächter verbargen nicht ihre Rührung darüber, in gewisser Weise in die Intimität der Sendung einbezogen zu sein. »Doña Maruja«, sagte einer, »wie jung Dr. Villamizar aussieht, wie gut, und wie er Sie liebt.« Sie erwarteten, daß Maruja ihnen eine ihrer Töchter vorstellen würde, um mit ihr ausgehen zu können. Als sie diese Sendung in der Gefangenschaft sahen, war es für die Geiseln jedenfalls so, als wären sie tot und beobachteten von einer anderen Welt aus das Leben, ohne daran teilnehmen zu können und ohne daß die

Lebendigen es wüßten. Am nächsten Tag um elf Uhr vormittags kamen der Verwalter und seine Frau überraschend mit einer Flasche einheimischen Champagners, mit Gläsern für alle und einer Torte ins Zimmer, die aussah, als wäre sie mit Zahnpasta überzogen. Sie gratulierten Maruja, bewiesen ihr überschwenglich ihre Zuneigung und sangen für sie mit den Wächtern im Chor *Happy Birthday*. Alle aßen und tranken zusammen und ließen Maruja in einem Widerstreit wechselnder Gefühle zurück.

Juan Vitta wurde am 26. November mit der Nachricht geweckt, daß er wegen seines schlechten Gesundheitszustandes freigelassen würde. Er erstarrte vor Entsetzen, denn gerade in jenen Tagen fühlte er sich besser denn je, und darum dachte er, die Ankündigung sei ein Trick, um der Öffentlichkeit die erste Leiche auszuhändigen. So überkam ihn, als ihm Stunden später der Wächter mitteilte, er solle sich für die Freilassung vorbereiten, ein Anfall von Panik: »Ich wäre gerne auf meine Weise gestorben, doch wenn das mein Schicksal war, so hatte ich es anzunehmen«, hat Juan gesagt. Man befahl ihm, sich zu rasieren und saubere Kleidung anzuziehen, und er tat es in der Gewißheit, sich für seine Beerdigung anzukleiden. Man gab ihm Anweisungen, was er nach der Freilassung zu tun habe, vor allem welche Winkelzüge er bei den Interviews mit der Presse machen sollte, damit die Polizei keine Hinweise bekam, um eine Befreiungsaktion zu starten. Kurz vor Mittag fuhren sie ihn mit dem Auto einige Runden durch unübersichtliche Viertel von Medellín und ließen ihn ohne weitere Umstände an einer Ecke frei.

Nach dieser Freilassung wurde Hero Buss in einer guten Gegend, gegenüber von einer Aerobicschule für junge Mädchen, einquartiert. Der Hausbesitzer war ein unternehmungslustiger und verschwenderischer Mulatte. Seine Frau, etwa fünfunddreißig Jahre alt und im siebten Monat schwanger, schmückte sich schon zum Frühstück mit teurem und allzu auffälligem Geschmeide. Sie hatten einen kleinen Sohn, der bei der Großmutter in einem anderen Haus wohnte und in dessen Zimmer, das mit allem möglichen mechanischen Spielzeug angefüllt war, wurde Hero Buss untergebracht. Er bereitete sich auf eine lange Gefangenschaft vor, als er sah, wie selbstverständlich er in die Familie aufgenommen wurde.

Die muß eine gute Zeit mit diesem Deutschen verbracht haben, der wie aus einem Marlene-Dietrich-Film aussah, zwei Meter groß und einen Meter breit, ein fünfzigjähriger Jüngling, mit einem von Gläubigern geprüften Sinn für Humor und einem Spanisch, auf das die karibische Mundart von Carmen Santiago, seiner Frau aus Cartagena, abgefärbt hatte. Als Lateinamerikakorrespondent deutscher Zeitungen und Rundfunksender hatte er die größten Risiken auf sich genommen, auch zur Zeit des Militärregimes in Chile, wo er eine Nacht in der Überzeugung durchlebte, bei Morgengrauen erschossen zu werden. Er war also abgehärtet genug, um das folkloristische Element seiner Entführung zu genießen.

Dazu gab es reichlich Gelegenheit in einem Haus, wo in gewissen Zeitabständen ein Bote mit einem Rucksack voller Scheine für alle Ausgaben auftauchte und in dem dennoch immer Geldnot herrschte, beeilten sich die Hausbesitzer doch, alles für Feiern und Kleinkram auszugeben, und sie hatten schon nach wenigen Tagen nichts mehr für Lebensmittel. An den Wochenenden gaben sie Feste und Essen für Geschwister, Vettern und gute Freunde. Kinder fielen in das Haus ein. Am ersten Tag waren sie hingerissen, als sie den deutschen Riesen erkannten, den sie wie den Schauspieler einer Telenovela behandelten, weil sie ihn so oft im Fernsehen gesehen hatten. Mindestens dreißig Leute, die nichts mit der Entführung zu tun hatten, baten ihn im Laufe der Zeit um Fotos und Autogramme, aßen und tanzten sogar unmaskiert mit ihm in diesem Irrenhaus, in dem er bis zum Ende seiner Haft lebte.

Die aufgelaufenen Schulden machten die Hausbesitzer schließlich wahnsinnig, sie mußten den Fernseher, den Videorecorder, den Plattenspieler, alles mögliche verpfänden, um den Entführten ernähren zu können. Der Schmuck der Frau verschwand nach und nach von ihrem Hals, ihren Armen und Ohren, bis kein einziges Stück mehr übrig war. Eines frühen Morgens weckte der Mann Hero Buss, um sich Geld von ihm zu leihen, weil seine Frau Wehen bekommen hatte und er gerade nichts hatte, um das Krankenhaus zu zahlen. Hero Buss lieh ihm seine letzten fünfzigtausend Pesos.

Er wurde am 11. Dezember freigelassen, fünfzehn Tage nach Juan Vitta. Für diesen Anlaß hatten sie ihm ein Paar Schuhe gekauft, das er nicht tragen konnte, weil er Schuhgröße 46 hatte, die größten Schuhe, die sie erst nach vielem Suchen gefunden hatten, aber 44 waren. Sie kauften ihm eine Hose und ein zwei Größen kleineres T-Shirt, weil er sechzehn Kilo abgenommen hatte. Sie gaben ihm seine Fotoausrüstung zurück und das Köfferchen, in dessen Futter seine Notizbücher versteckt waren, zahlten ihm die fünfzigtausend Pesos zurück, die er ihnen für die Entbindung geliehen hatte, plus fünfzehntausend, die er ihnen zuvor schon gegeben hatte, um das Geld zu ersetzen, daß sie vom Einkaufsbudget abzweigten. Sie boten ihm sehr viel mehr an, aber er bat nur darum, ihm ein Interview mit Pablo Escobar zu vermitteln. Er bekam nie Antwort.

Die Gruppe, die sich in den letzten Tagen im Haus um ihn gekümmert hatte, brachte ihn in einem Privatauto weg und ließ ihn mit seinem Gepäck auf der Schulter, nach vielen verwirrenden Runden durch die besten Viertel von Medellín, einen halben Block vor der Zeitung *El Colombiano* heraus. Man hatte ihm eine Erklärung mitgegeben, in der die Auslieferbaren seinen Einsatz für die Einhaltung der Menschenrechte in Kolumbien und im übrigen Lateinamerika würdigten und ihre Bereitschaft wiederholten, die Politik der Unterwerfung ohne weitere Bedingungen zu akzeptieren, sobald die Sicherheitsgarantien für sie und ihre Familien gesetzlich festgelegt wären. Journalist bis zum letzten, reichte Hero Buss dem ersten Passanten, der vorbeikam, seine Kamera und bat ihn darum, das Foto der Befreiung zu machen.

Diana und Azucena erfuhren von der Freilassung aus dem Radio, und ihre Wächter sagten ihnen, daß sie die nächsten wären. Aber das hatte man schon so oft gesagt, daß sie nicht recht daran glaubten. Für den Fall, daß womöglich nur eine freigelassen würde, schrieben beide einen Brief an ihre Familien, um ihn derjenigen mitzugeben, die freikam. Nichts geschah, sie hörten nichts mehr, bis zwei Tage später – am 13. Dezember bei Tagesanbruch – Diana von Geflüster und sonderbaren Geräuschen im Haus geweckt wurde. Das Vorgefühl, daß sie befreit würde, ließ sie aus dem Bett springen. Sie gab Azucena Bescheid, und noch bevor ihnen jemand etwas angekündigt hatte, begannen sie zu packen.

Sowohl Diana als auch Azucena haben von diesem dramatischen Augenblick in ihren Tagebüchern berichtet. Diana stand unter der Dusche, als einer der Wächter Azucena ohne Aufhebens mitteilte, sie solle sich zum Gehen fertigmachen. Nur sie. In dem Buch, das sie später veröffentlichen sollte, hat Azucena das mit bewunderungswürdiger Schlichtheit erzählt.

»Ich ging in das Zimmer, zog mir die auf den Stuhl gelegte Wäsche an, während Doña Diana noch im Bad war. Als sie herauskam und mich erblickte, blieb sie stehen, sah mich an und fragte:

›Gehen wir, Azu?‹

Ihre Augen glänzten und erwarteten sehnsüchtig eine Antwort. Ich konnte ihr nichts sagen. Ich senkte den Kopf, atmete tief durch und sagte:

›Nein. Ich gehe allein.‹

›Wie mich das freut‹, sagte Diana. ›Ich wußte, daß es so kommen würde.‹«

Diana notierte in ihr Tagebuch: »Ich fühlte einen Stich im Herzen, sagte ihr aber, daß ich mich für sie freue, daß sie unbesorgt gehen solle.« Sie gab ihr den Brief an ihre Mutter, den sie vorsorglich geschrieben hatte, falls nur Azucena freigelassen würde. In dem Brief bat sie Nydia darum, Weihnachten mit ihren Kindern zu feiern. Azucena weinte, und Diana umarmte sie, um sie zu beruhigen. Dann begleitete sie sie zum Auto, und dort umarmten sich beide noch einmal. Azucena drehte sich um und sah durch die Scheibe, wie Diana ihr zum Abschied winkte.

Eine Stunde später hörte Azucena in dem Wagen, der sie für den Rückflug nach Bogotá zum Medelliner Flughafen brachte, wie ein Rundfunkreporter ihren Mann fragte, was er denn gerade gemacht habe, als er die Nachricht von der Freilassung bekam. Er sagte die Wahrheit:

»Ich schrieb gerade ein Gedicht für Azucena.«

So erfüllte sich beider Wunsch, am 16. Dezember zusammenzusein, um gemeinsam ihren vierten Hochzeitstag zu feiern.

Richard und Orlando, die es satt hatten, auf dem Boden in dem stinkenden Kerkerloch zu schlafen überredeten ihre Wächter, sie in einem anderen Zimmer unterzubringen. Daraufhin wurden sie in den Raum gebracht, in dem der Mulatte, von dem sie länger nichts mehr gehört hatten, in Handschellen gefangengehalten worden war. Sie entdeckten mit Entsetzen, daß die Matratze auf dem Bett große frische Blutflecke hatte, die sehr wohl von langsamen Folterungen oder plötzlichen Messerstichen herrühren konnten.

Durch das Fernsehen und das Radio hatten sie von den Freilassungen erfahren. Ihre Wächter sagten ihnen, sie seien die nächsten. Sehr früh am 17. Dezember kam ein Chef, den sie unter dem Namen El Viejo kannten – wie sich später herausstellte, war das eben jener Don Pacho, der für Diana zuständig war –, ohne anzuklopfen in Orlandos Zimmer.

»Ziehen Sie sich anständig an, denn Sie gehen gleich«, sagte er zu ihm.

Orlando konnte sich gerade noch rasieren und ankleiden und hatte keine Zeit mehr, Richard im gleichen Haus Bescheid zu geben. Man übergab ihm ein Kommuniqué für die Presse, setzte ihm eine Brille mit stark geschliffenen Gläsern auf, und El Viejo fuhr ihn allein die rituellen Runden durch verschiedene Viertel von Medellín und setzte ihn mit fünftausend Pesos für das Taxi bei einem Pavillon im Grünen ab, den Orlando, weil er die Stadt nicht gut genug kannte, nicht lokalisieren konnte. Es war neun Uhr morgens an einem kühlen und klaren Montag. Während er vergeblich den besetzten Taxis winkte, konnte Orlando es noch nicht glauben: Bis zu diesem Augenblick war er davon überzeugt gewesen, daß es für seine Entführer billiger war, ihn zu töten, als das Risiko einzugehen, ihn lebendig laufen zu lassen. Vom ersten Telefon aus rief er seine Frau an.

Liliana badete gerade das Kind und lief mit seifigen Händen zum Telefon. Sie hörte eine fremde, ruhige Stimme:

»Flaca, ich bin's.«

Sie dachte, jemand nehme sie auf den Arm, und wollte schon einhängen, als sie die Stimme erkannte. »Ach, du lieber Gott!« rief sie. Orlando hatte es so eilig, daß er ihr nur sagte, er sei noch in Medellín, komme aber am Abend. Liliana ließ es den ganzen Tag über keine Ruhe, daß sie die Stimme ihres Mannes nicht erkannt hatte. Juan Vitta hatte ihr nach seiner Freilassung erzählt, daß die Haft Orlando so verändert habe, daß es schwierig sei, ihn wiederzuerkennen, aber sie hätte nie gedacht, daß sich sogar die Stimme verändern konnte. Ihre Bestürzung war am Abend noch größer, als sie sich durch den Pulk der Journalisten ihren Weg bahnte und den Mann, der sie küßte, nicht erkannte. Doch es war Orlando nach vier Monaten Haft, dick, blaß und mit einem tiefschwarzen rauhen Schnurrbart. Beide hatten unabhängig voneinander beschlossen, das zweite Kind zu zeugen, sobald sie sich wiedersahen. »Aber es waren so viele Leute um uns herum, daß es an dem Tag nicht klappte«, hat Liliana unter Gelächter erzählt. »Und am nächsten Tag auch nicht, wegen der Aufregung.« Aber sie haben die verlorenen Stunden gut aufgeholt: Neun Monate nach dem dritten Tag bekamen sie noch einen Sohn und im Jahr darauf ein Zwillingspärchen.

Die Welle der Freilassungen – für die anderen Geiseln und ihre Familien ein Grund zu Optimismus – überzeugte Pacho Santos endgültig davon, daß sich für ihn nichts bewegte, kein einziges vernünftiges Indiz deutete darauf hin. Er war der Meinung, daß Pablo Escobar nichts anderes getan hatte, als sich der schlechteren Karten, die nur eine Last waren, zu entledigen, und die drei Asse behalten hatte, um der Verfassunggebenden Versammlung in Hinblick auf Begnadigung und Nichtauslieferung Druck machen zu können: die Tochter eines Expräsidenten, den Sohn des Herausgebers der wichtigsten Zeitung des Landes und die Schwägerin von Luis Carlos Galán. Beatriz und Marina dagegen schöpften wieder Hoffnung, während Maruja sich nicht durch vorschnelle Schlüsse täuschen lassen wollte. Sie war in einer schlechten Verfassung, und die Nähe des Weihnachtstags schlug ihr erst recht aufs Gemüt. Sie haßte die verordneten Feste. Nie hatte sie eine Krippe oder einen Weihnachtsbaum aufgestellt, nie Geschenke verteilt und Karten verschickt, und nichts deprimierte sie so sehr, wie die tödlichen Heiligabendfeiern, bei denen alle singen, weil sie traurig sind, oder weinen, weil sie glücklich sind. Der Verwalter und seine Frau bereiteten ein grauenhaftes Abendessen zu. Beatriz und Marina bemühten sich mitzuhalten, doch Maruja nahm zwei von den starken Schlaftabletten und wachte am nächsten Tag ohne Reue auf.

Am darauffolgenden Mittwoch war die wöchentliche Sendung von Alexandra dem Weihnachtsabend in Nydias Haus gewidmet und zeigte die gesamte Familie Turbay, die sich um den Expräsidenten versammelt hatte, Angehörige von Beatriz und Maruja und Alberto Villamizar. Die Kinder standen im Vordergrund: die zwei von Diana und Marujas Enkel, Alexandras Sohn. Maruja weinte vor Rührung, denn als sie ihn das letzte Mal gesehen hatte, konnte er gerade ein paar Worte brabbeln, sich nun aber schon richtig ausdrücken. Am Ende erklärte Villamizar mit ruhiger Stimme und vielen Einzelheiten den Verlauf und den Stand seiner Bemühungen. Maruja faßte die Sendung mit einem treffenden Satz zusammen: »Es war sehr schön und schrecklich.«

Villamizars Botschaft machte Marina Montoya Mut. Sie wurde plötzlich menschlich ansprechbar und offenbarte ihre Herzensgröße. Mit einem politischen Gespür, das sie an ihr nicht kannten, begann Marina interessiert die Nachrichten zu verfolgen und zu interpretieren. Eine Analyse der Dekrete brachte sie zu dem Schluß, daß die Chancen, freizukommen, größer als je zuvor waren. Ihr Gesundheitszustand besserte sich so weit, daß sie sich sogar über die Regeln der Haft hinwegsetzte und mit ihrer normalen, schönen und wohlklingenden Stimme zu sprechen begann.

Am 31. Dezember hatte sie ihre große Nacht. Damaris brachte mit dem Frühstück die Nachricht, daß sie das neue Jahr mit einem richtigen Fest begehen würden, mit einheimischem Champagner und einer

Schweinskeule. Maruja dachte, zum ersten Mal fern der Familie, würde es die traurigste Nacht ihres Lebens werden, und sie versank in einer Depression. Beatriz brach vollends zusammen. Die Stimmung der beiden war für alles gut, nur nicht für Feste. Marina hingegen reagierte mit Entzücken auf die Nachricht und tat alles, um die anderen aufzuheitern. Sogar die Wächter.

»Wir müssen gerecht sein«, sagte sie zu Maruja und Beatriz. »Auch sie sind fern von ihren Familien, und es ist an uns, ihnen das Neujahrsfest so angenehm wie möglich zu machen.«

Am Abend der Entführung hatte man ihr drei Nachthemden gegeben, sie hatte bisher aber nur eines gebraucht und bewahrte die anderen in ihrem Privatbeutel auf. Später, als Maruja und Beatriz gebracht wurden, trugen die Frauen als Gefängnisuniform die Trainingsanzüge, die sie alle fünfzehn Tage wuschen.

Bis zum Nachmittag des 31. Dezembers hatte niemand mehr an die Nachthemden gedacht, nun aber ging Marina in ihrer Begeisterung noch weiter. »Ich schlag euch etwas vor«, sagte sie. »Ich habe hier drei Nachthemden, die werden wir anziehen, damit es uns das kommende Jahr über gutgeht.« Und sie fragte Maruja:

»Schauen Sie mal, Kindchen, welche Farbe wollen Sie?«

Maruja sagte, ihr sei es gleich. Marina entschied, das grüne stehe Maruja am besten. Sie gab Beatriz das rosa Nachthemd und behielt das weiße für sich. Dann holte sie aus dem Beutel ein Schächtelchen mit

Kosmetika und schlug vor, daß sie sich gegenseitig schminkten. »Damit wir heute nacht schön aussehen«, sagte sie. Maruja, der schon die Nachthemdverkleidung zu viel war, wies sie säuerlich ab.

»Ich ziehe mir sogar das Nachthemd an«, sagte sie. »Aber mich hier wie eine Irre anzumalen, in diesem Zustand, nein, Marina, das nun wirklich nicht.«

Marina zuckte mit den Schultern.

»Ich schon.«

Da sie keinen Spiegel hatten, gab sie Beatriz die Schminkutensilien und setzte sich auf das Bett, um sich von ihr herrichten zu lassen. Beatriz machte es gründlich und geschmackvoll im Licht der Nachttischlampe: ein Hauch Rouge, um die tödliche Blässe der Haut zu überspielen, kräftige Lippen, Lidschatten. Beide waren sie überrascht davon, wie gut diese Frau, die einst für ihren persönlichen Liebreiz und ihre Schönheit berühmt gewesen war, immer noch aussehen konnte. Beatriz begnügte sich mit ihrem Pferdeschwanz und ihrem Flair einer Schülerin.

In jener Nacht entfaltete Marina ihren unwiderstehlichen Charme einer Antioqueñerin. Die Wächter taten es ihr gleich, und jeder sagte, was er wollte, und mit der Stimme, die Gott ihm gegeben hatte. Außer dem Verwalter, der selbst noch auf dem offenen Meer der Trunkenheit weiter flüsterte. Der Lamparón, vom Trinken mutig geworden, wagte es, Beatriz ein Eau de toilette für Männer zu schenken. »Damit ihr für die Millionen von Umarmungen am Tag eurer Freilassung gut parfümiert seid«, sagte er. Dem Taktbolzen von Verwalter entging dies nicht, und er äußerte, das sei ein Geschenk verdrängter Liebe. Eine neue Furcht erfaßte die von Ängsten gepeinigte Beatriz.

An der Feier nahmen außer den Geiseln der Verwalter und seine Frau sowie die vier Wächter vom Dienst teil. Beatriz war die Kehle unerträglich zugeschnürt. Maruja verbrachte den Abend voller Sehnsucht und Scham, aber sie konnte nicht verhehlen, wie sehr sie dennoch Marina bewunderte, die, durch die Schminke verjüngt, so strahlend war in dem weißen Hemd, mit ihrer schneeweißen Mähne und der wunderbaren Stimme. Es war unvorstellbar, daß Marina glücklich war, aber sie schaffte es, daß man es ihr glaubte.

Sie scherzte mit den Wächtern, die sich zum Trinken die Maske hochschoben. Die Hitze brachte sie zur Verzweiflung, und zuweilen baten sie, um frei atmen zu können, die Geiseln darum, sich abzuwenden. Punkt zwölf Uhr, als die Sirenen der Feuerwehr aufheulten und die Kirchenglocken erdröhnten, saßen alle im Zimmer zusammengedrängt auf dem Bett, auf der Matratze, und schwitzten wie in einem Hochofen. Im Fernsehen ertönte die Nationalhymne. Da erhob sich Maruja und befahl den anderen aufzustehen, um mit ihr zu singen. Am Ende hob sie das Glas mit Apfelwein und trank auf den Frieden in Kolumbien. Das Fest war eine halbe Stunde später beendet, als die Flaschen leer waren und auf der Platte nur noch der abgenagte Knochen der Schweinskeule und Reste des Kartoffelsalats lagen.

Die Wachablösung wurde von den Geiseln mit einem Seufzer der Erleichterung begrüßt, denn es kamen dieselben Männer, die sie in der Entführungsnacht empfangen hatten, und sie wußten, wie mit ihnen umzugehen war. Besonders Maruja atmete auf. Ihr schlechter Gesundheitszustand war ihr aufs Gemüt geschlagen. Am Anfang hatte sich ihre Angst in Schmerzen geäußert, die durch den ganzen Körper wanderten und sie zu verkrampften Stellungen zwangen. Später jedoch wurden die Schmerzen durch die unmenschliche Behandlung der Wächter lokalisierbar. Anfang Dezember hinderte man sie, als Strafe für ihre Widerspenstigkeit, einen ganzen Tag lang daran, auf die Toilette zu gehen, und als sie endlich durfte, konnte sie nicht mehr. Das war der Ursprung einer hartnäkkigen Blasenentzündung mit nachfolgenden Blutungen, die bis zum Ende der Haft anhielten.

Marina, die bei ihrem Mann gelernt hatte, Sportler zu massieren, bemühte sich mit ihren schwachen Kräften, ihr Linderung zu verschaffen. Noch dauerte Marinas gute Stimmung von Neujahr an. Sie war nach wie vor optimistisch, erzählte Anekdoten: lebte. Als ihr Name und ihr Foto in einer Fernsehkampagne für die Entführten auftauchte, gab ihr das erneut Freude und Hoffnung. Sie hatte das Gefühl, wieder die zu sein, die sie gewesen war, sie existierte, sie war da. In der ersten Phase der Kampagne erschien sie ständig auf dem Bildschirm, bis sie eines Tages ohne Erklärung nicht mehr gezeigt wurde. Weder Maruja noch Beatriz hatten den Mut, ihr zu sagen, sie sei wohl von der Liste verschwunden, weil niemand mehr daran glaubte, daß sie noch lebte.

Für Beatriz war der 31. Dezember wichtig, weil sie ihn sich als äußerste Frist für die Freilassung gesetzt hatte. Die Enttäuschung warf sie um, es war so schlimm, daß ihre Haftgefährtinnen nicht wußten, was sie mit ihr machen sollten. Maruja konnte sie schließlich nicht mehr ansehen, weil Beatriz dann die Fassung verlor, zu heulen anfing, und so ignorierten sie einander in einem Raum, der nicht viel größer als ein Badezimmer war. Die Situation wurde untragbar.

Am besten konnten sich die drei Geiseln in den endlosen Stunden nach dem Bad damit ablenken, sich langsam die Beine mit einer Feuchtigkeitscreme zu massieren, die ihnen die Wärter in ausreichenden Mengen geliefert hatten, damit sie nicht durchdrehten. Eines Tages bemerkte Beatriz, daß die Creme zur Neige ging.

»Und wenn es keine Creme mehr gibt, was machen wir dann?«

»Dann bitten wir eben um eine neue«, erwiderte Maruja mit bitterem Nachdruck. Und unterstrich noch bitterer: »Und wenn nicht, sehen wir weiter. Was sonst?«

»Reden Sie nicht so mit mir«, schrie Beatriz in einem plötzlichen Wutausbruch. »Schließlich sind Sie schuld daran, daß ich hier bin!«

Der Ausbruch war unvermeidlich gewesen. In einem Augenblick sagte Beatriz das, was sie in so vielen Tagen der verdrängten Spannungen und in so vielen Nächten des Schreckens für sich behalten hatte. Überraschend war nur, daß es nicht früher und mit noch größerer

Erbitterung geschehen war. Beatriz hielt sich aus allem heraus, zügelte sich und schluckte ihren Ärger herunter, ohne ihn auszukosten. Gewiß war das Harmloseste, was geschehen konnte, daß ein einfacher, unbedachter Satz früher oder später ihre von der Angst unterdrückten Aggressionen aufwühlte. Der Wächter vom Dienst war jedoch nicht dieser Meinung und drohte, eine größere Auseinandersetzung befürchtend, Beatriz und Maruja in getrennte Zimmer einzusperren.

Beide erschraken, denn die Furcht vor sexuellen Übergriffen war immer da. Die Frauen glaubten, daß, solange sie zusammen waren, die Wächter wohl kaum versuchen würden, sie zu vergewaltigen, und hatten deshalb immer besonders gefürchtet, getrennt zu werden. Andererseits traten die Wächter immer zu zweit auf, sie mochten einander nicht und sollten sich wohl gegenseitig überwachen, eine gezielte Vorsichtsmaßnahme, um die innere Ordnung aufrechtzuerhalten und ernste Zwischenfälle mit den Geiseln zu vermeiden.

Die repressive Art der Wärter sorgte jedoch für ein ungesundes Klima im Zimmer. Die von der Dezemberschicht hatten einen Videorecorder mitgebracht, über den sie Gewaltfilme mit stark erotischer Einfärbung abspielten, manchmal auch Pornos. Im Zimmer herrschte zeitweise eine unerträgliche Spannung. Außerdem durften die Geiseln, wenn sie auf die Toilette gingen, die Tür nicht ganz schließen, und sie ertappten mehrmals einen Wächter beim Spannen. Einer von ihnen, der darauf bestand, die Tür in der Hand zu halten, damit sie nicht zufiel, während die Frauen das Bad benützten, hätte, als Beatriz sie – absichtlich – zuknallte, fast die Finger verloren. Ein weiteres peinliches Schauspiel bot ein schwules Wächterpaar, das nach der ersten Wachablösung gekommen war und sich durch allerlei perverses Geschäker in einem Zustand permanenter Erregung hielt. Die übertriebene Wachsamkeit von Lamparón bei der leisesten Bewegung von Beatriz, das Parfumgeschenk, die Dreistigkeit des Verwalters trugen zur Beunruhigung bei. Die Geschichten, die sich die Männer über die Vergewaltigung fremder Frauen, über ihre erotischen Perversionen, ihre sadistischen Freuden erzählten, vergifteten die Atmosphäre vollends.

Auf Bitten von Maruja und Marina ließ der Verwalter am 12. Januar kurz vor Mitternacht einen Arzt für Beatriz kommen. Es war ein junger Mann, gut gekleidet und noch besser erzogen, mit einer gelben Seidenmaske, die zu seiner Aufmachung paßte. An die Seriosität eines maskierten Arztes zu glauben, fällt schwer, doch dieser bewies von Anfang an, daß er etwas von seinem Beruf verstand. Er vermittelte eine beruhigende Sicherheit. Er hatte ein Etui aus feinem Leder dabei, das so groß wie ein Reisekoffer war und ein Phonendoskop enthielt, ein Blutdruckmeßgerät, einen batteriebetriebenen Elektrokardiographen, ein kleines Labor für Hausuntersuchungen und was man noch für Notfälle braucht. Er untersuchte die drei

Geiseln gründlich und machte in seinem Labor eine Urin- und eine Blutanalyse.

Als er Maruja untersuchte, sagte er verstohlen zu ihr: »Es beschämt mich zutiefst, Sie in dieser Lage sehen zu müssen. Ich möchte Ihnen sagen, daß ich nicht freiwillig hier bin. Ich war ein guter Freund und Anhänger von Dr. Luis Carlos Galán und habe ihn auch gewählt. Sie haben dieses Leid nicht verdient, aber versuchen Sie durchzuhalten. Gelassenheit ist gut für Ihre Gesundheit.« Maruja wußte seine Erklärungen zu schätzen, konnte aber nicht ihr Erstaunen über seine biegsame Moral überwinden. Beatriz hielt er genau die gleiche Rede.

Bei beiden war die Diagnose akuter Streß und beginnende Unterernährung, er gab deshalb die Anweisung, das Essen reichhaltiger und ausgewogener zu gestalten. Bei Maruja stellte er Durchblutungsstörungen sowie eine schwere Blaseninfektion fest und verschrieb ihr eine Therapie mit einem Venenpräparat, Entwässerungsmitteln und Schmerztabletten. Beatriz verschrieb er ein Sedativum, um ihr Magengeschwür ruhigzustellen. Marina – die er schon zuvor untersucht hatte – gab er nur den Ratschlag, sich selbst mehr um ihre Gesundheit zu kümmern, fand bei ihr aber kein offenes Ohr. Allen dreien verordnete er, mindestens eine Stunde pro Tag richtig zu laufen.

Daraufhin bekam jede von ihnen eine Schachtel mit zwanzig Tabletten eines Beruhigungsmittels, von dem sie morgens, mittags und abends je eine Tablette schlucken sollten. In extremen Fällen konnten sie statt dessen ein starkes Schlafmittel nehmen, das ihnen dann erlaubte, manchem Grauen der Haft zu entkommen. Eine Vierteltablette genügte, um bewußtlos zu werden, bevor man bis vier gezählt hatte.

Seit jenem Morgen um ein Uhr früh liefen sie regelmäßig im dunklen Hof, während die verängstigten Wächter sie mit ihren entsicherten Maschinenpistolen im Visier behielten. Nach der ersten Runde war ihnen schwindelig, Maruja mußte sich sogar an der Mauer festhalten, um nicht zu fallen. Mit Hilfe der Wächter, manchmal auch Damaris', gewöhnten sie sich schließlich daran. Nach zwei Wochen schaffte Maruja mit schnellem Schritt tausend abgezählte Runden: zwei Kilometer. Die seelische Verfassung aller verbesserte sich, und damit auch die häusliche Eintracht.

Der Hof war der einzige Ort des Hauses, den sie außer ihrem Zimmer kennenlernten. Er lag im Finstern, wenn sie ihre Runden drehten, doch in klaren Nächten war ein großes, halb verfallenes Waschhaus zu erkennen, an Drähten hing dort die Wäsche zum Trocknen, und kaputte Kisten und ausrangierter Schrott lagen unordentlich herum. Über dem Vordach des Waschhauses befand sich ein weiteres Stockwerk mit einem geschlossenen Fenster, dessen staubige Scheiben mit Zeitungspapier abgedeckt waren. Die Entführten nahmen an, daß dort die Wärter schliefen, die nicht im Dienst waren. Es gab eine Tür zur Küche, eine andere zum Zimmer der Geiseln und ein Tor aus alten Brettern, das nicht bis zum Boden reichte. Das war das Tor zur Welt. Später sollten sie feststellen, daß es auf eine friedliche umzäunte Wiese führte, wo Osterlämmer weideten und vereinzelt Hühner pickten. Es schien bei einer Flucht leicht zu öffnen, wurde aber von einem Deutschen Schäferhund bewacht, der einen unbestechlichen Eindruck machte. Maruja freundete sich jedoch mit ihm an, bis er nicht mehr bellte, wenn sie näher kam, um ihn zu streicheln.

Nach der Freilassung von Azucena blieb Diana sich allein überlassen. Sie sah fern, hörte Radio, las manchmal Zeitungen, so interessiert wie nie zuvor, aber es war noch schlimmer, Nachrichten mit niemandem bereden zu können, als sie nicht zu kennen. Sie fühlte sich von den Wächtern gut behandelt und erkannte an, daß diese sich bemühten, sie zufriedenzustellen. »Ich möchte nicht und könnte auch kaum beschreiben, was ich jede Minute fühle: den Schmerz, die Angst und die Schreckenstage, die ich durchlebt habe«, notierte sie in ihr Tagebuch. Sie bangte in der Tat um ihr Leben, vor allem wegen der nicht abweisbaren Bedrohung durch einen gewaltsamen Befreiungsversuch. Ihre Freilassung wurde ihr nur mehr mit einer heimtückischen Floskel angekündigt: »Es ist fast soweit.« Der Gedanke versetzte sie in Schrecken, daß es sich um eine Hinhaltetaktik bis zur Einberufung der Verfassunggebenden Versammlung handeln könnte, weil man abwarten wollte, ob diese konkrete Beschlüsse zum Thema Begnadigung und Auslieferung fasse. Don Pacho, der früher stundenlang bei ihr geblieben war, mit ihr diskutiert und sie gut informiert hatte, ging immer mehr auf Distanz. Auf einmal, ohne irgendeine Erklärung, brachte man ihr keine Zeitungen mehr. Die Nachrichten und sogar die Telenovelas verfielen in den Rhythmus des von den Neujahrsferien gelähmten Landes.

Über einen Monat lang wurde sie mit dem Versprechen abgelenkt, daß sie Pablo Escobar persönlich treffen würde. Sie übte ihre Haltung ein, ihre Argumente, ihren Ton und war sich sicher, daß es ihr gelingen würde, mit ihm zu verhandeln. Aber da es ewig nicht dazu kam, steigerte sich ihr Pessimismus ins Extreme.

Eine schützende Leitfigur in diesem Grauen war ihr die Mutter, von der sie vielleicht das leidenschaftliche Temperament, den unverbrüchlichen Glauben und den entgleitenden Traum vom Glück geerbt hatte. Beider Gabe, sich miteinander zu verständigen, offenbarte sich in den dunklen Monaten der Entführung als eine wundersame Hellsichtigkeit. Jedes Wort von Nydia im Fernsehen oder Rundfunk, jede nachdrückliche Bemerkung oder Geste waren für Diana imaginäre Botschaften in die Finsternis der Haft. »Ich habe immer gefühlt, daß sie so etwas wie mein Schutzengel ist«, schrieb sie. Sie war sicher, daß bei so vielen Enttäuschungen am Ende der Glaube und die Kraft ihrer Mutter siegen würden. Von dieser Gewißheit ermutigt, nährte sie die Hoffnung, in der Weihnachtsnacht befreit zu werden.

Die Illusion hielt sie wie in einem Schwebezustand während des Festes, das die Hausherrn am Heiligabend gaben, mit gegrilltem Fleisch, Salsa-Musik,

Aguardiente, Feuerwerk und bunten Luftballons. Diana deutete es als Abschiedsfeier. Mehr noch, sie hatte sogar ihr Köfferchen, das seit November gepackt war, auf das Bett gelegt, um keine Zeit zu verlieren, wenn man sie abholen käme. Die Nacht war eisig, und der Wind heulte in den Bäumen wie ein Rudel Wölfe, doch sie deutete das als ein Vorzeichen für bessere Zeiten. Während die Kinder beschert wurden, dachte sie an die ihren und tröstete sich mit dem Gedanken, daß sie in der morgigen Nacht bei ihnen sein würde. Der Traum wurde wahrscheinlicher, weil ihre Gefängniswärter ihr eine gefütterte Lederjacke schenkten, die vielleicht mit Bedacht ausgewählt war, damit sie das Unwetter gut überstand. Sie war sich sicher, daß ihre Mutter sie, wie jedes Jahr, zum Abendessen erwartet hatte und daß sie den Mispelkranz an die Tür gehängt hatte und ein Schild für sie: *Willkommen*. So war es tatsächlich gewesen. Diana rechnete so sicher damit freizukommen, daß sie weiter darauf wartete, bis am Horizont die letzten Funken des Festes verloschen und ein neuer Morgen der Ungewißheit graute.

Am nächsten Mittwoch saß sie allein vor dem Fernseher und schaltete durch die Kanäle, als sie plötzlich auf dem Bildschirm den kleinen Sohn von Alexandra Uribe erkannte. Es war die Weihnachtssendung von *Enfoque*. Ihre Überraschung war noch größer, als sie entdeckte, daß es die Heiligabendfeier war, um die sie ihre Mutter in dem Brief, den Azucena mitnahm, gebeten hatte. Die Familie von Maruja und Beatriz war da und die gesamte Familie Turbay: Dianas zwei Kinder, ihre Brüder, und im Mittelpunkt, groß und bekümmert, ihr Vater. »Es war uns nicht nach Festen zumute«, hat Nydia gesagt, »doch ich beschloß, Dianas Wünsche zu erfüllen, und habe in einer Stunde den Weihnachtsbaum geschmückt und die Krippe im Kamin aufgebaut.« Alle waren guten Willens, den Entführten nicht das Herz schwerzumachen, dennoch war es eher eine Trauerfeier als ein Fest. Aber Nydia war sicher, daß Diana in jener Nacht freigelassen werden würde, so daß sie Weihnachtsschmuck und ein goldenes Schild an die Tür hängte: *Willkommen.* »Ich gebe zu, es tat mir weh, nicht an dem Tag herausgekommen zu sein, um mit allen zusammen zu feiern«, schrieb Diana in ihr Tagebuch. »Aber die Sendung hat mir dennoch Mut gemacht, ich fühlte mich ihnen sehr nah, und es war eine Freude, sie alle versammelt zu sehen.« Sie war entzückt darüber, wie vernünftig sich ihre Tochter María Carolina verhielt, war besorgt über Miguelitos Schüchternheit, und es fiel ihr mit Schrecken ein, daß er noch nicht getauft war; die Traurigkeit ihres Vaters machte sie traurig, und sie war gerührt über ihre Mutter, die ein Geschenk für sie in die Krippe gelegt und den Willkommensgruß an die Tür geheftet hatte.

Statt durch die Enttäuschung am Weihnachtstag demoralisiert zu sein, reagierte sie mit Empörung über die Regierung. Sie hatte sich einst fast enthusiastisch über das Dekret 2047 geäußert, auf das die Hoffnungen im November gegründet waren. Die Vorstöße von

Guido Parra und die Bemühungen der Notabeln machten ihr Mut, sie erwartete sich etwas von der Verfassunggebenden Versammlung und von eventuellen Nachbesserungen in der Politik der Unterwerfung. Doch die Frustration zu Weihnachten überforderte ihre Verständnisbereitschaft. Aufgebracht fragte sie sich, warum die Regierung keine Möglichkeit zu einem Dialog fand, der nicht unter dem absurden Druck der Entführungen stand. Dabei war ihr stets klar, wie problematisch es ist, unter dem Zwang einer Erpressung zu handeln. »Ich bin da ganz auf Turbay-Linie«, schrieb sie, »aber ich glaube, daß sich die Dinge inzwischen verkehrt haben.« Sie meinte, daß die Entführer ihr Spielchen mit der Regierung trieben und verstand nicht deren Passivität. Sie verstand nicht, warum die Entführer nicht energischer zur Aufgabe gedrängt wurden, hatte die Regierung doch eine eigene Politik für sie entworfen und bereits einige vernünftige Forderungen der Auslieferbaren erfüllt. »Je weniger man ihnen abverlangt«, schrieb sie in ihr Tagebuch, »desto bequemer wird es für sie, sie nehmen sich Zeit, da sie wissen, daß sie das wichtigste Druckmittel in der Hand haben.« Ihr kam es so vor, als ob die Unterhandlungen zu einer Schachpartie geworden wären, bei der jeder seine Figuren bewegte, bis es zum Schachmatt kam. »Aber welche Figur bin ich?« fragte sie. Und antwortete sich ohne Ausflüchte: »Es treibt mich um, daß wir womöglich schon aus dem Spiel sind.« Der bereits aufgelösten Gruppe der Notabeln gab sie den Gnadenschuß: »Begonnen haben sie mit einer wichtigen humanitären Aufgabe, und aufgehört haben sie als Handlanger der Auslieferbaren.«

Einer der Wächter, deren Januarturnus gerade zu Ende ging, stürzte in Pacho Santos' Zimmer.

»Die Geschichte hat sich beschissen entwickelt«, sagte er. »Sie werden Geiseln umbringen.«

Er meinte, es handele sich um einen Vergeltungsakt wegen des Todes der Prisco-Brüder. Das Kommuniqué sei schon fertig und solle in den nächsten Stunden veröffentlicht werden. Sie würden zuerst Marina Montoya töten und dann jeden dritten Tag eine weitere Geisel, in folgender Reihenfolge: Richard Becerra, Beatriz, Maruja und Diana.

»Sie sind der letzte«, schloß der Wächter wie zum Trost. »Aber machen Sie sich keine Sorge, diese Regierung hält inzwischen nicht mehr als zwei Tote aus.«

Entsetzt stellte Pacho nach den Angaben des Wächters seine Rechnung auf: Er hatte noch achtzehn Tage zu leben. Daraufhin beschloß er, seiner Frau und seinen Kindern zu schreiben. Ohne Vorentwurf füllte er sechs Blätter aus einem Schulheft mit seinen kleinen Druckbuchstaben, lesbarer als sonst, mit sicherer Hand und in dem Bewußtsein geschrieben, daß es nicht nur ein Abschiedsbrief, sondern auch sein Testament war.

»Ich wünsche nur, daß dieses Drama, wie auch immer es ausgeht, so bald wie möglich beendet ist, damit wir alle endlich Frieden haben.« Seine größte Dankbarkeit galt María Victoria, schrieb er, an deren Seite er als Mann, als Bürger und als Vater gewachsen sei, und als einziges bereue er, seinem Beruf als Journalist größere Wichtigkeit als seinem Familienleben beigemessen zu haben. »Diese Gewissensbisse nehme ich mit ins Grab.« Was seine gerade erst geborenen Kinder angehe, beruhige ihn die Sicherheit, daß sie in den besten Händen seien. »Erzähle ihnen von mir, wenn sie soweit sind, richtig zu verstehen, was geschehen ist, und ohne dramatische Folgen die unnötigen Schmerzen meines Todes verarbeiten können.« Seinem Vater dankte er für all das, was er in seinem Leben für ihn getan hatte, und bat ihn nur darum, »daß Du, bevor Du Dich mir anschließt, alles in Ordnung bringst, um meinen Kindern große Kopfschmerzen bei dem drohenden Beutekampf zu ersparen.« So kam er auf einen Punkt, den er für »lästig, aber wesentlich« für die Zukunft hielt: die Versorgung seiner Kinder und der Zusammenhalt der Familie bei *El Tiempo*. Erstere hing vor allem von den Lebensversicherungen ab, die die Zeitung für seine Frau und Kinder abgeschlossen hatte. »Ich bitte Dich, darauf zu bestehen, daß sie Dir das geben, was sie uns angeboten hatten«, schrieb er, »denn es ist nicht mehr als billig, daß meine Opfer für die Zeitung nicht ganz und gar vergeblich gewesen sind.« Was die professionelle, wirtschaftliche oder politische Zukunft der Zeitung anging, waren die internen Rivalitäten und Meinungsverschiedenheiten seine einzige Sorge, denn ihm war bewußt, daß große Familien keine kleinen Streitigkeiten haben. »Es wäre sehr traurig, wenn sich nach diesem Opfer *El Tiempo* spalten oder in andere Hände übergehen würde.« Der Brief schloß mit einem letzten Dank an Mariavé für die guten Zeiten, die sie zusammen verlebt hatten.

Der Wächter nahm den Brief gerührt entgegen.

»Nur ruhig, Väterchen«, sagte er, »ich sorge dafür, daß er ankommt.«

In Wahrheit blieben Pacho Santos nicht die berechneten achtzehn Tage, sondern nur noch wenige Stunden. Er war der erste auf der Liste, und der Mordbefehl war am Tag zuvor ergangen. Durch einen glücklichen Zufall erfuhr Martha Nieves Ochoa in letzter Minute durch Dritte davon und sandte in der Überzeugung, daß nach diesem Tod das Land in Flammen aufgehen würde, ein Gnadengesuch an Escobar. Sie erfuhr nie, ob er es erhalten hatte, Tatsache war jedoch, daß der Befehl, Pacho Santos zu töten, nie weitergegeben wurde und statt dessen der Tod von Marina Montoya unwiderruflich befohlen wurde.

Marina schien es seit Anfang Januar vorausgeahnt zu haben. Aus Gründen, die sie nicht darlegte, hatte sie beschlossen, die Hofgänge in Begleitung ihres alten Freundes Monje zu machen, der mit der ersten Wachablösung des Jahres zurückgekehrt war. Sie liefen eine Stunde lang nach Ende des Fernsehprogramms, und danach gingen Maruja und Beatriz mit ihren Wächtern hinaus. In einer jener Nächte kam Marina ganz verängstigt zurück, weil sie einen schwarz gekleideten Mann mit einer schwarzen Maske gesehen hatte, der sie im Dunkeln vom Waschhaus aus beobachtete.

Maruja und Beatriz dachten, es handele sich um eine von Marinas häufigen Halluzinationen, und achteten nicht weiter darauf. Ihr Eindruck bestätigte sich noch in derselben Nacht, denn es war nicht genug Licht da, um einen Mann in Schwarz in der Finsternis beim Waschhaus sehen zu können. Und falls es doch stimmte, dann mußte es jemand sein, der im Haus gut bekannt war, da er nicht den Deutschen Schäferhund alarmiert hatte, der vor seinem eigenen Schatten zu erschrecken pflegte. Der Monje sagte, es handele sich wohl um einen Widergänger, den nur Marina sehe.

Zwei oder drei Nächte später kam sie jedoch in einem wahrhaft panischen Zustand vom Spaziergang zurück. Der Mann war erneut dagewesen, wieder ganz in Schwarz, und hatte sie lange mit einer beängstigenden Aufmerksamkeit gemustert und sich nicht daran gestört, daß auch sie ihn ansah. Im Unterschied zu den vergangenen Nächten war nun Vollmond und der Hof in ein unwirkliches grünes Licht getaucht. Marina erzählte in Gegenwart des Monje davon, doch dieser stritt alles mit so fadenscheinigen Gründen ab, daß Maruja und Beatriz nicht wußten, was sie denken sollten. Von da an ging Marina nicht mehr spazieren. Die Zweifel daran, was Phantasie, was Wirklichkeit war, wurden so ungeheuerlich, daß Maruja eines Nachts die Augen öffnete und eine reale Halluzination hatte, sie sah den Monje im Licht der Nachttischlampe wie immer am Boden kauern, seine Maske aber hatte sich in einen Totenkopf verwandelt, Maruja war besonders verstört, weil sie die Erscheinung mit dem nahen Todestag ihrer Mutter am 23. Januar in Verbindung brachte.

Marina blieb das Wochenende über im Bett, niedergestreckt von einem alten Rückenleiden, das schon fast vergessen gewesen war. Sie verfiel wieder in die düstere Stimmung der ersten Tage. Da sie nicht für sich sorgen konnte, waren ihr Maruja und Beatriz zu Diensten und trugen sie fast ins Bad. Sie fütterten sie und gaben ihr Wasser zu trinken, rückten ihr das Kopfkissen zurecht, damit sie vom Bett aus fernsehen konnte. Sie verwöhnten sie wahrhaft liebevoll, fühlten sich jedoch geringschätzig behandelt wie nie zuvor.

»Seht nur, wie krank ich bin, und ihr helft mir gar nicht«, sagte Marina zu ihnen. »Dabei habe ich euch doch so viel geholfen.«

Manchmal erreichte sie damit nur, das berechtigte Gefühl der Verlassenheit, das sie peinigte, noch zu steigern. In Wirklichkeit waren in jener endzeitlichen Krise die leidenschaftlichen Gebete, die Marina stundenlang ohne Unterlaß murmelte, und die Nagelpflege ihre einzige Erleichterung. Nach mehreren Tagen streckte sie sich, müde von allem, erschöpft auf ihrem Bett aus und seufzte:

»Nun gut, es komme, wie Gott wolle.«

Am Nachmittag des 22. besuchte sie auch der *Doctor* der ersten Tage. Er sprach heimlich mit den Wächtern und hörte sich aufmerksam an, was Maruja und Beatriz zu Marinas Gesundheit zu sagen hatten. Schließlich setzte er sich auf ihre Bettkante, um sich mit ihr zu unterhalten. Es mußte sich um etwas sehr

Ernstes und Vertrauliches handeln, denn beider Geflüster war so leise, daß niemand ein Wort verstand. Als der *Doctor* ging, war er in besserer Laune als bei seiner Ankunft und versprach, bald wiederzukommen.

Marina blieb deprimiert im Bett liegen. Sie weinte zuweilen. Maruja versuchte, sie aufzumuntern, und sie dankte es ihr mit Gesten, um ihre Gebete nicht unterbrechen zu müssen und reagierte fast immer mit Zuneigung, drückte Maruja die Hand mit ihrer schlaffen Hand. Beatriz, zu der sie eine wärmere Beziehung hatte, wurde mit der gleichen Herzlichkeit bedacht. Die einzige Gewohnheit, die Marina am Leben hielt, war das Feilen ihrer Nägel.

Am Mittwoch, dem 23. abends um halb elf, wollten sie gerade die Sendung *Enfoque* sehen, bei der sie stets auf jedes auffällige Wort achteten, auf jeden vertrauten Scherz, auf eine unvermutete Geste, leichte Änderungen in einem Liedtext, die eine chiffrierte Botschaft enthalten könnten. Aber dafür war dann keine Zeit. Als gerade die Kennmelodie ertönte, öffnete sich zu ungewohnter Stunde die Tür, und der Monje kam herein, obgleich er in dieser Nacht keinen Dienst hatte.

»Wir kommen, um die Großmutter abzuholen und sie zu einer anderen Finca zu bringen«, sagte er.

Er sagte es, als sei das eine Sonntagseinladung. Marina lag wie in Marmor gehauen in ihrem Bett, wurde bleich bis zu den Lippen, und die Haare sträubten sich ihr. Der Monje wandte sich dann mit enkelhafter Zuneigung ihr zu.

»Packen Sie schön Ihre Sachen zusammen, Großmutter«, sagte er. »Sie haben fünf Minuten Zeit.«

Er wollte ihr beim Aufstehen helfen. Marina öffnete den Mund, um etwas zu sagen, brachte aber nichts hervor. Sie stand ohne Hilfe auf, nahm den Beutel mit ihren persönlichen Dingen und ging mit der Leichtfüßigkeit einer Somnambulen, die nicht den Boden zu berühren schien, zum Bad. Maruja forderte den Monje mit unerschrockener Stimme heraus.

»Wird man sie töten?«

Der Monje war verärgert.

»So was fragt man nicht«, sagte er. Faßte sich aber gleich: »Ich hab doch schon gesagt, daß sie in eine bessere Finca kommt. Ehrenwort.«

Maruja versuchte, um jeden Preis zu verhindern, daß Marina weggebracht wurde. Da kein Chef da war, ungewöhnlich bei einer so wichtigen Entscheidung, bat sie darum, man möge in ihrem Namen einen kommen lassen, um alles zu besprechen. Doch die Diskussion wurde durch einen anderen Wächter unterbrochen, der hereinkam, um das Radio und den Fernseher zu holen. Ohne weitere Erklärungen zog er die Stecker heraus, und der letzte festliche Schimmer verschwand aus dem Zimmer. Maruja bat darum, man möge sie doch wenigstens die Sendung zu Ende sehen lassen. Beatriz wurde sogar noch aggressiver, doch es war zwecklos. Die Wächter verschwanden mit Radio und Fernseher und ließen Marina ausrichten, daß sie in fünf Minuten kämen, um sie abzuholen. Nun allein im Zimmer, wußten Maruja und Beatriz nicht mehr, was oder wem sie glauben sollten und in welchem Maße diese unergründliche Entscheidung auch Teil ihres Schicksals war.

Marina blieb sehr viel länger als fünf Minuten im Badezimmer. Sie kam in dem zweiteiligen rosa Trainingsanzug, den braunen Herrenstrümpfen und den Schuhen, die sie am Tag der Entführung getragen hatte, zurück ins Zimmer. Der Trainingsanzug war sauber und frisch gebügelt. Die Schuhe waren von der Feuchtigkeit grünlich angeschimmelt und wirkten zu groß, da Marinas Füße in den vier Leidensmonaten um zwei Nummern geschrumpft waren. Marina sah immer noch fahl aus und war in kalten Schweiß gebadet, doch es war ihr ein Funken Hoffnung geblieben.

»Wer weiß, am Ende werde ich freigelassen!« sagte sie.

Ohne sich abgesprochen zu haben, entschieden Maruja und Beatriz, es sei am christlichsten, Marina zu täuschen, was auch immer ihr Schicksal war.

»Ganz sicher«, sagte Beatriz.

»Genau«, sagte Maruja mit einem ersten strahlenden Lächeln. »Wie wunderbar!«

Marinas Reaktion war überraschend. Sie fragte, halb im Scherz, halb im Ernst, was sie den Familien von Maruja und Beatriz denn ausrichten solle. Die beiden improvisierten, so gut sie konnten, eine Botschaft. Marina lachte ein wenig über sich selbst, als sie Beatriz um ein paar Tropfen des Männerparfums bat, das Lamparón ihr zu Sylvester geschenkt hatte. Beatriz lieh es ihr, und Marina parfümierte sich mit wahrer

Eleganz hinter den Ohren, richtete sich mit den Händen und ohne Spiegel die Haarpracht aus welkem Schnee und schien schließlich bereit, glücklich und frei zu sein.

Tatsächlich war sie am Rande einer Ohnmacht. Sie bat Maruja um eine Zigarette und setzte sich solange zum Rauchen auf ihr Bett, bis man sie abholte. Sie rauchte langsam, mit tiefen Zügen der Angst, während sie Zoll für Zoll dieses elende Loch musterte, in dem sie keinen Augenblick der Barmherzigkeit erlebt hatte und in dem sie ihr am Ende nicht einmal gestattet hatten, in Würde in ihrem Bett zu sterben.

Um nicht loszuheulen, wiederholte Beatriz noch einmal ernsthaft die Botschaft an ihre Familie:

»Wenn Sie die Gelegenheit haben, meinen Mann und meine Kinder zu sehen, so sagen Sie ihnen, daß es mir gutgeht und ich sie sehr liebe.« Aber Marina war schon nicht mehr von dieser Welt.

»Bitten Sie mich nicht darum«, antwortete Marina, ohne sie auch nur anzusehen. »Ich weiß, daß ich diese Gelegenheit nie haben werde.«

Maruja brachte ihr ein Glas Wasser und zwei Schlaftabletten, die gereicht hätten, um drei Tage hintereinander zu schlafen. Sie mußte ihr das Wasser zu trinken geben, weil Marinas Hände so zitterten, daß sie den Mund nicht fand. Da sah Maruja ihr auf den Grund ihrer leuchtenden Augen, und das genügte ihr, um zu wissen, daß Marina nicht einmal sich selbst betrog. Sie wußte sehr wohl, wer sie war, für welche Schulden sie zahlte und wohin man sie brachte, und wenn sie auf den Trost der letzten Freundinnen, die ihr im Leben geblieben waren, eingegangen war, dann hatte sie das auch aus Mitgefühl getan.

Man brachte ihr eine neue Kapuze aus rosa Wolle, die zu dem Trainingsanzug paßte. Bevor sie ihr übergezogen wurde, umarmte und küßte sie Maruja zum Abschied. Maruja segnete sie und sagte: »Nur ruhig.« Marina umarmte und küßte auch Beatriz zum Abschied und sagte zu ihr: »Gott segne Sie.« Beatriz, sich selbst bis zum Ende treu, hielt die Illusion aufrecht.

»Wie schön, daß Sie Ihre Familie wiedersehen«, sagte sie.

Marina überantwortete sich ohne eine Träne den Wächtern. Sie zogen ihr die Kapuze verkehrt herum auf, mit den Löchern für Augen und Mund am Hinterkopf, damit sie nichts sehen konnte. Der Monje nahm sie an beiden Händen, und rückwärts gehend führte er sie aus dem Haus. Marina folgte ihm mit sicherem Schritt. Der andere Wächter schloß von außen die Tür.

Maruja und Beatriz blieben reglos vor der geschlossenen Tür stehen, wußten nicht, wie sie den Faden des Lebens wiederaufnehmen sollten, bis sie die Motoren in der Garage hörten und sich der Lärm dann am Horizont verlor. Nun erst begriffen sie, daß man ihnen den Fernseher und das Radio weggenommen hatte, damit sie nichts über das Ende der Nacht erfuhren.

6

Am nächsten Tag, Donnerstag, dem 24., wurde bei Morgengrauen die Leiche von Marina Montoya auf einem unbebauten Grundstück nördlich von Bogotá gefunden. Sie saß fast in dem von einem frühen Nieselregen noch feuchten Gras, an den Stacheldrahtzaun gelehnt, die Arme wie am Kreuz ausgestreckt. Der Richter 78 der Ermittlungsbehörde, der das amtliche Protokoll aufsetzte, beschrieb sie als eine Frau von etwa sechzig Jahren mit üppigem silbrigem Haar, die mit einem rosa Trainingsanzug und braunen Herrensocken bekleidet war. Unter dem Trainingsanzug trug sie ein Skapulier mit einem Plastikkreuz. Jemand war vor der Justiz da gewesen und hatte ihr die Schuhe gestohlen.

Den Kopf der Leiche bedeckte eine Mütze, die von dem eingetrockneten Blut steif geworden war. Die Mütze war verkehrt herum angezogen, mit den Öffnungen für Augen und Mund am Hinterkopf, und war von den Ein- und Austrittslöchern der sechs Kugeln zerfetzt, die aus mehr als fünfzig Zentimetern Entfernung abgefeuert worden waren, da sich keine Schmauchspuren auf dem Strickgewebe oder auf der

Haut fanden. Die Wunden waren über den Hinterkopf und die linke Gesichtshälfte verteilt, und ein Loch, wie von einem Gnadenschuß, zeichnete sich besonders deutlich auf der Stirn ab. Neben dem durchnäßt im Unkraut liegenden Körper fand man jedoch nur fünf 9-mm-Hülsen. Die Polizisten von der Spurensicherung hatten bereits fünfmal Marinas Fingerabdrücke abgenommen.

Ein paar Schüler des gegenüberliegenden Colegio San Carlos streiften dort zusammen mit anderen Neugierigen herum. Unter jenen, die der Untersuchung der Leiche zusahen, war eine Blumenverkäuferin vom Nordfriedhof, die früh aufgestanden war, um ihre Tochter in einer nahegelegenen Schule anzumelden. An der Leiche waren ihr die gute Qualität der Unterwäsche aufgefallen, die wohlgeformten und gepflegten Hände und der trotz des zerschossenen Gesichts vornehme Gesamteindruck. An jenem Nachmittag traf die Großhändlerin, die sie an ihrem Stand am fünf Kilometer entfernten Nordfriedhof mit Blumen belieferte, die Frau mit starken Kopfschmerzen und in tiefer Niedergeschlagenheit an.

»Sie können sich nicht vorstellen, wie traurig es war, diese arme Frau da im Gras liegen zu sehen«, sagte die Floristin. »Man muß ihre Unterwäsche gesehen haben, ihre damenhafte Figur, ihr weißes Haar und diese feinen Hände mit den sorgfältig gepflegten Nägeln.«

Die Großhändlerin, beunruhigt über den Zustand der Frau, gab ihr ein Schmerzmittel gegen das Kopfweh und riet ihr, nicht an traurige Dinge zu denken und vor allem nicht an fremden Schmerzen zu leiden. Erst eine Woche später wurde den beiden Frauen klar, daß sie eine ganz und gar unglaubliche Begebenheit erlebt hatten. Die Blumengroßhändlerin war nämlich Marta de Pérez, die Frau von Luis Guillermo Pérez, Marinas Sohn.

Das gerichtsmedizinische Institut nahm die Leiche am Donnerstag um halb sechs Uhr abends in Empfang und verwahrte sie bis zum nächsten Tag im Depot, da bei den Toten mit mehr als einer Schußverletzung nachts keine Autopsie vorgenommen wird. Dort warteten schon zwei Männerleichen, die am Morgen von der Straße aufgelesen worden waren, auf Identifizierung und Obduktion. Im Laufe der Nacht wurden noch die Leichen von zwei erwachsenen Männern, die man ebenfalls im Freien gefunden hatte, und die eines fünfjährigen Jungen eingeliefert.

Die Ärztin Patricia Álvarez, die am Freitag von halb acht Uhr morgens an Marina Montoya obduzierte, fand in ihrem Magen erkennbare Reste von Speisen und schloß daraus, daß der Tod am frühen Donnerstagmorgen eingetreten war. Auch ihr fielen die Qualität der Unterwäsche und die gefeilten und lackierten Fingernägel auf. Sie rief Dr. Pedro Morales, ihren Chef, der zwei Tische entfernt mit einer anderen Autopsie beschäftigt war, und dieser half ihr, weitere eindeutige Hinweise auf die soziale Herkunft der Leiche zu finden. Man erhob den Zahnbefund, machte Fotos und Röntgenaufnahmen und noch einmal drei Paar Fingerabdrücke. Zuletzt führten sie einen Absorptionstest durch, fanden aber keine Spuren von Psychopharmaka, trotz der zwei Schlaftabletten, die Maruja Pachón Marina ein paar Stunden vor ihrem Tod gegeben hatte.

Nachdem die entsprechenden Formulare ausgefüllt waren, ließen sie die Leiche zum Südfriedhof bringen, wo drei Wochen zuvor ein Gemeinschaftsgrab für etwa zweihundert Leichen ausgehoben worden war. Dort wurde sie zusammen mit den anderen vier Unbekannten und dem Kind begraben.

Es lag klar zu Tage, daß sich das Land in jenem schrecklichen Januar in der denkbar schlimmsten Situation befand. Seit 1984, als Minister Rodrigo Lara Bonilla ermordet wurde, hatten wir unter abscheulichen Verbrechen aller Art leiden müssen, doch diese Entwicklung war noch nicht beendet, und das Schlimmste lag noch nicht einmal hinter uns. Alle Umstände der *violencia*, die ungehindert wütete, hatten sich verschärft.

Es zeigte sich, daß unter den vielen gewichtigen Faktoren, die zur Zerrüttung des Landes geführt hatten, der Drogenterrorismus besonders heftig und gnadenlos war. Vor der Wahl von 1990 waren vier Präsidentschaftskandidaten ermordet worden. Carlos Pizarro, Kandidat des M-19, war von einem einsamen Mörder an Bord eines Flugzeuges getötet worden, obwohl er viermal unter absoluter Geheimhaltung den Flug umgebucht und alle möglichen Ablenkungsmanöver unternommen hatte. Ernesto Samper, der sich um die

Kandidatur bewarb, überlebte eine Salve von elf Schüssen, wurde fünf Jahre später Präsident der Republik und hatte da immer noch fünf Projektile im Körper, die an den Sicherheitsschleusen der Flughäfen Alarm auslösten. General Maza war eine Autobombe in den Weg gelegt worden, die mit 350 Kilo Dynamit in die Luft ging, doch der General entkam aus seinem nur leicht gepanzerten Wagen, einen seiner verletzten Leibwächter schleifte er hinter sich her. »Auf einmal fühlte ich mich so, als würde ich auf einem Wellenkamm emporgetragen«, erzählte der General. Seine Verstörung war so groß, daß er psychiatrischer Hilfe bedurfte, um das seelische Gleichgewicht wiederzuerlangen. Er hatte die Therapie noch nicht beendet, als sieben Monate später ein Laster mit zwei Tonnen Dynamit in einer apokalyptischen Explosion die siebzehn Stockwerke des riesigen DAS-Gebäudes schleifte; es gab siebzig Tote, siebenhundertzwanzig Verletzte und einen unermeßlichen materiellen Schaden. Die Terroristen hatten genau den Augenblick abgepaßt, als der General sein Büro betrat, doch inmitten des Kataklysmus kam er ohne einen Kratzer davon. Im selben Jahr noch explodierte eine Bombe in einem Passagierflugzeug fünf Minuten nach dem Start und forderte hundertsieben Todesopfer – darunter Andrés Escabí, ein Schwager von Pacho Santos, und der kolumbianische Tenor Gerardo Arellano. Es hieß allgemein, die Bombe sei dem Kandidaten César Gaviria zugedacht gewesen. Ein verhängnisvoller Irrtum, da Gaviria nie die Absicht gehabt hatte, dieses Flugzeug zu nehmen.

Mehr noch: Die Sicherheitsbeauftragten seiner Wahlkampagne hatten ihm untersagt, Linienflüge zu benutzen, und als er es bei einer Gelegenheit doch wagen wollte, mußte er angesichts des Entsetzens der anderen Passagiere darauf verzichten, die versuchten, wieder auszusteigen, weil sie das Risiko, mit ihm zu fliegen, nicht eingehen wollten.

In Wahrheit war das Land in einem Teufelskreis gefangen. Auf der einen Seite weigerten sich die Auslieferbaren, sich zu stellen oder ihre Gewalttaten einzuschränken, weil die Polizei ihnen keine Ruhe ließ. Escobar hatte in allen Medien angeprangert, daß die Polizei zu jeder Tages- und Nachtzeit in die Kommunen am Rande von Medellín eindringe, dort willkürlich zehn Minderjährige herausgreife und diese ohne weitere Ermittlungen in Kellern oder auf offenem Feld erschieße. Die Polizei ging einfach davon aus, daß die meisten von ihnen in Escobars Diensten standen, seine Anhänger waren oder es früher oder später aus Überzeugung oder durch Zwang werden würden. Die Terroristen ihrerseits hörten nicht auf mit ihrem Gemetzel unter Polizisten, mit ihren Anschlägen und Entführungen. Und die beiden ältesten und mächtigsten Guerrillabewegungen, das Nationale Befreiungsheer (ELN) und die Revolutionären Streitkräfte Kolumbiens (FARC) hatten gerade das erste Friedensangebot der Regierung César Gaviria mit terroristischen Aktionen aller Art beantwortet.

Der Berufsstand, der von diesem blinden Krieg fast am meisten in Mitleidenschaft gezogen wurde, waren die Journalisten, sie wurden Opfer von Mordanschlägen und Entführungen oder liefen, bedroht und bestochen, ins andere Lager über. Von September 1983 bis Januar 1991 wurden sechsundzwanzig Journalisten verschiedener Medien des Landes von den Drogenkartellen ermordet. Guillermo Cano, Direktor von *El Espectador* und der friedfertigste aller Männer, wurde ausgespäht und am 17. Dezember 1986 vor dem Eingang zu seiner Zeitung von zwei Killern ermordet. Er fuhr seinen Wagen selbst, und obwohl er wegen seiner selbstmörderischen Artikel gegen den Drogenhandel einer der gefährdetsten Männer des Landes war, weigerte er sich, in einen gepanzerten Wagen zu steigen oder Leibwächter einzustellen. Seine Feinde aber versuchten, ihn auch nach seinem Tod noch zu vernichten. Eine zu seinem Gedenken in Medellín aufgestellte Büste wurde gesprengt. Monate später wurde ein Lastwagen mit dreihundert Kilo Dynamit in die Luft gejagt, der die Druckmaschinen der Zeitung in Schrott verwandelte.

Eine noch schädlichere Droge als die fälschlicherweise als heroisch bezeichneten Rauschgifte bestimmte zunehmend die nationalen Sitten: die Droge des schnellen Geldes. Die Vorstellung griff um sich, daß das Gesetz der größte Hemmschuh für das Glück ist, daß es sich nicht lohnt, lesen und schreiben zu lernen, daß man besser und sicherer als Verbrecher denn als anständiger Mensch lebt. Kurz: ein Zustand gesellschaftlicher Pervertierung, der jedem verdeckten Krieg eigen ist.

Entführungen waren keine Neuigkeit in der jüngeren kolumbianischen Geschichte. Keiner der vier Präsidenten der vergangenen Jahre war von der Prüfung einer die Regierung destabilisierenden Entführung verschont geblieben. Und, soweit bekannt, hat keiner der vier den Forderungen der Entführer nachgegeben. Unter der Regierung von Alfonso López Michelsen hatte der M-19 im Februar 1976 José Raquel Mercado, den Präsidenten des kolumbianischen Gewerkschaftsverbandes, entführt. Er wurde von seinen Häschern gerichtet, wegen Verrats an der Arbeiterklasse zum Tode verurteilt und mit zwei Genickschüssen exekutiert, nachdem sich die Regierung geweigert hatte, eine Reihe von politischen Forderungen zu erfüllen.

Sechzehn Elitekämpfer eben dieser bewaffneten Bewegung stürmten die Botschaft der Dominikanischen Republik in Bogotá, als dort in der Amtszeit von Julio César Turbay am 27. Februar 1980 der dominikanische Nationalfeiertag begangen wurde. Einundsechzig Tage lang hielten sie fast das gesamte in Kolumbien akkreditierte diplomatische Korps in Geiselhaft, darunter die Botschafter der USA, Israels und des Vatikans. Sie forderten ein Lösegeld von fünfzig Millionen Dollar und die Freilassung von dreihundertelf ihrer gefangenen Aktivisten. Präsident Turbay weigerte sich zu verhandeln, doch die Geiseln wurden am 28. April ohne ausdrückliche Bedingungen freigelassen, und die Entführer verließen das Land unter dem von der kolumbianischen Regierung erbetenen Schutz der kubanischen Regierung. Die Entführer versicherten im privaten Kreis, daß sie als Lösegeld fünf Millionen Dollar in bar bekommen hätten, die von der jüdischen Kolonie in Kolumbien bei den Glaubensbrüdern in aller Welt eingetrieben worden waren.

Am 6. November 1985 besetzte ein Kommando des M-19 das äußerst belebte Gebäude des Obersten Gerichtshofs in der Hauptarbeitszeit mit der Forderung, das höchste Tribunal der Republik solle Präsident Belisario Betancur den Prozeß machen, weil er sein Friedensversprechen nicht eingehalten habe. Der Präsident verhandelte nicht, und das Heer befreite das Gebäude schließlich nach zehn Stunden Blut und Feuer, es gab eine unbekannte Zahl von Vermißten und fünfundneunzig Tote unter den Zivilisten, darunter neun Beamte des Obersten Gerichtshofs und dessen Präsident, Alfonso Reyes Echandía.

Präsident Virgilio Barco wiederum handhabte fast zu Ende seiner Amtszeit die Entführung von Álvaro Diego Montoya, dem Sohn seines Büroleiters, auf unbefriedigende Weise. Der Zorn von Pablo Escobar entlud sich sieben Monate später auf seinen Nachfolger César Gaviria, der seine Amtszeit mit dem Riesenproblem von zehn entführten Persönlichkeiten begann.

In seinen ersten fünf Amtsmonaten gelang es Gaviria jedoch, den Sturm abzureiten und ein weniger aufgewühltes Klima zu schaffen. Er erreichte eine politische Übereinkunft zur Einberufung einer Verfassunggebenden Versammlung, die vom Obersten Gerichtshof mit den nötigen Machtbefugnissen ausgestattet war, um uneingeschränkt über jedwedes Thema zu entscheiden. Die allerheikelsten Themen natürlich eingeschlossen: die Auslieferung von kolumbianischen Staatsbürgern und die Begnadigung. Für die Regierung wie auch für den Rauschgifthandel und die Guerrillas war aber das Grundproblem, daß es, solange Kolumbien keine effiziente Justiz hatte, fast unmöglich war, eine Befriedungspolitik zu formulieren, die den Staat auf die Seite der Guten stellte und die Straftäter aller Schattierungen auf die Seite der Bösen. Doch nichts war einfach in jenen Tagen, erst recht nicht, von irgendeiner Seite über irgend etwas objektiv zu informieren, und es war auch nicht einfach, Kinder zu erziehen und ihnen den Unterschied zwischen Gut und Böse beizubringen.

Die öffentliche Glaubwürdigkeit der Regierung entsprach nicht ihren bemerkenswerten politischen Erfolgen, sondern eher dem schlechten Ruf ihrer Sicherheitsorgane, die von der Weltpresse und den internationalen Menschenrechtsorganisationen gegeißelt wurden. Pablo Escobar dagegen hatte eine Glaubwürdigkeit erlangt, die selbst die Guerrillas in ihren besten Zeiten nicht gehabt hatten. Die Leute glaubten schließlich den Lügen der Auslieferbaren mehr als den Wahrheiten der Regierung.

Am 14. Dezember wurde das Dekret 3030 erlassen, das eine Novellierung des 2047 darstellte und alle vorherigen Dekrete aufhob. Neu war unter anderem die gesetzliche Regelung zur Abbüßung verschiedener

Strafen. Das heißt: Wenn jemand wegen mehrerer Straftaten verurteilt wird, sei es in ein und demselben oder in späteren Prozessen, addieren sich die Strafen aus den verschiedenen Urteilen nicht, sondern es muß nur die längste verbüßt werden. Das Dekret legte auch die Verfahrensweisen und die Fristen für die Beschaffung von Beweismitteln aus dem Ausland für Prozesse in Kolumbien fest. Doch die beiden großen Hürden für die freiwillige Unterwerfung blieben bestehen: die etwas verschwommenen Voraussetzungen für die Nichtauslieferung und die feste Frist für nicht zu ahndende Straftaten. Besser gesagt: Unerläßliche Voraussetzung für Nichtauslieferung und Strafminderung blieb, daß man sich stellte und gestand, dafür in Frage kamen jedoch nur Straftaten, die vor dem 5. September 1990 begangen worden waren. Pablo Escobar brachte seine Ablehnung in einem wütenden Kommuniqué zum Ausdruck. Für seine Reaktion gab es diesmal noch einen anderen Grund, den er mit Bedacht nicht öffentlich erwähnte: die Beschleunigung des Austauschs von Beweismaterial mit den USA, was die Auslieferungsverfahren vereinfachte.

Besonders überrascht war Alberto Villamizar. Auf Grund seiner täglichen Kontakte mit Rafael Pardo hatte er ein Dekret erwartet, das mehr Spielraum ließ. Doch ganz im Gegenteil, dieses erschien ihm härter als das erste. Und er stand mit dieser Meinung nicht allein da. Die Ablehnung war so allgemein, daß man noch an dem Tag, an dem das zweite Dekret erlassen wurde, über ein drittes nachzudenken begann.

Es lag nahe zu vermuten, daß es zu einer Verschärfung des 3030 gekommen war, weil der radikalere Flügel der Regierung – angesichts der Offensive von versöhnlichen Kommuniqués und der bedingungslosen Freilassung von vier Journalisten – den Präsidenten davon überzeugt hatte, Escobar stehe mit dem Rücken an der Wand. Tatsächlich aber war er nie so stark wie zu jener Zeit, er hatte das wirksame Druckmittel der Entführungen in der Hand, und es bestand außerdem die Möglichkeit, daß die Verfassunggebende Versammlung die Auslieferung abschaffen und eine Begnadigung aussprechen würde.

Die drei Brüder Ochoa hingegen entschieden sich sofort für die Option der Unterwerfung. Das wurde als Spaltung an der Spitze des Kartells gedeutet. Obgleich die Vorbereitung ihrer Übergabe eigentlich bereits mit dem ersten Dekret im September begonnen hatte, als ein bekannter Senator aus Antioquia Rafael Pardo darum bat, eine Person zu empfangen, zu der er keine näheren Angaben machte. Es war Martha Nieves Ochoa, die mit diesem wagemutigen Schritt die Verhandlungen für die Übergabe der drei Brüder einleitete, die in Abständen von einem Monat erfolgen sollte. So geschah es. Fabio, der Jüngste, stellte sich am 18. Dezember; am 15. Januar, als es besonders unwahrscheinlich erschien, stellte sich Jorge Luis, und am 16. Februar sollte dann Juan David folgen. Fünf Jahre später fragten nordamerikanische Journalisten Jorge Luis im Gefängnis nach den Gründen, und seine Antwort war eindeutig: »Wir haben uns gestellt, um unsere Haut zu retten.« Er gab zu, daß dahinter der unwiderstehliche Druck der Frauen der Familie stand, die keine Ruhe gehabt hätten, bis sie die Männer in dem befestigten Gefängnis von Itagüí, eines Gewerbeviertels von Medellín, in Sicherheit wußten. Es war von der ganzen Familie ein Akt des Vertrauens in die Regierung, denn zu jenem Zeitpunkt hätten die Männer noch für immer in die USA ausgeliefert werden können.

Doña Nydia Quintero, die immer ihrer Intuition folgte, schätzte die Unterwerfung der Ochoas nicht gering ein. Kaum drei Tage nachdem sich Fabio gestellt hatte, besuchte sie ihn mit ihrer Tochter María Victoria und ihrer Enkelin María Carolina, der Tochter von Diana, im Gefängnis. Fünf Mitglieder der Familie Ochoa holten sie in dem Haus, wo sie übernachtete, ab, das entsprach dem Sippenprotokoll der Paisas: die Mutter, Martha Nieves, eine weitere Schwester und zwei junge Männer. Sie brachten Nydia in das Gefängnis von Itagüí, ein befestigtes Gebäude am Ende einer kleinen ansteigenden Straße, die schon mit bunten Papiergirlanden fürs Weihnachtsfest geschmückt war.

In der Gefängniszelle erwartete sie außer dem jungen Fabio auch sein Vater, Don Fabio Ochoa, ein hundertfünfzig Kilo schwerer Patriarch mit dem Gesicht eines siebzigjährigen Kindes, der kolumbianische Vollblutpferde züchtete und einer weitläufigen Familie von unerschrockenen Männern und Frauen, die das Heft fest in der Hand hielten, als geistiger Führer diente. Es gefiel ihm, bei Besuchen der Familie in einem thronartigen Sessel zu präsidieren, dort saß er dann, den ewigen Hut eines großen Reiters auf dem Kopf und mit feierlichem Gebaren, das gut zu seiner langsamen und schleppenden Sprechweise und zu seiner volkstümlichen Weisheit paßte. Neben ihm saß sein Sohn, der lebhaft und redelustig ist, jedoch an jenem Tag kaum ein Wort einwarf, während sein Vater sprach.

Zunächst lobte Don Fabio die Tapferkeit, mit der Nydia Himmel und Hölle in Bewegung setzte, um Diana zu retten. Inwieweit er ihr bei Pablo Escobar helfen konnte, legte er mit rhetorischer Meisterschaft dar: Mit dem größten Vergnügen werde er alles tun, was er tun könne, doch er glaube nicht, daß er etwas tun könnte. Am Ende des Besuchs bat Fabio junior Nydia um den Gefallen, dem Präsidenten zu erklären, wie wichtig es sei, im Unterwerfungsdekret die Frist zu verlängern, innerhalb derer man sich stellen könne. Nydia machte ihm klar, daß ihr das nicht möglich sei, wohl aber die Ochoas selbst einen Brief an die zuständigen Behörden schreiben könnten. Auf diese Art vermied sie, als Botin zum Präsidenten benutzt zu werden. Fabio der Jüngere begriff das und verabschiedete sich von ihr mit einem tröstlichen Satz: »Solange es Leben gibt, gibt es Hoffnung.«

Bei Nydias Rückkehr nach Bogotá übergab ihr Azucena Dianas Brief, in dem sie darum bat, mit ihren Kindern Weihnachten zu feiern, und Hero Buss drängte am Telefon darauf, sie möge doch zu einem persönlichen Gespräch nach Cartagena kommen. Die gute physische und seelische Verfassung, in der sie den Deutschen nach dreimonatiger Haft antraf, beruhigte Nydia etwas in bezug auf die Gesundheit ihrer Tochter. Hero Buss hatte Diana seit der ersten Entführungswoche nicht mehr gesehen, aber es gab unter den Wächtern und dem Hauspersonal einen ständigen Austausch von Nachrichten, die auch zu den Geiseln durchsickerten, und er wußte, daß es Diana gutging. Unmittelbar bedrohlich sei für sie eigentlich nur ein gewaltsamer Befreiungsversuch. »Sie können sich nicht vorstellen, was diese ständige Gefahr, umgebracht zu werden, bedeutet«, sagte Hero Buss. »Nicht nur, weil das Gesetz, wie sie sagen, kommen könnte, sondern weil sie immer so schreckhaft sind, daß sie das kleinste Geräusch für einen Einsatz halten.« Er riet Nydia nur, um jeden Preis einen bewaffneten Befreiungsversuch zu verhindern und zu erreichen, daß man die Übergabefrist im Dekret änderte.

Noch am Tag ihrer Rückkehr nach Bogotá äußerte Nydia ihre Befürchtungen gegenüber dem Justizminister. Sie besuchte den Verteidigungsminister, General Óscar Botero, in Begleitung ihres Sohnes, des Abgeordneten Julio César Turbay Quintero, und bat Botero voller Sorge im Namen aller Entführten, man möge doch den Geheimdienst statt Polizeieinheiten für Befreiungsaktionen einsetzen. Nydias Kräfteverschleiß war enorm, und sie sah die Tragödie immer klarer voraus. Sie hatte Herzschmerzen. Sie mußte ständig weinen. Sie unternahm größte Anstrengungen, sich zu beherrschen, doch die schlechten Nachrichten ließen sie nicht zur Ruhe kommen. Im Rundfunk hörte sie eine Botschaft der Auslieferbaren, in der diese damit drohten, Säcke mit den Leichen der Entführten vor den Präsidentenpalast zu werfen, wenn die Fristen im zweiten Dekret nicht geändert würden. In einem Zustand tödlicher Verzweiflung rief Nydia den Präsidenten der Republik an. Da er in einer Sitzung des Sicherheitsrats war, wurde sie mit Rafael Pardo verbunden.

»Fragen Sie bitte den Präsidenten und die Mitglieder des Sicherheitsrats, ob erst die Säcke mit den toten Geiseln vor der Tür liegen müssen, damit sie das Dekret ändern.«

Im gleichen Zustand der Erregung bat sie Stunden später den Präsidenten persönlich um die Änderung der Frist im Dekret. Ihm war schon zu Ohren gekommen, daß Nydia sich darüber beklagte, wie gefühllos er gegenüber fremdem Leid sei, und so bemühte er sich, geduldiger und deutlicher zu werden. Er erklärte ihr, das Dekret 3030 sei soeben erst erlassen worden, und man müsse erst etwas Zeit verstreichen lassen, um beurteilen zu können, wie es wirke. Doch Nydia schien es so, als ob die Argumente des Präsidenten nur Rechtfertigungsversuche dafür waren, daß er nicht tat, was er bereits zu gegebener Zeit hätte tun müssen.

»Die Veränderung der Frist ist nicht nur notwendig, um das Leben der Geiseln zu retten«, erwiderte Nydia, der Vernünftelei müde, »ohne eine solche Veränderung werden sich auch die Terroristen nicht stellen. Verschieben Sie den Stichtag, und Diana kommt zurück.«

Gaviria gab nicht nach. Er war zwar bereits selbst davon überzeugt, daß die festgelegte Frist der große Stolperstein für seine Politik der freiwilligen Unterwerfung war, wehrte sich aber dagegen, den Stichtag zu verschieben, damit die Auslieferbaren nicht genau das erreichten, was sie mit den Entführungen bezweckten. Die Verfassunggebende Versammlung sollte in den nächsten Tagen zusammentreten, man wußte nicht genau, was von ihr zu erwarten war, und eine Schwäche der Regierung durfte nicht dazu führen, daß die Versammlung sich für die Begnadigung der Rauschgifthändler aussprach. »Die Demokratie war weder durch die Morde an vier Präsidentschaftskandidaten noch durch irgendeine Entführung je gefährdet«, sagte Gaviria später. »Wirklich in Gefahr war sie aber zu jenem Zeitpunkt, als es die Versuchung gab, eine Begnadigung anzustreben, egal, ob dies wirklich drohte oder nur ein Gerücht war.« Das heißt: Damals bestand die ungeheuere Gefahr, daß auch noch das Gewissen der Verfassunggebenden Versammlung entführt würde. Gaviria hatte sich bereits entschieden: Falls das geschah, war er kühl und unwiderruflich dazu entschlossen, die Verfassunggebende Versammlung platzen zu lassen.

Nydia hatte schon seit geraumer Zeit die Vorstellung, daß Turbay etwas unternehmen müßte, was das ganze Land zugunsten der Entführten aufrüttelte: eine Massendemonstration vor dem Präsidentenpalast, ein Streik der Bürger, ein förmlicher Protest vor der UNO. Doch Doktor Turbay beschwichtigte sie stets. »Er war schon immer so, aus Verantwortungsgefühl und Selbstbeherrschung«, hat Nydia gesagt, »aber ich wußte, daß er fürchterlich litt.« Diese Gewißheit brachte ihr keine Erleichterung, sondern verstärkte ihre Unruhe. Damals faßte sie den Entschluß, dem Präsidenten der Republik einen persönlichen Brief zu schreiben, »der ihn motivieren sollte, in der Frage zu handeln, die er selbst als entscheidend erkannt hatte«.

Dr. Gustavo Balcázar, der wegen des Zustands seiner Frau besorgt war, überredete sie am 24. Januar dazu, für ein paar Tage zu ihrem Haus in Tabio – eine Stunde Landstraße von Bogotá entfernt in der Savanne – zu fahren und etwas zur Ruhe zu kommen. Seit der Entführung ihrer Tochter war sie nicht mehr dort gewesen, also nahm sie ihre Marienfigur für Reisen sowie zwei große Weihkerzen für jeweils fünfzehn Tage mit und alles, was sie brauchen könnte, um sich nicht aus der Wirklichkeit auszuklinken. Sie verbrachte eine endlose Nacht in der eisigen Einsamkeit der Savanne und bat die Jungfrau auf Knien darum, sie möge Diana mit einer Schutzglocke aus bruchsicherem Glas umgeben, damit niemand ihr zu nahe träte, damit sie keine Angst verspürte, damit die Kugeln abprallten. Um fünf Uhr früh, nach kurzem und unruhigem Schlaf, begann sie, am Eßzimmertisch den Brief ihres Herzens an den Präsidenten der Republik zu schreiben. Das Morgengrauen überraschte sie dabei, wie sie flüchtige Gedanken hinkritzelte, weinte, wie sie Entwürfe zerriß und nicht aufhörte zu weinen, wie sie in einem Meer von Tränen den Brief ins Reine schrieb.

Anders als sie selbst angenommen hatte, schrieb sie ihren vernünftigsten und schärfsten Brief. »Ich erhebe nicht den Anspruch, ein öffentliches Papier vorzulegen«, begann sie. »Ich möchte den Präsidenten meines Landes erreichen und ihm mit allem Respekt, den ich ihm schulde, einige bescheidene Überlegungen unterbreiten und in großer Sorge eine verständliche Bitte vortragen.« Trotz der wiederholten Zusage des Präsidenten, keinen Versuch zu unternehmen, Diana durch einen bewaffneten Einsatz zu befreien, hielt Nydia schriftlich ihre warnende Bitte fest: »Das Land weiß es, und Sie wissen es auch, es kann zu einer grauenvollen Tragödie kommen, falls man bei einer dieser Haussuchungen auf die Entführten stößt.« Überzeugt davon, daß die Stolpersteine des zweiten Dekrets den vor Weihnachten von den Auslieferbaren eingeleiteten Prozeß der Freilassungen zum Stocken gebracht hatten, warnte Nydia den Präsidenten mit einer neuen und hellsichtigen Sorge: Wenn die Regierung nicht sofort eine Entscheidung träfe, um diese Stolpersteine aus dem Weg zu räumen, liefen die Geiseln Gefahr, daß das Thema in die Hände der Verfassunggebenden Versammlung überginge. »Das hätte zur Folge, daß der Kummer und die Angst, die nicht nur die Angehörigen, sondern das ganze Land belasten, weitere endlose Monate andauern würden«, schrieb sie. Und schloß mit einer eleganten Reverenz: »Wegen meiner Überzeugungen und wegen des Respekts, den ich Ihnen als dem ersten Staatsdiener entgegenbringe, liegt es mir fern, Ihnen eine von mir entwickelte Initiative vorzuschlagen, doch ich fühle mich dazu aufgerufen, Sie im Interesse unschuldiger Leben anzuflehen, nicht die Gefahr, die der Faktor Zeit darstellt, zu unterschätzen.« Als der Brief fertig und sauber abgeschrieben war, füllte er zweieinviertel Seiten im Amtsformat. Nydia hinterließ im Privatsekretariat der Regierung die Bitte, man möge ihr mitteilen, wohin sie den Brief schicken solle.

Am nächsten Morgen ging das Unwetter mit der Nachricht nieder, daß die Anführer der Prisco-Bande getötet worden seien: die Brüder David Ricardo und Armando Alberto Prisco Lopera, denen die sieben Morde an wichtigen Persönlichkeiten in jenen Jahren zur Last gelegt wurden und die als Kopf der Entführungen, unter anderem der von Diana Turbay und ihrem Team, galten. Einer der Priscos war unter dem falschen Namen Francisco Muñoz Serna gestorben, als Azucena Liévano jedoch das Foto in den Zeitungen sah, erkannte sie in ihm Don Pacho, jenen Mann, der sich um Diana und sie in der Gefangenschaft gekümmert hatte. Sein Tod und der seines Bruders waren gerade in jener Zeit der Wirren für Escobar ein unersetzlicher Verlust, und er säumte nicht, das durch Taten kundzutun.

Die Auslieferbaren erklärten in einem drohenden Kommuniqué, daß David Ricardo nicht im Kampf getötet, sondern vor seinen kleinen Kindern und seiner schwangeren Frau von der Polizei niedergeschossen worden sei. Sein Bruder, versicherte das Kommuniqué, sei ebenfalls nicht, wie die Polizei behauptete, im

Kampf gefallen, sondern auf einer Finca in Rionegro ermordet worden, obwohl er als Folge eines früheren Anschlags gelähmt gewesen sei. Der Rollstuhl, so hieß es im Kommuniqué, sei in der Nachrichtensendung des Regionalfernsehens klar zu erkennen gewesen.

Dies war das Kommuniqué, von dem man Pacho Santos erzählt hatte. Es wurde am 25. Januar bekannt gemacht und enthielt die Ankündigung, daß in einem Abstand von acht Tagen zwei Geiseln hingerichtet würden; der erste Befehl sei schon gegen Marina Montoya ergangen. Eine überraschende Nachricht, da man annahm, daß Marina gleich nach ihrer Entführung im September ermordet worden war.

»Darauf bezog ich mich, als ich dem Präsidenten die Botschaft über die in Säcke gepackten Leichen ausrichten ließ«, hat Nydia in Erinnerung an diesen schrecklichen Tag gesagt. »Nicht weil ich zu impulsiv war, zu temperamentvoll oder psychiatrischer Behandlung bedurft hätte. Aber es ging um meine Tochter, sie konnte womöglich getötet werden, weil ich es nicht geschafft hatte, diejenigen zu bewegen, die es hätten verhindern können.«

Alberto Villamizar war mindestens ebenso verzweifelt. »Das war der grauenvollste Tag in meinem Leben«, sagte Villamizar damals, überzeugt davon, daß die Hinrichtungen nicht auf sich warten lassen würden. Wen würde es treffen: Diana, Pacho, Maruja, Beatriz, Richard? Es war eine Todeslotterie, die Villamizar sich nicht einmal vorstellen wollte. Voller Zorn rief er Präsident Gaviria an.

»Sie müssen diese Einsätze stoppen«, sagte er zu ihm.

»Nein, Alberto«, erwiderte Gaviria mit seiner Ruhe, die Schaudern macht. »Dafür bin ich nicht gewählt worden.«

Villamizar, verstört von seiner eigenen Heftigkeit, hängte auf. »Und was soll ich jetzt machen?« fragte er sich. Zunächst bat er die Expräsidenten Alfonso López Michelsen und Misael Pastrana sowie Monsignore Darío Castrillón, den Bischof von Pereira, um Hilfe. Alle gaben öffentliche Erklärungen ab, in denen sie die Methoden der Auslieferbaren verurteilten und um das Leben der Geiseln baten. López Michelsen rief die Regierung und Escobar über den Staatssender RCN zu einem Waffenstillstand auf, um dann eine politische Lösung zu suchen.

Zu jenem Zeitpunkt nahm die Tragödie schon ihren Lauf. Am 21. Januar kurz vor Tagesanbruch hatte Diana die letzte Seite ihres Tagebuchs geschrieben. »Es sind jetzt bald fünf Monate, und nur wir wissen, was das hier bedeutet«, schrieb sie. »Ich will den Glauben und die Hoffnung nicht verlieren, heil und gesund heimzukehren.«

Sie war nicht mehr allein. Nach der Freilassung von Azucena und Orlando hatte sie darum gebeten, mit Richard zusammengelegt zu werden, und nach Weihnachten wurde ihr das gewährt. Es war ein Glück für beide. Sie unterhielten sich bis zur Erschöpfung, hörten bis zum Morgengrauen Radio und gewöhnten sich auf diese Weise an, tagsüber zu schlafen und nachts zu leben. Vom Tod der Priscos hatten sie durch ein Gespräch zwischen den Wächtern erfahren. Einer weinte. Ein anderer, davon überzeugt, daß dies das Ende sei, fragte, und meinte damit zweifellos die Geiseln: »Und was soll jetzt mit der Ware geschehen?« Der Weinende überlegte nicht einmal:

»Wir machen sie kalt«, sagte er.

Diana und Richard konnten nach dem Frühstück keinen Schlaf finden. Tage zuvor hatte man ihnen angekündigt, daß sie in ein anderes Haus kämen. Das hatte sie nicht weiter beunruhigt, denn seitdem sie zusammen waren, hatte man sie zweimal in nahegelegene Ausweichquartiere verlegt, um imaginären oder realen Angriffen der Polizei zuvorzukommen. Am 25. vormittags kurz vor elf Uhr unterhielten sie sich in Dianas Zimmer flüsternd über das Gespräch der Wächter, als sie Hubschrauberlärm aus Richtung Medellín hörten.

Der Geheimdienst der Polizei hatte in den letzten Tagen zahlreiche anonyme Anrufe über Bewegungen bewaffneter Männer in dem Dorf Sabaneta, Gemeinde Copacabana, erhalten, insbesondere bei den Fincas Alto de la Cruz, Villa del Rosario und La Bola. Vielleicht hatten die Gefängniswärter von Diana und Richard vorgehabt, sie nach Alto de la Cruz zu bringen, weil es auf einem steilen und bewaldeten Gipfel lag, von dem aus das ganze Tal bis Medellín zu überblicken war. Auf Grund der telefonischen Hinweise und anderer von ihr selbst gesammelten Indizien war die Polizei im Begriff, das Haus zu stürmen. Es war ein richtiger

Kriegseinsatz: Zwei Hauptleute, neun Offiziere, sieben Unteroffiziere und neunundneunzig Beamte, teils am Boden, teils in vier Hubschraubern mit Bordgeschützen. Die Wächter achteten jedoch kaum noch auf die Hubschrauber, weil häufig welche vorbeiflogen, ohne daß etwas geschah. Plötzlich stand einer der Wächter in der Tür und stieß den gefürchteten Schrei aus:

»Das Gesetz ist da!«

Diana und Richard zögerten den Aufbruch, so lange es ging, hinaus, denn der Augenblick war günstig für die Ankunft der Polizei: Es waren nur vier der weniger scharfen Wächter da, und sie schienen zu verschreckt, um sich zu verteidigen. Diana putzte sich die Zähne und zog ein weißes Hemd über, das sie am Vortag gewaschen hatte, zog sich ihre Turnschuhe und die Bluejeans an, die sie am Tag der Entführung getragen hatte und die ihr jetzt zu weit waren, weil sie Gewicht verloren hatte. Richard wechselte das Hemd und nahm die Kameraausrüstung, die man ihm in diesen Tagen zurückgegeben hatte. Die Wächter gerieten außer sich vom anschwellenden Lärm der Hubschrauber, die das Haus überflogen, sich zum Tal hin entfernten und wieder, fast in Baumhöhe, zurückkehrten. Die Wächter trieben die Geiseln schreiend zur Eile an und stießen sie zur Ausgangstür. Sie gaben ihnen weiße Hüte, damit man sie von der Luft aus für Landarbeiter aus der Gegend hielt. Diana warfen sie ein schwarzes Umschlagtuch über, und Richard zog seine Lederjacke an, die er als Kameramann trug. Die Wächter befahlen ihnen, zum Berg zu rennen, und sie taten das ebenfalls, einzeln und die Waffen bereit, um auf die Hubschrauber zu feuern, wenn sie in Schußweite waren. Diana und Richard begannen einen Felspfad hochzuklettern. Er war sehr steil und schroff, und die glühende Sonne fiel senkrecht vom Himmel, Diana war nach wenigen Metern, als die Hubschrauber schon in Sicht kamen, erschöpft. Bei der ersten Salve warf sich Richard zu Boden. »Nicht bewegen«, schrie Diana. »Stellen Sie sich tot.« Und stürzte bäuchlings neben ihn.

»Sie haben mich getötet«, schrie sie. »Ich kann die Beine nicht bewegen.«

Sie konnte es tatsächlich nicht, spürte aber auch keinen Schmerz und bat Richard, ihren Rücken zu untersuchen, weil sie vor dem Sturz so etwas wie einen Stromstoß an der Taille verspürt hatte. Richard schob ihr Hemd hoch und sah oben am linken Hüftbein ein winziges, klar umrandetes Loch, aber kein Blut.

Da die Schießerei andauerte und immer näher kam, drängte Diana verzweifelt darauf, Richard solle sie liegen lassen und fliehen, aber er blieb bei ihr und hoffte auf Hilfe, um sie in Sicherheit zu bringen. Er legte ihr inzwischen eine Marienmedaille in die Hand, die er immer bei sich in der Tasche trug, und betete mit Diana. Plötzlich hörte die Schießerei auf, und auf dem Pfad erschienen zwei Männer des Elitekorps, die Waffen im Anschlag.

Richard, der noch neben Diana kniete, hob die Hände und rief: »Nicht schießen!« Einer der Männer sah ihn höchst überrascht an und fragte:

»Wo ist Pablo?«

»Das weiß ich nicht«, sagte Richard. »Ich bin Richard Becerra, der Journalist. Und hier liegt Diana Turbay, sie ist verletzt.«

»Beweisen Sie das«, sagte ein Beamter.

Richard zeigte ihm seinen Personalausweis. Gemeinsam mit einigen Landarbeitern, die aus dem Gestrüpp auftauchten, halfen sie, Diana in einer mit einem Laken improvisierten Hängematte hinunterzutragen, und legten sie in den Hubschrauber. Der Schmerz war jetzt unerträglich, doch Diana war ruhig und luzide und wußte, daß sie sterben würde.

Eine halbe Stunde später wurde Expräsident Turbay von einer Militärstelle angerufen und davon unterrichtet, daß seine Tochter Diana und Francisco Santos durch einen Einsatz des Elitekorps befreit worden waren. Er rief sofort Hernando Santos an, der einen Siegesschrei ausstieß und die Telefonisten in seiner Zeitung anwies, die Nachricht an die ganze verstreute Familie weiterzugeben. Dann rief er in der Wohnung von Alberto Villamizar an und teilte ihm die Nachricht mit, genau so, wie er sie erhalten hatte. »Das ist ja wunderbar!« rief Villamizar. Sein Jubel war aufrichtig, doch wurde ihm gleich bewußt, daß nach der Befreiung von Pacho und Diana nun Maruja und Beatriz als letzte in der Gewalt von Escobar waren und exekutiert werden konnten.

Während er eilig Telefonate führte, drehte er das Radio an und stellte fest, daß die Nachricht noch nicht gesendet wurde. Er wollte gerade die Nummer von Rafael Pardo wählen, als das Telefon wieder klingelte. Es war noch einmal Hernando Santos, der ihm niedergeschlagen erzählte, Turbay habe die erste Nachricht korrigiert. Nicht Francisco Santos sei befreit worden, sondern der Kameramann Richard Becerra, und Diana sei schwer verletzt. Dennoch war Hernando Santos weniger über den Irrtum verstört als über Turbays Bestürzung, ihm eine falsche Freude bereitet zu haben.

Martha Lupe Rojas war nicht daheim, als man sie vom Sender anrief, um ihr mitzuteilen, daß ihr Sohn Richard befreit worden sei. Sie war im Haus ihrer Brüder, hatte aber, da sie wie immer auf die Nachrichten wartete, ihr Kofferradio, von dem sie sich nicht mehr trennen konnte, mitgenommen. Aber an diesem Tag funktionierte es zum ersten Mal seit der Entführung nicht.

In dem Taxi, das sie zum Sender brachte, nachdem ihr jemand gesagt hatte, ihr Sohn sei in Sicherheit, führte die vertraute Stimme des Journalisten Juan Gossaín sie in die Wirklichkeit zurück: Die Informationen aus Medellín waren noch immer verwirrend. Der Tod von Diana Turbay war bestätigt worden, doch über Richard Becerra war noch nichts Genaues bekannt. Martha Lupe begann leise zu beten: »Lieber Gott, mach, daß die Kugeln an ihm vorbeigeflogen sind, ohne ihn zu berühren.« In eben dem Augenblick rief Richard von Medellín aus zu Hause an, um ihr zu sagen, daß er wohlauf sei, traf sie aber nicht an. Der bewegte Ausruf von Gossaín gab Martha Lupe die Lebensgeister wieder:

»Extra! Extra! Der Kameramann Richard Becerra lebt!«

Martha Lupe brach in Tränen aus und gewann erst spät in der Nacht die Fassung wieder, als sie ihren Sohn in der Redaktion des Nachrichtensenders *Criptón* in Empfang nahm. Heute erinnert sie sich daran: »Er war nur Haut und Knochen, bleich und bärtig, aber er lebte.«

Rafael Pardo hatte die Nachricht ein paar Minuten zuvor in seinem Büro von einem befreundeten Journalisten erhalten, der die Darstellung der Befreiung bestätigt haben wollte. Pardo rief General Maza Márquez und dann den Polizeidirektor Gómez Padilla an, und keiner von beiden wußte etwas von einer Befreiungsaktion. Nach einer Weile rief ihn Gómez Padilla zurück und teilte Pardo mit, daß es sich um einen zufälligen Zusammenstoß im Laufe einer Suchaktion nach Escobar gehandelt habe, die das Elitekorps unternommen hatte. Die Einheiten im Einsatz hätten, so Gómez Padilla, keinerlei Informationen darüber gehabt, daß sich am Ort Entführer aufhielten.

Nachdem er die Nachricht aus Medellín erhalten hatte, versuchte Doktor Turbay, Nydia in dem Haus in Tabio zu erreichen, doch das Telefon war kaputt. Er schickte den Chef seiner Leibwache in einem Kombi mit der Nachricht auf den Weg, Diana sei in Sicherheit und befinde sich zu Routineuntersuchungen im Hospital von Medellín. Nydia erhielt die Nachricht um zwei Uhr nachmittags, doch statt wie der Rest der Familie einen Jubelschrei auszustoßen, reagierte sie mit Schmerz und Erstaunen und rief aus:

»Sie haben Diana umgebracht!«

Auf der Rückfahrt nach Bogotá, als sie im Radio die Nachrichten hörte, verstärkte sich ihr Mißtrauen. »Ich habe weiter geweint«, sollte sie später sagen. »Aber ich heulte nicht mehr, sondern es flossen nur noch die Tränen.« Sie machte kurz halt in ihrem Haus und zog sich um, bevor sie zum Flughafen fuhr, wo die hinfällige Fokkermaschine des Präsidenten, die wie durch ein göttliches Wunder nach nahezu dreißig Jahren Zwangsarbeit noch flog, auf die Familie wartete. Jetzt lautete die Nachricht, daß Diana auf der Intensivstation liege, doch Nydia glaubte nur ihren Instinkten. Sie ging geradewegs zum Telefon und verlangte, den Präsidenten der Republik zu sprechen.

»Man hat Diana getötet, Herr Präsident«, sagte sie, »und das ist Ihr Werk, Ihre Schuld, eine Folge Ihres steinernen Herzens.«

Der Präsident war froh, ihr mit einer guten Nachricht widersprechen zu können.

»Nein, Señora«, sagte er mit seiner ruhigsten Stimme. »Es scheint einen Einsatz gegeben zu haben. Näheres ist noch nicht bekannt. Aber Diana lebt.«

»Nein«, erwiderte Nydia. »Man hat sie getötet.«

Der Präsident, der in direkter Verbindung mit Medellín stand, hatte keine Zweifel.

»Und woher wissen Sie das?«

Nydia antwortete mit absoluter Überzeugung:

»Weil mir das mein Herz als Mutter sagt.«

Ihr Herz hatte recht. Eine Stunde später stieg María Emma Mejía, die Präsidentenberaterin für Medellín, in das Flugzeug, das die Familie Turbay gebracht hatte, und teilte ihnen die schlechte Nachricht mit. Diana war nach mehreren Stunden ärztlicher Bemühungen, die in jedem Fall erfolglos gewesen wären, verblutet. Sie hatte in dem Hubschrauber, der sie vom Ort des Zusammenstoßes mit der Polizei nach Medellín brachte, das Bewußtsein verloren und es nicht wiedererlangt. Ihre Wirbelsäule war auf Gürtelhöhe von einem Hochgeschwindigkeitsgeschoß mittleren Kalibers zerschmettert worden, das in ihrem Körper splitternd explodierte und zu einer allgemeinen Lähmung führte, von der sie sich niemals hätte erholen können.

Nydia erlitt einen noch größeren Schock, als sie Diana im Hospital sah, die nackt, nur mit einem blutigen Laken bedeckt, auf dem Operationstisch lag, das Gesicht ausdruckslos und die Haut farblos wegen des völligen Blutverlustes. Sie hatte einen riesigen Schnitt in der Brust, durch den die Ärzte die Faust geschoben hatten, um Herzmassagen durchzuführen.

Sobald sie den Operationssaal verlassen hatte, gab Nydia, schon jenseits von Schmerz und Hoffnungslosigkeit, im Hospital eine harte Pressekonferenz: »Dies ist die Geschichte eines angekündigten Todes«, begann sie. Davon überzeugt, daß Diana das Opfer eines von Bogotá aus befohlenen Einsatzes war – gemäß den Informationen, die sie seit ihrer Ankunft in

Medellín bekommen hatte –, zählte sie aufs genaueste all die Bittgesuche auf, die ihre Familie und sie selbst an den Präsidenten gerichtet hatten, damit die Polizei auf eine solche Aktion verzichte. Sie sagte, daß die unsinnige und verbrecherische Vorgehensweise der Auslieferbaren am Tod ihrer Tochter schuld sei, daß aber in gleichem Maße die Regierung und der Präsident der Republik persönlich dafür Verantwortung trügen. Vor allem aber der Präsident, »der ohne Mitgefühl, ja mit Kälte und Gleichgültigkeit über die flehentlichen Bitten hinweggegangen ist, nicht durch einen Befreiungsversuch das Leben der Geiseln in Gefahr zu bringen«.

Diese entschiedene Erklärung, die von allen Medien direkt übertragen wurde, löste in der Öffentlichkeit eine Welle der Solidarität und bei der Regierung Empörung aus. Der Präsident rief den Leiter des Regierungsbüros Fabio Villegas zu sich, seinen Privatsekretär Miguel Silva, seinen Sicherheitsberater Rafael Pardo und Mauricio Vargas, seinen Presseberater. Die Absicht war, eine energische Entgegnung zu Nydias Erklärung zu formulieren. Doch nach gründlichen Überlegungen kamen sie zu dem Schluß, daß man den Schmerz einer Mutter nicht widerlegt. Gaviria selbst sah es so, gab die Absicht auf und erteilte der Versammlung den Befehl:

»Wir gehen zur Beerdigung.«

Nicht er allein, sondern das vollständige Kabinett.

Nydias Verbitterung verfolgte ihn. Über jemanden, an dessen Namen sie sich nicht erinnern konnte, schickte sie dem Präsidenten – als sie schon wußte, daß Diana tot war – den verspäteten Brief, vielleicht damit dessen hellseherischer Gehalt auf immer sein Gewissen belaste. »Ich habe selbstverständlich keine Antwort erwartet«, sagte sie.

Nach der am Sarg gelesenen Messe in der wie selten vollen Kathedrale erhob sich der Präsident von seinem Sitz und ging allein durch das leere Mittelschiff, verfolgt von allen Blicken, von den Blitzen der Fotografen, von den Fernsehkameras, und streckte Nydia die Hand in der Gewißheit hin, daß sie ihn mit ausgestreckter Hand stehen lassen würde. Nydia drückte sie ihm mit eisiger Mißbilligung. In Wirklichkeit war sie erleichtert, denn sie hatte befürchtet, der Präsident würde sie umarmen. Den Beileidskuß seiner Gattin Ana Milena wußte sie zu würdigen.

Das war noch nicht das Ende. Kaum hatte sie den offiziellen Teil der Trauerfeierlichkeiten hinter sich, bat Nydia um eine neue Audienz beim Präsidenten, um ihn über etwas Wichtiges zu informieren, das er vor seiner Rede zu Dianas Tod an jenem Tag wissen müsse. Silva gab die Botschaft wörtlich weiter, und der Präsident reagierte mit einem Lächeln, das Nydia nie bei ihm sehen sollte.

»Sie kommt, um mich fertigzumachen«, sagte er. »Aber sie soll kommen, klar.«

Er empfing sie so wie immer. Nydia aber betrat das Büro schwarz gekleidet und mit einer anderen Haltung: bescheiden und in stillem Schmerz. Sie steuerte direkt auf ihr Anliegen zu und ließ es den Präsidenten schon mit dem ersten Satz erkennen:

»Ich komme, Ihnen ein Dienst zu erweisen.«

Überraschend war, daß sie sich zunächst wirklich für ihre Annahme entschuldigte, der Präsident habe den Einsatz, bei dem Diana zu Tode gekommen war, befohlen. Sie wisse jetzt, daß er nicht einmal darüber informiert gewesen sei. Sie wolle ihm aber auch sagen, daß er über diesen Einsatz immer noch getäuscht werde, es stimme nämlich nicht, daß er Pablo Escobar gegolten habe. Tatsächlich sollten die Geiseln befreit werden, deren Aufenthaltsort einem von Escobars Söldnern, den die Polizei gefaßt hatte, unter Folter abgepreßt worden war. Dieser Mann sei später, erklärte Nydia, als einer der im Gefecht Gefallenen ausgegeben worden.

Der Bericht wurde energisch und präzise vorgetragen, in der Hoffnung, das Interesse des Präsidenten zu wecken, ein Zeichen von Mitgefühl konnte Nydia jedoch nicht bei ihm entdecken. »Er war wie ein Eisblock«, hat sie später, sich an diesen Tag erinnernd, gesagt. Sie wußte weder warum noch wann genau sie zu weinen begann und kam nicht dagegen an. Und dann ging ihr Temperament, das sie bis dahin hatte zügeln können, mit ihr durch, und sie wechselte von Grund auf Thema und Ton. Sie warf dem Präsidenten vor, daß er aus Gleichgültigkeit und Kälte seine verfassungsmäßige Pflicht, das Leben der Geiseln zu retten, nicht erfüllt habe.

»Denken Sie doch einmal nach«, schloß sie, »wenn Ihre Tochter in einer solchen Lage gewesen wäre, was hätten Sie dann getan?«

Sie sah ihm gerade in die Augen, war aber schon so erregt, daß der Präsident sie nicht unterbrechen konnte. Später sollte er davon erzählen: »Sie stellte mir Fragen, gab mir aber keine Zeit zu antworten.« Nydia verbaute ihm tatsächlich mit einer weiteren Frage den Weg: »Glauben Sie nicht, Herr Präsident, daß Sie mit diesem Problem falsch umgegangen sind?« Der Präsident ließ zum ersten Mal den Schatten eines Zweifels erkennen. »Nie hatte ich so gelitten«, sollte er Jahre später sagen. Doch er blinzelte nur und sagte mit seiner normalen Stimme:

»Das kann sein.«

Nydia stand auf, gab ihm schweigend die Hand und verließ das Büro, bevor er ihr die Tür öffnen konnte. Daraufhin ging Miguel Silva hinein und fand einen über die Geschichte des toten Söldners äußerst betroffenen Präsidenten vor. Ohne Zeit zu verlieren, schrieb Gaviria einen persönlichen Brief an den Generalstaatsanwalt, dieser solle den Fall untersuchen und für Recht sorgen.

Man war sich im allgemeinen darüber einig, daß die Aktion Escobar oder einem anderen wichtigen Anführer gegolten habe, daß sie aber selbst innerhalb dieser Logik nur eine Dummheit und ein irreparabler Mißgriff gewesen sei. Nach der ersten Version der Polizei war Diana im Zuge eines Sucheinsatzes zu Tode gekommen, der mit Unterstützung von Hubschraubern und Bodeneinheiten durchgeführt worden war. Zufällig sei man auf das Kommando gestoßen, bei dem sich

Diana Turbay und der Kameramann Richard Becerra befanden. Bei der Flucht habe einer der Entführer Diana in den Rücken geschossen und ihr die Wirbelsäule zerschmettert. Der Kameramann sei unverletzt geblieben. Diana sei von einem Polizeihubschrauber in das Stadthospital von Medellín gebracht worden, wo sie nachmittags um vier Uhr fünfunddreißig starb.

Escobars Version hörte sich ganz anders an und stimmte in den wesentlichen Punkten mit der überein, die Nydia dem Präsidenten erzählt hatte. Demnach hatte die Polizei die Operation in dem Wissen unternommen, daß sich die Entführten an jenem Ort befanden. Diese Information hatte sie durch Folter zwei seiner Gefolgsleute abgepreßt, deren wirkliche Namen Escobar zusammen mit den Nummern der Personalausweise angab. Dem Kommuniqué zufolge waren diese Männer von der Polizei gefaßt und gefoltert worden, und einer von ihnen hatte vom Hubschrauber aus die Einsatzleiter geführt. Escobar behauptete, Diana sei auf der Flucht vor der Schießerei von der Polizei getötet worden, als ihre Bewacher sie bereits freigelassen hatten. Er behauptete schließlich, daß bei dem Scharmützel auch drei unschuldige Landarbeiter umgekommen seien, die von der Polizei der Presse gegenüber als drei im Kampf gefallene Söldner ausgegeben wurden. Diese Darstellung bestätigte, wie von Escobar erhofft, auch nach außen hin die von ihm beklagten Menschenrechtsverletzungen durch die Polizei.

Richard Becerra, der einzige verfügbare Zeuge, wurde am Abend der Tragödie in einem Saal des Polizeipräsidiums in Bogotá von den Journalisten bestürmt. Er trug noch die schwarze Lederjacke, in der er entführt worden war, und den Strohhut, den ihm seine Wärter gegeben hatten, damit man ihn für einen Landarbeiter hielt. Er war nicht gerade in der Gemütsverfassung, um erhellende Angaben zu machen.

Der Eindruck, den er bei den verständnisvollsten seiner Kollegen hinterließ, war der, daß er sich im Chaos des Geschehens kein Urteil über den Ablauf hatte bilden können. Seine Erklärung, daß das Geschoß, das Diana getötet hatte, absichtlich von einem der Entführer abgefeuert worden sei, war durch keine Fakten zu erhärten. Unabhängig von den vielen Mutmaßungen wurde allgemein angenommen, daß Diana zufällig während des Schußwechsels getroffen worden war. Die endgültige Untersuchung oblag jedoch dem Generalstaatsanwalt, unter Berücksichtigung des Briefes, den Präsident Gaviria ihm nach den Enthüllungen von Nydia Quintero geschickt hatte.

Das Drama war nicht zu Ende. Da in der Öffentlichkeit das Schicksal von Marina Montoya immer noch ungewiß war, gaben die Auslieferbaren am 30. Januar ein neues Kommuniqué heraus, indem sie sich dazu bekannten, am 23. den Exekutionsbefehl gegeben zu haben. Doch: »Durch die Kommunikationsschwierigkeiten bei einem Leben im Untergrund haben wir bis heute keine Informationen darüber, ob sie exekutiert oder freigelassen worden ist. Falls sie exekutiert wurde, begreifen wir nicht, aus welchen Motiven heraus die Polizei den Fund der Leiche noch nicht bekanntgegeben hat. Wenn Marina Montoya freigelassen wurde, haben ihre Verwandten jetzt das Wort.« Erst dann, sieben Tage nach dem Mordbefehl, wurde die Suche nach der Leiche aufgenommen.

Der Gerichtsmediziner Pedro Morales, der bei der Autopsie mitgewirkt hatte, las das Kommuniqué in der Zeitung und vermutete, daß die Leiche Marina Montoyas die der Dame mit der feinen Unterwäsche und den makellosen Nägeln gewesen sein mußte. So war es. Kaum war jedoch die Identität festgestellt, übte jemand, der sagte, er sei vom Justizministerium, per Telefon Druck auf das Gerichtsmedizinische Institut aus, es solle nicht bekanntgeben, daß die Leiche in dem Gemeinschaftsgrab lag.

Luis Guillermo Pérez Montoya, Marinas Sohn, ging gerade zum Mittagessen, als der Rundfunk die Neuigkeit meldete. Im Gerichtsmedizinischen Institut zeigte man ihm das Bild der von Schüssen entstellten Frau, und es fiel ihm schwer, darauf seine Mutter zu erkennen. Am Südfriedhof mußte, da die Nachricht sich bereits verbreitet hatte, ein Polizeitrupp eingesetzt werden, um Luis Guillermo Pérez den Weg durch die Menge der Neugierigen zum Grab zu bahnen.

Nach den gerichtsmedizinischen Vorschriften muß die Leiche eines Unbekannten mit der Karteinummer auf Rumpf, Armen und Beinen begraben werden, damit die Leiche im Falle einer Zergliederung identifizierbar bleibt. Sie muß in schwarze Plastikfolie, wie man sie für Müllsäcke verwendet, gewickelt werden, die an Fuß- und Handgelenken mit einer widerstandsfähigen Kordel zusammengebunden wird. Der Körper von Marina Montoya war – wie ihr Sohn feststellen mußte – nackt und mit Schlamm bedeckt, und man hatte ihn ohne die gesetzlich verordneten Tätowierungen einfach in die Grube geworfen. Daneben lag, in den rosa Trainingsanzug gewickelt, die Leiche des Kindes, das zur gleichen Zeit begraben worden war.

Im Seziersaal dann, nachdem man die Tote mit einem Druckwasserschlauch abgespritzt hatte, untersuchte der Sohn das Gebiß und zögerte einen Augenblick. Er glaubte sich zu erinnern, daß Marina links ein Prämolar fehlte, die Leiche hatte aber ein vollständiges Gebiß. Als er jedoch ihre Hände untersuchte, die seinen auf ihre legte, blieb keine Spur eines Zweifels: Sie waren gleich. Ein anderer Verdacht sollte jedoch, vielleicht für immer, fortleben: Luis Guillermo Pérez war davon überzeugt, daß man die Leiche seiner Mutter bei der amtlichen Untersuchung identifiziert, sie aber ohne weitere Nachforschungen in das Gemeinschaftsgrab geschafft hatte, damit keine Spur zurückbliebe, die die Öffentlichkeit beunruhigen oder die Regierung aufstören könnte.

Dianas Tod war – auch vor der Entdeckung von Marinas Leiche – für den Zustand des Landes bestimmend. Als Gaviria sich geweigert hatte, das zweite Dekret zu novellieren, hatte er Villamizars Härte und Nydias Flehen widerstanden. Sein Argument war in Kürze, daß die Dekrete nicht in Hinblick auf die Entführungen, sondern im Hinblick auf das öffentliche Interesse beurteilt werden müßten, so wie auch Escobar Entführungen nicht unternahm, um sich schneller stellen zu können, sondern um die Nichtauslieferung zu erpressen und die Begnadigung zu erreichen. Nach diesen Überlegungen nahm Gaviria die endgültige Modifizierung des Dekrets in Angriff. Das war schwierig, nachdem er Nydias Flehen und so vielen fremden Schmerzen standgehalten hatte, ohne die Frist zu verändern, doch er beschloß, sich dem zu stellen.

Villamizar erhielt diese Nachricht von Rafael Pardo. Die Zeit des Wartens schien ihm endlos. Villamizar hatte keinen ruhigen Augenblick gehabt. Er lebte in Abhängigkeit von Radio und Telefon und war unendlich erleichtert, wenn keine schlechte Nachricht kam. Er rief Pardo zu jeder Tageszeit an. »Wie läuft es?« fragte er. »Wozu wird es noch kommen?« Pardo versuchte ihn mit kleinen Häppchen von Rationalismus zu beruhigen. Jeden Abend kam Villamizar im gleichen Zustand nach Hause. »Dieses Dekret muß weg, sonst werden hier noch alle umgebracht«, sagte er. Pardo beruhigte ihn. Endlich, am 28. Januar, rief Pardo dann bei ihm an, um ihm zu sagen, daß das endgültige Dekret dem Präsidenten nun zur Unterschrift vorliege. Die Verzögerung war darauf zurückzuführen, daß alle Minister es erst unterschreiben mußten und der für Kommunikation, Alberto Casas Santamaría, nirgends zu finden war. Schließlich machte ihn Rafael Pardo telefonisch ausfindig und drohte ihm in seiner launigen Art eines alten Freundes.

»Herr Minister«, sagte er, »entweder Sie sind in einer halben Stunde hier, um das Dekret zu unterschreiben, oder Sie sind nicht mehr Minister.«

Am 29. Januar wurde das Dekret 303 erlassen. Es beseitigte alle Stolpersteine, die bis dahin verhindert hatten, daß sich die Rauschgifthändler stellten. So wie die Regierung vermutet hatte, gelang es nie, die allgemeine Ansicht zu widerlegen, daß es sich um einen Akt des schlechten Gewissens wegen Dianas Tod handelte. Dies führte, wie immer, zu neuen Meinungsverschiedenheiten: Die einen glaubten, es sei eine Konzession an die Drogenbosse, erzwungen von einer erschütterten Öffentlichkeit, und die anderen hielten es für einen logisch konsequenten Akt des Präsidenten, aber, so oder so, zu spät für Diana Turbay. Jedenfalls unterschrieb Gaviria das Dekret aus Überzeugung und mit dem Wissen, daß die Verzögerung als Beweis der Unbarmherzigkeit gedeutet und die späte Entscheidung als Akt der Schwäche deklariert werden konnte.

Am nächsten Tag rief der Präsident um sieben Uhr früh Villamizar zurück, der ihm am Vorabend für das Dekret hatte danken wollen. Gaviria hörte sich schweigend seine Bemerkungen an, seine Sorgen vom 25. Januar hatte er geteilt.

»Für alle war es ein fürchterlicher Tag«, sagte er.

Villamizar rief daraufhin Guido Parra mit erleichtertem Gewissen an. »Sie werden doch jetzt nicht etwa damit kommen, daß das Dekret nicht in Ordnung ist«, sagte er. Guido Parra hatte es bereits gründlich studiert.

»Alles klar«, sagte er. »Kein Problem. Was hätten wir uns alles von Anfang an ersparen können!«

Villamizar wollte wissen, was als nächstes geschehen sollte.

»Nichts«, sagte Guido Parra. »Das ist eine Frage von achtundvierzig Stunden.«

Die Auslieferbaren ließen sofort durch ein Kommuniqué wissen, daß sie angesichts der Bitten von verschiedenen Persönlichkeiten des Landes auf die angekündigten Exekutionen verzichteten. Sie bezogen sich dabei womöglich auf die Botschaften, die ihnen López Michelsen, Pastrana und Castrillón über den Rundfunk hatten zukommen lassen. Aber im Grunde konnte das als Annahme des Dekrets interpretiert werden. »Wir werden das Leben der Geiseln, die noch in unserer Gewalt sind, respektieren«, hieß es im Kommuniqué. Als besonderes Entgegenkommen kündigten sie an, noch am selben Tag in der Früh eine Geisel freizulassen. Villamizar, der mit Guido Parra zusammen war, fuhr überrascht hoch.

»Was heißt hier eine«, schrie er Parra an. »Sie hatten mir gesagt, daß alle freikommen.«

Guido Parra blieb gelassen.

»Nur ruhig, Alberto«, sagte er. »Das ist eine Frage von acht Tagen.«

7

Maruja und Beatriz hatten von dem Tod der Frauen nichts erfahren. Ohne Fernseher oder Radio und nur mit den Informationen des Feindes war es unmöglich, die Wahrheit zu erraten. Die Widersprüche, in die sich die Wächter verwickelten, erschütterten die Version, daß man Marina auf eine Finca gebracht habe, so daß jede andere Mutmaßung in ein- und dieselbe Sackgasse führte: Marina war entweder frei oder tot. Das hieß: Waren sie zuvor die einzigen gewesen, die wußten, daß Marina am Leben war, so waren sie jetzt die einzigen, die nicht wußten, daß sie tot war.

Angesichts der Ungewißheit, was man mit Marina gemacht hatte, hatte sich ihnen das einsame Bett in ein Gespenst verwandelt. Der Monje war eine halbe Stunde, nachdem man sie fortgebracht hatte, zurückgekehrt. Er kam wie ein Schatten herein und rollte sich in einem Winkel zusammen. Beatriz fragte ihn auf gut Glück:

»Was habt ihr mit Marina gemacht?«

Der Monje erzählte, als er sie hinausgebracht habe, hätten zwei neue Chefs, die nicht mit im Zimmer gewesen waren, in der Garage auf ihn gewartet. Daß er gefragt habe, wo man sie hinbrächte, und einer von ihnen wutentbrannt erwidert habe: »Du riesengroßes Arschloch, hier werden keine Fragen gestellt.« Daß sie ihm später befohlen hätten, zurück ins Haus zu gehen und Marina an Barrabás, den anderen Wächter vom Dienst, zu übergeben.

Diese Version erschien beim ersten Hören glaubhaft. Der Monje hätte, wenn er an dem Verbrechen beteiligt gewesen wäre, schwerlich in einer halben Stunde zurück sein können, hätte es wohl auch kaum übers Herz gebracht, eine zerstörte Frau zu töten, an der er wie an seiner Großmutter zu hängen schien und den sie wie einen Enkel verwöhnte. Barrabás hingegen hatte den Ruf, blutrünstig und herzlos zu sein, und brüstete sich zudem mit seinen Verbrechen. Die Ungewißheit wurde gegen Morgen noch beklemmender, als Maruja und Beatriz von den Klagelauten eines waidwunden Tieres aufwachten. Es war der schluchzende Monje. Er wollte kein Frühstück, und man hörte ihn mehrmals seufzen: »Wie traurig, daß sie die Großmutter weggebracht haben!« Er gab allerdings nie zu erkennen, daß sie tot war. Daß der Verwalter sich so hartnäckig weigerte, den Fernseher und das Radio zurückzugeben, verstärkte abermals den Mordverdacht.

Damaris kam, nachdem sie mehrere Tage außer Haus gewesen war, in einer Stimmung heim, die zur Verwirrung noch beitrug. Bei einem der frühmorgendlichen Rundgänge fragte Maruja sie, wo sie denn gewesen sei, und Damaris antwortete ihr mit der gleichen

Stimme, mit der sie die Wahrheit gesagt hätte: »Ich kümmere mich um Doña Marina.« Ohne Maruja Zeit zum Nachdenken zu lassen, fügte sie hinzu: »Sie denkt immer an euch und läßt euch schön grüßen.« Und gleich darauf sagte sie in einem noch beiläufigeren Ton, daß Barrabás für Marinas Sicherheit verantwortlich und deshalb nicht zurückgekehrt sei. Von da an kam Damaris, jedesmal, wenn sie aus irgendeinem Grund das Haus verlassen hatte, mit Nachrichten zurück, die um so unglaubwürdiger wirkten, je enthusiastischer sie waren. Alle endeten mit einer rituellen Formel:

»Doña Marina geht es wunderbar.«

Maruja hatte keinen Grund, Damaris mehr als dem Monje oder irgendeinem der anderen Wächter zu glauben, aber sie hatte auch keinen Grund, ihnen unter Bedingungen, da alles möglich schien, nicht zu glauben. Wenn Marina wirklich am Leben war, gab es keine Gründe, den Geiseln die Nachrichten und etwas Ablenkung vorzuenthalten, es sei denn, man wollte andere, schlimmere Wahrheiten vor ihnen verbergen.

Es gab nichts, was Marujas zügelloser Phantasie zu aberwitzig erschienen wäre. Bis dahin hatte sie ihre Sorgen vor Beatriz verborgen, fürchtete sie doch, diese könnte die Wahrheit nicht aushalten. Aber Beatriz war vor jeglicher Ansteckung sicher. Sie hatte von Anfang an den Verdacht, Marina sei tot, abgewehrt. Ihre Träume halfen ihr dabei. Sie träumte, daß ihr Bruder Alberto, so wirklich wie im Leben, ihr genau berichtete, was er alles unternahm, wie gut es voranging, wie wenig noch fehlte, bis sie freikämen. Sie träumte, daß ihr Vater sie mit der Nachricht beruhigte, die in der Tasche vergessenen Kreditkarten seien in Sicherheit. Diese Visionen waren so lebhaft, daß Beatriz sie in der Erinnerung nicht von der Wirklichkeit unterscheiden konnte.

In jenen Tagen ging der Wachturnus eines Siebzehnjährigen, der sich Jonás nennen ließ, bei Maruja und Beatriz zu Ende. Er hörte von sieben Uhr morgens an Musik auf einem schleifenden Tonband. Er hatte Lieblingslieder, die er bis zur Erschöpfung in einer irrwitzigen Lautstärke abspielte. Dazu schrie er, als Teil des Chors: »Scheißleben, Scheißdreck, ich weiß nicht, warum ich mich auf das hier eingelassen habe.« In ruhigen Momenten sprach er mit Beatriz über seine Familie. Mit einem unergründlichen Seufzer ging er bis an den Rand des Abgrunds: »Wenn ihr wüßtet, wer mein Vater ist!« Er sagte es nie, aber dies und andere Geheimnisse der Wächter trugen dazu bei, daß die Atmosphäre im Zimmer noch schlechter wurde.

Der Verwalter, verantwortlich für das häusliche Wohlergehen, hatte wohl seine Chefs über die herrschende Unruhe informiert, denn zwei von ihnen tauchten in jenen Tagen in versöhnlicher Absicht auf. Sie verweigerten erneut das Radio und den Fernseher, versuchten aber, das tägliche Leben zu verbessern. Sie versprachen Bücher, es kamen aber nur ein paar, darunter ein Kitschroman von Corín Tellado. Sie brachten Illustrierte, aber nichts, was aktuell gewesen wäre. Sie ließen eine starke Glühbirne einschrauben, wo zuvor die blaue gehangen hatte, und gaben Anweisung, sie um sieben Uhr morgens und um sieben Uhr abends jeweils eine Stunde lang brennen zu lassen, damit man lesen konnte. Beatriz und Maruja waren aber so an das Dämmerlicht gewöhnt, daß sie die große Helligkeit nicht ertrugen. Außerdem erhitzte das Licht die Luft im Zimmer, bis man nicht mehr atmen konnte.

Maruja gab sich der Apathie von hoffnungslos Kranken hin. Sie blieb Tag und Nacht, das Gesicht zur Wand, auf der Matratze liegen und tat, als ob sie schliefe, um nicht sprechen zu müssen. Sie aß kaum etwas. Beatriz belegte das leere Bett und flüchtete sich in die Kreuzworträtsel und Ratespiele der Zeitschriften. Die Realität war grausam und schmerzlich, aber es war die Realität: In dem Zimmer gab es für vier mehr Platz als für fünf, weniger Spannungen, mehr Luft zum Atmen.

Jonás beendete seinen Dienst Ende Januar und verabschiedete sich von den Geiseln mit einem Vertrauensbeweis. »Ich möchte euch etwas erzählen, aber niemand darf erfahren, von wem ihr es wißt«, sagte er. Und platzte mit der Nachricht heraus, die ihn innerlich zerfraß:

»Doña Diana Turbay ist getötet worden.«

Der Schlag rüttelte sie auf. Für Maruja war es der fürchterlichste Augenblick der Gefangenschaft. Beatriz versuchte, nicht an das ihr unvermeidlich Scheinende zu denken: »Wenn sie Diana umgebracht haben, bin ich die nächste.« Schließlich und endlich hatte sie sich am 1. Januar, als das alte Jahr vergangen und sie noch nicht befreit war, gesagt: »Entweder sie lassen mich laufen, oder ich lasse mich sterben.«

An einem jener Tage, als Maruja gerade eine Partie Domino mit einem anderen Wächter spielte, tippte der Gorilla mit dem Zeigefinger auf einzelne Stellen seiner Brust und sagte: »Ich hab hier ein sehr unangenehmes Gefühl. Was kann das sein?« Maruja unterbrach das Spiel, sah ihn mit aller Verachtung, zu der sie fähig war, an und sagte: »Entweder Blähungen oder ein Infarkt.« Er ließ die Maschinenpistole zu Boden fallen, legte die Hand mit gespreizten Fingern auf die Brust und stieß einen ungeheuerlichen Schrei aus:

»Mir tut das Herz weh, verdammt!«

Er fiel auf die Reste des Frühstücks und blieb auf dem Bauch liegen. Beatriz, die wußte, daß er sie haßte, verspürte den beruflichen Impuls, ihm zu helfen, doch in dem Moment kamen der Verwalter und seine Frau herein, aufgeschreckt von dem Schrei und dem Getöse des Falls. Der andere Wächter, der klein und zart war, hatte versucht, etwas zu tun, doch die Maschinenpistole war ihm dabei im Weg, und er gab sie Beatriz.

»Sie haften mir für Doña Maruja«, sagte er.

Der Wächter, der Verwalter und Damaris schafften es auch zu dritt nicht, den Gestürzten hochzuheben. Sie packten ihn, so gut es ging, und schleiften ihn in die Halle. Beatriz hielt die Maschinenpistole in der Hand, Maruja stand sprachlos da, beide sahen die Maschinenpistole des anderen Wächters, die vergessen auf dem Boden lag, und die gleiche Versuchung ließ sie beide erschauern. Maruja konnte mit einem Revolver schießen, und man hatte ihr auch einmal erklärt, wie man mit einer Maschinenpistole umging, doch eine glückliche Hellsicht hinderte sie daran, die Waffe aufzuheben. Beatriz hingegen war mit militärischen Praktiken vertraut. Fünf Jahre lang war sie zweimal wöchentlich ausgebildet, vom Fähnrich zum Leutnant befördert worden und hatte schließlich den Rang eines dem Militärhospital unterstellten Hauptmanns erreicht. Sie hatte einen Speziallehrgang in Geschützartillerie absolviert. Dennoch begriff auch Beatriz, daß sie nur verlieren konnten. Beide trösteten sich mit dem Gedanken, daß der Gorilla nie mehr wiederkäme. Und er kam, in der Tat, nicht zurück.

Als Pacho Santos Dianas Begräbnis und Marina Montoyas Exhumierung im Fernsehen sah, wurde ihm klar, daß ihm keine andere Wahl blieb als die Flucht. Damals hatte er schon eine ungefähre Vorstellung davon, wo er sich befand. Aus Gesprächen und Unachtsamkeiten der Wächter und durch andere journalistische Listen hatte er kombinieren können, daß er sich in einem Eckhaus in irgendeinem großen und bevölkerten Viertel im Westen von Bogotá befand. Sein Zimmer war das geräumigste im ersten Stock, und das Außenfenster war mit Brettern vernagelt.

Er stellte fest, daß es sich um ein gemietetes Haus handelte, womöglich ohne gesetzlichen Mietvertrag, weil die Eigentümerin zu Anfang des Monats immer selbst die Miete kassieren kam. Sie war die einzige fremde Person, die ein und aus ging, doch bevor man ihr die Haustür öffnete, kamen die Wächter herauf, ketteten Pacho an das Bett, verpflichteten ihn unter

Drohungen zu absolutem Schweigen und schalteten Radio und Fernseher aus.

Er hatte herausgefunden, daß das vernagelte Fenster auf einen Vorgarten hinausging und daß es am Ende des schmalen Gangs, wo Bad und Toilette lagen, eine Ausgangstür gab. Das Bad konnte er nach Belieben benutzen, unbewacht ging er den Gang entlang, mußte allerdings vorher darum bitten, losgekettet zu werden. Im Bad gab es zur Belüftung nur ein Fenster, durch das man den Himmel sehen konnte. Es lag so hoch, daß es kaum zu erreichen war, war aber breit genug, um herauszukommen. Bisher hatte er jedoch noch keine Vorstellung davon, wohin das Fenster führte. Im Nachbarzimmer, das in rote Metallkabinen unterteilt war, schliefen die Wächter, die keinen Dienst hatten. Da es vier waren, lösten sie sich paarweise alle sechs Stunden ab. Ihre Waffen waren im alltäglichen Leben nie zu sehen, obwohl sie immer welche bei sich trugen. Nur einer schlief auf dem Boden neben dem Ehebett.

Pacho fand heraus, daß in der Nähe eine Fabrik war, deren Sirene er mehrmals am Tag hörte, und von dem täglichen Gesang und dem Pausenlärm schloß er, daß er in der Nähe einer Schule war. Als er einmal um eine Pizza bat und man die ihm noch heiß in knapp fünf Minuten brachte, war ihm klar, daß sie wohl im selben Block gebacken und verkauft wurde. Die Zeitungen holten die Wächter zweifellos auf der anderen Straßenseite in einem großen Geschäft, weil es auch *Time* und *Newsweek* führte. Nachts wachte er vom Duft frischgebackenen Brotes aus einer Bäckerei auf. Durch Fangfragen brachte er von den Wächtern in Erfahrung, daß es in hundert Metern Umkreis eine Apotheke, eine Autowerkstatt, zwei Kneipen, ein Gasthaus, einen Flickschuster und zwei Bushaltestellen gab. Anhand dieser und vieler anderer bruchstückhaft aufgelesener Einzelheiten versuchte er die möglichen Fluchtwege wie ein Puzzle zusammenzusetzen.

Einer der Wächter hatte ihm gesagt, sie hätten, für den Fall, daß die Polizei käme, den Befehl, zuerst in sein Zimmer zu gehen und ihm drei Nahschüsse zu verpassen: einen in den Kopf, einen ins Herz und den dritten in die Leber. Als er das erfahren hatte, beschaffte er sich eine Literflasche Sprudel, die er dann stets in Reichweite hielt, um sie als Knüppel zu benutzen. Es war die einzige mögliche Waffe.

Das Schachspiel – das ihm ein Wächter mit bemerkenswertem Talent beibrachte – hatte ihm ein neues Zeitmaß gegeben. Ein anderer Wächter von der Oktoberschicht war ein Fachmann in Telenovelas und führte ihn in das Laster ein, sie regelmäßig zu sehen, ohne sich darum zu scheren, ob sie gut oder schlecht waren. Das Geheimnis war, sich nicht allzusehr um die aktuelle Folge zu kümmern, sondern sich die Überraschungen der nächsten Folge vorzustellen. Gemeinsam sahen sie die Sendungen von Alexandra und verfolgten die Nachrichten im Rundfunk und im Fernsehen.

Ein anderer Wächter hatte ihm die zwanzigtausend Pesos abgenommen, die er am Tag der Entführung bei sich gehabt hatte, dafür aber versprochen, ihm alles zu bringen, worum er bat. Vor allem Bücher: mehrere von Milan Kundera, *Schuld und Sühne*, die Biografie des Generals Santander von Pilar Moreno de Ángel. Pacho war vielleicht der einzige Kolumbianer seiner Generation, dem José María Vargas Vila, der zu Anfang des Jahrhunderts weltweit populärste kolumbianische Schriftsteller, ein Begriff war, und dessen Bücher rissen ihn sogar zu Tränen hin. Es waren mindestens vierzig, und Pacho las sie fast alle, da einer der Wächter sie für ihn aus der Bibliothek seines Großvaters entwendete. Mit der Mutter eines anderen Wächters führte er mehrere Monate lang eine kurzweilige Korrespondenz, bis es ihm die Verantwortlichen für die Sicherheit untersagten. Das Lektürepensum wurde durch die Tageszeitungen vervollständigt, die man ihm, noch zusammengelegt, nachmittags brachte. Der dafür zuständige Wächter hatte einen besonderen Pik auf Journalisten. Vor allem auf einen bekannten Fernsehmoderator, auf den er, erschien dieser auf dem Bildschirm, mit der Maschinenpistole zielte.

»Den übernehm ich gratis«, sagte er.

Pacho sah die Chefs nie. Er wußte, daß sie ab und zu auftauchten, auch wenn sie nie ins Schlafzimmer hinaufkamen, und daß sie Kontroll- und Arbeitstreffen in einem Café in Chapinero abhielten. Dafür gelang es ihm aber, mit den Wächtern eine Notgemeinschaft aufzubauen. Sie hatten die Macht über Leben und Tod, billigten ihm aber immer das Recht zu, über einige Lebensbedingungen zu verhandeln. Fast täglich gewann er dabei etwas hinzu und verlor dafür etwas anderes. Bis zum Schluß verlor er, wenn es um das angekettete Schlafen ging, aber er gewann ihr Vertrauen beim Remis, einem kindischen Spiel mit leichten Tricks, in dem mit zehn Karten Dreier oder Folgen zu bilden waren. Ein unsichtbarer Chef lieh ihnen alle zwei Wochen 100.000 Pesos, die sie für das Spiel unter allen aufteilten. Pacho verlor stets. Erst nach sechs Monaten gestanden sie ihm, daß alle mogelten und daß sie ihn nur deshalb ab und zu gewinnen ließen, damit er nicht die Lust verlor. Ihre Fingerfertigkeit hatte Taschenspielerniveau.

So verlief sein Leben bis Neujahr. Vom ersten Tag an hatte er vorausgesehen, daß die Entführung lang dauern würde, und sein Verhältnis zu den Wächtern hatte ihn darin bestärkt, daß er sie überstehen könnte. Doch der Tod von Diana und Marina bereitete diesem Optimismus ein Ende. Auch die Wächter, die ihn zuvor aufgemuntert hatten, kehrten jetzt in gedrückter Stimmung von draußen wieder. Es schien so, als stehe in der Erwartung, daß die Verfassunggebende Versammlung über Nichtauslieferung und Begnadigung entscheide, alles still. Pacho war damals davon überzeugt, daß auch Flucht eine Möglichkeit war. Unter einer Voraussetzung: Nur wenn jede andere Alternative für ihn ausschied, würde er versuchen zu fliehen.

Auch für Maruja und Beatriz hatte sich der Horizont nach den Dezemberhoffnungen verdunkelt, hellte sich aber gegen Ende Januar wieder ein wenig auf, als dann das Gerücht umging, daß zwei Geiseln freigelassen würden. Sie wußten damals nicht, wie viele noch übrig waren oder ob es neue gab. Maruja ging davon aus, daß Beatriz freigelassen würde. In der Nacht des 2. Februars bestätigte Damaris das beim Hofgang. Sie war so sicher, daß sie auf dem Markt Lippenstift, Rouge, Lidschatten und andere kosmetische Kleinigkeiten für den Tag der Freilassung kaufte. Beatriz rasierte sich die Beine, da sie voraussah, daß sie im letzten Augenblick keine Zeit dafür haben würde.

Zwei Chefs, die sie am nächsten Tag besuchten, machten jedoch keine genaueren Angaben darüber, wer und ob überhaupt jemand freigelassen würde. Ihr hoher Rang war ihnen anzusehen. Sie waren anders und gesprächiger als alle vorhergehenden. Sie bestätigten, daß ein Kommuniqué der Auslieferbaren die Freilassung von zwei Geiseln angekündigt hatte, doch konnten unvorhergesehene Hindernisse aufgetaucht sein. Das erinnerte die Gefangenen an das frühere Versprechen, am 9. Dezember freigelassen zu werden, das auch nicht gehalten worden war.

Die neuen Chefs schufen zunächst eine optimistische Atmosphäre. Sie kamen zu jedweder Tageszeit mit einer Fröhlichkeit herein, die ohne ernsthafte Grundlage war. »Das läuft jetzt prima«, sagten sie. Sie kommentierten mit kindlicher Begeisterung die Meldungen des Tages, weigerten sich jedoch, den Fernseher und das Radio zurückzugeben, so daß die Geiseln die Nachrichten nicht direkt erfahren konnten. Einer von ihnen verabschiedete sich eines Nachts – aus Bosheit oder Blödheit – mit einem Satz, der so doppeldeutig war, daß Maruja und Beatriz vor Angst hätten sterben können: »Nur ruhig, meine Damen, es geht ganz schnell.«

Die Anspannung dauerte vier Tage, in denen ihnen nach und nach die Nachricht in einzelnen Häppchen mitgeteilt wurde. Am dritten Tag hieß es, nur eine Geisel würde freigelassen. Das könnte Beatriz sein, da Francisco Santos und Maruja für höhere Ziele zurückgehalten würden. Am beunruhigendsten war für beide, daß sie diese Nachrichten nicht mit denen, die draußen umliefen, vergleichen konnten. Und vor allem nicht mit Alberto besprechen, der vielleicht sogar noch besser als die Chefs den wahren Grund für die Unsicherheiten kannte.

Endlich, am 7. Februar, kamen die Chefs früher als gewöhnlich und ließen die Katze aus dem Sack: Beatriz kam frei. Maruja müsse noch eine Woche warten. »Es fehlen noch klitzekleine Details«, sagte einer der Kapuzenmänner. Beatriz bekam einen Anfall von Redseligkeit, mit der sie erst den Chefs auf die Nerven ging, dann dem Verwalter und seiner Frau und schließlich auch noch den Wächtern. Maruja achtete nicht auf sie, sie war verletzt und empfand eine dumpfe Wut auf ihren Mann, der, so ihre abwegige Vorstellung, es vorgezogen hatte, erst seine Schwester zu befreien. Der Groll hielt sie den ganzen Nachmittag über in Bann, und die Reste dieser Glut erkalteten erst nach mehreren Tagen.

Jene Nacht verbrachte sie damit, Beatriz darüber zu belehren, wie sie Alberto Villamizar die Einzelheiten der Entführung erzählen und wie sie zur größeren Sicherheit aller damit umgehen sollte. Jeder Fehler, so harmlos er auch scheinen mochte, konnte ein Leben kosten. Also solle Beatriz ihrem Bruder einen knappen und wahrhaftigen Bericht über die Lage geben, ohne irgend etwas abzuschwächen oder zu übertreiben, was ihm weniger Kummer oder mehr Sorgen bereiten könnte: nur die reine Wahrheit. Sie dürfe ihm aber keine Hinweise geben, die erlaubten, den Ort, an dem sie sich befanden, zu identifizieren. Beatriz war verärgert.

»Vertrauen Sie meinem Bruder etwa nicht?«

»Mehr als jedem anderen Menschen auf der Welt«, sagte Maruja, »aber das hier ist eine Angelegenheit zwischen Ihnen und mir und sonst niemandem. Sie stehen mir dafür ein, daß es keiner erfährt.«

Ihre Furcht war begründet. Sie kannte den impulsiven Charakter ihres Mannes und wollte zu beider und aller Nutzen vermeiden, daß er gemeinsam mit den Ordnungskräften einen Befreiungsversuch unternahm. Ein anderer Auftrag für Alberto war herauszufinden, ob das Venenmittel, das sie nahm, keine Nebenwirkungen hatte. Den Rest der Nacht verbrachten sie damit, ein effizienteres System zur Verschlüsselung von Botschaften über Rundfunk oder Fernsehen zu entwickeln, auch für den Fall, daß man in Zukunft schriftliche Korrespondenz erlaubte. Im Grunde ihrer Seele war Maruja jedoch dabei, ein Testament zu diktieren: Was mit den Kindern geschehen sollte, was mit ihren Antiquitäten und den Dingen des Alltags, die besonderer Aufmerksamkeit bedurften. Sie wurde so heftig, daß einer der Wächter, der sie hörte, sich zu sagen beeilte:

»Keine Sorge. Ihnen passiert nichts.«

Am nächsten Tag warteten sie mit noch größerer Unruhe, doch nichts geschah. Sie redeten den ganzen Nachmittag weiter. Endlich, um sieben Uhr abends, ging die Tür plötzlich auf, und herein kamen die beiden ihnen bekannten Chefs und noch ein neuer, sie wandten sich direkt an Beatriz:

»Wir holen Sie ab, machen Sie sich fertig.«

Beatriz überkam nackte Angst bei dieser grausigen Wiederholung der Nacht, in der Marina abgeholt worden war: Dieselbe Tür ging auf, der gleiche Satz, der Freiheit, aber auch Tod bedeuten konnte, die gleiche Ungewißheit. Sie begriff nicht, warum sie, genau wie zu Marina, sagten: »Wir holen Sie ab«, statt das, was Beatriz zu hören ersehnte: »Wir lassen Sie frei.« Sie versuchte, diese Antwort mit einer List herauszufordern, und fragte:

»Lassen Sie mich zusammen mit Marina frei?«

Die beiden Chefs wurden unwirsch.

»Stellen Sie keine Fragen!« erwiderte der eine mit einem rauhen Knurren. »Woher soll ich das wissen!«

Ein anderer, verbindlicher, wischte es vollends beiseite:

»Das eine hat nichts mit dem anderen zu tun. Dies hier ist politisch.«

Das von Beatriz ersehnte Wort – *Freilassung* – blieb unausgesprochen. Doch die Stimmung war ermutigend. Die Chefs hatten es nicht eilig. Damaris, wie eine Schülerin im Minirock, brachte ihnen zum Abschied Limonade und einen Kuchen. Sie sprachen über die Nachricht des Tages, die den Gefangenen noch nicht bekannt war: In Bogotá waren bei zwei getrennten Aktionen die Industriellen Lorenzo King Mazuera und Eduardo Puyana entführt worden, anscheinend von den Auslieferbaren. Aber man erzählte den Geiseln auch, daß Pablo Escobar darauf brannte, sich zu stellen, nachdem er so lange Zeit dem Zufall überlassen gelebt hatte. Sogar in den Abwässerkanälen, hieß es. Sie versprachen, noch am Abend den Fernseher und das Radio zu bringen, damit Maruja Beatriz im Kreis der Familie sehen konnte.

Marujas Folgerungen schienen schlüssig. Bis dahin hatte sie nur den Verdacht gehabt, daß Marina exekutiert worden war, doch an jenem Abend zerstreute das andersartige Zeremoniell ihre letzten Zweifel. Für Marina waren nicht schon Tage im voraus Chefs gekommen, um die Stimmung zu heben. Diese waren auch nicht zur Abholung gekommen, sondern hatten zwei schlichte Killer geschickt, die keinerlei Befugnisse und nur fünf Minuten Zeit hatten, ihren Befehl auszuführen. Der Abschied mit Kuchen und Wein wäre eine makabre Ehrung für Beatriz gewesen, wenn man sie hätte töten wollen. Im Fall von Marina hatte man den Geiseln Fernseher und Radio weggenommen, damit sie nichts von der Exekution erführen, jetzt aber wurde angeboten, beides zurückzugeben, um mit einer guten Nachricht die Verheerungen der schlechten zu mildern. Ohne Wenn und Aber schloß Maruja daraus, daß Marina exekutiert worden war und Beatriz frei kam.

Die Chefs gaben Beatriz zehn Minuten, um sich herzurichten, und gingen so lange einen Kaffee trinken. Beatriz konnte den Gedanken nicht bannen, daß sie Marinas letzte Nacht neu durchlebte. Sie bat um einen Spiegel zum Schminken. Damaris brachte ihr einen großen mit einem Rahmen aus vergoldeten Blättern. Nachdem Maruja und Beatriz drei Monate ohne Spiegel zugebracht hatten, waren sie begierig hineinzuschauen. Es war eine der erschütterndsten Erfahrungen der Gefangenschaft. Maruja meinte, daß sie sich selbst nicht erkannt hätte, wäre sie sich auf der Straße begegnet. »Ich starb vor Panik«, hat sie später gesagt. »Ich sah mich, mager, fremd, als hätte ich mich für eine Theaterrolle geschminkt.« Beatriz sah, wie bleich sie war, zehn Kilo dünner und mit langem, stumpfem Haar, und rief entsetzt aus: »Das bin ich nicht!« Oft hatte sie halb im Scherz davon gesprochen, wie peinlich es ihr wäre, eines Tages in so schlechter Verfassung freigelassen zu werden, hatte aber nie gedacht, daß ihre Verfassung wirklich dermaßen schlecht war. Später kam es noch schlimmer, als einer der Chefs die Deckenlampe anknipste und die Atmosphäre im Zimmer ganz unheimlich wurde.

Einer der Wächter hielt den Spiegel, damit Beatriz sich kämmen konnte. Sie wollte sich schminken, doch Maruja hinderte sie daran. »Wie können Sie daran denken!« sagte sie entsetzt. »So was wollen Sie sich draufschmieren, bei der Blässe? Das sieht doch schrecklich aus.« Beatriz hörte auf sie. Auch sie parfümierte sich mit dem Eau de toilette für Männer, das Lamparón ihr geschenkt hatte. Zuletzt schluckte sie ohne Wasser eine Beruhigungstablette.

In dem Beutel befand sich neben ihren anderen Habseligkeiten die Kleidung, die sie am Abend der Entführung angehabt hatte, doch sie zog den am wenigsten getragenen rosa Trainingsanzug vor. Sie zögerte, ihre flachen Schuhe anzuziehen, die angeschimmelt unter dem Bett standen und auch nicht recht zum Trainingsanzug paßten. Damaris wollte ihr ein paar Tennisschuhe geben, die sie zur Gymnastik benutzte. Sie paßten perfekt, sahen aber so schäbig aus, daß Beatriz sie mit der Ausrede, sie drückten, zurückwies. So zog sie ihre flachen Schuhe an und machte sich mit einem Gummiband einen Pferdeschwanz. Am Ende sah sie, dank aller durchstandener Mühsal, wie eine Schülerin aus.

Man zog ihr nicht wie Marina eine Kapuze über, sondern versuchte, ihr die Augen mit einem Heftpflaster zu verkleben, damit sie weder Weg noch Gesichter erkennen konnte. Sie wehrte sich dagegen, da ihr klar war, daß man ihr beim Entfernen des Pflasters Wimpern und Augenbrauen ausreißen würde. »Warten Sie«, sagte sie. »Ich helfe.« Sie legte sich auf jedes Augenlid einen dicken Wattebausch, der dann mit dem Heftpflaster befestigt wurde.

Der Abschied war schnell und tränenlos. Beatriz war dem Weinen nah, doch Maruja hinderte sie daran, sie war bewußt kühl, um Beatriz Auftrieb zu geben. »Sagen Sie Alberto, daß er sich keine Sorgen machen soll, daß ich ihn sehr liebe und meine Kinder sehr liebe«, sagte sie. Sie verabschiedeten sich mit einem Kuß. Beide litten. Beatriz litt, weil sie in der Stunde der Wahrheit die Angst überfiel, es könnte unter Umständen leichter sein, sie zu töten, als sie freizulassen. Maruja aus der doppelten Angst heraus, daß man Beatriz töten könnte und weil sie selbst allein mit den Wächtern zurückblieb. Ihr kam aber nicht in den Sinn, daß man sie nach der Freilassung von Beatriz exekutieren könnte.

Die Tür schloß sich, und Maruja verharrte bewegungslos, sie wußte nicht, was sie nun machen sollte, bis sie die Motoren in der Garage hörte und die Geräuschschleppe der Autos, die sich in der Nacht verlor. Ein Gefühl maßloser Verlassenheit bemächtigte sich ihrer. Erst da fiel ihr ein, daß man ihr nicht wie versprochen den Fernseher und das Radio zurückgebracht hatte, damit sie erfuhr, wie die Nacht zu Ende ging.

Der Verwalter war mit Beatriz weggefahren, aber seine Frau versprach anzurufen, damit man Maruja beides vor den Halbzehn-Uhr-Nachrichten brächte. Niemand kam. Maruja flehte die Wächter an, man möge ihr erlauben, den Fernseher des Hauses zu benutzen, aber weder sie noch der Verwalter wagten es, in einem so schwerwiegenden Punkt die Vorschriften zu durchbrechen. Damaris kam nach knapp zwei Stunden herein, um ihr fröhlich zu erzählen, daß Beatriz gut zu Hause angekommen sei und daß sie bei ihren Erklärungen sehr vorsichtig gewesen sei, sie hätte nichts gesagt, was irgend jemandem schaden könnte Die ganze Familie, selbstverständlich auch Alberto hätten sie umringt. All die vielen Menschen wären gar nicht in die Wohnung gegangen.

Maruja blieb der Argwohn, es stimme womöglich nicht. Sie bestand darauf, daß man ein Radio für sie auslieh. Sie verlor die Beherrschung und legte sich mit den Wächtern an, ohne die Folgen zu bedenken. Die waren nicht schlimm, denn die Männer hatten erlebt wie ihre Chefs Maruja behandelt hatten, und so zogen sie es vor, sie mit einem neuen Versuch, ein Radio aus zuleihen, zu besänftigen. Später schaute der Verwalter herein und gab ihr sein Wort, daß man Beatriz wohlbe halten an einem sicheren Platz abgesetzt hätte und daß bereits das ganze Land sie bei ihrer Familie gese hen und gehört habe. Aber Maruja wollte ein Radio um mit eigenen Ohren Beatriz' Stimme zu hören. Der Verwalter versprach, ihr eins zu bringen, hielt das Ver sprechen aber nicht. Um zwölf Uhr nachts, zermürbt von Müdigkeit und Zorn, schluckte Maruja zwei Ta bletten von dem schweren Barbiturat und wachte erst um acht Uhr morgens am nächsten Tag auf.

Die Berichte der Wächter stimmten. Beatriz war über den Hof zur Garage gebracht worden. Die Männer leg ten sie auf den Boden eines Wagens, der zweifellos ein Jeep war, da man ihr auf das Trittbrett hatte helfen müssen. Am Anfang holperten sie über unebene Strek ken. Sobald sie dann auf einer Asphaltstraße entlangglitten, stieß ein Mann, der neben Beatriz saß, sinnlose Drohungen aus. Sie merkte an seiner Stimme, daß der Mann sehr nervös war, was auch seine Barschheit nicht verbergen konnte, und daß er keiner der Chefs war, die zuvor im Haus gewesen waren.

»Eine Menge Journalisten werden auf Sie warten«, sagte der Mann. »Seien Sie ja vorsichtig. Jedes Wort zuviel kann Ihre Schwägerin das Leben kosten. Denken Sie daran, wir haben nie mit Ihnen gesprochen, Sie haben uns nie gesehen, und diese Fahrt hat über zwei Stunden gedauert.«

Beatriz hörte sich schweigend diese und viele andere Drohungen an, die der Mann, nur um sich selbst zu beruhigen, ohne Not zu wiederholen schien. Bei einem Gespräch der drei Männerstimmen stellte sie fest, daß sie außer dem Verwalter, der kaum sprach, niemanden kannte. Eine Welle von Schüttelfrost ließ sie erschauern: Noch war die dunkelste Prognose möglich.

»Ich möchte Sie um einen Gefallen bitten«, sagte sie blindlings mit beherrschter Stimme. »Maruja hat Durchblutungsprobleme, und wir würden ihr gerne ein Medikament schicken. Würden Sie es an sie weitergeben?«

»Klar«, sagte der Mann, »keine Sorge.«

»Tausend Dank«, sagte Beatriz, »ich werde Ihren Anweisungen folgen. Ich werde Ihnen keinen Schaden zufügen.«

Es gab eine lange Pause vor einem Hintergrund von schnellen Wagen, schweren Lastern, Fetzen von Musik

und Schreien. Die Männer sprachen flüsternd miteinander. Einer wandte sich an Beatriz.
»Hier gibt es viele Kontrollposten«, sagte er. »Wenn wir angehalten werden, sagen wir, daß Sie meine Frau sind, und so blaß, wie Sie aussehen, können wir behaupten, daß wir Sie in eine Klinik bringen.«

Beatriz, die jetzt schon ruhiger war, konnte nicht der Versuchung widerstehen, ein Spielchen zu wagen:

»Mit diesen Pflastern auf den Augen?«

»Sie hatten eine Augenoperation«, sagte der Mann. »Ich setze Sie dann neben mich und lege den Arm um Sie.«

Die Unruhe der Entführer war nicht unbegründet. Zu jenem Zeitpunkt brannten sieben öffentliche Busse in verschiedenen Vierteln Bogotás, nachdem Kommandos der Stadtguerrilla Brandbomben gelegt hatten. Zur gleichen Zeit hatte die FARC das Elektrizitätswerk der Gemeinde Cáqueza, an den Ausläufern der Hauptstadt, in die Luft gesprengt und versuchte nun, die Siedlung zu besetzen. Daher gab es in Bogotá einige Polizeieinsätze, die jedoch kaum auffielen, so daß der Stadtverkehr um sieben Uhr abends wie an einem gewöhnlichen Donnerstag war: dicht und laut, mit langsamem Vorankommen an den Ampeln, unvermuteten Ausweichmanövern, um nicht steckenzubleiben, und wüsten Flüchen. Sogar in dem Schweigen der Entführer war die Anspannung zu spüren.

»Wir setzen Sie an einer bestimmten Stelle ab«, sagte einer von ihnen, »Sie steigen ganz schnell aus und zählen langsam bis dreißig. Dann nehmen Sie die

Augenmaske ab, gehen, ohne sich umzudrehen, los und nehmen das erste Taxi, das vorbeikommt.

Sie spürte, wie man ihr einen eingerollten Schein in die Hand legte. »Für Ihr Taxi«, sagte der Mann. »Ein Fünftausender.« Beatriz steckte ihn in die Hosentasche, wo sie noch zufällig auf eine Beruhigungstablette stieß, die sie gleich schluckte. Nach einer halben Stunde Fahrt hielt der Wagen an. Dieselbe Stimme gab dann den letzten Urteilsspruch von sich:

»Sollten Sie der Presse sagen, daß Sie mit Marina Montoya zusammen waren, töten wir Doña Maruja.«

Sie waren angekommen. Die Männer gerieten außer sich bei dem Versuch, Beatriz aus dem Wagen zu bekommen, ohne ihr die Binde abzunehmen. Sie waren so nervös, daß einer dem anderen in die Quere kam, daß sie sich in Befehlen und Flüchen verhedderten. Beatriz spürte festen Boden unter den Füßen.

»Schon gut«, sagte sie. »So geht es.«

Sie blieb bewegungslos auf dem Trottoir stehen, bis die Männer wieder im Auto waren und sofort starteten. Erst da bemerkte sie, daß hinter ihnen noch ein Auto war, das zur gleichen Zeit anfuhr. Sie befolgte nicht den Befehl zu zählen. Sie ging zwei Schritte mit vorgestreckten Armen, und dann wurde ihr bewußt, daß sie womöglich mitten auf der Straße stand. Sie riß sich das Pflaster mit einem Ruck ab und erkannte sofort das Normandía Viertel, weil sie dort in früheren Zeiten eine Freundin besucht hatte, die Schmuck verkaufte. Sie blickte auf die erleuchteten Fenster und versuchte ein vertrauenswürdiges auszusuchen, denn so schäbig angezogen wollte sie kein Taxi nehmen, sondern daheim anrufen, damit man sie abholte. Sie hatte sich noch nicht entschieden, als ein gepflegtes gelbes Taxi vor ihr hielt. Der Fahrer, jung und gutaussehend, fragte sie:

»Taxi?«

Beatriz stieg ein, und erst als sie saß, fiel ihr auf, daß ein Taxi, das so gelegen kam, kein Zufall sein konnte. Jedoch gerade die Gewißheit, daß dies ein letztes Bindeglied zu ihren Entführern war, flößte ihr ein seltsames Gefühl der Sicherheit ein. Der Fahrer fragte nach der Adresse, und sie flüsterte sie ihm zu. Sie begriff nicht, warum er sie nicht verstand, bis der Fahrer zum dritten Mal nach der Adresse fragte. Dann sprach sie mit ihrer normalen Stimme.

Die Nacht war kalt und klar, und ein paar Sterne standen am Himmel. Der Fahrer und Beatriz sagten nur das Nötigste, doch er ließ sie im Rückspiegel nicht aus den Augen. Je näher sie ihrem Haus kamen, um so häufiger und langsamer schienen Beatriz die Ampeln zu werden. Zwei Straßen davor bat sie den Fahrer, langsam zu fahren, für den Fall, daß sie die von den Entführern angekündigten Journalisten ablenken mußten. Es waren keine da. Beatriz erkannte das Gebäude und war erstaunt darüber, daß es nicht das erwartete Gefühl bei ihr auslöste.

Der Taxameter zeigte 700 Pesos an. Da der Fahrer nicht auf den Fünftausender herausgeben konnte, ging Beatriz hilfesuchend ins Haus, und der alte Portier stieß einen Schrei aus und umarmte sie außer sich vor Freude. In den endlosen Tagen und den angsterfüllten Nächten der Gefangenschaft hatte sich Beatriz diesen Augenblick wie ein Erdbeben vorgestellt, so heftig, daß ihr alle Kräfte aus Körper und Seele schwänden. Es war das genaue Gegenteil: ein ruhiges Gewässer, in dem sie gerade noch, langsam und tief, ihr von den Beruhigungsmitteln geknebeltes Herz spürte. Dann überließ sie dem Portier die Angelegenheit mit dem Taxi und drückte die Klingel zu ihrer Wohnung.

Gabriel, ihr jüngster Sohn, öffnete ihr. Sein Schrei war im ganzen Haus zu hören: »Mammmaaa!« Catalina, die fünfzehnjährige Tochter, kam schreiend herbei und fiel ihr um den Hals. Doch sie ließ sie erschreckt sofort wieder los.

»Aber Mami, warum redest du so?«

Das war die glückliche Kleinigkeit, die den Bann brach. Beatriz sollte mehrere Tage brauchen, um sich inmitten der vielen Menschen, die sie besuchen kamen, das Flüstern abzugewöhnen.

Seit morgens früh wartete die Familie schon auf sie. Drei anonyme Anrufe, zweifellos von den Entführern, hatten ihre Freilassung angekündigt. Unzählige Journalisten riefen an und wollten die Zeit wissen. Kurz nach Mittag bestätigte Alberto Villamizar die Nachricht, die er von Guido Parra am Telefon erhalten hatte. Die Journalisten waren auf dem Sprung. Eine Reporterin, die drei Minuten vor Beatriz' Ankunft angerufen hatte, sagte mit überzeugter und beruhigender Stimme zu Gabriel: »Nur ruhig, heute läßt man sie frei.« Gabriel hatte gerade aufgelegt, als die Türklingel läutete.

Dr. Guerrero hatte in der Wohnung der Villamizars auf sie gewartet, weil er dachte, daß Maruja ebenfalls freigelassen würde und beide dort hinkämen. Er wartete mit drei Glas Whisky bis zu den Sieben-Uhr-Nachrichten. Als niemand kam, glaubte er, daß es sich wieder, wie so oft in jenen Tagen, um eine falsche Nachricht handelte, und ging nach Hause. Er zog den Pyjama an, schenkte sich noch ein Glas Whisky ein, legte sich ins Bett und stellte *Radio Recuerdos* ein, um sich von den Boleros in den Schlaf lullen zu lassen. Seit sein Leidensweg begonnen hatte, hatte er nicht mehr gelesen. Schon halb im Schlaf hörte er Gabriels Schrei.

Er kam vorbildlich beherrscht aus dem Schlafzimmer. Beatriz und er – fünfundzwanzig Jahre lang verheiratet – umarmten sich, wie nach der Rückkehr von einer kurzen Reise, ohne Hast und ohne eine Träne. Beide hatten so oft an diesen Augenblick gedacht, daß es für sie, als sie ihn nun erlebten, wie eine tausendfach geprobte Theaterszene war, die alle, nur nicht die Darsteller, erschüttert.

Beatriz hatte die Wohnung kaum betreten, als sie an Maruja denken mußte, die allein und ohne Nachrichten in dem elenden Zimmer saß. Sie rief Alberto Villamizar an, und er meldete sich beim ersten Klingeln selbst, mit einer Stimme, die auf alles gefaßt war. Beatriz erkannte ihn.

»Hallo«, sagte sie. »Hier ist Beatriz.«

Sie merkte, daß der Bruder sie schon erkannt hatte, bevor sie sich gemeldet hatte. Sie hörte einen tiefen und rauhen Seufzer, wie von einer Katze, und dann gleich, ohne die geringste Veränderung in der Stimme, die Frage:

»Wo bist du?«

»Zu Hause«, sagte Beatriz.

»Perfekt«, sagte Villamizar. »Ich bin in zehn Minuten da. Sprich inzwischen mit niemandem.«

Er kam pünktlich. Der Anruf von Beatriz hatte ihn überrascht, als er schon gerade aufgeben wollte. Neben der Freude, die Schwester wiederzusehen und die erste und einzige direkte Nachricht von seiner Frau zu erhalten, drängte es ihn, Beatriz vorzubereiten, bevor die Journalisten und die Polizei kamen. Sein Sohn Andrés, der eine unwiderstehliche Berufung zum Rennfahrer hat, brachte ihn rechtzeitig hin.

Die Gemüter hatten sich beruhigt. Beatriz saß mit ihrem Mann und ihren Kindern, mit ihrer Mutter und ihren zwei Schwestern im Wohnzimmer, und alle lauschten gespannt ihrem Bericht. Alberto fand sie bleich von der langen Gefangenschaft und jünger als zuvor, sie wirkte mit ihrem Trainingsanzug, dem Pferdeschwanz und den flachen Schuhen wie eine Schülerin. Sie wollte weinen, doch er brannte darauf, etwas über Maruja zu erfahren, und hinderte sie daran. »Du kannst sicher sein, es geht ihr gut«, sagte Beatriz. »Es ist hart dort, aber man kann es aushalten, und Maruja ist sehr tapfer.« Und sogleich versuchte sie zu klären, was sie seit fünfzehn Tagen quälte.

»Hast du die Telefonnummer von Marina?« fragte sie.

Villamizar dachte, am wenigsten brutal sei wohl die Wahrheit. »Sie haben sie getötet«, sagte er.

Beatriz' Schmerz über die böse Nachricht mischte sich mit einem nachträglichen Grauen. Wenn sie das zwei Stunden früher gewußt hätte, hätte sie die Befreiungsfahrt vielleicht nicht durchgestanden. Sie weinte sich aus. Inzwischen trug Villamizar Sorge, daß niemand hereinkam, bis sie sich über eine öffentliche Version der Entführung geeinigt hatten, die nicht die anderen Geiseln in Gefahr brachte.

Die Einzelheiten aus der Haft erlaubten es, sich eine Vorstellung von dem Haus zu machen, in dem das Gefängnis war. Um Maruja zu schützen, mußte Beatriz der Presse gegenüber sagen, daß die Rückfahrt von irgendeinem Ort in der gemäßigten Klimazone über drei Stunden gedauert hatte. Die Wahrheit war eine andere: die wirkliche Entfernung, die Wegsteigungen, die Musik, die am Wochenende fast bis zum Morgengrauen aus den Lautsprechern dröhnte, der Flugzeuglärm, das Klima, alles deutete daraufhin, daß es sich um ein Viertel in der Stadt handelte. Überdies hätte es genügt, die vier oder fünf Pfarrer des Bezirks zu verhören, um herauszubekommen, welcher von ihnen die bösen Geister aus dem Haus vertrieben hatte.

Andere, noch ungeschicktere Fehler der Entführer zeigten Möglichkeiten auf, mit minimalem Risiko eine bewaffnete Befreiung zu unternehmen. Die geeignete Uhrzeit war um sechs Uhr früh, nach dem

Wachwechsel, weil die Wächter der neuen Schicht nachts nicht gut schliefen und dann erschöpft umfielen, ohne sich um ihre Waffen zu kümmern. Ein anderer wichtiger Anhaltspunkt war die Lage des Hauses, besonders die der Hoftür, wo die Geiseln einmal einen bewaffneten Wächter gesehen hatten und der Hund bestechlicher war, als sein Gebell vermuten ließ. Es war unmöglich einzuschätzen, ob der Ort nicht noch mit einem Sicherheitsgürtel umgeben war, auch wenn das interne Durcheinander nicht dafür sprach, auf jeden Fall war das leicht herauszufinden, wenn man das Haus erst einmal geortet hatte. Nach der Katastrophe mit Diana Turbay vertraute man noch weniger als früher auf bewaffnete Befreiungsversuche, doch Villamizar zog eine solche Aktion für den Fall in Betracht, daß ein Punkt erreicht würde, wo es keine Alternative mehr gab. Allerdings war dies wohl das einzige Geheimnis, das er nicht mit Rafael Pardo teilte.

Diese Angaben brachten Beatriz in Gewissensnot. Sie hatte Maruja versprochen, keine Hinweise zu geben, die eine Erstürmung des Hauses möglich machten, doch sie traf die schwere Entscheidung, ihren Bruder einzuweihen, als sie feststellte, daß ihm, ebenso wie Maruja und ihr selbst, bewußt war, wie wenig für eine bewaffnete Lösung sprach. Und zudem bewies ja auch die Freilassung von Beatriz, daß – trotz aller Hindernisse – der Verhandlungsweg offenstand. So gab sie, frisch und ausgeruht nach einer gut durchschlafenen Nacht, am nächsten Tag im Haus ihres Bruders eine Pressekonferenz, wo man sich inmitten eines Meers von Blumen kaum bewegen konnte. Sie gab den Journalisten und der Öffentlichkeit ein wirklichkeitsgetreues Bild vom Grauen ihrer Gefangenschaft, aber keinerlei Hinweis, der jene hätte ermutigen können, die auf eigene Faust und mit Risiken für Marujas Leben handeln wollten.

Am folgenden Mittwoch beschloß Alexandra, die sicher war, daß Maruja das neue Dekret schon kannte, eine Jubelsendung zu improvisieren. In den letzten Wochen, als die Verhandlungen Fortschritte machten, hatte Villamizar deutliche Veränderungen in der Wohnung vorgenommen, damit seine Frau, endlich frei, sie nach ihrem Geschmack vorfände. Er hatte ein Bücherregal dort aufstellen lassen, wo Maruja es schon immer hatte haben wollen, einige Möbel wurden umgestellt und einige Bilder ausgetauscht. An einer gut sichtbaren Stelle stand das Pferd aus der Tang-Dynastie, das Maruja als die Trophäe ihres Lebens aus Jakarta mitgebracht hatte. Ganz zuletzt fiel ihm und Andrés ein, daß sie darüber geklagt hatte, keinen anständigen Duschteppich im Bad zu haben, und sie kauften schnell noch einen. Die umgestaltete und strahlende Wohnung war die Bühne für eine außergewöhnliche Fernsehsendung, durch die Maruja die neue Einrichtung schon vor ihrer Rückkehr kennenlernen sollte. Alles kam gut zur Geltung, nur wußten sie nicht, ob Maruja die Sendung hatte sehen können.

Beatriz erholte sich schnell. In ihrem Beutel aus der Gefangenschaft bewahrte sie die Kleidung auf, die sie bei der Entlassung getragen hatte, und der deprimierende Geruch des Zimmers blieb darin eingeschlossen, eine bedrängende Erinnerung, die sie noch plötzlich mitten in der Nacht aufwachen ließ. Mit Hilfe ihres Mannes fand sie ihr seelisches Gleichgewicht wieder. Das einzige Gespenst, das sie aus der Vergangenheit erreichte, war die Stimme des Verwalters. Er rief sie zweimal an. Beim ersten Mal war es der Schrei eines Verzweifelten:

»Das Medikament! Das Medikament!«

Beatriz erkannte die Stimme, und das Blut gefror ihr in den Adern, doch die Luft reichte ihr, um im selben Ton zu fragen:

»Welches Medikament? Welches Medikament?«

»Das für die Señora«, schrie der Verwalter.

Dann stellte sich heraus, daß er den Namen des Medikaments haben wollte, das Maruja gegen die Durchblutungsstörungen nahm.

»Vasotón«, sagte Beatriz. Und fragte, wieder gefaßt: »Und wie geht es?«

»Mir geht's gut«, sagte der Verwalter. »Vielen Dank.«

»Ich meine nicht Sie«, korrigierte Beatriz. »Wie geht es ihr?«

»Ah, keine Sorge«, sagte der Verwalter. »Der Señora geht es gut.«

Beatriz legte sofort auf und begann voller Widerwillen vor den schrecklichen Erinnerungen zu weinen: das miese Essen, das stinkende, verkommene Bad, die immergleichen Tage, Marujas entsetzliche Einsamkeit in dem stickigen Zimmer. Für alle Fälle sorgte sie dafür, daß im Sportteil der Fernsehnachrichten ein mysteriöser Werbespot eingefügt wurde: *Nehmen Sie Basotón*. Die Rechtschreibung war verändert worden, damit nicht irgendeine Arzneimittelfirma, die nicht im Bilde war, Protest gegen den Gebrauch ihres Produkts für unerklärliche Zwecke einlegte.

Der zweite Anruf des Verwalters erfolgte mehrere Wochen später und klang ganz anders. Beatriz konnte nicht gleich die durch irgendeinen Kunstgriff verfremdete Stimme erkennen. Doch der Ton war eher väterlich.

»Vergessen Sie nicht unser Gespräch«, sagte er. »Sie waren nicht mit Doña Marina zusammen. Mit niemandem.«

»Keine Sorge«, sagte Beatriz und hängte auf.

Guido Parra, der von dem ersten Erfolg seiner Bemühungen berauscht war, kündigte Villamizar an, daß die Freilassung von Maruja eine Sache von etwa drei Tagen sei. Villamizar übermittelte das Maruja in einem Pressegespräch, das im Rundfunk und im Fernsehen gesendet wurde. Alexandra hatte ihrerseits durch die Berichte von Beatriz über die Haftbedingungen die Gewißheit, daß ihre Botschaften ankamen. Also machte sie mit Beatriz ein halbstündiges Interview, in dem diese all das erzählte, was Maruja wissen wollte: Wie man Beatriz freigelassen hatte, wie es zu Hause ging, den Kindern, den Freunden und welche Hoffnungen sie hegen konnte, freizukommen.

Von da an reicherten sie die Sendung mit allerlei Kleinigkeiten an, was sie trugen, was sie einkauften, wer zu Besuch kam. Irgend jemand sagte: »Manuel hat schon die Schweinskeule zubereitet.« Nur damit Maruja merken sollte, daß die Ordnung der Dinge, die sie zu Hause hinterlassen hatte, noch intakt war. So läppisch das auch erscheinen mochte, für Maruja hatte es etwas Ermutigendes: Das Leben ging weiter.

Die Tage jedoch verstrichen, und es gab keine Hinweise auf eine Freilassung. Guido Parra verwickelte sich in vage Erklärungen und kindische Ausreden; er ließ sich am Telefon verleugnen; er verschwand. Villamizar rief ihn zur Ordnung. Parra erging sich in Ausflüchten. Er sagte, die Sache wäre komplizierter geworden, weil die Massaker der Polizei in den Kommunen von Medellín zugenommen hätten. Er brachte vor, daß, solange die Regierung diesen schrecklichen Maßnahmen kein Ende setze, jede Freilassung äußerst schwierig sei. Villamizar ließ ihn nicht zu Ende kommen.

»Das gehörte nicht zur Abmachung«, sagte er. »Alles basierte darauf, daß das Dekret eindeutig wäre, und das ist es. Es geht um eine Ehrenschuld, und mit mir spielt man nicht.«

»Sie wissen gar nicht, wie beschissen es ist, diese Typen als Anwalt zu vertreten«, sagte Parra. »Mein Problem ist nicht, ob ich bezahlt werde oder nicht, sondern, ob ich die Sache auf die Reihe kriege, weil man mich sonst umbringt. Was soll ich machen?«

»Lassen Sie uns die Sache klarstellen, ohne weiter Stroh zu dreschen«, sagte Villamizar. »Was geht hier vor?!«

»Solange die Polizei nicht das Gemetzel stoppt und die Schuldigen nicht bestraft werden, gibt es keine

Möglichkeit, daß Doña Maruja freigelassen wird. So sieht's aus.«

Blind vor Zorn brach Villamizar in eine Schimpfkanonade auf Escobar aus und schloß:

»Und Sie machen sich besser aus dem Staub, denn wenn jemand Sie tötet, dann bin ich das.«

Guido Parra verschwand. Nicht nur wegen Villamizars heftiger Reaktion, sondern auch wegen der Escobars, der Parra anscheinend nicht verzieh, daß er seine Vollmachten als Mittelsmann überschritten hatte. Das konnte Hernando Santos daran erkennen, daß Guido Parra ihn voller Entsetzen anrief, um ihm zu sagen, er habe einen so schrecklichen Brief von Escobar bekommen, daß er gar nicht wage, ihn vorzulesen.

»Der Mann ist durchgedreht«, sagte Parra. »Den beruhigt keiner mehr, und mir bleibt nichts anderes übrig, als endgültig von der Bildfläche zu verschwinden.«

Hernando Santos, dem bewußt war, daß durch diesen Entschluß seine einzige Verbindung zu Pablo Escobar unterbrochen wurde, versuchte Parra zum Bleiben zu überreden. Vergeblich. Guido Parra bat ihn um einen letzten Gefallen, und zwar, ihm ein Visum für Venezuela zu besorgen und sich dafür einzusetzen, daß sein Sohn bis zum Schulabschluß das Gimnasio Moderno in Bogotá besuchen konnte. Nie bestätigte Gerüchte besagten, daß er in einem Kloster in Venezuela, in dem eine seiner Schwestern Nonne war, Zuflucht gesucht hatte. Man hörte nichts mehr von ihm, bis er am 16. April 1993 zusammen mit seinem Sohn, der die Schule abgeschlossen hatte, tot im Kofferraum eines Autos ohne Kennzeichen in Medellín gefunden wurde.

Villamizar brauchte einige Zeit, um sich von dem fürchterlichen Gefühl der Niederlage zu erholen. Er bereute es bitter, an Escobars Wort geglaubt zu haben. Alles schien ihm verloren. Während der Verhandlungen hatte er Dr. Turbay und Hernando Santos auf dem laufenden gehalten, die ebenfalls keine Verbindungskanäle zu Escobar mehr hatten. Sie sahen sich fast täglich, und er erzählte ihnen schließlich nichts mehr von seinem Ärger, sondern nur solche Neuigkeiten, die ihnen Mut machen konnten. Lange Stunden verbrachte er bei dem Expräsidenten, der den Tod seiner Tochter mit einem herzzerreißenden Stoizismus ertrug; Turbay zog sich in sich selbst zurück und verweigerte jedwede Erklärung: Er machte sich unsichtbar. Hernando Santos, dessen einzige Hoffnung, den Sohn zu befreien, auf der Vermittlung von Parra gründete, verfiel in tiefe Niedergeschlagenheit.

Der Mord an Marina, vor allem die brutale Art und Weise, wie ein Recht darauf beansprucht und er angekündigt worden war, machten es unumgänglich, über das weitere Vorgehen nachzudenken. Alle Möglichkeiten, im Stil der Notabeln zu vermitteln, waren erschöpft, und ein anderer, durchsetzungsfähiger Vermittler war nicht in Sicht. Guter Wille und indirekte Verfahrensweisen hatten keinen Sinn mehr.

Im Bewußtsein seiner Lage machte Villamizar seinem Herzen bei Rafael Pardo Luft. »Stellen Sie sich vor, wie ich mich fühle«, sagte er zu ihm. »Escobar ist in all diesen Jahren eine Marter für mich und meine Familie gewesen. Erst bedroht er mich. Dann stiftet er zu einem Attentat an, vor dem ich wie durch ein Wunder gerettet werde. Er bedroht mich weiter. Er ermordet Galán. Er entführt meine Frau und meine Schwester, und jetzt verlangt er, daß ich seine Rechte verteidige.« Es half Villamizar jedoch nichts, seinem Herzen Luft zu machen, denn für ihn waren die Würfel bereits gefallen: Der einzig sichere Weg zur Befreiung der Entführten war, sich in die Höhle des Löwen zu begeben. Einfacher gesagt: Das einzige, was er noch tun konnte – und was er unweigerlich tun mußte – war, nach Medellín zu fliegen und Pablo Escobar zu suchen, wo auch immer der sich gerade aufhielt, und dann mit ihm die Angelegenheit Aug in Auge zu besprechen.

8

Die Schwierigkeit war, Pablo Escobar in einer von Gewalttaten gegeißelten Stadt zu finden. In den ersten beiden Monaten des Jahres 1991 wurden 1.200 Morde begangen – zwanzig pro Tag – und an jedem vierten Tag ein Massaker. Ein Abkommen zwischen fast allen bewaffneten Gruppen hatte die schärfste Eskalation des Guerrilla-Terrorismus in der Geschichte des Landes bewirkt, und Medellín war das Zentrum der städtischen Aktionen. In ein paar Monaten waren 457 Polizisten ermordet worden. Der Sicherheitsdienst DAS behauptete, daß 2.000 Personen aus den Kommunen um Medellín in Escobars Diensten ständen und daß viele davon Jugendliche seien, die von der Polizistenjagd lebten. Für jeden toten Offizier kassierten sie fünf Millionen Pesos, für jeden einfachen Beamten 1,5 Millionen und 800.000 für jeden Verwundeten. Am 16. Februar 1991 starben drei Unteroffiziere und acht Polizeibeamte bei der Explosion eines Autos mit 150 Kilo Dynamit vor der Stierkampfarena in Medellín. Dabei starben auch neun Zivilpersonen, und weitere 143 Menschen, die nichts mit dem Krieg zu tun hatten, wurden verletzt.

Das Elitekorps, zuständig für den frontalen Kampf gegen den Rauschgifthandel, wurde von Pablo Escobar als die Inkarnation allen Übels angeprangert. Virgilio Barco hatte das Korps 1989 geschaffen, als er angesichts der Unmöglichkeit, genaue Verantwortlichkeiten innerhalb so großer Einheiten wie Heer und Polizei festzulegen, schier verzweifelte. Die Aufgabe, das Korps aufzustellen, übertrug er der Staatspolizei, um das Heer von den schädlichen Einflüssen des Rauschgifthandels und der paramilitärischen Gruppen möglichst fernzuhalten. Ursprünglich handelte es sich um nicht mehr als dreihundert Mann, denen eine Sonderstaffel von Hubschraubern zur Verfügung stand und die von dem Special Air Service (SAS) der britischen Regierung ausgebildet wurden.

Das neue Korps hatte in der Blütezeit der von den Großgrundbesitzern für den Antiguerrillakampf gegründeten paramilitärischen Gruppen zu agieren begonnen, und zwar am Mittellauf des Río Magdalena, im Zentrum des Landes. Später ging eine Spezialeinheit für städtische Einsätze daraus hervor, die als frei operierendes Legionärskorps in Medellín stationiert war. Diese Einheit war unmittelbar und ausschließlich der Direktion der Staatspolizei in Bogotá unterstellt und nahm es schon von ihrem Charakter her nicht besonders genau mit den Grenzen ihres Mandats. Das verunsicherte die Straftäter und auch die lokalen Behörden, die nur widerwillig eine autonome Kraft duldeten, die sich ihrem Einfluß entzog. Die Auslieferbaren kämpften verbissen gegen das Korps und prangerten es als Urheber aller möglichen Verstöße gegen die Menschenrechte an.

Die Menschen in Medellín wußten, daß nicht alle Beschwerden der Auslieferbaren über Morde und Übergriffe der Ordnungsmacht unbegründet waren, denn sie erlebten sie auf der Straße mit. Offiziell anerkannt wurden solche Übergriffe jedoch selten. Nationale und internationale Menschenrechtsorganisationen protestierten, und die Regierung hatte keine überzeugenden Antworten. Nach Monaten wurde entschieden, daß keine Hausdurchsuchungen ohne einen Vertreter der Staatsanwaltschaft durchgeführt werden durften, was die unvermeidliche Bürokratisierung der Einsätze zur Folge hatte.

Die Justiz konnte nur wenig tun. Richter und Staatsbeamte, deren schmale Gehälter gerade einmal zum Leben, nicht aber für die Ausbildung ihrer Kinder reichten, befanden sich in einem ausweglosen Dilemma: Entweder verkauften sie sich an den Rauschgifthandel, oder sie wurden getötet. Bewunderungswürdig und erschütternd ist, daß viele den Tod vorgezogen haben.

Spezifisch kolumbianisch an der Situation war vielleicht die erstaunliche Fähigkeit der Menschen in Medellín, sich an alles zu gewöhnen, an das Gute wie an das Schlechte, und sich von allem zu erholen, mit einer Kraft, die vielleicht die grausamste Ausprägung des Wagemuts ist. Den meisten schien nicht bewußt zu sein, daß sie in einer Stadt lebten, die immer die schönste, die lebendigste und die gastfreundlichste des Landes gewesen war, die sich in jenen Jahren jedoch zu einer der gefährlichsten Städte der Welt entwickelt hatte. Der Stadtterrorismus war bis dahin eine seltene Zutat in der hundertjährigen kolumbianischen Kultur der *violencia* gewesen. Sogar die historischen Guerrillabewegungen, die ihn bereits praktiziert hatten, verurteilten ihn schließlich als ein illegitimes Mittel des revolutionären Kampfes. Man hatte gelernt, mit dem Grauen vor dem, was geschah, zu leben, nicht aber mit der Angst davor, was vielleicht geschehen könnte: eine Explosion, die die Kinder in der Schule zerriß, das Flugzeug, das in der Luft in Stücke barst, das Gemüse, das auf dem Markt hochgesprengt wurde. Die willkürlichen Bomben, die Unschuldige töteten, und der anonyme Telefonterror hatten im Alltagsleben jede andere Ursache der Verstörung übertroffen. Die wirtschaftliche Lage von Medellín war jedoch nicht auf statistisch relevante Weise davon betroffen.

Jahre zuvor waren die Rauschgifthändler dank ihrer märchenhaften Aura geradezu in Mode gewesen. Sie erfreuten sich völliger Straflosigkeit und hatten bei der Bevölkerung sogar ein gewisses Prestige, weil sie die Viertel, in denen sie ihre Kindheit in Armut verlebt hatten, mit Wohltaten bedachten. Wenn jemand sie hätte festnehmen wollen, hätte er den Polizisten an der Ecke schicken können. Doch ein großer Teil der kolumbianischen Gesellschaft blickte mit einer Neugier und einem Interesse, die allzusehr der Nachsicht ähnelten, auf die Drogenbosse. Politiker, Industrielle, Geschäftsleute, Journalisten und auch einfache Schnorrer kamen zu den ständigen Festen auf die Hacienda

Nápoles, in der Nähe von Medellín, wo Pablo Escobar einen zoologischen Garten mit leibhaftigen, aus Afrika herangeschafften Giraffen und Nilpferden unterhielt. Am Portal war, gleichsam als nationales Denkmal, das Sportflugzeug zu besichtigen, mit dem die erste Ladung Kokain exportiert worden war.

Durch sein Vermögen und durch sein Wirken im Untergrund machte sich Escobar zum Herrn des Gebiets und verwandelte sich in eine legendäre Macht, die alles vom Schatten her beherrschte. Seine Kommuniqués, stilistisch vorbildlich und vollkommen unangreifbar, ähnelten schließlich so sehr der Wahrheit, daß sie mit ihr verwechselt werden konnten. Auf dem Höhepunkt seines Ruhms wurden in den Kommunen von Medellín Altäre mit seinem Bildnis errichtet und geweihte Kerzen angezündet. Man glaubte schließlich sogar, er könne Wunder wirken. In der ganzen Geschichte des Landes hatte kein Kolumbianer je über ein vergleichbares Talent verfügt, die öffentliche Meinung zu beeinflussen. Kein anderer besaß eine größere Fähigkeit zur Korruption. Die beunruhigendste und verheerendste seiner Charaktereigenschaften aber war der völlige Mangel an Einsicht, zwischen Gut und Böse zu unterscheiden.

Das war der unsichtbare und unberechenbare Mann, den Alberto Villamizar Mitte Februar finden wollte, um von ihm seine Frau zurückzubekommen. Villamizar suchte zunächst den Kontakt zu den Brüdern Ochoa im Hochsicherheitsgefängnis von Itagüí. Rafael Pardo gab ihm, in Absprache mit dem Präsidenten, grünes Licht, erinnerte ihn aber an seine Grenzen: Sein Vorstoß war keine Verhandlung im Namen der Regierung, sondern nur eine Erkundungsaufgabe. Pardo sagte ihm, es könne keine Abmachung getroffen werden, die Gegenleistungen der Regierung voraussetzte, diese sei jedoch daran interessiert, daß sich die Auslieferbaren im Rahmen der Politik der Unterwerfung der Justiz stellten. Von dieser neuen Konzeption ausgehend, entwickelte er auch die Idee, die Zielsetzung der Bemühungen zu ändern, so daß sie sich nicht wie bisher auf die Befreiung der Geiseln konzentrierten, sondern darauf, daß Pablo Escobar sich stellte. Die Freilassung wäre eine zwangsläufige Folge.

So begann für Maruja gleichsam eine zweite Entführung und für Villamizar ein neuer Kampf. Wahrscheinlich hatte Escobar die Absicht gehabt, sie zusammen mit Beatriz freizulassen, doch die Tragödie mit Diana Turbay brachte wohl seine Pläne durcheinander. Neben der Tatsache, daß er nun die Schuld für einen Tod trug, den er nicht befohlen hatte, mußte der Mord an Diana eine Katastrophe für ihn bedeuten, weil ihm dadurch ein Pfand von unschätzbarem Wert genommen und ihm das Leben verkompliziert worden war. Zudem verschärften sich die Aktionen der Polizei auf eine Art und Weise, daß er sich gezwungen sah, völlig unterzutauchen.

Nach dem Tod von Marina waren ihm noch Diana, Pacho, Maruja und Beatriz geblieben. Wenn er damals beschlossen hätte, eine Geisel umzubringen, wäre es wahrscheinlich Beatriz gewesen. Als Beatriz frei und

Diana tot war, blieben ihm zwei: Pacho und Maruja. Vielleicht hätte er vorgezogen, Pacho wegen seines hohen Tauschpreises zu behalten, doch Maruja hatte einen unvermuteten und unschätzbaren Wert durch Villamizars Hartnäckigkeit bekommen, die Kontakte nicht abbrechen zu lassen, bis die Regierung sich dazu entschied, ein klareres Dekret auszuarbeiten. Auch für Escobar war von da an Villamizars Vermittlung die einzige Rettung, und allein Maruja konnte diese garantieren. Der eine war auf den anderen angewiesen.

Villamizar besuchte zunächst Doña Nydia Quintero, um sich Einzelheiten ihrer Erfahrungen erzählen zu lassen. Er fand eine großzügige, resolute Frau in stiller Trauer vor. Sie erzählte ihm von ihren Gesprächen mit den Schwestern Ochoa, mit dem alten Patriarchen und mit Fabio im Gefängnis. Sie machte den Eindruck, den schrecklichen Tod ihrer Tochter verarbeitet zu haben, und sie dachte nicht im Schmerz oder mit Rachegelüsten daran, sondern wollte nur dem Frieden nützen. In diesem Sinne gab sie Villamizar einen Brief an Pablo Escobar, in dem sie ihrem Wunsch Ausdruck verlieh, Dianas Tod möge dazu dienen, daß keinem anderen Kolumbianer der Schmerz zugefügt werde, an dem sie leide. Sie räumte ein, daß die Regierung nicht die Hausdurchsuchungen bei Kriminellen verhindern könne, wohl aber einen Befreiungseinsatz. Alle, die Angehörigen, die Regierung, die ganze Welt, wüßten doch, daß, wenn man bei einer Hausdurchsuchung auf die Entführten stoße, sich eine nicht wiedergutzumachende Tragödie ereignen könne, wie es im

Falle ihrer Tochter geschehen sei. »Deshalb wende ich mich an Sie«, hieß es in dem Brief, »das Herz voller Leid, Vergebung und Güte und flehe Sie an, Maruja und Francisco freizulassen.« Und sie schloß mit einer überraschenden Bitte: »Lassen Sie mich wissen, daß Sie Dianas Tod nicht gewollt haben.« Monate später gab Escobar vom Gefängnis aus seiner Verwunderung darüber Ausdruck, daß Nydia ihm diesen Brief ohne Vorhaltungen oder Groll geschrieben hatte. »Es tut mir in der Seele weh«, schrieb Escobar, »daß ich damals nicht den Mut hatte, ihr zu antworten.«

Villamizar fuhr mit Nydias Brief und den mündlichen Vollmachten der Regierung nach Itagüí, um die drei Brüder Ochoa zu besuchen. Zwei Leibwächter des DAS begleiteten ihn, und die Polizei von Medellín stellte zudem noch eine Eskorte von sechs Mann zur Verfügung. Die Ochoas hatten sich gerade erst in dem Hochsicherheitsgefängnis eingerichtet, das mit drei abgestuften Sperren versehen war, an denen langwierig und wiederholt kontrolliert wurde. Die kahlen Lehmwände machten den Eindruck einer nicht fertig gebauten Kirche. Überall waren Sicherheitsvorkehrungen, in den verlassenen Gängen, den engen Treppen mit Geländern aus gelben Rohren, die in einem Trakt im zweiten Stock endeten, wo die drei Brüder Ochoa ihre Haftjahre damit abbüßten, kunstvolle Sattlerarbeiten herzustellen: Sättel und alle Arten von Zaumzeug. Die ganze Familie war dort versammelt: die Kinder, die Schwäger, die Schwestern. Martha Nieves, die aktivste unter ihnen, und María Lía, die

Frau von Jorge Luis, empfingen mit der beispielhaften Gastfreundlichkeit der Paisas den Besucher.

Die Ankunft fiel in die Zeit des Mittagessens, das in einem offenen Schuppen am Ende des Patios serviert wurde. An den Wänden hingen Plakate von Filmstars, der Raum war mit professionellem Trimmgerät ausgestattet und mit einer Tafel für zwölf Personen. Das Essen wurde einer Sicherheitsvereinbarung entsprechend in der nahen Hacienda La Loma, dem offiziellen Wohnsitz der Familie, zubereitet und bot an jenem Tag eine köstliche Auswahl der kreolischen Küche. Beim Essen wurde, wie in Antioquia üblich, über nichts anderes als das Essen geredet.

Nach Tisch begann mit allen Formalitäten eines Familienrats das Gespräch. Dieses war nicht so leicht zu führen, wie die Harmonie beim Mittagessen hätte vermuten lassen. Den Anfang machte Villamizar mit seiner langsamen, überlegten, erklärenden Art, die wenig Raum für Fragen läßt, da alles schon im vorhinein beantwortet scheint. Er berichtete minutiös von seinen Verhandlungen mit Guido Parra und von deren jähem Abbruch und schloß mit der Überzeugung, daß nur der direkte Kontakt zu Pablo Escobar Maruja retten konnte.

»Lassen Sie uns versuchen, dieser Barbarei ein Ende zu setzen«, sagte er. »Lassen Sie uns miteinander sprechen, statt weitere Fehler zu begehen. Zunächst müssen Sie wissen, daß wir auf keinen Fall eine gewaltsame Befreiung anstreben. Ich ziehe Gespräche vor, ich möchte wissen, was los ist, was verlangt wird.«

Jorge Luis, der älteste Bruder, übernahm die Rolle des Sprechers. Er erzählte vom Leid seiner Familie in den Wirren des schmutzigen Krieges, warum und unter welchen Schwierigkeiten sie sich gestellt hatten und wie unerträglich die Sorge war, die Verfassunggebende Versammlung könnte am Ende doch kein Verbot der Auslieferung aussprechen.

»Dies ist für uns ein sehr harter Krieg gewesen«, sagte er. »Sie können sich nicht vorstellen, was wir durchgemacht haben, was die Familie, die Freunde durchgemacht haben. Uns ist so gut wie alles widerfahren.«

Er führte eindeutige Fakten an: seine Schwester Martha Nieves, entführt; sein Schwager Alonso Cárdenas, 1986 entführt und ermordet; sein Onkel Jorge Iván Ochoa, 1983 entführt; seine Vettern Mario Ochoa und Guillermo León Ochoa, entführt und ermordet.

Villamizar versuchte dann seinerseits, sich ebenso wie sie als Opfer des Krieges darzustellen und ihnen verständlich zu machen, daß sie alle gleichermaßen für das zu bezahlen hätten, was von nun an geschah. »Mein Schicksal war mindestens so hart wie das Ihre«, sagte er. »Die Auslieferbaren haben 86 versucht, mich umzubringen, ich mußte ans andere Ende der Welt fliehen, und sie haben mich bis dorthin verfolgt, und jetzt haben sie meine Frau und meine Schwester entführt.« Er beklagte sich jedoch nicht, sondern stellte sich nur auf eine Ebene mit seinen Gesprächspartnern.

»Das ist ein Skandal«, schloß er, »und es wird langsam Zeit, daß wir anfangen, uns zu verständigen.«

Nur Villamizar und Jorge Luis Ochoa sprachen. Der Rest der Familie hörte traurig schweigend wie bei einem Begräbnis zu, während die Frauen, ohne das Gespräch zu unterbrechen, den Besucher aufmerksam umsorgten.

»Wir können nichts machen«, sagte Jorge Luis. »Doña Nydia war hier. Wir hatten Verständnis für ihre Lage, haben ihr aber das gleiche gesagt. Wir wollen keine Schwierigkeiten bekommen.«

»Solange der Krieg weitergeht, sind Sie alle in Gefahr, sogar innerhalb dieser vier befestigten Wände«, beharrte Villamizar. »Wird der Krieg aber jetzt beendet, dann bleiben Ihr Vater, Ihre Mutter und Ihre ganze Familie unbehelligt. Das aber ist so lange nicht gewährleistet, wie Escobar sich nicht der Justiz gestellt hat und Maruja und Francisco wohlbehalten heimgekommen sind. Aber wenn die beiden getötet werden, dann bezahlen auch Sie, Ihre Familien und alle Welt dafür. Darauf können Sie Gift nehmen.«

Während der drei langen Stunden des Treffens im Gefängnis zeigte jeder von beiden, daß er die Situation soweit im Griff hatte, um sich bis an den Rand des Abgrunds zu wagen. Villamizar wußte an Ochoa dessen Realismus nach Art der Paisas, der Leute aus der Medelliner Gegend, zu schätzen. Die Ochoas waren beeindruckt von der direkten und offenen Art, mit der ihr Besucher die Themen durchdrang. Sie hatten in Cúcuta, Villamizars Heimat, gelebt, sie hatten dort viele Bekannte und verstanden sich gut mit ihnen. Schließlich schalteten sich die anderen beiden Ochoas ein, und Martha Nieves trug mit ihren kreolischen Scherzen zu einer Entspannung der Atmosphäre bei. Die Männer schienen weiterhin fest entschlossen, sich aus einem Krieg herauszuhalten, vor dem sie sich schon in Sicherheit wähnten, wurden aber mit der Zeit immer nachdenklicher.

»Also gut«, schloß Jorge Luis. »Wir schicken Pablo die Botschaft und sagen ihm, daß Sie hier waren. Aber ich rate Ihnen, sprechen Sie noch mit meinem Vater. Er ist auf der Hacienda La Loma, und er wird sich freuen, mit Ihnen zu reden.«

Also begab sich Villamizar mit der gesamten Familie Ochoa nach La Loma, allerdings nur von den zwei Leibwächtern begleitet, die er aus Bogotá mitgebracht hatte, da den Ochoas der Sicherheitsaufwand zu auffällig erschien. Sie gelangten an das Portal und liefen dann etwa einen Kilometer zu Fuß auf einem Weg, der von schattenspendenden und gut gepflegten Bäumen gesäumt war, zum Haus. Ein paar Männer, die nicht sichtbar bewaffnet waren, fingen die Leibwächter ab und wiesen sie in eine andere Richtung. Es gab einen Augenblick der Verunsicherung, doch die Gastgeber beruhigten die Fremden in aller Höflichkeit und mit guten Argumenten.

»Macht einen Spaziergang und eßt dort etwas«, wurde ihnen gesagt, »der Doktor will sich mit Don Fabio unterhalten.« Die Allee endete in einem Rondell, dahinter lag das große gepflegte Haus. Auf der Terrasse, von der man über die Wiesen bis zum Horizont blickte, erwartete der alte Patriarch den Besuch. Er war vom

Rest der Familie umgeben, nur Frauen, die fast alle für ihre Toten in diesem Krieg Trauer trugen. Obwohl Siestazeit war, hatten sie alles mögliche zum Essen und Trinken vorbereitet.

Villamizar bemerkte gleich bei der Begrüßung, daß Don Fabio über das Gespräch im Gefängnis bereits bestens informiert war. Das kürzte die Präliminarien ab. Villamizar beschränkte sich darauf zu wiederholen, daß eine Verschärfung des Krieges der großen und blühenden Familie Ochoa, die weder des Mordes noch des Terrorismus beschuldigt wurde, erheblich schaden konnte. Drei von Don Fabios Söhnen seien zwar zunächst einmal in Sicherheit, doch könne man die Zukunft nicht voraussehen. Also müßte niemand so sehr wie die Ochoas am Frieden interessiert sein, der aber war nicht zu erreichen, bevor Escobar nicht dem Beispiel von Don Fabios Söhnen folgte.

Don Fabio hörte ihn mit zufriedener Aufmerksamkeit an und nickte leicht mit dem Kopf, wenn ihm etwas zutreffend erschien. In Sätzen, so kurz und bündig wie Epigramme, sagte er dann in fünf Minuten, was er dachte. Was immer man auch unternehme, sagte er, am Ende werde man darauf stoßen, daß das Wichtigste fehle: mit Escobar persönlich zu sprechen. »Also ist es das Beste, gleich damit zu beginnen«, sagte er. Er hielt Villamizar für die geeignete Person für einen solchen Versuch, da Escobar nur an Männer glaube, deren Wort Gold wert sei.

»Und Sie sind so jemand«, schloß Don Fabio. »Schwierig ist nur, ihm das zu beweisen.«

Der Besuch hatte um zehn Uhr morgens im Gefängnis begonnen und endete um sechs Uhr abends in La Loma. Das Eis zwischen zwischen Villamizar und den Ochoas war gebrochen, ein großer Erfolg, und nun konnte ein gemeinsames – bereits von der Regierung vorgegebenes – Ziel, nämlich, daß Escobar sich der Justiz stellte, angestrebt werden. Diese Gewißheit ermunterte Villamizar dazu, dem Präsidenten seine Eindrücke mitzuteilen. Doch bei seiner Ankunft in Bogotá wurde er mit der schlechten Nachricht konfrontiert, daß auch der Präsident gerade am eigenen Leibe das Leid einer Entführung erfuhr.

So war es: Fortunato Gaviria Botero, sein Cousin und liebster Freund seit Kindertagen, war auf seiner Finca in Pereira von vier Kapuzenmännern mit Gewehren verschleppt worden. Der Präsident sagte einen Termin bei der Regionalversammlung der Gouverneure auf der Insel San Andrés nicht ab und flog am Freitagnachmittag dorthin, als noch nicht feststand, ob die Entführung seines Cousins auf das Konto der Auslieferbaren ging. Am Samstag stand der Präsident in aller Frühe auf, um tauchen zu gehen, und als er wieder an die Oberfläche kam, wurde ihm berichtet, daß Fortunato von seinen Entführern – die keine Rauschgifthändler waren – ermordet und ohne Sarg heimlich auf freiem Felde verscharrt worden war. Die Autopsie ergab, daß er Erde in der Lunge hatte, was als Indiz dafür gedeutet wurde, daß man ihn lebendig begraben hatte.

Die erste Reaktion des Präsidenten war, seinen Auftritt bei der Regionalversammlung abzusagen und sofort nach Bogotá zurückzukehren, doch die Ärzte verhinderten das. Es war nicht ratsam, gleich zu fliegen, nachdem man sich eine Stunde lang in sechzig Fuß Tiefe aufgehalten hatte; eine Pause von vierundzwanzig Stunden empfahl sich. Gaviria gehorchte, und das Land sah ihn im Fernsehen, wie er mit tieftraurigem Gesicht den Vorsitz bei der Versammlung führte. Doch um vier Uhr nachmittags setzte er sich über den ärztlichen Rat hinweg und kehrte nach Bogotá zurück, um das Begräbnis vorzubereiten. In Erinnerung an jenen Tag, der einer der härtesten in seinem Leben war, sagte er später mit bitterem Humor:

»Ich war der einzige Kolumbianer, der keinen Präsidenten hatte, bei dem er sich beschweren konnte.«

Gleich nach dem Mittagessen mit Villamizar im Gefängnis schickte Jorge Luis Ochoa einen Brief an Escobar, in dem er ihm nahezulegen versuchte, sich zu stellen. Er beschrieb Villamizar als seriösen Santandereaner, dem man glauben und vertrauen konnte. Die Antwort von Escobar kam sofort: »Sagen Sie diesem Arschloch, daß er sich sparen kann, mit mir zu sprechen.« Villamizar erfuhr davon durch einen Anruf von Martha Nieves und María Lía, die ihn dennoch baten, wieder nach Medellín zu kommen, um nach anderen Wegen zu suchen. Diesmal kam er ohne Eskorte. Er nahm am Flughafen ein Taxi zum Hotel Intercontinental, und eine Viertelstunde später holte ihn dort ein Chauffeur der Ochoas ab. Es war ein Paisa um die zwanzig, der ihn eine ganze Zeit lang im Rückspiegel musterte. Schließlich fragte er:

»Haben Sie große Angst?«

Villamizar lächelte ihn im Spiegel an.

»Nur ruhig, Doktor«, fuhr der junge Mann fort. Und fügte mit einem Hauch Ironie hinzu: »Bei uns passiert Ihnen nichts. Wie kommen Sie nur da drauf!«

Der Scherz gab Villamizar das Vertrauen und die Sicherheit, die er auch bei seinen folgenden Fahrten keinen Augenblick verlieren sollte. Er erfuhr nie, ob man ihm folgte, auch nicht in einer sehr viel späteren Phase, fühlte sich aber immer im Windschatten einer übernatürlichen Macht.

Es schien so, als ob Escobar Villamizar nichts für das Dekret schuldig zu sein glaubte, dabei bot es ihm Schirm und Schutz vor der Auslieferung. Zweifellos meinte er, genau aufrechnend wie ein hartgesottener Händler, daß dieser Gefallen mit der Befreiung von Beatriz bereits abgegolten war, aber die historische Schuld davon nicht berührt wurde. Die Ochoas waren jedoch der Meinung, daß Villamizar hartnäckig bleiben sollte.

Also überging er die Beleidigungen und beschloß weiterzumachen. Die Ochoas unterstützten ihn. Er kam noch zwei- oder dreimal, und gemeinsam entwikkelten sie eine Aktionsstrategie. Jorge Luis schrieb einen weiteren Brief an Escobar, in dem er ihm aufzeigte, daß die Garantien für seine Übergabe gegeben seien, daß sein Leben geschützt und er keinesfalls ausgeliefert würde. Doch Escobar antwortete nicht. Daraufhin beschlossen sie, Villamizar selbst solle ihm seinen Vorschlag und seine Lage schriftlich erklären.

Der Brief wurde am 4. März in der Zelle der Ochoas mit der Unterstützung von Jorge Luis geschrieben, der Villamizar sagte, was empfehlenswert war und was unpassend sein könnte. Villamizar erkannte zunächst an, daß die Voraussetzung für den Frieden die Achtung der Menschenrechte sei. »Eine Tatsache darf jedoch nicht verkannt werden: Wer Menschenrechte verletzt, hat die beste Entschuldigung, das auch weiterhin zu tun, wenn er ebensolche Verletzungen durch andere anprangern kann.« Das aber behindere beide Seiten bei ihrem Vorgehen und gefährde auch das, was er in diesem Zusammenhang in den Monaten des Kampfes um die Befreiung seiner Frau erreicht habe. Die Familie Villamizar sei Opfer fortwährender Gewalt, für die sie in keiner Weise die Verantwortung trage: das Attentat gegen ihn selbst, der Mord an seinem Schwippschwager Luis Carlos Galán und die Entführung seiner Frau und seiner Schwester. »Meine Schwägerin Gloria Pachón de Galán und ich«, fügte er hinzu, »begreifen das nicht und können so viel ungerechtfertigte und unerklärliche Aggression nicht akzeptieren.« Umgekehrt sei die Freilassung von Maruja und den anderen Journalisten unabdingbar, um den Weg zu einem wahren Frieden in Kolumbien beschreiten zu können.

Escobars Antwort kam zwei Wochen später und begann mit einem Peitschenhieb: »Sehr geehrter Herr Doktor, ich bedaure sehr, aber ich kann Ihnen nicht dienen.« Sodann wies er gleich darauf hin, daß einige Mitglieder aus dem regierungsnahen Sektor der Verfassunggebenden Versammlung unter Berufung auf die Familien der Entführten vorschlagen würden, das Thema der Auslieferung gar nicht erst zu behandeln, wenn die Geiseln nicht freikämen. Escobar hielt das für unangemessen, da man die Entführungen nicht als Druckmittel gegen die Versammlung betrachten könne, waren sie doch vor deren Wahl geschehen. Er erlaubte sich jedenfalls eine erschütternde Anmerkung zu dem Thema: »Denken Sie daran, Dr. Villamizar, die Auslieferung hat schon viele Opfer gefordert, und wenn zwei neue hinzukommen, wird das weder die Entwicklung noch den Kampf wesentlich verändern.«

Das war nur eine Bemerkung am Rande, denn Escobar hatte die Frage der Auslieferung als Grund für den Krieg nicht mehr erwähnt, seitdem das Dekret die Auslieferung für denjenigen, der sich stellte, ausschloß. Statt dessen hatte Escobar sich auf das Thema der Menschenrechtsverletzungen durch die Sondereinheiten, die ihn bekämpften, konzentriert. Das war seine meisterhafte Taktik: durch Teilsiege Gebietsgewinne zu verbuchen und den Krieg aus anderen Gründen weiterzuführen, die er schier endlos vermehren konnte, um sich nicht stellen zu müssen.

In seinem Brief zeigte er tatsächlich dafür Verständnis, daß Villamizar den gleichen Kampf zum Schutz seiner Familie führte wie er selbst, beharrte jedoch immer wieder darauf, daß das Elitekorps etwa vierhundert Jugendliche in den Medellín angeschlossenen Kommunen umgebracht habe. Diese Aktionen, schrieb er, rechtfertigten die Entführung der Journalisten, um ein Druckmittel zur Bestrafung der verantwortlichen Polizisten zu haben. Er zeigte sich auch überrascht darüber, daß kein Vertreter des Staates im Zusammenhang mit den Entführungen den direkten Kontakt zu ihm gesucht hatte. Auf jeden Fall seien alle Aufrufe und Bitten, die Geiseln freizulassen, sinnlos, solange das Leben der Familien und Gefolgsleute der Auslieferbaren auf dem Spiel stehe. Und er schloß: »Wenn die Regierung nicht eingreift und sich nicht unsere Argumente anhört, dann werden wir, da können Sie ganz sicher sein, Maruja und Francisco exekutieren lassen.«

Der Brief bewies, daß es Escobar darum ging, Kontakte zu staatlichen Stellen zu bekommen. Er hatte seine Unterwerfung nicht ausgeschlossen, der Preis dafür würde jedoch höher sein als vermutet, und er war gewillt, ihn ohne sentimentalen Rabatt zu fordern. Villamizar begriff das, suchte noch in der gleichen Woche den Präsidenten der Republik auf und brachte ihn auf den neuesten Stand. Der Präsident beschränkte sich darauf, alles aufmerksam zur Kenntnis zu nehmen.

Villamizar besuchte in jenen Tagen auch den Generalstaatsanwalt und suchte mit ihm nach einer der neuen Situation angemessenen Vorgehensweise. Es war ein sehr ergiebiges Treffen. Der Staatsanwalt kündigte an, daß er gegen Ende der Woche einen Bericht über den Tod von Diana Turbay veröffentlichen werde, in dem er die Polizei für ihr eigenmächtiges und unbedachtes Handeln verantwortlich machen und gegen drei Offiziere des Elitekorps ein Verfahren eröffnen werde. Er teilte ihm auch mit, daß er bei elf von Escobar namentlich genannten Beamten eine Untersuchung veranlaßt und nun das Verfahren eröffnet habe.

Er hielt Wort. Dem Präsidenten der Republik lag am 3. April ein Untersuchungsbericht der Generalstaatsanwaltschaft über die Ereignisse vor, bei denen Diana Turbay zu Tode gekommen war. Der Einsatz – heißt es in dem Bericht – war seit dem 23. Januar vorbereitet worden, als der Geheimdienst der Polizei von Medellín allgemein gehaltene anonyme Anrufe über die Anwesenheit bewaffneter Männer im hochgelegenen Teil der Gemeinde Copacabana bekommen hatte. Die Aktivitäten konzentrierten sich den Anrufen zufolge auf die Region Sabaneta und vor allem auf die Fincas Villa del Rosario, La Bola und Alto de la Cruz. Mindestens einer der Anrufer hatte zu verstehen gegeben, daß sich dort die entführten Journalisten befänden und vielleicht sogar der Doktor. Das hieß: Pablo Escobar. Dieser Hinweis wurde in einem Papier erwähnt, das als Grundlage für den Einsatz des nächsten Tages diente, nicht erwähnt aber wurde die Möglichkeit, daß sich dort auch die entführten Journalisten befinden könnten. Generalmajor Miguel Gómez Padilla, Präsident der Staatspolizei, hatte erklärt, am 24. Januar nachmittags davon informiert worden zu sein, daß am nächsten Tag ein Einsatz anberaumt war, und zwar zur Überprüfung, Suche und erkennungsdienstlichen Behandlung sowie »zur möglichen Festnahme von Pablo Escobar und einer Gruppe von Rauschgifthändlern«. Doch anscheinend wurde auch hier nicht die Möglichkeit erwähnt, dabei die letzten beiden Geiseln, Diana Turbay und Richard Becerra, zu finden.

Der Einsatz begann am 25. Januar um elf Uhr morgens, als Hauptmann Jairo Salcedo García mit sieben Offizieren, fünf Unteroffizieren und vierzig Mann die Carlos-Holguín-Schule in Medellín verließ. Eine Stunde später brach Hauptmann Eduardo Martínez Solanilla mit zwei Offizieren, zwei Unteroffizieren und einundsechzig Mann auf. Der Untersuchungsbericht vermerkte, daß bei der zuständigen Stelle der Aufbruch von Hauptmann Helmer Ezequiel Torres Vela nicht registriert worden war, den man mit dem Einsatz auf der Finca La Bola beauftragt hatte, wo sich Diana und Richard tatsächlich befanden. Bei seiner späteren Aussage vor der Generalstaatsanwaltschaft bestätigte jedoch der Hauptmann selbst, daß er um elf Uhr vormittags mit sechs Offizieren, fünf Unteroffizieren und vierzig Mann aufgebrochen war. Für den gesamten Einsatz wurden vier Hubschrauber mit Bordgeschützen abgestellt.

Die Hausdurchsuchungen in Villa del Rosario und Alto de la Cruz wurden ohne Zwischenfälle durchgeführt. Gegen ein Uhr mittags begann der Einsatz in La Bola. Der Fähnrich Iván Díaz Álvarez berichtete, beim Abstieg von dem Plateau, auf dem ihn der Hubschrauber abgesetzt hatte, habe er am Berghang Detonationen gehört. Er sei in diese Richtung gerannt und habe gerade noch neun oder zehn Männer mit Gewehren und Maschinenpistolen gesehen, die hastig flohen. »Wir sind dort ein paar Minuten stehengeblieben, um zu sehen, von wo aus angegriffen wurde«, sagte der Fähnrich aus, »da hörten wir weit unten einen Menschen um Hilfe rufen.« Der Fähnrich sagte, er sei den Berg hinabgelaufen und auf einen Mann gestoßen, der ihm zurief: »Bitte helfen Sie mir!« Er habe seinerseits geschrien: »Halt! Wer sind Sie?« Der Mann habe geantwortet, er sei Richard, der Journalist, und er brauche Hilfe, weil dort die verletzte Diana Turbay liege. Der Fähnrich erzählte, ohne zu erklären, weshalb, daß ihm in diesem Augenblick herausgerutscht sei: »Wo ist Pablo?« Richard antwortete ihm: »Das weiß ich nicht. Aber helfen Sie mir, bitte.« Daraufhin habe er sich ihm mit aller Vorsicht genähert, und auch andere Männer seiner Gruppe seien aufgetaucht. Der Fähnrich schloß: »Für uns war es eine Überraschung, die Journalisten dort anzutreffen, denn das war nicht das Ziel des Einsatzes gewesen.«

Die Darstellung dieser Begegnung stimmt fast Punkt für Punkt mit der überein, die Richard Becerra der Staatsanwaltschaft gegeben hat. Später hat er seine Aussage dahingehend ergänzt, daß er den Mann, der auf ihn und Diana schoß, in einer Entfernung von etwa fünfzehn Metern, beide Hände nach vorne links ausgestreckt, habe laufen sehen. »Als die Schüsse knallten«, schloß Richard, »hatte ich mich schon zu Boden geworfen.«

Was nun das einzige Geschoß anging, das Dianas Tod verursacht hatte, so ergab die Untersuchung, daß es in der linken oberen Beckenregion eingetreten war und der Schußkanal nach rechts oben verlief. Die Besonderheiten der verursachten Schäden wiesen darauf hin, daß es sich um ein Hochgeschwindigkeitsgeschoß (zwei- bis dreitausend Fuß pro Sekunde, also dreimal schneller als der Schall) gehandelt hatte. Das Projektil konnte nicht sichergestellt werden, da zwei Teile abgesplittert waren, was sein Gewicht und seine Gestalt verändert und es auf einen unförmigen Rest reduziert hatte, der weiter vordrang und die entscheidenden tödlichen Verletzungen verursachte. Es handelte sich so gut wie sicher um ein Geschoß Kaliber 5.56 und war womöglich von einem am Ort des Geschehens gefundenen Gewehr abgefeuert worden. Dieses war ein österreichisches AUG, eine Waffe, die nicht zur Standardausrüstung der Polizei gehörte. Am Rande stellte der Autopsiebericht fest: »Die Lebenserwartung von Diana wurde auf weitere fünfzehn Jahre geschätzt.«

Keine befriedigende Erklärung gab es für die Anwesenheit eines Zivilisten in Handschellen, der in demselben Hubschrauber saß, in dem die verletzte Diana nach Medellín transportiert wurde. Zwei Polizeibeamte beschrieben ihn übereinstimmend als einen Mann von bäuerlichem Aussehen, mit brauner Hautfarbe, kurzem Haar; er war 35 bis 40 Jahre alt, etwas stämmig, etwa 1,70 groß, und trug an jenem Tag eine Stoffmütze. Sie sagten, daß sie ihn im Verlauf des Einsatzes festgenommen hätten und er sich gerade identifizieren sollte, als die Schießerei begann. Daraufhin hätten sie ihm Handschellen anlegen und zu den Hubschraubern mitnehmen müssen. Einer der Beamten fügte hinzu, daß er ihn seinem Fähnrich übergeben habe, daß dieser ihn in Anwesenheit aller verhört und in der Nähe der Stelle, wo sie ihn gefunden hatten, wieder freigelassen habe. »Der Señor hatte nichts damit zu tun«, sagten sie, »denn die Schüsse hörte man unten, und er war oben bei uns.« Diese Darstellung schloß aus, daß der Zivilist an Bord des Hubschraubers gewesen war, doch die Besatzung des Helikopters behauptete das Gegenteil. Andere Aussagen waren genauer. Der erste Feldwebel Luis Carlos Ríos Ramírez, Bordschütze des Hubschraubers, ließ keinen Zweifel daran, daß der Mann an Bord war und am selben Tag noch in die Einsatzzone zurückgebracht wurde.

Das Rätsel bestand fort, als am 26. Januar die Leiche eines José Humberto Vázquez Muñoz in der Gemeinde Girardota bei Medellín gefunden wurde. Er war von drei 9-mm-Kugeln im Brustkorb und zwei im Kopf getötet worden. In den Akten des Geheimdienstes der Polizei wurde er als mehrfach vorbestraftes Mitglied des Medellín-Kartells geführt. Die Ermittler kennzeichneten sein Foto mit der Nummer 5, und zusammen mit den Fotos anderer bekannter Straftäter zeigten sie es jenen, die mit Diana Turbay gefangen gewesen waren. Hero Buss sagte: »Ich erkenne keinen, doch ich glaube, daß die Person auf dem Foto Nummer 5 eine gewisse Ähnlichkeit mit einem der Killer hat, den ich ein paar Tage nach der Entführung gesehen habe.« Auch Azucena Liévano sagte aus, daß der Mann auf dem Foto Nummer 5, allerdings ohne Schnurrbart, einem Mann ähnelte, der Nachtdienst in dem Haus machte, in dem Diana und sie in den ersten Tagen nach der

Entführung untergebracht waren. Richard Becerra erkannte die Nummer 5 ebenfalls als den Mann, der mit Handschellen im Hubschrauber saß, schränkte aber ein: »Er erinnert mich vom Gesichtsschnitt her an ihn, aber ich bin mir nicht sicher.« Auch Orlando Acevedo erkannte ihn.

Als letzte identifizierte die Frau von Vázquez Muñoz die Leiche und sagte unter Eid aus, daß ihr Mann am 25. Januar 1991 um acht Uhr morgens das Haus verlassen habe, um ein Taxi zu nehmen, dann auf der Straße von zwei Motorradfahrern in Polizeiuniform und zwei Männern in Zivil überwältigt und in einen Wagen geschoben worden sei. Er habe noch nach ihr geschrien: »Ana Lucía!« Aber da seien sie schon mit ihm davongefahren. Diese Aussage konnte jedoch nicht berücksichtigt werden, da es keine weiteren Zeugen der Entführung gab.

»In Anbetracht der Beweislage«, hieß es in dem Bericht, »ist davon auszugehen, daß einige Mitglieder der Staatspolizei, die für den Einsatz auf der Finca La Bola zuständig waren, durch Vázquez Muñoz, eine Zivilperson, die sie in ihrer Gewalt hatten, zuvor darüber unterrichtet worden waren, daß einige Journalisten an dem Ort gefangengehalten wurden, und es ist äußerst wahrscheinlich, daß der Informant nach den Ereignissen getötet wurde.« Zwei weitere unerklärliche Todesfälle am Ort des Geschehens wurden ebenfalls bestätigt.

Die Abteilung für Sonderermittlungen zog folglich den Schluß, daß es keinen Grund für die Annahme gab, daß General Gómez Padilla oder andere Führungskräfte der Polizei informiert gewesen waren. Daß die Waffe, mit der Diana verwundet wurde, von keinem Mitglied der Spezialeinheit der Staatspolizei in Medellín abgefeuert worden war. Daß Mitglieder der Einsatzgruppe von La Bola sich für den Tod von drei Menschen zu verantworten hatten, deren Leichen eben dort gefunden worden waren. Daß gegen den Richter 93 des Militärgerichts, Dr. Diego Rafael de Jesús Coley Nieto, und seine Sekretärin wegen substantieller und formaler Unregelmäßigkeiten ein Disziplinarverfahren eröffnet werde, ebenso gegen die Fachkräfte des DAS in Bogotá.

Nach der Veröffentlichung dieses Berichts hatte Villamizar das Gefühl, festeren Boden unter den Füßen zu haben, und schrieb einen zweiten Brief an Escobar. Er schickte den Brief wie zuvor über die Ochoas und legte einen an Maruja bei, den er weiterzuleiten bat. Er nützte die Gelegenheit, um Escobar eine schulmeisterliche Erklärung über die drei Gewalten im Staat zu geben – Exekutive, Legislative und Judikative – und ihm begreiflich zu machen, wie schwierig es für den Präsidenten sei, innerhalb dieses konstitutionellen und gesetzlichen Rahmens so große und komplexe Gefüge wie die der Streitkräfte zu führen. Er gab Escobar aber darin recht, daß dieser der Staatsmacht Menschenrechtsverletzungen vorwarf und im Zusammenhang mit seiner Übergabe hartnäckig auf Garantien für sich, seine Familie und seine Leute bestand. »Ich teile Ihre Einschätzung«, schrieb er, »daß der Kampf, den Sie und ich führen, im wesentlichen das gleiche Ziel hat: das Leben unserer Angehörigen wie auch unser eigenes zu retten und Frieden zu erreichen.« Er schlug ihm vor, sich auf der Grundlage dieser zwei Ziele auf eine gemeinsame Strategie zu einigen.

Escobar antwortete ihm Tage später. »Ich weiß, daß das Land in Präsident, Kongreß, Polizei und Heer aufgeteilt ist«, schrieb er durch die Staatsrechtslektion in seinem Stolz verletzt. »Aber ich weiß auch, daß der Präsident derjenige ist, der die Befehle gibt.« Der Rest des Briefes, vier Seiten voller Wiederholungen über das Vorgehen der Polizei, brachte nur ein paar zusätzliche Informationen, aber keine neuen Argumente. Escobar stritt ab, daß die Auslieferbaren die Exekution von Diana Turbay geplant oder gar durchgeführt hätten. Dafür hätten sie Diana nicht aus dem Haus, in dem sie gefangen war, holen und sie schwarz kleiden müssen, damit die Hubschrauber sie für eine Landarbeiterin hielten. »Tot hat sie als Geisel keinen Wert«, schrieb er. Zum Schluß, übergangslos und ohne Höflichkeitsformeln, verabschiedete er sich mit einem erstaunlichen Satz: »Machen Sie sich keine Sorgen über Ihre Erklärungen gegenüber der Presse, in denen Sie meine Auslieferung gefordert haben. Ich weiß, daß alles ein gutes Ende nehmen wird und daß Sie keinen Groll gegen mich hegen werden, da der Kampf zur Verteidigung Ihrer Familie keine anderen Ziele hat als der, den ich zur Verteidigung meiner Familie führe.« Villamizar brachte diesen Satz mit einem früheren von Escobar in Verbindung, in dem der geäußert hatte, es beschäme ihn, Maruja als Geisel zu halten, da er nicht mit ihr, sondern mit ihrem Mann Streit habe. Villamizar hatte es ihm schon auf andere Weise gesagt: »Wenn wir beide Streit haben, wie kann es dann angehen, daß Sie meine Frau festhalten?« Folglich hatte er ihm vorgeschlagen, Maruja gegen ihn auszutauschen, um persönlich verhandeln zu können. Escobar ging nicht darauf ein.

Zu diesem Zeitpunkt war Villamizar schon über zwanzigmal in der Zelle der Ochoas gewesen. Er genoß das Essen – Köstlichkeiten der regionalen Küche –, das die Frauen mit allen Sicherheitsvorkehrungen gegen Attentate aus La Loma heranschafften. Langsam lernten sie einander kennen, bauten wechselseitig Vertrauen auf, und die besten Stunden verbrachten sie damit, aus jedem Satz und jeder Geste Escobars seine verborgenen Absichten herauszufiltern. Villamizar kehrte fast immer mit dem letzten Linienflug nach Bogotá zurück. Sein Sohn Andrés erwartete ihn am Flughafen und mußte ihm dann oft mit einem Glas Mineralwasser Gesellschaft leisten, während er sich bei langsamen und einsamen Drinks von seiner Anspannung befreite. Er hielt sein Gelöbnis, an keiner öffentlichen Veranstaltung teilzunehmen, keine Freunde zu sehen: nichts. Wenn der Druck zunahm, ging er auf die Terrasse hinaus und schaute stundenlang in die Richtung, in der er Maruja vermutete, und schickte ihr stundenlang Gedankenbotschaften, bis die Müdigkeit ihn besiegte. Um sechs Uhr früh war er wieder auf den Beinen, um neu zu beginnen. Wenn sie

Antwort auf einen Brief erhielten oder irgend etwas anderes Wichtiges geschah, riefen Martha Nieves oder María Lía an, und ein Satz genügte:

»Doktor: morgen um zehn.«

Solange keine Anrufe kamen, widmete er seine Zeit der Arbeit für *Colombia los Reclama*, eine Fernsehkampagne, die auf den Informationen von Beatriz über die Haftbedingungen basierte. Es war eine Idee von Nora Sanín, der Direktorin der Nationalen Mediengesellschaft (Asomedios), und María del Rosario Ortiz – eine enge Freundin von Maruja und Nichte von Hernando Santos – hatte sie realisiert; mit im Team arbeiteten ihr Mann, ein Journalist, sowie Gloria de Galán und der Rest der Familie: Mónica, Alexandra, Juana und deren Brüder.

Es handelte sich um eine tägliche Schau mit Berühmtheiten aus Film, Theater, Fernsehen, Fußball, Wissenschaft und Politik, die in immer demselben Aufruf um die Freilassung der Geiseln und die Einhaltung der Menschenrechte baten. Von der ersten Folge an rüttelte die Sendung zunehmend die Öffentlichkeit auf. Alexandra zog mit einem Kameramann auf der Jagd nach Stars durch das ganze Land. In den drei Monaten, die die Kampagne dauerte, traten etwa fünfzig Persönlichkeiten auf. Doch Escobar ließ sich nicht bewegen. Als der Musiker Rafael Puyana sagte, er sei sogar willens, ihn auf Knien um die Freilassung der Geiseln zu bitten, antwortete Escobar: »Dreißig Millionen Kolumbianer können auf den Knien angerutscht kommen, ich lasse die Geiseln nicht frei.« In einem Brief an Villamizar lobte er jedoch die Sendung, weil sie sich nicht nur für die Freiheit der Geiseln, sondern auch für die Einhaltung der Menschenrechte einsetzte.

Die Ungezwungenheit, mit der Marujas Töchter und deren Gäste über den Fernsehschirm defilierten, beunruhigte Pacho Santos' Frau María Victoria, die im Rampenlicht unüberwindbar schüchtern war. Die unvermuteten Mikrophone, die vor ihr auftauchten, das schamlose Licht der Scheinwerfer, das inquisitorische Auge der Kameras und die immergleichen Fragen in Erwartung der immergleichen Antworten lösten bei ihr Angst und Übelkeit aus, die sie nur mit Mühe unterdrücken konnte. An ihrem Geburtstag wurde ein Fernsehbeitrag gedreht, für den Hernando Santos mit professioneller Geläufigkeit sprach, sie dann am Arm nahm und sagte: »Bitte, treten Sie vor.« Fast immer gelang es ihr, sich zu entziehen, doch ein paarmal mußte sie sich stellen und meinte, nicht nur bei dem Unterfangen zu sterben, sondern fühlte sich lächerlich und idiotisch, wenn sie sich dann auf dem Bildschirm sah und hörte.

Auf diese öffentliche Unterjochung reagierte sie schließlich mit Vorwärtsverteidigung. Sie absolvierte einen Kurs für die Führung von Kleinunternehmen und einen weiteren in Journalismus. Aus eigener Entscheidung wurde sie frei und gesellig. Sie nahm Einladungen an, die sie früher verabscheut hatte, ging zu Vorträgen und Konzerten, kleidete sich fröhlich, blieb bis spät in die Nacht auf – und zerstörte auf diese Weise ihr Bild einer bemitleidenswerten Witwe. Hernando und ihre besten Freunde verstanden sie, unterstützten sie und halfen ihr, den eigenen Weg zu gehen. Aber es dauerte nicht lange, bis sie die gesellschaftlichen Sanktionen zu spüren bekam. Sie erfuhr, daß viele, die sie öffentlich feierten, hinter ihrem Rücken Kritik übten. Sie bekam Rosensträuße ohne Visitenkarte, Pralinenschachteln ohne Namen, Liebeserklärungen ohne Absender. Sie genoß die Illusion, diese könnten von ihrem Mann kommen, der es vielleicht geschafft hatte, aus seiner Einsamkeit einen geheimen Weg zu ihr zu finden. Doch der Absender gab sich binnen kurzem am Telefon zu erkennen: Es war ein Spinner. Eine Frau erklärte sich ihr, ebenfalls am Telefon, ohne Umschweife: »Ich habe mich in Sie verliebt.«

In jenen Monaten kreativer Freiheit traf Mariavé zufällig eine Freundin, die Hellseherin war und das tragische Schicksal von Diana Turbay vorausgesagt hatte. Mariavé erschrak bei dem bloßen Gedanken, sie könnte irgend etwas Unheilvolles prophezeien, doch die Hellseherin beruhigte sie. Anfang Februar begegnete Mariavé ihr wieder, und da sagte sie ihr im Vorbeigehen ins Ohr, ohne irgend etwas gefragt worden zu sein und ohne auf irgendeine Reaktion zu warten: »Pacho lebt.« Sie sagte es mit einer solchen Überzeugung, daß Mariavé ihr glaubte, als habe sie ihn mit eigenen Augen gesehen.

Im Februar schien es in Wirklichkeit so zu sein, daß Escobar kein Vertrauen in die Dekrete hatte, selbst wenn er das Gegenteil behauptete. Mißtrauen war ihm angeboren, und er pflegte immer wieder zu sagen, daß er nur deshalb noch am Leben sei. Er delegierte nichts Wesentliches. Er war sein eigener Militärbefehlshaber, sein eigener Sicherheitschef, sein eigener Spionage- und Abwehrchef, ein unberechenbarer Stratege und ein Fehlinformator ohne gleichen. In extremen Situationen wechselte er täglich die acht Mann seiner Leibwache aus. Er kannte sich in der Kommunikationstechnologie aus, beherrschte alle Techniken, sich in andere Leitungen einzuschalten, Signale aufzufangen. Er hatte Angestellte, die den Tag damit verbrachten, an seinen Telefonen untereinander die Dialoge von Verrückten zu führen, damit die Lauscher sich in Mangrovenwäldern des Unsinns verirrten und darin nicht die tatsächlichen Botschaften erkannten. Als die Polizei zwei Telefonnummern bekanntgab, über die Informationen, die seinen Aufenthaltsort betrafen, durchgegeben werden sollten, heuerte er ganze Schulklassen an, um den Verrätern zuvorzukommen und die Leitungen vierundzwanzig Stunden lang besetzt zu halten. Unerschöpflich waren seine Listen, keine Beweise seiner Handlungen zu hinterlassen. Er beriet sich mit niemandem und gab seinen Anwälten in Rechtssachen Strategien vor, die sie nur noch juristisch untermauern mußten.

Seine Ablehnung, Villamizar zu empfangen, war in der Furcht begründet, dieser könnte unter der Haut ein elektronisches Gerät verborgen haben, das erlauben würde, ihn zu orten. Es handelte sich dabei eigentlich um einen winzigen Sender mit einer mikroskopisch kleinen Batterie, dessen Signale über weite Distanzen mit einem Goniometer – einem Funkpeilgerät – aufgefangen werden können und dann per Computer eine ungefähre Ortung des Senders ermöglichen. Escobar vertraute der Genialität dieser Erfindung so sehr, daß er es nicht für unwahrscheinlich hielt, daß jemand den Sender unter der Haut implantiert haben könnte. Mit einem Goniometer kann man auch die Koordinaten eines Rundfunksenders, eines mobilen oder festen Telefons anpeilen. Deshalb benutzte Escobar möglichst selten Telefone, und wenn, dann vorzugsweise aus fahrenden Autos. Er benutzte Boten, die schriftliche Nachrichten überbrachten. Wenn er jemanden treffen mußte, ließ er ihn nicht dahin kommen, wo er selbst war, sondern begab sich zu ihm. Wenn das Treffen beendet war, verschwand er in unvermutete Richtungen. Oder er bediente sich weit weniger fortgeschrittener Technologien: Er bestieg einen Kleinbus mit den Schildern und gefälschten Kennzeichen eines öffentlichen Verkehrsmittels, der dann die vorgeschriebene Route fuhr, ohne jedoch auf die Haltestellen zu achten, da er ja mit den Leibwächtern des Besitzers vollbesetzt war. Eine der Vergnügungen von Escobar war tatsächlich, ab und zu Busfahrer zu spielen.

Die Möglichkeit, daß die Verfassunggebende Versammlung sich gegen die Auslieferung und für eine Begnadigung aussprach, zeichnete sich im Februar ab. Escobar wußte das und konzentrierte sich auf dieses

Ziel mit noch mehr Kräften als auf die Regierung. In Wirklichkeit war Gaviria wohl ein härterer Brocken für ihn, als er vermutet hatte. Alles, was mit den Dekreten zur Unterwerfung unter das Gesetz zu tun hatte, wurde bei der Direktion der Ermittlungsbehörde für Kriminaldelikte auf dem neuesten Stand gehalten, und der Justizminister war in Alarmbereitschaft, um sich um jede dringliche juristische Frage zu kümmern. Villamizar handelte seinerseits nicht nur auf eigene Rechnung, sondern auch auf eigene Gefahr, doch durch seine enge Zusammenarbeit mit Rafael Pardo blieb der Regierung auch ein direkter Verbindungskanal offen, der sie nicht kompromittierte und ihr erlaubte, auch ohne Verhandlungen voranzukommen. Escobar mußte damals einsehen, daß Gaviria niemals einen offiziellen Delegierten bestimmen würde, um mit ihm – das war sein Wunschtraum – Gespräche zu führen, und so klammerte er sich an die Hoffnung, daß die Verfassunggebende Versammlung ihn begnadigen würde, sei es als reuigen Rauschgifthändler oder aber im Windschatten irgendeiner bewaffneten Gruppe. Das war keine ganz abwegige Überlegung. Vor der Einberufung der Verfassunggebenden Versammlung hatten sich die politischen Parteien auf eine Agenda in sich geschlossener Themenkomplexe geeinigt, und die Regierung erreichte mit juristischen Argumenten, daß die Auslieferung nicht mit aufgeführt wurde, da man sie als Druckmittel bei der Politik der Unterwerfung unter das Gesetz benötigte. Als aber der Oberste Gerichtshof die spektakuläre Entscheidung traf, daß die Verfassunggebende Versammlung uneingeschränkt jedwedes Thema behandeln könne, tauchte das Thema der Auslieferung wieder aus der Versenkung auf. Die Begnadigung wurde nicht erwähnt, aber auch das war möglich: Im Unendlichen ist für alles Platz.

Präsident Gaviria gehörte nicht zu denen, die ein Thema wegen eines anderen vernachlässigen. Innerhalb von sechs Monaten hatte er seinen Mitarbeitern ein System der persönlichen Mitteilungen aufgenötigt, schriftliche Notizen auf zufällig greifbaren Zettelchen, kurze Sätze, die alles zusammenfaßten. Manchmal schrieb er auch nur den Namen desjenigen darauf, an den der Zettel gerichtet war, übergab diesen dem Nächststehenden, und der Empfänger wußte dann schon, was er zu tun hatte. Diese Methode hatte überdies den für seine Mitarbeiter erschreckenden Vorzug, daß es keinen Unterschied zwischen Arbeits- und Freizeit gab. Gaviria kannte diesen Unterschied nicht, da er sich mit der gleichen Disziplin ausruhte, wie er arbeitete, und so schickte er weiter Zettelchen, auch wenn er bei einem Cocktail war oder gerade vom Unterwasserfischen auftauchte. »Wenn man mit ihm Tennis spielte, war das wie eine Sitzung des Ministerrats«, sagte einer seiner Berater. Wenn er am Schreibtisch saß, konnte Gaviria tiefe Siestas von fünf bis zehn Minuten halten und wachte dann wie neugeboren auf, während seine Mitarbeiter todmüde waren. Die Zettelmethode hatte, so willkürlich sie erscheinen mochte, den Vorteil, mit größerer Dringlichkeit und Energie als formelle Memoranden das Geschehen voranzutreiben.

Das System erwies sich als sehr nützlich, als der Präsident versuchte, den Schlag des Obersten Gerichtshofs gegen die Auslieferung mit dem Argument zu parieren, daß dies eine Frage für die Gesetzgebung und nicht für die Verfassung sei. Dem Innenminister Humberto de la Calle gelang es, die Mehrheit der Abgeordneten gleich zu Anfang davon zu überzeugen. Doch die Dinge, die den Menschen wichtig sind, setzen sich schließlich gegenüber jenen durch, die der Regierung wichtig sind, und die Menschen im Land hatten erkannt, daß die Auslieferung ein Grund für die gesellschaftliche Unruhe und, das vor allem, für den wilden Terrorismus war. Also wurde diese Frage nach vielem Hin und Her in den Themenkatalog der Rechtekommission aufgenommen.

Trotz alldem hegten die Ochoas weiterhin die Befürchtung, Escobar könnte, von den eigenen Dämonen in die Enge getrieben, sich in einer Katastrophe von apokalyptischem Ausmaß selbst opfern wollen. Es war eine prophetische Furcht. Anfang März erhielt Villamizar eine dringende Botschaft von ihnen: »Kommen Sie sofort, denn es ist damit zu rechnen, daß sehr ernste Dinge geschehen.« Sie hatten einen Brief von Pablo Escobar bekommen, in dem er damit drohte, fünfzig Tonnen Dynamit in der historischen Altstadt von Cartagena de Indias hochzujagen, falls die Polizisten nicht bestraft würden, die die Kommunen von Medellín unsicher machten: hundert Kilo für jeden jungen Mann, der nicht im Gefecht getötet worden war.

Bis zum 28. September 1989 hatten die Auslieferbaren Cartagena als ein unberührbares Heiligtum angesehen, dann aber erschütterte eine Ladung Dynamit die Grundmauern des Hilton Hotels, pulverisierte die Glasscheiben und tötete zwei Ärzte eines Kongresses, der in einem höheren Stockwerk tagte. Von da an war klar, daß auch dieses Kulturerbe der Menschheit nicht vor dem Krieg sicher war. Die neue Drohung erlaubte keinen Augenblick des Zögerns.

Präsident Gaviria erfuhr davon durch Villamizar, wenige Tage bevor die Frist ablief. »Jetzt kämpfen wir nicht um Maruja, sondern darum, Cartagena zu retten«, sagte Villamizar zu ihm, um ihm ein Argument zu liefern. Die Antwort des Präsidenten lautete, daß er für die Information danke und die Regierung Maßnahmen ergreifen werde, um eine Katastrophe zu verhindern, daß er sich aber auf keinen Fall erpressen lasse. Also reiste Villamizar wieder einmal nach Medellín, und mit Hilfe der Ochoas gelang es ihm, Escobar von seinem Plan abzubringen. Das war nicht leicht. Tage vor Ablauf der Frist garantierte Escobar eilig in einem Papier, daß den gefangenen Journalisten erst einmal nichts passieren werde, und er verschob die Bombenattentate in den großen Städten. Aber er war auch entschieden: Wenn die Einsätze der Polizei in Medellín über den April hinaus fortgesetzt würden, dann werde in der alten und ehrwürdigen Stadt Cartagena de Indias kein Stein auf dem anderen bleiben.

9

Nun allein im Zimmer, wurde Maruja bewußt, daß sie sich in der Hand von Männern befand, die möglicherweise Marina und Beatriz getötet hatten und sich weigerten, ihr den Fernseher und das Radio zurückzugeben, damit sie das nicht erfuhr. Von inständigen Bitten ging sie zu cholerischen Forderungen über, schrie die Wächter so laut an, daß auch die Nachbarn es hören konnten, sie lief nicht mehr ihre Runden im Hof und drohte, auch nichts mehr zu essen. Der Verwalter und die Wächter wurden von dieser unerwarteten Situation überrascht und wußten nicht, was zu tun war. Sie berieten sich flüsternd, ergebnislos, gingen hinaus, um zu telefonieren, und kamen noch unentschlossener zurück. Sie versuchten, Maruja mit illusorischen Versprechungen zu beschwichtigen oder sie mit Drohungen einzuschüchtern, ihren Vorsatz, das Essen zu verweigern, konnten sie aber nicht brechen.

Nie hatte Maruja sich so sehr als Herrin ihrer selbst gefühlt. Es war klar, daß ihre Wächter Anweisung hatten, sie nicht zu mißhandeln, und sie spielte die Karte aus, daß sie um jeden Preis lebend gebraucht wurde. Die Rechnung ging auf: Drei Tage nach der Freilassung von Beatriz ging ohne vorherige Ankündigung sehr früh am Morgen die Tür auf, und herein kam der Verwalter mit dem Radio und dem Fernseher. »Sie werden jetzt etwas erfahren«, sagte er zu Maruja. Und teilte ihr gleich ganz undramatisch mit:

»Doña Marina Montoya ist tot.«

Maruja, anders als sie selbst es erwartet hätte, vernahm dies, als habe sie es schon immer gewußt. Verwundert hätte sie, wenn Marina noch am Leben gewesen wäre. Als die Wahrheit jedoch ihr Herz erreichte, wurde ihr bewußt, wie sehr sie Marina liebte und wieviel sie darum gegeben hätte, daß es nicht stimmte.

»Mörder!« sagte sie zum Verwalter. »Das seid ihr alle: Mörder!«

In dem Augenblick erschien der *Doctor* in der Tür und wollte Maruja mit der Nachricht besänftigen, daß Beatriz glücklich zu Hause sei, aber sie glaubte es nicht, solange sie Beatriz nicht mit eigenen Augen im Fernsehen gesehen oder im Radio gehört hatte. Doch der gerade Gekommene schien ihr wie geschaffen, um ihrem Herzen Luft zu machen.

»Sie haben sich hier nicht mehr blicken lassen«, sagte sie. »Und das verstehe ich: Sie müssen sich sehr schämen für das, was Sie mit Marina gemacht haben.«

Er brauchte einen Augenblick, um sich von der Überraschung zu erholen.

»Was ist geschehen?« bedrängte ihn Maruja. »War sie zum Tode verurteilt?«

Daraufhin erklärte er, daß es darum gegangen sei, einen doppelten Verrat zu rächen. »Bei Ihnen ist das anders«, sagte er. Und wiederholte, was er schon früher einmal gesagt hatte: »Das hier ist politisch.« Maruja hörte ihm mit der seltsamen Faszination zu, die der Gedanke an den Tod bei jenen auslöst, die spüren, daß sie sterben werden.

»Sagen Sie mir wenigstens, wie es war«, sagte sie. »Hat Marina etwas gemerkt?«

»Nein, das schwöre ich«, sagte er.

»Wie kann das sein!« beharrte Maruja. »Wie kann sie nichts gemerkt haben!«

»Man hat ihr gesagt, sie würde zu einer anderen Finca gebracht«, sagte er mit dem Verlangen, daß sie ihm glaubte. »Man hat ihr gesagt, sie solle aus dem Wagen steigen, und sie ist vorangegangen, und man hat sie von hinten in den Kopf geschossen. Sie hat nichts merken können.«

Das Bild von Marina, wie sie, die Kapuze verkehrt herum auf, blind auf eine imaginäre Finca zuschritt, sollte Maruja in vielen schlaflosen Nächten verfolgen. Mehr noch als den Tod selbst fürchtete sie, luzide den letzten Augenblick zu erleben. Etwas Trost spendete ihr einzig die Schachtel mit Schlaftabletten, die sie wie kostbare Perlen gehütet hatte, um eine Handvoll davon zu schlucken, ehe sie sich gutwillig zur Schlachtbank schleifen ließ.

In den Mittagsnachrichten sah sie endlich Beatriz, umgeben von ihren Lieben in einer ganz mit Blumen geschmückten Wohnung. Sie erkannte diese trotz der

Veränderung sofort: Es war ihre eigene. Die Freude, die Wohnung zu sehen, wurde jedoch durch das Mißfallen an der neuen Ausstattung verdorben. Das neue Bücherregal schien ihr gut gebaut und stand an dem Platz, wo sie es haben wollte, doch die Farben der Wände und der Teppiche waren unerträglich, und das Pferd aus der Tang-Dynastie war höchst ungeschickt dort aufgestellt, wo es am meisten störte. Ohne an ihre Situation zu denken, begann sie, ihren Mann und ihre Kinder zu schelten, als könnten die sie auf dem Bildschirm hören. »Ihr Schwachköpfe!« rief sie. »Das ist ganz anders, als ich es haben wollte!« Der Wunsch freizukommen reduzierte sich einen Augenblick lang auf den Wunsch, ihnen die Leviten zu lesen, weil sie das alles völlig falsch gemacht hatten.

In diesem Sturm widersprüchlicher Empfindungen und Gefühle wurden ihr die Tage unerträglich und die Nächte endlos. Es machte sie beklommen, in Marinas Bett zu schlafen, unter ihrer Decke, von ihrem Geruch bedrängt, und wenn sie in den Schlaf zu gleiten begann, hörte Maruja in der Dunkelheit neben sich im Bett wie Bienengesumm Marinas Flüstern. Eines Nachts war es keine Halluzination, sondern ein Wunder aus dem wirklichen Leben. Marina griff mit ihrer lebendigen, warmen und weichen Hand nach ihrem Arm und hauchte ihr mit ihrer natürlichen Stimme ins Ohr: »Maruja.«

Sie hielt das nicht für eine Halluzination, weil sie in Jakarta eine ähnlich wundersame Erfahrung gemacht hatte. Auf einer Antiquitätenmesse hatte sie die lebensgroße Figur eines schönen Jünglings gekauft, der einen Fuß auf ein besiegtes Kind gestellt hatte. Er hatte wie die katholischen Heiligen einen Strahlenkranz um den Kopf, aber dieser war aus Blech und vom Stil und den Materialien her wohl eine billige Hinzufügung. Erst nachdem Maruja die Skulptur schon eine ganze Weile an einem Ehrenplatz im Haus stehen gehabt hatte, erfuhr sie, daß es sich um den Gott des Todes handelte.

Maruja träumte eines Nachts, daß sie versuchte, der Statue den Strahlenkranz abzureißen, weil sie diesen so häßlich fand, es gelang ihr jedoch nicht. Er war an die Bronze angelötet. Sie wachte von der unangenehmen Erinnerung verstört auf, lief zu der Statue in den Salon und sah, daß der Gott seiner Krone beraubt war, und der Strahlenkranz lag auf dem Boden, als sei dies das Ende ihres Traums. Maruja – Rationalistin und Agnostikerin – gab sich mit der Vorstellung zufrieden, daß sie selbst, in einer nicht erinnerbaren Phase des Schlafwandelns, dem Todesgott die Krone abgenommen hatte.

Am Anfang der Gefangenschaft hatte sie die Wut über Marinas Unterwürfigkeit aufrechterhalten. Später war es das Mitgefühl mit Marinas bitterem Schicksal gewesen und der Wunsch, ihr Lebensmut einzuflößen. Als dann Beatriz begann, die Kontrolle zu verlieren, hielt die Pflicht, eine nicht vorhandene Kraft vorzutäuschen, Maruja aufrecht, und auch die Notwendigkeit, das eigene innere Gleichgewicht zu bewahren, wenn sie das Unglück niederdrückte. Eine mußte die Führung

rung übernehmen, damit nicht alles zusammenbrach, und das war sie gewesen, in einem düsteren und übelriechenden Raum von drei mal zweieinhalb Metern, wo sie auf dem Boden schliefen, Küchenreste aßen und nie die Gewißheit hatten, in der nächsten Minute noch am Leben zu sein. Als aber niemand anderes mehr im Zimmer war, mußte sie nichts mehr vortäuschen: Sie war mit sich allein.

Die Gewißheit, daß Beatriz die Familie darüber informiert hatte, wie man Maruja über Fernsehen und Rundfunk erreichen konnte, hielt sie wach. Tatsächlich meldete sich Villamizar mehrmals mit seinen mutmachenden Worten, und ihre Kinder trösteten sie mit ihrer Erfindungsgabe und ihrem Charme. Auf einmal, ohne jede Vorwarnung, war der Kontakt zwei Wochen lang unterbrochen. Ein Gefühl, vergessen zu sein, nahm daraufhin von ihr Besitz. Sie brach zusammen. Sie lief nicht mehr. Sie blieb, das Gesicht zur Wand, liegen, von allem abgeschnitten, aß und trank gerade noch genug, um nicht zu sterben. Sie spürte wieder die gleichen Schmerzen wie im Dezember, die gleichen Krämpfe und Stiche in den Beinen, wegen derer der Arzt hatte kommen müssen. Aber diesmal klagte sie nicht einmal.

Die Wächter, in ihre persönlichen Konflikte und internen Unstimmigkeiten verstrickt, kümmerten sich nicht um sie. Das Essen wurde auf dem Teller kalt, und weder der Verwalter noch seine Frau schienen davon etwas zu bemerken. Die Tage wurden länger und öder. So sehnte sich Maruja zuweilen sogar nach den schlimmsten Momenten der ersten Tage. Sie verlor das Interesse am Leben. Sie weinte. Eines Morgens bemerkte sie entsetzt beim Aufwachen, daß ihr rechter Arm sich von alleine hob.

Die Wachablösung im Februar war eine glückliche Fügung. Statt der Bande von Barrabás wurden vier neue junge Männer geschickt, die ernsthaft, diszipliniert und gesprächig waren. Sie hatten gute Manieren und die Fähigkeit, sich auszudrücken, was für Maruja ein Labsal war. Sie forderten sie gleich zu Anfang auf, sich an Nintendo und anderen Videospielen zu versuchen. Das Spiel brachte sie einander näher. Maruja bemerkte sogleich, daß sie eine gemeinsame Sprache sprachen, und das machte die Kommunikation leichter. Die jungen Männer waren zweifellos angewiesen worden, Marujas Widerstand zu überwinden und sie mit einer anderen Behandlung moralisch wieder aufzurichten. Zunächst überredeten sie Maruja dazu, die ärztlich verordneten Hofgänge wieder aufzunehmen, an ihren Mann und ihre Kinder zu denken und deren Hoffnung nicht zu enttäuschen, sie bald in guter Verfassung wiederzusehen.

Die Atmosphäre war geeignet, sich den Kummer von der Seele zu reden. Maruja, der bewußt war, daß auch die jungen Männer Gefangene waren und sie vielleicht brauchten, erzählte ihnen von ihren Erfahrungen mit drei Söhnen, die nun bereits erwachsen waren. Sie erzählte ihnen von Schlüsselepisoden aus deren Kindheit und Schulzeit, von Gewohnheiten und Vorlieben. Auch die Wächter, die schon etwas Vertrauen gefaßt hatten, erzählten aus ihrem Leben.

Alle hatten sie die Schule abgeschlossen, und einer von ihnen war mindestens ein Semester an der Universität gewesen. Sie behaupteten, daß sie, anders als die vorherigen Wächter, aus Familien der Mittelschicht kämen, auf die eine oder andere Weise waren sie jedoch von der Lebensform in den Kommunen von Medellín geprägt. Der älteste von ihnen war vierundzwanzig Jahre alt und wurde Hormiga, Ameise, gerufen, er war groß, stattlich und zurückhaltend. Er hatte sein Studium aufgegeben, nachdem seine Eltern bei einem Verkehrsunfall ums Leben gekommen waren, und hatte keinen anderen Ausweg gesehen, als sich zu verdingen. Ein anderer, Tiburón, Hai, genannt, erzählte amüsiert, die Hälfte der Abiturprüfungen habe er dadurch bestanden, daß er seine Lehrer mit einem Spielzeugrevolver bedrohte. Der fröhlichste dieser Gruppe und auch aller bisherigen Wächter wurde Trompo genannt und erinnerte tatsächlich an einen Kreisel. Er war sehr dick, hatte kurze, zarte Beinchen, und seine Tanzbegeisterung erreichte wahnwitzige Ausmaße. Einmal legte er nach dem Frühstück ein Tonband mit Salsamusik auf und tanzte ohne Unterbrechung und mit frenetischem Schwung bis zum Ende seiner Schicht. Der förmlichste Wächter, Sohn einer Lehrerin, las Literatur und Zeitungen und war über die aktuelle Lage im Land gut informiert. Er hatte nur eine Erklärung, warum er dieses Leben führte: »Es ist einfach geil.«

Doch wie Maruja gleich zu Anfang geahnt hatte, waren sie für menschlichen Umgang durchaus empfänglich. Das wiederum verlieh ihr nicht nur neuen Lebensmut, es machte sie auch erfinderisch, wenn es darum ging, sich Vergünstigungen zu verschaffen, an die wahrscheinlich die Wächter selbst nicht gedacht hatten.

»Glaubt nicht, daß ich bei euch Mist baue«, sagte sie. »Ihr könnt sicher sein, daß ich nichts tue, was verboten ist, denn ich weiß, daß das hier ein schnelles und gutes Ende nehmen wird. Also macht es keinen Sinn, wenn ihr mich so einengt.«

Mit einer Selbständigkeit, die keiner der bisherigen Wächter gehabt hatte – ja nicht einmal deren Chefs –, wagten die Neuen es, die Haftbedingungen sehr viel weiter zu lockern, als selbst Maruja erwartete. Sie erlaubten ihr, sich frei im Zimmer zu bewegen, sie brauchte die Stimme nicht mehr so zu dämpfen und konnte zu beliebigen Zeiten zur Toilette gehen. Durch die neue Behandlung war sie wieder in der Verfassung, sich um ihr körperliches Wohl zu kümmern. Dank entsprechender Erfahrungen in Jakarta profitierte sie besonders von den Gymnastikübungen, die eine Turnlehrerin für sie in Alexandras Sendung vorführte, einem Programm, das einen bezeichnenden Namen hatte: Übungen in beschränkten Räumen. Ihre Begeisterung war so groß, daß einer der Wächter mißtrauisch fragte: »Diese Sendung enthält doch wohl keine Botschaft für Sie?« Es kostete Maruja Mühe, ihn vom Gegenteil zu überzeugen.

In jenen Tagen wurde sie auch überrascht und bewegt von der Sendung *Colombia los Reclama*, sie fand nicht nur Konzept und Ausführung gut, sondern hielt die Kampagne auch für besonders geeignet, die Moral der letzten beiden Geiseln hochzuhalten. Maruja fühlte sich weniger ausgeschlossen und den Ihren nah. Sie meinte, sie selbst hätte das ebenso gemacht, als Kampagne, als Medizin, als Aufruf, und so gewann sie sogar die Wetten, die sie mit den Wächtern darüber abschloß, wer am nächsten Tag auf dem Bildschirm auftauchen würde. Einmal wettete sie, daß es Vicky Hernández sein würde, eine große Schauspielerin und ihre große Freundin, und Maruja gewann. Ein größerer Gewinn war jedoch, daß allein die Tatsache, Vicky zu sehen und ihre Botschaft zu hören, ihr einen der wenigen glücklichen Momente ihrer Haft bescherte.

Auch die Rundgänge auf dem Hof blieben nicht ohne Folgen. Der Deutsche Schäferhund, froh sie wiederzusehen, versuchte unter dem Tor hindurchzukriechen, um mit Maruja herumzutoben. Doch sie streichelte ihn beruhigend, da sie befürchtete, das Mißtrauen der Wächter zu wecken. Marina hatte ihr gesagt, daß hinter dem Tor eine friedliche Wiese mit Schafen und Hühnern liege. Maruja überprüfte das mit einem raschen Blick im klaren Mondlicht. Sie bemerkte jedoch auch, daß ein Mann mit einem Gewehr außerhalb des Gatters Wache stand. Die vage Hoffnung, mit der Komplizenschaft des Hundes fliehen zu können, konnte sie aufgeben.

Am 20. Februar, als das Leben seinen Rhythmus wiedergefunden zu haben schien, hörten sie im Radio, daß man auf einer Viehweide bei Medellín die Leiche von Dr. Conrado Prisco Lopera, einem Cousin der beiden Bandenchefs, gefunden hatte, der zwei Tage zuvor verschwunden war. Sein Cousin Edgar de Jesús Botero Prisco wurde vier Tage später ermordet. Keiner der beiden war vorbestraft. Dr. Prisco Lopera war der Mann, der unmaskiert und unter seinem richtigen Namen Juan Vitta medizinisch versorgt hatte, und Maruja fragte sich, ob er nicht auch der Maskierte gewesen war, der sie vor einiger Zeit untersucht hatte.

Ebenso wie der Tod der Prisco-Brüder im Januar lösten diese Todesfälle bei den Wächtern große Betroffenheit aus und steigerten die Nervosität des Verwalters und seiner Familie. Der Gedanke, das Kartell könne diese Toten mit dem Leben einer Geisel rächen, wie es bei Marina Montoya geschehen war, hing wie ein schicksalsschwerer Schatten über dem Zimmer. Der Verwalter kam am nächsten Tag grundlos und zu ungewohnter Stunde herein.

»Ich will Sie ja nicht beunruhigen«, sagte er zu Maruja, »aber da ist etwas sehr Ernstes: Seit gestern nacht sitzt ein Schmetterling auf der Tür zum Hof.«

Maruja, die an Unsichtbares nicht glaubt, wußte nicht, was er ihr damit sagen wollte. Der Verwalter erklärte es ihr mit bewußt unheilsschwangerem Ton.

»Als die anderen Priscos umgebracht worden sind, war es genauso«, sagte er. »Ein schwarzer Schmetterling saß drei Tage lang auf der Badezimmertür.«

Maruja erinnerte sich an Marinas dunkle Vorahnungen, gab sich aber arglos.

»Und was heißt das?« fragte sie.

»Ich weiß nicht«, sagte der Verwalter, »aber das muß ein böses Vorzeichen sein, denn damals wurde Doña Marina getötet.«

»Ist der Schmetterling jetzt schwarz oder bräunlich?« fragte Maruja.

»Bräunlich«, sagte der Verwalter.

»Dann ist es gut«, sagte Maruja. »Unglück bringen nur die schwarzen.«

Aus dem Vorsatz, sie zu erschrecken, wurde nichts. Maruja kannte ihren Mann, wußte, wie er dachte und vorging, und sie glaubte nicht, daß er so auf Abwegen war, daß ein Schmetterling ihm den Schlaf rauben konnte. Sie wußte vor allem, daß weder er noch Beatriz irgendeinen Anhaltspunkt für einen gewaltsamen Befreiungsversuch preisgeben würden. Da sie aber gewohnt war, ihre inneren Hochs und Tiefs als Reflexe der Außenwelt zu deuten, schloß sie nicht aus, daß fünf Todesfälle in einem Monat und in ein und derselben Familie fürchterliche Folgen für die letzten beiden Entführten haben könnten.

Dagegen mußte das Gerücht, die Verfassunggebende Versammlung stelle die Auslieferungspraxis in Frage, für die Auslieferbaren eine Erleichterung sein. Als Präsident Gaviria am 28. Februar bei einem offiziellen Besuch in den Vereinigten Staaten erklärte, er sei entschieden dafür, die Auslieferung um jeden Preis beizubehalten, löste das keinen Alarm aus: Das Prinzip der Nichtauslieferung war bereits tief in den nationalen Gefühlen verwurzelt und mußte weder durch Bestechung noch durch Einschüchterungen durchgesetzt werden.

Maruja verfolgte aufmerksam diese Ereignisse, ansonsten schien ihr Tagesablauf die Wiederholung einund desselben Tags zu sein. Als sie gerade wieder einmal mit den Wächtern Domino spielte, beendete der Trompo plötzlich das Spiel und sammelte die Steine zum letzten Mal ein.

»Morgen verschwinden wir«, sagte er.

Maruja wollte es nicht glauben, doch der Sohn der Lehrerin bestätigte es.

»Im Ernst«, sagte er. »Morgen kommt die Gruppe von Barrabás.«

Dies war der Anfang dessen, was Maruja als ihren schwarzen März in Erinnerung behalten sollte. So, wie die Wächter, die nun gingen, Anweisungen zu haben schienen, ihr die Haft zu erleichtern, so waren diejenigen, die kamen, zweifellos instruiert, sie ihr unerträglich zu machen. Sie brachen wie ein Erdbeben herein. Der Monje lang, hager und noch düsterer und verschlossener als beim letzten Mal. Die anderen so wie immer, als wären sie nie weggewesen. Barrabás führte mit dem Gehabe eines Kinokillers das Kommando, gab militärische Befehle, ein Versteck zu suchen, das es nicht gab, oder täuschte vor, es zu suchen, um sein Opfer zu quälen. Die Wächter brachten das Bett durcheinander, weideten die Matratze aus und stopften sie dann wieder so schlecht, daß es nicht leicht war, auf diesem Knotenlager zu schlafen.

Das tägliche Leben kehrte zu dem alten Stil zurück, man hielt die Waffen bereit, um sie, wenn ein Befehl nicht sofort befolgt wurde, abfeuern zu können. Barrabás sprach nicht mit Maruja, ohne zugleich mit der Maschinenpistole auf ihren Kopf zu zielen. Wie immer drohte sie damit, sich bei seinen Chefs über ihn zu beklagen.

»Ich sterbe wahrlich nicht, nur weil Ihnen eine Kugel losgegangen ist«, sagte sie. »Geben Sie also Ruhe, sonst beschwere ich mich.«

Diesmal half dieses Mittel nicht. Klar schien jedoch, daß das Durcheinander nicht gezielt einschüchtern sollte, vielmehr war das System selbst aufgrund völliger Demoralisierung von innen her zerfressen. Sogar die häufigen Streitigkeiten zwischen dem Verwalter und Damaris, die eine geradezu folkloristische Färbung hatten, nahmen eine beängstigende Wendung. Er kam irgendwann – wenn er denn überhaupt heimkam – von draußen herein, fast immer war er brutal betrunken und mußte sich dann den obszönen Tiraden seiner Frau stellen. Das Geschrei der beiden und das Weinen der Kinder, die zu jeder Zeit aufgeweckt wurden, störten das Haus auf. Die Wächter ahmten sie theatralisch nach und machten sich über sie lustig, was den Tumult noch vergrößerte. Es war unglaublich, daß bei diesem Tohuwabohu noch niemand aufgetaucht war, und sei es nur aus Neugier.

Getrennt schütteten der Verwalter und seine Frau bei Maruja ihr Herz aus. Damaris aufgrund berechtigter Eifersucht, die ihr keinen Augenblick Ruhe gönnte. Er, weil er nach einer Methode suchte, seine Frau zu beruhigen, ohne auf seine Seitensprünge verzichten zu müssen. Doch Marujas gute Dienste wirkten nicht über seine nächste Eskapade hinaus.

Bei einer ihrer vielen Auseinandersetzungen zerkratzte Damaris wie mit Katzenkrallen ihrem Mann das Gesicht, und es dauerte, bis die Schrammen verheilt waren. Er versetzte ihr einen solchen Fausthieb, daß sie aus dem Fenster flog. Wie durch ein Wunder brachte er sie nicht um, da sie es schaffte, sich im letzten Augenblick am Balkon festzuhalten, und so hing sie dann über dem Hof. Das war das Ende. Damaris packte die Koffer und verschwand mit den Mädchen nach Medellín.

Das Haus war nun allein in Händen des Verwalters, der oft erst bei Einbruch der Nacht mit Tüten voller Joghurt und Chips auftauchte. Ganz selten brachte er einmal ein Hähnchen. Wurde ihnen das Warten zu lang, plünderten die Wächter die Küche. Wenn sie ins Zimmer zurückkamen, brachten sie Maruja irgendwelche trockenen Brotreste und rohe Würste mit. Die Langeweile machte sie reizbarer und gefährlicher. Sie schimpften auf ihre Eltern, auf die Polizei, auf die ganze Gesellschaft. Sie erzählten von ihren sinnlosen Verbrechen und ihren absichtlichen Sakrilegen, mit denen sie sich beweisen wollten, daß Gott nicht existierte, und bei den Berichten über ihre sexuellen Großtaten steigerten sie sich ins Wahnhafte hinein. Einer von ihnen beschrieb, auf welch abartige Weise er seine Geliebte für ihren Spott und ihre Demütigungen gestraft hatte. Verbittert und unkontrolliert berauschten sie sich schließlich mit Marihuana und Bazuco, bis man in dem verräucherten Zimmer nicht mehr atmen konnte. Sie hörten dröhnend laut Radio, knallten die Tür, wenn sie kamen oder gingen, sprangen, sangen, tanzten und turnten auf dem Hof herum. Einer von ihnen hätte ein professioneller Akrobat aus einem schäbigen Zirkus sein können. Maruja drohte ihnen damit, daß das Spektakel die Aufmerksamkeit der Polizei auf sich ziehen würde.

»Soll sie doch kommen und uns erschießen!« schrien sie im Chor.

Maruja fühlte sich am Ende ihrer Kräfte, besonders wegen des durchgedrehten Barrabás', der sich einen Spaß daraus machte, sie damit zu wecken, daß er ihr den Lauf der Maschinenpistole an die Schläfe hielt. Ihr begann das Haar auszugehen. Schon bei Tagesanbruch, wenn sie die Augen öffnete und das Kopfkissen voller ausgefallener Haare sah, war sie deprimiert.

Sie wußte, daß jeder der Wächter anders war, aber sie alle hatten eine gemeinsame Schwäche – ihre Unsicherheit gepaart mit gegenseitigem Mißtrauen. Maruja heizte das durch ihre Angst noch an. »Wie könnt ihr so leben?« fragte sie unvermittelt. »An was glaubt ihr? Wißt ihr überhaupt, was Freundschaft ist?« Bevor sie reagieren konnten, hatte sie die Männer in die Enge getrieben: »Bedeutet es euch etwas, Wort zu halten?« Sie erwiderten nichts, doch die Antworten, die sie sich selbst gaben, mußten beunruhigend sein, denn statt sich zu wehren, demütigten sie sich vor Maruja. Nur Barrabás trat ihr entgegen. »Scheißoligarchen!« schrie er einmal. »Habt ihr etwa geglaubt, ihr würdet immer das Sagen haben? Das ist vorbei, zum Teufel: Jetzt ist Schluß!« Maruja, die so große Angst vor ihm gehabt hatte, ging mit gleicher Wut auf ihn los.

»Ihr bringt eure Freunde um, eure Freunde bringen euch um, am Ende werden sich alle gegenseitig umbringen«, schrie sie. »Wer soll das verstehen? Holt mir doch jemanden, der mir erklärt, was für eine Sorte Bestien ihr seid.«

Vielleicht, weil er darüber außer sich war, daß er sie nicht töten durfte, schlug Barrabás mit der Faust gegen die Wand und verletzte sich die Handgelenkknochen. Er stieß einen wilden Schrei aus und brach vor Wut in Tränen aus. Maruja ließ sich nicht durch Mitleid erweichen. Der Verwalter verbrachte den Nachmittag mit dem Versuch, sie zu besänftigen, und bemühte sich vergeblich, ein besseres Abendessen aufzutischen.

Maruja fragte sich, wie sie denn bei derart wüsten Zuständen noch glauben konnten, daß die Gespräche im Flüsterton, die Beschränkung auf das Zimmer, die Rationierung von Fernsehen und Radio irgendeinen Sinn für die allgemeine Sicherheit haben könnten. Sie hatte so viel Wahnwitz satt und lehnte sich gegen die nutzlosen Regeln der Haft auf, sprach in normaler Lautstärke, ging, wann sie wollte, zur Toilette. Dafür nahm die Angst vor einem möglichen Übergriff zu, besonders wenn der Verwalter sie mit dem Wächterpaar, das gerade Dienst hatte, allein ließ. Das Drama erreichte eines Morgens seinen Höhepunkt, als ein Wächter in das Bad eindrang, während sie sich gerade unter der Dusche einseifte. Maruja bedeckte sich hastig mit dem Handtuch und stieß einen Entsetzensschrei aus, den man im ganzen Viertel hören mußte. Der Mann erstarrte zur Salzsäule und stand wohl Todesängste wegen der Reaktionen der Nachbarschaft aus. Doch niemand eilte herbei, kein Laut war zu hören. Der Wächter ging schließlich rückwärts auf Zehenspitzen hinaus, als hätte er sich in der Tür geirrt.

Der Verwalter tauchte wieder auf, als er am wenigsten erwartet wurde, und zwar mit einer anderen Frau, die das Haus in Besitz nahm. Doch statt die Unordnung unter Kontrolle zu bekommen, trugen beide dazu bei, sie noch zu vermehren. Die Frau begleitete den Verwalter auf seine Sauftouren in die Vorstadt, und meistens endeten diese mit Schlägereien und fliegenden Flaschen. Die Essenszeiten wurden unberechenbar. Sonntags ging das Paar sich amüsieren und ließ Maruja und die Wächter bis zum nächsten Tag ohne Essen. Eines frühen Morgens, als Maruja allein im Hof auf und ab lief, gingen alle vier Wächter die Küche plündern und ließen die Maschinenpistolen im Zimmer liegen. Ein Gedanke ließ Maruja erschauern. Sie kostete ihn aus, während sie mit dem Hund sprach, ihn streichelte, flüsternd auf ihn einredete und das erfreute Tier ihr mit komplizenhaftem Knurren die Hände leckte. Der Schrei von Barrabás riß sie aus ihren Träumen.

Es war das Ende einer Illusion. Der Hund wurde durch einen anderen, der wie ein Bluthund aussah, ersetzt. Man verbot die Hofgänge, und Maruja wurde ständig bewacht. Am meisten Angst hatte sie nun davor, daß man sie mit einer plastikbezogenen Kette, die Barrabás wie einen Rosenkranz ein- und ausrollte, an das Bett fesseln könnte. Maruja kam jeglicher Absicht zuvor.

»Wenn ich hätte abhauen wollen, hätte ich das schon längst getan«, sagte sie. »Ich bin oft genug allein geblieben, und wenn ich nicht geflohen bin, dann nur, weil ich es nicht wollte.«

Jemand mußte die Beschwerden weitergegeben haben, denn eines Morgens kam der Verwalter mit verdächtiger Bescheidenheit herein und äußerte alle möglichen Entschuldigungen. Daß er sich schrecklich schäme, daß die Jungs sich von nun an gut benehmen würden, daß er schon nach seiner Frau geschickt habe, daß sie bereits auf dem Weg sei. So war es: Damaris kehrte mit den beiden Mädchen zurück, unverändert in ihren Miniröcken eines schottischen Dudelsackpfeifers und mit den schauderhaften Linsengerichten. Entsprechend eingestellt, kamen am nächsten Tag zwei maskierte Chefs, warfen die vier Wächter hochkant heraus und sorgten für Ordnung. »Die kommen nie wieder«, sagte einer der Chefs mit haarsträubender Entschiedenheit. Gesagt, getan.

Noch am Nachmittag schickten sie die Gruppe der Abiturienten ins Haus, und es war wie eine magische Rückkehr zum Frieden vom Februar: der gemächliche Gang der Zeit, die Illustrierten, die Musik von Guns 'n' Roses und die Videofilme mit Mel Gibson und den gedungenen Revolverhelden, die erfahren waren in den

Ausschweifungen des Herzens. Maruja war gerührt darüber, wie die jugendlichen Killer mit der gleichen Hingabe wie ihre eigenen Söhne diese Musik hörten und die Filme sahen.

Ende März tauchten unangekündigt zwei Unbekannte auf, die sich von den Wächtern Kapuzen geliehen hatten, um nicht mit unbedecktem Gesicht sprechen zu müssen. Einer von ihnen grüßte kaum und begann, das Zimmer mit einem Schneidermaßband auszumessen, während der andere sich bei Maruja einzuschmeicheln versuchte.

»Sehr erfreut, Sie kennenzulernen, Señora«, sagte er. »Wir kommen, um das Zimmer mit Teppichware auszulegen.«

»Das Zimmer auslegen!« schrie Maruja, blind vor Wut. »Scheren Sie sich zum Teufel! Ich will von hier weg. Sofort!«

Auf alle Fälle erregte sie sich nicht so sehr über den Teppich, als über das, was er bedeuten konnte: daß ihre Freilassung auf unbestimmte Zeit aufgeschoben wurde. Einer der Wächter äußerte später, daß Marujas Deutung falsch gewesen sei, da der Teppich vielleicht bedeutete, daß sie bald herauskam und das Zimmer für wichtiger eingeschätzte Geiseln renoviert wurde. Doch Maruja war sich sicher, daß in diesem Moment ein Teppich nur ein weiteres Jahr ihres Lebens darstellen konnte.

Auch Pacho Santos mußte sich zur Beschäftigung seiner Wächter etwas einfallen lassen, denn wenn sie es satt hatten, Karten zu spielen, zehnmal hintereinander denselben Film zu sehen, von ihren Mannestaten zu erzählen, dann begannen sie, sich im Zimmer wie Löwen in einem Käfig zu bewegen. Durch die Löcher der Kapuzen waren ihre geröteten Augen zu sehen. Dann gab es nur noch eins für sie, sich ein paar Tage freizunehmen. Das hieß: Sie pumpten sich eine Woche lang in einer Feiertour mit Drogen und Alkohol voll und kehrten in einem noch schlimmeren Zustand zurück. Drogen waren verboten und wurden nicht nur im Dienst hart bestraft, doch die Abhängigen fanden immer einen Weg, ihren Vorgesetzten, die sie überwachten, ein Schnippchen zu schlagen. Das Gängige war Marihuana, doch in schwierigeren Zeiten verschrieben sie sich mit Bazuco wahre Rauscholympiaden, die jede Katastrophe befürchten ließen. Nach einer Hexennacht auf der Straße stürzte einer der Wächter in das Zimmer und weckte Pacho mit einem Schrei. Der sah die Teufelsmaske ganz nah vor seinem Gesicht, sah blutunterlaufene Augen, aufgestellte Borsten, die aus den Ohren lugten, und nahm den Schwefelgestank der Hölle wahr. Es war einer seiner Wächter, der mit ihm das Fest beschließen wollte. »Sie wissen ja gar nicht, was ich für ein schlimmer Finger bin«, sagte er, während sie um sechs Uhr morgens einen doppelten Aguardiente tranken. In den folgenden zwei Stunden erzählte er, einem nicht zu bremsenden Drang seines Gewissens folgend, Pacho unaufgefordert sein Leben. Am Ende versank er in seiner Trunkenheit, und Pacho floh nur deshalb nicht, weil ihm im letzten Moment der Schwung dazu fehlte.

Als Lektüre munterten ihn in der Gefangenschaft am meisten die privaten Notizen auf, die *El Tiempo* auf Initiative von María Victoria allein für ihn auf den Meinungsseiten druckte, unverschlüsselt und ohne Rücksichten. Einer dieser Notizen war ein neues Foto seiner Kinder beigefügt, und mit heißem Herzen schrieb er einen Brief voll jener ungeheuerlichen Wahrheiten, die denen, die sie nicht erleiden, lächerlich erscheinen: »Ich sitze hier in diesem Zimmer, ans Bett gekettet, die Augen voller Tränen.« Von da an schrieb er seiner Frau und seinen Kinder eine ganze Serie von Herzensbriefen, die er nie abschicken konnte.

Pacho hatte nach dem Tod von Marina und Diana schon alle Hoffnung aufgegeben, als sich ihm, ohne daß er sich darum bemüht hätte, eine Fluchtmöglichkeit bot. Er hatte inzwischen keinen Zweifel mehr daran, daß er sich im Westen der Stadt, in einem der Viertel in der Nähe der Avenida Boyacá befand. Er kannte die Gegend gut, denn wenn er von der Redaktion in Zeiten dichten Verkehrs nach Hause fuhr, pflegte er dorthin auszuweichen, und in dieser Richtung war er am Abend der Entführung unterwegs gewesen. Die Mehrzahl der Gebäude mußte zu Wohnsiedlungen aus vielen gleichen Häusern gehören: ein Garagentor, ein winziger Garten, ein oberes Stockwerk mit Blick auf die Straße und alle Fenster mit weißgestrichenen Gitterstäben gesichert. Mehr noch: Innerhalb einer

Woche gelang es Pacho herauszubekommen, wie weit die Pizzeria entfernt war und daß die Fabrik nur die Bavaria Brauerei sein konnte. Ein irreführendes Detail war der verrückte Hahn, der anfangs zu jedweder Zeit krähte, im Laufe der Monate dann jedoch zur jeweils gleichen Zeit an unterschiedlichen Orten zu hören war: mal um drei Uhr nachmittags in der Ferne, mal um zwei Uhr morgens unter dem Fenster. Noch irritierter wäre Pacho gewesen, hätte man ihm erzählt, daß auch Maruja und Beatriz den Hahn in einem entfernten Viertel hörten.

Am Ende des Ganges, rechts von seinem Zimmer, hätte Pacho aus einem Fenster in einen kleinen geschlossenen Patio springen können und dann eine mit Kletterpflanzen bedeckte Mauer neben einem Baum mit kräftigen Ästen hochklettern können. Er wußte nicht, was hinter der Mauer war, da es sich jedoch um ein Eckhaus handelte, mußte es eine Straße sein. Und mit größter Wahrscheinlichkeit die Straße, auf der sich das Lebensmittelgeschäft, die Apotheke und die Autowerkstatt befanden. Letztere konnte allerdings ein für ihn ungünstiger Faktor sein, da sie womöglich ein Tarnbetrieb der Entführer war. Tatsächlich hörte Pacho einmal aus dieser Richtung eine Diskussion über Fußball, darunter zwei Stimmen, die zweifellos zu seinen Wächtern gehörten. Jedenfalls war die Flucht über die Mauer leicht, der Rest aber unvorhersehbar. Also war das Bad die beste Wahl, es hatte zudem den unverzichtbaren Vorteil, daß es der einzige Ort war, an den er ohne Kette gehen durfte.

Pacho war klar, daß die Flucht mitten am Tag stattfinden mußte, denn er ging nie zum Bad, nachdem er sich zu Bett gelegt hatte – auch wenn er vor dem Fernseher wach blieb oder noch im Bett schrieb –, und eine Ausnahme hätte ihn verraten können. Außerdem schlossen die Geschäfte früh, die Nachbarn blieben nach den Nachrichten um sieben im Haus, und um zehn Uhr war keine Seele mehr unterwegs. Sogar an den Freitagabenden, wenn es in Bogotá laut zugeht, war nur das langsame Schnauben der Bierbrauerei oder das plötzliche Aufheulen eines Krankenwagens zu hören, der die Avenida Boyacá entlangraste. Außerdem war es nicht leicht, nachts auf den verlassenen Straßen schnell einen Unterschlupf zu finden, denn die Türen der Geschäfte und Wohnhäuser waren mit Riegeln und Schlössern gegen die Gefahren der Nacht gesichert.

Aber die Gelegenheit bot sich – günstig wie nie zuvor – am 6. März, und es war nachts. Einer der Wächter hatte eine Flasche Aguardiente mitgebracht und bot Pacho davon an, während sie im Fernsehen eine Sendung mit Julio Iglesias sahen. Pacho trank wenig und nur, um dem Wächter einen Gefallen zu tun. Der Mann war am Nachmittag schon angetrunken zum Dienst gekommen und sackte dann zusammen, bevor die Flasche leer und Pacho angekettet war. Dieser war todmüde und erkannte nicht die Gelegenheit, die da vom Himmel fiel. Falls er nachts auf die Toilette wollte, mußte ihn sein diensttuender Wächter begleiten, doch Pacho zog es nun vor, nicht dessen selige Trunkenheit zu stören. Er trat in aller Unschuld, barfuß und in Unterhose, auf den dunklen Gang hinaus und ging mit angehaltenem Atem an dem Zimmer, in dem die anderen Wächter schliefen, vorbei. Einer schnarchte rasselnd. Erst da wurde Pacho bewußt, daß er, ohne es zu wissen, auf der Flucht war und das Schwierigste schon hinter ihm lag. Eine Welle der Übelkeit stieg in ihm hoch, ließ seine Zunge einfrieren und sein Herz rasen. »Es war nicht die Angst vor der Flucht, sondern die Angst davor, sie nicht zu wagen«, sollte er später sagen. Er ging in das dunkle Bad und zog die Tür mit einer Entschiedenheit zu, die kein Zurück kannte. Da stieß, noch halb im Schlaf, ein Wächter die Tür auf und leuchtete Pacho mit der Taschenlampe ins Gesicht. Beide erstarrten.

»Was machst du da?« fragte der Wächter.

Pacho antwortete mit fester Stimme:

»Ich scheiße.«

Mehr fiel ihm nicht ein. Der Wächter schüttelte den Kopf und wußte nicht, was er denken sollte.

»Okay«, sagte er schließlich. »Wohl bekomm's.«

Er blieb in der Tür stehen und leuchtete ihn, ohne mit der Wimper zu zucken, mit der Taschenlampe an, bis Pacho sein angebliches Geschäft erledigt hatte.

Besiegt von der Depression über den Fehlschlag, kam er im Laufe der Woche zu dem Entschluß, auf radikale und unumkehrbare Weise zu fliehen. »Ich hole die Klinge aus dem Rasierapparat, schneide mir die Pulsadern auf und liege morgens tot da«, sagte er sich. Am nächsten Tag veröffentlichte Pater Alfonso Llanos

Escobar in *El Tiempo* seine wöchentliche Kolumne, die diesmal an Pacho Santos gerichtet war, und befahl ihm in Gottes Namen, nicht an Selbstmord zu denken. Der Artikel hatte schon drei Wochen auf dem Schreibtisch von Hernando Santos gelegen, der nicht recht wußte, ob er ihn veröffentlichen sollte oder nicht, ohne daß ihm der Grund für seine Zweifel klar war, und sich dann am Vortag im letzten Augenblick für den Abdruck entschieden hatte, wiederum ohne zu wissen, warum. Immer noch wird Pacho, wenn er davon erzählt, von dem fassungslosen Staunen jenes Tages erfaßt.

Ein Chef von niedrigerem Rang, der Maruja Anfang April besuchte, versprach ihr, sich dafür einzusetzen, daß sie einen Brief von ihrem Mann bekam, den sie als Medizin für Körper und Seele dringend brauchte. Der Bescheid, den sie erhielt, war kaum zu glauben: »Kein Problem.« Der Mann ging etwa um sieben Uhr abends weg. Gegen halb ein Uhr nachts, nach dem Hofgang, klopfte der Verwalter dringlich an die von innen verriegelte Tür und übergab ihr dann den Brief. Es war keiner von denen, die Villamizar ihr über Guido Parra geschickt hatte, sondern jener Brief, den er Jorge Luis Ochoa übergeben hatte und den Gloria Pachón de Galán mit einer tröstlichen Nachschrift versehen hatte. Auf die Rückseite desselben Blattes hatte Pablo Escobar eigenhändig eine Notiz geschrieben: *»Ich weiß, daß dies alles für Sie und Ihre Familie schrecklich gewesen ist, aber meine Familie und ich haben auch* *sehr viel erlitten. Machen Sie sich jedoch keine Sorgen, ich verspreche, daß Ihnen, was immer auch geschieht, nichts geschehen wird.«* Und er schloß mit einer vertraulichen Randbemerkung, die Maruja unglaublich erschien. *»Geben Sie nichts auf meine Pressekommuniqués, mit denen will ich nur Druck ausüben.«*

Der Brief ihres Mannes dagegen entmutigte sie, weil er so pessimistisch war. Er schrieb, es liefe alles soweit gut, doch sie müsse Geduld haben, denn es könne noch lange dauern. In der Gewißheit, daß der Brief vor der Übergabe gelesen würde, hatte Villamizar mit einem Satz geendet, der eher für Escobar als für Maruja gedacht war: »Leiste Dein Opfer für den Frieden in Kolumbien.« Sie wurde wütend. Sehr oft erreichten sie die Gedankenbotschaften Villamizars von seiner Terrasse aus, und sie antwortete ihm aus tiefster Seele: »Hol mich hier raus, nach so vielen Monaten ohne Spiegel weiß ich schon nicht einmal mehr, wer ich bin.«

Nach diesem Brief hatte sie einen Grund mehr, ihm eigenhändig zu schreiben, was heißt hier Geduld, verflucht noch mal, hatte sie etwa nicht reichlich davon aufgebracht und genug durchgemacht in den Nächten des Grauens, in denen sie wie ein Krampf die Todesangst weckte. Sie wußte nicht, daß es ein alter Brief war, geschrieben nach dem Reinfall mit Guido Parra und den ersten Besuchen bei den Ochoas, als noch kein Hoffnungsschimmer in Sicht war. Man konnte nicht erwarten, daß der Brief so optimistisch war, wie er es in diesen Tagen gewesen wäre, als sich der Weg zu ihrer Befreiung schon abzuzeichnen schien.

Glücklicherweise diente das Mißverständnis dazu, Maruja bewußtzumachen, daß ihr Zorn vielleicht nicht so sehr auf den Brief als auf eine ältere und unbewußte Verbitterung über ihren Mann zurückzuführen war. Warum hatte Alberto, der doch schließlich die Verhandlungen führte, zugelassen, daß nur Beatriz freigelassen wurde? In neunzehn Jahren des gemeinsamen Lebens hatte sie weder die Zeit noch einen Grund oder den Mut gehabt, sich eine solche Frage zu stellen, und die Antwort, die sie sich gab, machte ihr die Wahrheit bewußt: Sie hatte die Entführung durchstehen können, weil sie die absolute Gewißheit hatte, daß ihr Mann jeden einzelnen Moment seines Lebens ihrer Befreiung widmete und sich keine Ruhepause dabei gönnte, sich auch ohne Hoffnungen weiter bemühte, weil er die absolute Gewißheit hatte, daß sie eben das wußte. Es war – auch wenn weder ihr noch ihm das klargewesen war – ein Pakt der Liebe.

Sie hatten sich vor neunzehn Jahren, als sie beide noch junge Publizisten waren, bei einem Arbeitstreffen kennengelernt. »Alberto hat mir auf Anhieb gefallen«, sagt Maruja. Weshalb? Sie überlegt nicht einmal. »Weil er so ungeschützt wirkte.« Eine ganz unerwartete Antwort. Auf den ersten Blick schien Villamizar ein typisches Exemplar des nonkonformistischen Studenten jener Zeit zu sein, Haare bis auf die Schultern, Dreitagebart und ein einziges Hemd, das er bei Regen wusch. »Manchmal nahm ich auch ein Bad«, sagt er heute und lacht sich schief. Auf den zweiten Blick war er unternehmungslustig, leichtlebig und eigensinnig. Doch Maruja sah ihn gleich auf den dritten Blick als einen Mann, der für eine schöne Frau den Kopf verlieren konnte, zumal wenn sie intelligent und sensibel war und auch noch das besaß, was man allein brauchte, um ihn fertig zu erziehen: eine eiserne Hand und das Herz einer Artischocke.

Gefragt, was ihm an ihr gefallen habe, antwortet Villamizar mit einem Knurren. Vielleicht weil Maruja, außer ihren sichtbaren Vorzügen, nicht gerade die besten Voraussetzungen bot, um sich in sie zu verlieben. Sie war in der Blüte ihrer Dreißiger, war mit neunzehn katholisch getraut worden und hatte fünf Kinder von ihrem Mann – drei Mädchen und zwei Jungen –, die jeweils im Abstand von fünfzehn Monaten geboren worden waren. »Ich habe ihm das gleich alles erzählt«, sagt Maruja, »er sollte wissen, daß er sich auf vermintes Gelände begab.« Er hörte ihr, ebenfalls knurrend, zu, und statt sie zum Mittagessen einzuladen, bat er einen gemeinsamen Freund, sie zusammen einzuladen. Am nächsten Tag lud er sie zusammen mit diesem Freund ein, am dritten lud er sie allein ein, und am vierten trafen sie sich ohne Mittagessen. So sahen sie sich weiter täglich und mit den allerbesten Absichten. Fragt man Villamizar, ob er in sie verliebt war oder nur mit ihr schlafen wollte, reagiert er nach Santandereaner Art: »Reden Sie keinen Stuß, es war bitterernst.« Wie ernst, konnte er sich damals vielleicht selbst noch nicht vorstellen.

Maruja führte eine Ehe ohne Erschütterungen, ohne Wenn und Aber, eine perfekte Ehe, der aber vielleicht das Gran an Inspiration oder Risiko fehlte, das sie brauchte, um sich lebendig zu fühlen. Mit dem Vorwand, ins Büro zu müssen, schuf sie sich Zeit für Villamizar. Sie dachte sich mehr Arbeit aus, als sie tatsächlich hatte, sogar an Samstagen von zwölf Uhr mittags bis zehn Uhr abends. An Sonn- und Feiertagen improvisierten die beiden Jugendfestivals, Kunstsymposien, Mitternachtsvorstellungen im Kinoklub, irgend etwas, nur um zusammenzusein. Für ihn gab es keine Probleme: Er war Junggeselle und abrufbereit, er lebte nach seiner Façon, aß à la carte und hatte so viele Samstagsbräute, daß er keine Freundin zu haben schien. Ihm fehlte nur noch die Zulassungsarbeit, um wie sein Vater Chirurg zu werden, doch die Zeiten waren mehr dazu angetan, das Leben zu leben, als Kranke zu heilen. Die Liebe ließ die Boleros hinter sich, es hatte ein Ende mit den parfümierten Billets, die vier Jahrhunderte überdauert hatten, mit den weinerlichen Serenaden, den Monogrammen auf Taschentüchern, es war vorbei mit der Blumensprache, den leeren Kinos um drei Uhr nachmittags, und alle Welt schien sich im glücklichen Wahn der Beatles mutig gegen den Tod aufzulehnen.

Ein Jahr, nachdem sie sich kennengelernt hatten, zogen sie mit Marujas Kindern in eine Wohnung von hundert Quadratmetern. »Es war eine Katastrophe«, sagt Maruja. Zu Recht: Sie lebten im Streit, jeder kämpfte gegen jeden, inmitten von zerschlagenem Geschirr, von Eifersüchteleien und Argwohn zwischen Kindern und Erwachsenen. »Manchmal haßte ich ihn abgrundtief«, sagt Maruja. »Und ich sie«, sagt Villamizar. »Aber nur fünf Minuten lang«, lacht Maruja. Im Oktober 1971 heirateten sie in Ureña, Venezuela, und das war, als ob sie ihrem Leben eine weitere Sünde hinzufügten, denn es gab keine Scheidung, und nur wenige glaubten an die Legalität einer Zivilehe. Nach vier Jahren wurde Andrés geboren, das einzige Kind der beiden. Es gab weiterhin Tumult, aber das tat ihnen nicht mehr so weh: Das Leben hatte sie gelehrt, daß Liebesglück nicht geschaffen ist, um dabei einzuschlafen, sondern um gemeinsam die Zähne zusammenzubeißen.

Maruja war die Tochter von Álvaro Pachón de la Torre, einem Starjournalisten der vierziger Jahren, der zusammen mit zwei berühmten Kollegen ums Leben kam – ein Unfall von historischer Tragweite für den Berufsstand. Als Vollwaisen hatten sie und ihre Schwester Gloria von früh auf gelernt, sich allein zu behaupten. Maruja war mit zwanzig Zeichnerin und Malerin gewesen, eine frühreife Publizistin, später Regisseurin und Drehbuchautorin für Rundfunk und Fernsehen, Chefin für Öffentlichkeitsarbeit oder Werbung in größeren Unternehmen und immer Journalistin. Ihr künstlerisches Talent und ihr impulsives Wesen überzeugten sofort, auch dank einer Führungsgabe, die in den stillen Seen ihrer Zigeuneraugen gut verborgen war. Villamizar seinerseits vergaß die Medizin, schnitt sich die Haare, warf das einzige Hemd in den Müll, band sich eine Krawatte um und entwickelte sich zum Fachmann für Marketing, er verkaufte en gros, was immer man ihm zu verkaufen gab. Aber sein Wesen veränderte sich nicht. Maruja erkennt an, daß sie weniger durch Schicksalsschläge als durch ihn von der Förmlichkeit und den Hemmungen ihrer Gesellschaftsschicht kuriert wurde.

Jeder arbeitete in seinem Bereich, und zwar mit Erfolg, während die Kinder in der Schule heranwuchsen. Maruja kam um sechs Uhr abends zurück, um sich ihnen zu widmen. Ein gebranntes Kind ihrer eigenen strengen und konventionellen Erziehung, wollte sie eine Mutter sein, die anders war, die nicht zu den Elternabenden in die Schule ging und nicht bei den Hausaufgaben half. Die Töchter beklagten sich: »Wir wollen eine Mutter wie alle haben.« Doch Maruja zog sie nach Augenmaß ganz anders auf, bot ihnen die Unabhängigkeit und die Ausbildung, all das zu tun, wozu sie Lust hatten. Merkwürdigerweise hatten dann alle Lust, gerade das zu werden, was die Mutter sich für sie gewünscht hatte. Mónica hat die Akademie der Schönen Künste in Rom als Malerin verlassen und macht außerdem graphisches Design. Alexandra ist Journalistin und Programmleiterin sowie Regisseurin beim Fernsehen. Juana ist Drehbuchautorin und Regisseurin für Film und Fernsehen. Nicolás komponiert Musik für Film und Fernsehen. Patricio praktiziert als Psychologe. Andrés, Student der Wirtschaftswissenschaften, ließ sich dank des schlechten Beispiels seines Vaters vom Skorpion der Politik stechen und wurde mit einundzwanzig Jahren bei den Kommunalwahlen in den Gemeinderat von Chapinero, im Norden Bogotás, gewählt.

Die Verbundenheit mit Luis Carlos Galán und Gloria Pachón war seit deren Verlobung entscheidend für eine politische Karriere, die weder Alberto noch Maruja sich hatten träumen lassen. Galán kam mit siebenunddreißig Jahren als Repräsentant des Nuevo Liberalismo in die Zielgerade für die Präsidentschaft der Republik. Seine Frau Gloria, ebenfalls Journalistin, und Maruja, in Werbung und Öffentlichkeitsarbeit bereits ein alter Hase, entwickelten Imagestrategien für sechs Wahlkampagnen. Villamizars Marketingerfahrungen hatten ihm eine logistische Kenntnis von Bogotá verschafft, über die wenige Politiker verfügten. Im Team führten die drei einen heißen Monat lang die erste Wahlkampagne des Nuevo Liberalismo in der Hauptstadt und fegten ausgekochte Wahlkämpfer hinweg. Bei den Wahlen von 1982 ließ sich Villamizar auf den sechsten Platz einer Liste setzen, die höchstens fünf Vertreter ins Parlament zu bekommen hoffte, dann aber neun entsandte. Bedauerlicherweise war jener Sieg das Präludium für ein neues Leben, das Alberto und Maruja acht Jahre später auf die ungeheuerliche Liebesprobe der Entführung stellen sollte.

Etwa zehn Tage nachdem der Brief gebracht worden war, kam der *Doctor* – er war bereits als großer Chef und oberster Leiter der Entführung beglaubigt – Maruja unangemeldet besuchen. Nachdem sie ihn in dem ersten Haus, in das sie in der Nacht der Entführung gebracht worden waren, gesehen hatte, war er noch etwa dreimal vor Marinas Tod gekommen. Er führte mit ihr lange Flüstergespräche, die nur mit einer sehr langen Vertrautheit zu erklären waren. Sein Verhältnis zu Maruja war immer besonders schlecht gewesen. Auf jeden Einwurf von ihr hatte er eine arrogante Erwiderung in einem brutalen Ton: »Sie haben hier nichts zu sagen.« Als sie noch zu dritt waren, hatte sie sich einmal über die elenden Bedingungen in dem Zimmer beschweren wollen, auf die sie ihren hartnäckigen Husten und ihre erratischen Schmerzen zurückführte.

»Ich habe schlimmere Nächte an sehr viel schlimmeren Orten zugebracht«, antwortete er wütend. »Für was haltet ihr euch eigentlich?«

Seine Besuche waren Vorboten großer Ereignisse, schlechter oder guter, doch immer wichtiger. Ermutigt von Escobars Brief, wagte Maruja es diesmal, ihn anzusprechen.

Die Verständigung klappte sofort, und zwar erstaunlich reibungslos. Sie fragte ihn zunächst ohne Verbitterung, was Escobar wolle, wie die Verhandlungen liefen, wie die Chancen dafür stünden, daß er sich in absehbarer Zeit stellte. Er erklärte ihr in aller Offenheit, daß ohne die nötigen Sicherheitsgarantien für Escobar und seine Leute alles schwierig sei. Maruja fragte ihn nach Guido Parra, auf dessen Vorstöße sie Hoffnungen gesetzt hatte und dessen plötzliches Verschwinden sie beunruhigte.

»Er hat sich eben nicht richtig benommen«, sagte er beiläufig. »Er ist nicht mehr im Spiel.«

Das konnte auf dreierlei Weise gedeutet werden: Entweder hatte Parra seinen Einfluß verloren, oder er hatte wirklich das Land verlassen, wie es in der Zeitung hieß, oder man hatte ihn getötet. Der *Doctor* antwortete ausweichend, daß er es wirklich nicht wisse.

Teils aus unwiderstehlicher Neugier, teils um sein Vertrauen zu gewinnen, fragte Maruja auch, wer denn den Brief verfaßt habe, den die Auslieferbaren in jenen Tagen an den US-Botschafter zum Thema Auslieferung und Rauschgifthandel geschrieben hatten. Er war ihr nicht nur wegen der starken Argumente aufgefallen, sondern auch wegen des guten Stils. Der *Doctor* wußte es nicht genau, doch ihm war bekannt, daß Escobar seine Briefe selbst schrieb, sie aufsetzte, überdachte und korrigierte, bis er das, was er sagen wollte, unzweideutig und ohne Widersprüche zu Papier gebracht hatte. Nach der fast zweistündigen Unterhaltung kam der *Doctor* auf das Thema der Übergabe zurück. Maruja bemerkte, daß ihn das mehr interessierte, als es zunächst den Anschein gehabt hatte, und daß er dabei nicht nur an Escobars Schicksal, sondern auch an sein eigenes dachte. Sie hatte sich ihrerseits ein gut begründetes Urteil über die Kontroversen und die Entwicklung der Dekrete gebildet, sie kannte die Einzelheiten der Politik der Unterwerfung und die Tendenzen innerhalb der Verfassunggebenden Versammlung, was Auslieferung und Begnadigung betraf.

»Wenn Escobar nicht dazu bereit ist, mindestens vierzehn Jahre ins Gefängnis zu gehen«, sagte sie, »dann glaube ich nicht, daß die Regierung sich auf eine Übergabe einlassen wird.«

Er hielt diese Ansicht für so wichtig, daß er auf einen unerhörten Gedanken kam: »Warum schreiben Sie dem Patrón nicht einen Brief?« Und angesichts von Marujas Verblüffung hakte er sogleich noch einmal nach.

»Im Ernst, schreiben Sie ihm das«, sagte er. »Das kann sehr nützlich sein.«

Gesagt, getan. Er brachte ihr Papier und Bleistift, wartete in aller Ruhe und ging inzwischen im Zimmer auf und ab. Vom ersten bis zum letzten Buchstaben rauchte Maruja ein halbes Päckchen Zigaretten, während sie auf dem Bett sitzend, das Papier auf ein Brett gelegt, schrieb. Ohne Umstände dankte sie Escobar für die Sicherheit, die ihr seine Worte gegeben hatten. Sie schrieb ihm, sie hege weder gegen ihn noch gegen jene, die für die Entführung zuständig seien, Rachegefühle, und dankte allen für die anständige Behandlung. Sie hoffe, Escobar könne sich auf die Dekrete der Regierung einlassen, um sich und seinen Kindern eine gute Zukunft innerhalb des Landes zu sichern. Mit eben den Worten, die Villamizar in seinem Brief vorgeschlagen hatte, bot sie zuletzt an, dem Frieden in Kolumbien ein Opfer zu bringen.

Der *Doctor* hatte etwas Konkretes zu den Übergabebedingungen erwartet, doch Maruja überzeugte ihn davon, daß die Wirkung die gleiche sein würde, auch ohne in Details zu gehen, die unverschämt wirken oder falsch interpretiert werden könnten. Sie behielt recht: Der Brief wurde von Pablo Escobar an die Presse weitergegeben, zu der er zu diesem Zeitpunkt wegen des allgemeinen Interesses an der Übergabe einen guten Draht hatte.

An Villazimar schickte Maruja mit gleicher Post einen ganz anderen Brief als jenen, den sie in der Wut geschrieben hatte, und erreichte so, daß er nach vielen Wochen des Schweigens wieder im Fernsehen erschien. In jener Nacht träumte sie unter dem Einfluß des starken Schlafmittels, daß Escobar aus einem Hubschrauber stieg und sie als Schutzschild gegen den Kugelhagel benutzte, ein Bild, wie aus einem futuristischen Western.

Am Ende des Besuchs hatte der *Doctor* die Leute im Haus angewiesen, sich im Umgang mit Maruja Mühe zu geben. Der Verwalter und Damaris waren so froh über die neuen Befehle, daß sie sich zuweilen in ihren Gefälligkeiten überschlugen. Bevor er sich verabschiedete, hatte der *Doctor* noch beschlossen, die Wächter auszuwechseln. Maruja bat ihn, es nicht zu tun. Die jungen Abiturienten vom Aprildienst waren nach den heillosen Zuständen im März ein Labsal gewesen und pflegten weiterhin ein friedliches Verhältnis zu ihr. Maruja hatte ihr Vertrauen gewonnen. Sie erzählten ihr, was sie beim Verwalter und seiner Frau gehört hatten, und hielten sie auf dem laufenden über interne Streitigkeiten, die früher ein Staatsgeheimnis gewesen waren. Sie versprachen ihr schließlich sogar, daß, sollte jemand etwas gegen sie im Schilde führen, sie die ersten wären, es zu verhindern – und Maruja glaubte es. Ihre Zuneigung bewiesen sie ihr mit Süßigkeiten, die sie aus der Küche stahlen, und sie schenkten ihr eine Dose Olivenöl, um den grauslichen Geschmack der Linsen zu überdecken.

Das einzig Heikle war die religiöse Unruhe, die sie peinigte und die Maruja, mit ihrer angeborenen Ungläubigkeit und ihrer Unwissenheit in Glaubensdingen, nicht befrieden konnte. Manchmal ging sie das Risiko ein, die Harmonie im Zimmer zu zerstören. »Wie läuft denn das bei euch?« fragte sie. »Wenn Töten Sünde ist, warum tötet ihr dann?« Sie forderte sie heraus: »So viele Rosenkränze um sechs Uhr abends, so viele Weihkerzen, soviel Getue um das Göttliche Kind, wenn ich aber zu fliehen versuchte, würdet ihr das alles vergessen und mich erschießen.« Die Debatten wurden so heftig, daß einer von ihnen einmal entsetzt ausrief:

»Sie sind ja Atheistin!«

Ja, schrie sie. Sie hätte nie gedacht, damit ein solches Entsetzen auszulösen. Maruja war bewußt, daß ihre Radikalität sie teuer zu stehen kommen konnte, und so erfand sie eine kosmische Theorie der Welt und des Lebens, die ihnen allen erlaubte zu diskutieren, ohne Streit zu haben. Es empfahl sich also nicht, diese Wächter durch unbekannte zu ersetzen. Doch der *Doctor* erklärte ihr:

»Das geschieht nur, um Ihnen die Sache mit den Maschinenpistolen zu ersparen.«

Maruja begriff, was er hatte sagen wollen, als die Männer der Wachablösung kamen. Es war eine unbewaffnete Putzkolonne, die den ganzen Tag lang fegte und wischte, bis dies sogar lästiger wurde als zuvor der Müll und der Dreck. Doch Marujas Husten ließ allmählich nach, und die neue Ordentlichkeit erlaubte ihr, sich mit einer Ruhe und Konzentration vor den Fernseher zu setzen, die ihrer Gesundheit und ihrem inneren Gleichgewicht förderlich waren.

Die ungläubige Maruja schenkte der Sendung *El Minuto de Dios* keinerlei Aufmerksamkeit. Das war ein seltsames Programm von sechzig Sekunden, in denen der zweiundachtzigjährige Eudistenpater Rafael García Herreros eher soziale denn religiöse Reflexionen anstellte, die oft kryptisch gerieten. Pacho Santos hingegen, ein glühender und praktizierender Katholik, interessierte sich für die Botschaft, die wenig mit der von Berufspolitikern gemein hatte. Der Pater war seit Januar 1955, als die Sendung im Kanal 7 des Staatsfernsehens angelaufen war, eines der bekanntesten Gesichter des Landes. Zuvor war er eine bekannte Stimme im Rundfunk gewesen, seit 1950 aus einem Sender in Cartagena, seit Januar 52 aus Kali, seit September 54 aus Medellín und seit Dezember des gleichen Jahres auch aus Bogotá. Auf dem Bildschirm erschien er fast zeitgleich mit der Einführung des Fernsehens. Er zeichnete sich durch seinen direkten und manchmal harschen Stil aus und hatte, wenn er sprach, die Adleraugen fest auf den Zuschauer gerichtet. Seit 1961 hatte er alljährlich das »Bankett der Million« ausgerichtet, an dem bekannte Persönlichkeiten – oder solche, die es sein wollten – teilnahmen und eine Million Pesos für eine Tasse Brühe und ein Brötchen zahlten, die ihnen eine Schönheitskönigin servierte. So wurden Gelder für ein Wohlfahrtswerk gesammelt, das denselben Namen wie die Sendung trug. Die spektakulärste Einladung sprach der Pater 1968 in einem persönlichen Brief an Brigitte Bardot aus. Die Schauspielerin sagte sofort zu, was einen Skandal bei den örtlichen Pharisäern auslöste, die damit drohten, das Bankett zu boykottieren. Der Pater blieb bei seiner Entscheidung. Ein mehr als willkommener Brand in den Studios in Boulogne, Paris, und die phantasievolle Erklärung, die Flugzeuge seien ausgebucht, waren die zwei Ausreden, mit denen man vermied, sich als Nation restlos lächerlich zu machen.

Die Wächter von Pacho Santos waren eifrige Zuschauer von *El Minuto de Dios*, interessierten sich aber mehr für den religiösen als den sozialen Gehalt. Wie die meisten Familien in den Armenvierteln von Antioquia glaubten sie blind daran, daß der Pater ein Heiliger sei. Sein Ton war immer ärgerlich, und der Inhalt der Botschaft oft schwer verständlich. Doch die Sendung vom 18. April – die sich, auch wenn kein Name fiel, zweifellos an Escobar richtete – war unergründlich.

Man hat mir gesagt, er wolle sich stellen. Man hat mir gesagt, er würde gern mit mir sprechen, sagte Pater García Herreros und blickte direkt in die Kamera. *O Meer! O Meer von Coveñas um fünf Uhr nachmit-*

tags, wenn die Sonne sinkt! Was soll ich tun? Man sagt mir, er sei seines Lebens und Handelns müde, und ich kann keinem mein Geheimnis erzählen. Dabei erstickt es mich innerlich. Sag mir, o Meer! Kann ich es tun? Soll ich es tun? Du kennst die ganze Geschichte Kolumbiens, du hast die Indios gesehen, die hier am Strand opferten, du hast das Murmeln der Geschichte gehört: Soll ich es tun? Wird man mich zurückweisen, wenn ich es tue? Wird man mich in Kolumbien ablehnen? Und wenn ich es tue: Wird es eine Schießerei geben, wenn ich zu ihnen gehe? Werde ich bei diesem Abenteuer mit ihnen untergehen?

Maruja hörte die Ansprache auch, fand sie aber nicht so sonderbar wie viele andere Kolumbianer, weil sie schon immer der Meinung gewesen war, daß der Pater sich Abschweifungen hingab, bis er sich in Sternennebeln verlor. Sie sah ihn eher als einen unvermeidlichen Aperitif vor den Sieben-Uhr-Nachrichten. An jenem Abend weckte er ihre Aufmerksamkeit, da alles, was mit Pablo Escobar zu tun hatte, auch sie betraf. Sie war perplex, wunderte sich sehr und die Ungewißheit, was hinter diesem prophetischen Kauderwelsch steckte, machte sie unruhig. Pacho dagegen war sicher, daß der Pater ihn aus diesem Fegefeuer erlösen würde, und umarmte vor Freude seinen Wächter.

10

Die Botschaft von Pater García Herreros wies einen Weg aus der Sackgasse. Alberto Villamizar kam das wie ein Wunder vor, da er in jenen Tagen noch einmal die Namen möglicher Vermittler durchgegangen war, die wegen ihres Images und ihrer Vorgeschichte Escobar mehr Vertrauen einflößen könnten. Auch Rafael Pardo erfuhr von der Sendung und war von dem Gedanken beunruhigt, daß aus seinem Büro etwas nach draußen gesickert sein könnte. Auf alle Fälle schien ihm, wie auch Villamizar, Pater García Herreros der geeignete Mittelsmann, um Escobars Übergabe auszuhandeln.

In der Tat brachten Ende März die Briefe, die hin und her gingen, nichts Neues mehr. Schlimmer noch: Es war offensichtlich, daß Escobar Villamizar als Werkzeug benutzte, um der Regierung seine Mitteilungen zu machen, ohne selbst irgend etwas dafür zu geben. Sein letzter Brief war nur noch eine endlose Liste von Beschwerden. Daß der Waffenstillstand nicht gebrochen sei, er seinen Leuten aber die Freiheit gegeben habe, sich gegen die Sicherheitskorps zu verteidigen, daß diese auch auf der Liste für Großanschläge ständen, daß wenn es nicht schnell zu Lösungen komme, die willkürlichen Attacken gegen die Polizei und die Zivilbevölkerung verstärkt würden. Er beschwerte sich darüber, daß der Staatsanwalt nur zwei Offiziere abgesetzt habe, obwohl doch zwanzig von den Auslieferbaren angeklagt worden seien.

Wenn Villamizar keinen Ausweg mehr wußte, diskutierte er darüber mit Jorge Luis Ochoa, wenn aber etwas besonders Heikles vorlag, schickte dieser ihn zur Finca seines Vaters, um sich dort guten Rat zu holen. Der Alte schenkte Villamizar ein halbes Glas vom heiligen Whisky ein. »Trinken Sie das ganz«, sagte er. »Ich weiß sowieso nicht, wie Sie mit dieser Mannestragödie fertigwerden.« So standen die Dinge Anfang April, als Villamizar wieder einmal nach La Loma kam und Don Fabio einen detaillierten Bericht von seinen Mißhelligkeiten mit Escobar gab. Don Fabio teilte seine Ernüchterung.

»Wir machen jetzt nicht mehr mit Briefen herum«, beschloß er. »Wenn wir das so weitertreiben, vergeht ein Jahrhundert darüber. Das Beste ist, Sie und Escobar treffen sich und einigen sich untereinander auf die Bedingungen, die Sie beide wollen.«

Don Fabio selbst teilte Escobar diesen Vorschlag mit. Er ließ ihn wissen, daß Villamizar sich trotz allen Risikos im Kofferraum eines Wagens zu ihm fahren lassen würde. Doch Escobar ging nicht darauf ein. »Ich werde vielleicht einmal mit Villamizar sprechen, aber nicht jetzt«, antwortete er, womöglich noch aus Furcht vor einem elektronischen Sender, der überall verborgen sein konnte, sogar unter der Goldkrone eines Bakkenzahns.

Inzwischen bestand er weiterhin darauf, daß die Polizisten bestraft würden, und beschuldigte erneut Maza Márquez, sich mit den paramilitärischen Gruppen und dem Kali-Kartell verbündet zu haben, um seine Leute zu töten. Das und außerdem die Anschuldigung, der General habe Luis Carlos Galán umgebracht, waren zwei fixe Ideen Escobars. Maza Márquez erwiderte stets, sowohl in der Öffentlichkeit als auch im privaten Kreis, daß er zur Zeit nicht Krieg gegen das Kali-Kartell führe, weil für ihn der Kampf gegen den Terrorismus der Rauschgifthändler Vorrang habe vor dem Kampf gegen den Rauschgifthandel. Escobar hatte seinerseits in einem Brief an Villamizar geschrieben, ohne daß zuvor davon die Rede gewesen wäre: »Sagen Sie Doña Gloria, daß Maza ihren Mann getötet hat, dessen kann sie sich gewiß sein.« Auf die ständige Wiederholung dieser Beschuldigung hatte Maza immer dieselbe Antwort: »Escobar weiß selbst am besten, daß das nicht stimmt.«

Verzweifelt über diesen blutigen und ergebnislosen Krieg, der jede intelligente Initiative zunichte machte, unternahm Villamizar eine letzte Anstrengung, um bei der Regierung eine Stillhaltefrist für Verhandlungen zu erreichen. Das war nicht möglich. Rafael Pardo hatte ihm von Anfang an klargemacht, daß sich zwar einerseits die Familien der Entführten an der Entschiedenheit der Regierung, nicht die kleinste Konzession zu machen, stießen, andererseits aber die Gegner der Politik der Unterwerfung unter das Gesetz die Regierung beschuldigten, das Land den Drogenhändlern auszuliefern.

Villamizar suchte, diesmal begleitet von seiner Schwägerin, Doña Gloria de Galán, auch General Gómez Padilla, den Polizeipräsidenten, auf. Sie bat den General um eine einmonatige Stillhaltefrist, um zu versuchen, mit Escobar persönlich in Kontakt zu kommen.

»Es schmerzt uns zutiefst«, sagte der General zu ihr, »aber wir können die Einsätze gegen diesen Kriminellen nicht einstellen. Sie handeln auf eigenes Risiko, Señora, und uns bleibt nur, Ihnen viel Glück zu wünschen.«

Das war alles, was sie bei der Polizei erreichten. Diese wollte mit ihrer Verschlossenheit verhindern, daß immer wieder auf unerklärliche Weise Informationen durchsickerten, was Escobar erlaubt hatte, den bestangelegten Fahndungsringen zu spotten. Doña Gloria ging jedoch nicht mit leeren Händen, denn ein Offizier sagte ihr, daß Maruja an einem Ort im Bezirk Nariño, an der Grenze zu Ecuador, gefangengehalten werde. Sie wußte von Beatriz, daß Maruja sich in Bogotá befand, so daß der Irrtum der Polizei ihr die Furcht vor einer Befreiungsaktion nahm.

Die Spekulationen in der Presse über die Bedingungen, die Escobar für seine Übergabe stellte, hatten in jenen Tagen das Ausmaß eines internationalen Skandals erreicht. Die Dementis der Polizei, die Erklärungen aller Regierungsstellen, sogar des Präsidenten persönlich, überzeugten nur wenige davon, daß es keine Verhandlungen oder geheime Abmachungen zur Übergabe gab.

General Maza Márquez glaubte, daß es sie gab. Mehr noch: Er war immer davon überzeugt gewesen – und sagte es jedem, der es hören wollte –, daß seine Absetzung eine der Hauptbedingungen dafür war, daß Escobar sich stellte. Präsident Gaviria schien schon seit längerem verärgert über einige freimütige Erklärungen, die Maza Márquez gegenüber der Presse abgegeben hatte, und über nie bestätigte Gerüchte, daß gewisse delikate Indiskretionen sein Werk waren. Doch zu jenem Zeitpunkt – nach so vielen Jahren im Amt und angesichts der ungeheuren Popularität, die Maza wegen seines harten Vorgehens gegen die Kriminalität und wegen seiner unbeschreiblichen Verehrung für das Göttliche Kind genoß – war es alles andere als wahrscheinlich, daß Gaviria ihn einfach absetzen könnte. Maza war sich wohl seiner Macht bewußt, aber er mußte auch wissen, daß der Präsident am Ende seine Macht ausüben würde, und über gemeinsame Freunde bat er allein darum, ihm früh genug Bescheid zu geben, damit er seine Familie in Sicherheit bringen konnte.

Der einzige Staatsbeamte, der autorisiert war, Kontakt mit den Anwälten von Pablo Escobar zu halten – und immer mit schriftlichem Protokoll –, war der Direktor der nationalen Ermittlungsbehörde, Carlos Eduardo Mejía. Ihm oblag es von Gesetzes wegen, die operativen Einzelheiten der Übergabe und die Bedingungen für die Sicherheit und das Leben im Gefängnis festzusetzen.

Justizminister Giraldo Ángel überprüfte persönlich die möglichen Optionen. Er hatte sich für den Hochsicherheitstrakt in Itagüí interessiert, seit sich im November des vergangenen Jahres Fabio Ochoa gestellt hatte, doch Escobars Anwälte lehnten ab, weil Itagüí ein leichtes Ziel für Autos mit Sprengladungen war. Auch der Gedanke, ein Kloster in Poblado – in der Nähe des Wohngebäudes, wo Pablo Escobar einer Explosion von zweihundert Kilo Dynamit, die er dem Kali-Kartell zuschrieb, entkommen war – als Gefängnis zu befestigen, erschien dem Minister annehmbar, doch die Nonnen, in deren Besitz das Kloster war, weigerten sich, es zu verkaufen. Er schlug vor, das Gefängnis von Medellín zu verstärken, doch dagegen war der gesamte Stadtrat. Alberto Villamizar, der befürchtete, daß die Übergabe am fehlenden Gefängnis scheitern könnte, verwendete sich mit gewichtigen Argumenten für Escobars Vorschlag vom Oktober: das Städtische Zentrum für Drogensüchtige, *El Claret*, zwölf Kilometer entfernt vom großen Park von Envigado und auf einer Finca gelegen, die als La Catedral del Valle bekannt war und auf den Namen eines Strohmanns von Escobar eingetragen war. Die Regierung untersuchte die Möglichkeit, das Städtische Zentrum zu pachten und es als Gefängnis auszubauen, denn ihr war bewußt, daß Escobar sich nicht stellen würde, wenn das Problem seiner eigenen Sicherheit nicht gelöst war. Seine Anwälte forderten, daß die Wachen aus Antioquia kommen müßten und daß für die äußere Sicherheit jede bewaffnete Einheit, nur nicht die Polizei, zuständig sein konnte, weil Escobar Repressalien wegen der in Medellín ermordeten Beamten befürchtete.

Der Bürgermeister von Envigado, für den endgültigen Bau verantwortlich, nahm den Bericht der Regierung zur Kenntnis und begann mit dem Ausbau des Gefängnisses, das er, entsprechend dem von beiden unterschriebenen Pachtvertrag, dem Justizministerium übergeben sollte. Die Grundkonstruktion war von schulmäßiger Schlichtheit, Zementböden, Ziegeldächer und grüngestrichene Metalltüren. Der Verwaltungsbereich im ehemaligen Herrenhaus der Finca bestand aus drei kleinen Räumen, der Küche, einem gepflasterten Hof und der Strafzelle. Es gab einen großen Schlafsaal von vierhundert Quadratmetern, noch einen großen Raum als Bibliothek und Schreibzimmer sowie sechs Einzelzellen mit Bad. In der Mitte lag ein Gemeinschaftsbereich von etwa sechshundert Quadratmetern mit vier Duschen, einem Umkleideraum und sechs Toiletten. Die Umbauten hatten im Februar mit siebzig Bauarbeitern begonnen, die schichtweise nur ein paar Stunden pro Tag schliefen. Wegen der ungünstigen Lage, des miserablen Zustands der Zufahrtsstraße und des strengen Winters war es nicht möglich, Bagger und Lastwagen einzusetzen, und so mußte ein großer Teil des Mobiliars mit Maultieren transportiert werden. Als erstes kamen zwei Warmwasserboiler zu je fünfzig Litern, die Feldbetten und zwei Dutzend gelbgestrichener Metallrohrsessel. Zwanzig Blumentöpfe mit Zierpflanzen – Araukarien, Lorbeerbäume und Areca-Palmen – vervollständigten die Ausstattung. Da die ehemalige Anstalt keine Telefonanlage hatte, sollte die Kommunikation im Gefängnis zunächst über ein Funksystem stattfinden. Die Endkosten des Baus betrugen hundertzwanzig Millionen Pesos, die von der Gemeinde Envigado bezahlt wurden. Bei den anfänglichen Berechnungen waren acht Monate vorgesehen gewesen, als aber Pater García Herreros die Szene betrat, wurden die Arbeiten mit Eilschichten beschleunigt.

Eine weitere Hürde für die Kapitulation war die Auflösung von Escobars Privatarmee gewesen. Dieser sah das Gefängnis anscheinend nicht als ein Instrument des Rechts, sondern als einen Zufluchtsort vor seinen Feinden und sogar vor der gewöhnlichen Justiz an, aber es gelang ihm nicht, Einstimmigkeit darüber herzustellen, daß seine Truppe sich mit ihm ergab. Sein Argument war, daß er sich nicht mit seiner Familie in Sicherheit bringen und seine Komplizen der Gnade des Elitekorps überlassen könnte. »Ich befehle mir nicht allein«, schrieb er in einem Brief. Doch das war für viele nur die halbe Wahrheit, denn es war auch denkbar, daß er sein gesamtes Arbeitsteam bei sich haben wollte, um seine Geschäfte vom Gefängnis aus weiterführen zu können. Die Regierung zog es jedenfalls vor, die Gefolgsleute gleichzeitig mit Escobar einzusperren. Es waren an die hundert Banden, die nicht ständig auf dem Kriegspfad waren, jedoch als einsatzfähige Reservearmee dienten, sie waren leicht einzuberufen und in wenigen Stunden zu bewaffnen. Man wollte erreichen, daß Escobar seine fünfzehn oder zwanzig tollkühnen Hauptleute entwaffnete und mit sich ins Gefängnis nahm.

Bei den wenigen persönlichen Treffen, die Villamizar mit Präsident Gaviria hatte, war dessen Position stets, ihm seine privaten Bemühungen zur Befreiung der Geiseln zu erleichtern. Villamizar glaubt nicht, daß die Regierung andere Verhandlungen geführt hat als jene, die sie auch ihm erlaubte, und diese waren durch die Politik der Unterwerfung abgedeckt. Expräsident Turbay und Hernando Santos erwarteten zweifellos vom Präsidenten – selbst wenn sie das nie äußerten, auch die institutionellen Schwierigkeiten der Regierung nicht verkannten – ein Minimum an Flexibilität. Daß dieser, selbst angesichts der Beharrlichkeit, der flehentlichen Bitten und der Forderungen Nydias, ablehnte, die in den Dekreten festgelegte Frist zu ändern, wird immer ein Dorn im Herzen der Angehörigen sein, die das erwarteten. Und die Tatsache, daß er die Fristen drei Tage nach Dianas Tod dann doch änderte, wird ihre Familie nie verstehen. Unglücklicherweise, sagte der Präsident im privaten Kreis, hätte zu jenem Zeitpunkt auch eine Änderung des Datums den Tod Dianas, so wie er sich zutrug, nicht verhindern können.

Escobar seinerseits begnügte sich nie mit nur einem Kanal und ließ keine Minute ohne den Versuch verstreichen, mit Tod und Teufel zu verhandeln, und zwar mit jeder Art von Waffen, legalen oder illegalen. Nicht, weil er den einen mehr vertraute als den anderen, sondern weil er niemals irgend jemandem vertraute. Selbst als er das, was er von Villamizar erwartete, schon zugesichert bekommen hatte, liebäugelte er weiterhin mit der politischen Begnadigung, eine Möglichkeit, die sich 1989 aufgetan hatte, als mächtige Drogenbosse und viele ihrer Gefolgsmänner sich Mitgliedsbücher des M-19 verschafften, um es sich auf den Listen der amnestierten Guerrilleros bequem zu machen. Der Comandante Carlos Pizarro verschloß ihnen dann diesen Weg mit unerfüllbaren Forderungen. Zwei Jahre später machte Escobar einen zweiten Anlauf über die Verfassunggebende Versammlung. Mehrere ihrer Mitglieder wurden auf unterschiedliche Weise unter Druck gesetzt, das begann mit üppigen Geldangeboten und ging bis hin zu massiven Einschüchterungen.

Doch auch Escobars Feinde durchkreuzten seine Absichten. Das war der Ursprung eines sogenannten Narcovideos, das einen ebenso heftigen wie folgenlosen Skandal auslöste. Es war vermutlich mit einer versteckten Kamera in einem Hotelzimmer aufgenommen worden und hielt den Moment fest, als ein Mitglied der Verfassunggebenden Versammlung bares Geld von einem vermeintlichen Anwalt Escobars empfing. Der Abgeordnete war über die Liste des M-19 gewählt worden, gehörte aber in Wirklichkeit der paramilitärischen Gruppe an, die im Dienst des Kali-Kartells Krieg gegen das Medellín-Kartell führte, und er war nicht glaubwürdig genug, um irgend jemanden zu überzeugen. Monate später erzählte ein Führer einer Privatmiliz, die sich der Justiz gestellt hatte und sich nun auflöste, daß seine Leute diese miese Telenovela inszeniert hatten, um sie als Beweis dafür zu verwenden, daß Escobar die Abgeordneten bestach und folglich die Begnadigung oder die Nichtauslieferung keine saubere Sache sein konnte.

Zu den vielen Fronten, die Escobar zu eröffnen suchte, gehörte, daß er die Befreiung von Pacho Santos hinter Villamizars Rücken verhandeln wollte, gerade als dessen Bemühungen sich einem Ergebnis näherten. Über einen befreundeten Priester schickte Escobar Ende April eine Botschaft an Hernando Santos, er solle sich in der Kirche von Usaquén mit einem seiner Rechtsanwälte treffen. Es handele sich, so hieß es in der Botschaft, um ein für die Befreiung von Pacho höchst wichtiges Unterfangen. Hernando kannte den Priester, hielt ihn sogar für einen lebenden Heiligen, also kam er allein und pünktlich am besagten Abend um acht Uhr zu dem Treffen. In der Kirche stellte der Anwalt, der im Dämmerlicht kaum zu erkennen war, klar, daß er nichts mit den Kartellen zu tun habe, daß aber Pablo Escobar der Pate seiner Karriere gewesen sei und daß er ihm deshalb diesen Gefallen nicht habe abschlagen können. Seine Mission bestand nur darin, Santos zwei Texte zu übergeben: einen Bericht über die Polizei von Medellín von Amnesty International und das Original einer Notiz, die sich als Leitartikel aufspielte und die Übergriffe des Elitekorps beschrieb.

»Ich bin nur hergekommen, weil ich an das Leben Ihres Sohnes dachte«, sagte der Anwalt. »Wenn diese Artikel morgen veröffentlicht werden, ist Ihr Sohn übermorgen frei.«

Hernando las den unveröffentlichten Artikel mit politischem Verstand. Es ging um die so oft von Escobar angeprangerten Geschehnisse, doch mit haarsträubenden Einzelheiten, die unmöglich zu beweisen waren. Der Text gab sich seriös und war mit großer Spitzfindigkeit geschrieben. Der Autor war, wie der Anwalt sagte, Escobar selbst. Auf jeden Fall schien es sein Stil zu sein.

Das Dokument von Amnesty International war schon in anderen Zeitungen veröffentlicht worden, und nichts hinderte Hernando Santos daran, es nachzudrucken. Hingegen waren die Behauptungen des Artikels zu schwerwiegend, um ihn ohne Beweise zu veröffentlichen.

»Er soll mir die Beweise schicken, und wir veröffentlichen das sofort, selbst wenn Pacho nicht freigelassen wird«, sagte Hernando. Es gab nichts mehr zu besprechen. Dem Anwalt war bewußt, daß sein Auftrag beendet war, er nutzte aber die Gelegenheit, um Hernando zu fragen, wieviel Guido Parra für seine Vermittlung verlangt hatte.

»Keinen Centavo«, antwortete Hernando. »Von Geld war nie die Rede.«

»Sagen Sie mir die Wahrheit«, sagte der Anwalt, »Escobar kontrolliert nämlich die Rechnungen, er kontrolliert alles, und diese Angaben fehlen ihm.«

Hernando verneinte erneut, und das Treffen endete mit einer förmlichen Verabschiedung.

Die einzige Person, die in jenen Tagen davon überzeugt war, daß die Angelegenheit bald beendet sein würde, war vielleicht der kolumbianische Astrologe Mauricio Puerta, der das nationale Leben aufmerksam in den Sternen verfolgte und ausgehend von Escobars Horoskop zu überraschenden Schlüssen gekommen war.

Escobar war am 1. Dezember 1949 um 11.50 Uhr geboren worden. Also war er Schütze mit dem Aszendenten Fische unter den schlechtesten Konstellationen: Mars neben Saturn im Sternbild der Jungfrau. Es gab bei ihm also einen Hang zu autoritärer Grausamkeit, Despotismus, unersättlichem Ehrgeiz, Rebellentum, Ungestüm, Ungehorsam, Anarchie, Undiszipliniertheit, Angriffen auf die Autorität. Und ein eindeutiges Ende: plötzlicher Tod.

Vom 30. März 1991 an hatte er für die folgenden drei Jahre den Saturn in einem Winkel von fünf Grad stehen, und es gab nur noch drei Möglichkeiten, sein Schicksal zu bestimmen: Krankenhaus, Friedhof oder Gefängnis. Eine vierte Wahl – Kloster – kam bei ihm wohl kaum in Frage. Jedenfalls war dieser Zeitraum günstiger, um über Bedingungen zu verhandeln, als um eine endgültige Abmachung zu treffen. Das hieß, für Escobar war die beste Option, sich unter bestimmten Bedingungen zu stellen, wie es ihm von der Regierung vorgeschlagen wurde.

»Escobar muß sehr besorgt sein, wenn er sich derart für sein Horoskop interessiert«, sagte ein Journalist. Denn Escobar wollte, sobald er von Mauricio Puerta gehört hatte, alle Einzelheiten seiner Analyse erfahren. Zwei Abgesandte von Escobar erreichten jedoch ihr Ziel nicht, und einer verschwand für immer. Puerta organisierte daraufhin ein groß angekündigtes Seminar in Medellín, um dort für Escobar erreichbar zu sein, doch eine Reihe sonderbarer Zwischenfälle verhinderte ein Treffen. Puerta deutete dies als eine Schutzreaktion der Sterne, auf daß nichts ein Schicksal aufhalte, das schon besiegelt war.

Auch Pacho Santos' Frau hatte die übernatürliche Offenbarung jener Hellseherin, die den Tod von Diana mit erstaunlicher Klarheit vorhergesehen und María Victoria mit ebenso großer Sicherheit gesagt hatte, daß Pacho lebte. Im April traf sie diese Frau an einem öffentlichen Platz wieder, und im Vorbeigehen sagte sie ihr ins Ohr:

»Ich gratuliere. Ich sehe schon die Rückkehr.«

Dieses waren die einzigen ermutigenden Zeichen, als Pater García Herreros seine kryptische Botschaft an Pablo Escobar sendete. Warum er zu diesem schicksalhaften Entschluß gekommen war und was das Meer von Coveñas damit zu tun hatte, das beschäftigt das Land noch immer. Merkwürdiger ist jedoch die Art und Weise, wie der Pater darauf kam. Am Freitag, dem 12. April 1991 hatte er Dr. Manuel Elkin Patarroyo – den glücklichen Erfinder des Malariaimpfstoffes – aufgesucht, um ihn darum zu bitten, für die Stiftung *El Minuto de Dios* eine medizinische Station zur Früherkennung von Aids einzurichten. Den Pater begleitete – außer einem jungen Priester seiner Gemeinde – ein Antioqueñer von wahrem Schrot und Korn, ein enger Freund, der ihn in seinen irdischen Geschäften beriet. Auf eigenen Entschluß hatte dieser Wohltäter, der nicht namentlich erwähnt werden möchte, nicht nur die Privatkapelle von Pater García Herreros erbaut und gestiftet, er zahlte auch einen freiwilligen Zehnten für das Sozialwerk des Paters. Als sie im Wagen zum Immunologischen Institut von Dr. Patarroyo fuhren, verspürte er so etwas wie eine drängende Eingebung.

»Hören Sie mal, Pater«, sagte er. »Warum mischen Sie sich da nicht ein und helfen, daß Pablo Escobar sich stellt?«

Er sagte es ohne Einleitung und ohne ein bewußtes Motiv. »Es war eine Botschaft von da oben«, erzählte er dann später, so wie er sich immer auf Gott bezieht, mit dem Respekt eines Dieners und der Vertraulichkeit eines Gevatters. Den Priester traf es wie ein Pfeil ins Herz. Er wurde bleich. Dr. Patarroyo, der ihn nicht kannte, war beeindruckt von der Energie, die des Paters Augen ausstrahlten, und von seinem Geschäftssinn, doch sein Begleiter sah ihn anders. »Es war, als ob der Pater schwebte«, hat er gesagt. »Während des Besuchs dachte er nur an das, was ich ihm gesagt hatte, und an nichts anderes, und als wir hinausgingen, kam er mir so überdreht vor, daß ich erschrak.« Also nahm er ihn übers Wochenende in ein Ferienhaus nach Coveñas mit, einem beliebten Badeort an der Karibik, wo Tausende von Touristen landen und eine Pipeline endet, die täglich fünfzigtausend Barrel Rohöl liefert.

Der Pater hatte keinen Augenblick Ruhe. Er schlief kaum, stand während des Essens auf, machte zu jeder Tages- und Nachtzeit lange Spaziergänge am Strand. »O Meer von Coveñas«, schrie er gegen das Brausen der Wellen an. »Kann ich das machen? Soll ich das tun? Du, Meer, du weißt doch alles: Werden wir nicht bei dem Versuch sterben?« Nach den stürmischen Spaziergängen kam er in gefaßtem Gemütszustand zurück ins Haus, als habe er wirklich vom Meer die Antworten bekommen, und diskutierte mit seinem Gastgeber das Projekt bis in die kleinsten Details.

Am Dienstag, als sie nach Bogotá zurückkehrten, hatte er eine allgemeine Übersicht gewonnen, die ihm seine Gelassenheit zurückgab. Am Mittwoch hatte ihn sein Alltag wieder: Er stand um sechs Uhr auf, duschte, zog das schwarze Gewand mit dem Priesterkragen an, darüber den unverzichtbaren weißen Poncho und arbeitete die liegengebliebenen Angelegenheiten mit der Hilfe von Paulina Garzón auf, die ein halbes Leben lang seine unersetzliche Sekretärin war. An jenem Abend machte er seine Sendung über ein anderes Thema, das nichts mit der Obsession, die ihn erfüllte, zu tun hatte. Am Donnerstag morgen ließ ihm Dr. Patarroyo wie versprochen eine optimistisch stimmende Antwort auf seine Bitte zukommen. Der Pater aß nicht zu Mittag. Um zehn vor sieben erreichte er die Studios von Inravision, von wo aus sein Programm gesendet wurde, und sprach vor den Kameras aus dem Stegreif die an Escobar gerichtete Botschaft. Es waren sechzig Sekunden, die das bißchen Leben, das ihm noch blieb, veränderten. Wieder daheim, wurde er mit einem Korb telefonischer Botschaften aus dem ganzen Land empfangen und einer Lawine von Journalisten, die ihn von jenem Abend an nicht mehr aus den Augen verlieren sollten, bis er seinen Vorsatz erfüllt hatte, Pablo Escobar an der Hand ins Gefängnis zu führen.

Die Endrunde begann, doch die Prognosen waren ungewiß, da die öffentliche Meinung gespalten war zwischen den Massen, die den guten Hirten für einen Heiligen hielten, und den Ungläubigen, die davon überzeugt waren, daß er nicht richtig im Kopf war. In Wahrheit bewies sein Leben alles mögliche, nur nicht, daß er verrückt war. Im Januar war er zweiundachtzig geworden, im August würde er zweiundfünfzig Jahre lang Priester gewesen sein, und er war weit und breit der einzige einflußreiche Kolumbianer, der nie davon geträumt hatte, Präsident der Republik zu werden. Sein schneeweißes Haupt und sein Poncho aus weißer Wolle, den er über der Soutane trug, vervollständigten das Bild von einer der respektabelsten Persönlichkeiten des Landes. Er hatte Gedichte verbrochen, die er als Neunzehnjähriger in einem Buch veröffentlichte, und weitere Jugendverse unter dem Pseudonym Senescens herausgebracht. Er hatte einen vergessenen Preis mit einem Band Erzählungen errungen und sechsundvierzig Orden für sein Sozialwerk. In guten wie in schlechten Zeiten stand er mit den Füßen fest auf der Erde, er führte das gesellige Leben eines weltlichen Menschen, erzählte Witze jeder Schattierung, ließ sie sich erzählen, und in der Stunde der Wahrheit zeigte er sich als das, was er unter seinem Savannenponcho immer gewesen war: ein Santandereaner, liberal bis in die Knochen.

Er lebte mit mönchischer Bescheidenheit im Pfarrhaus der Gemeinde von San Juan Eudes, unter einem Dach voller Lecks, das zu reparieren er sich weigerte. Er schlief ohne Kopfkissen auf einem Lattenbett ohne Matratze und mit einem Bettüberwurf aus bunten Stoffresten in der Form kleiner Häuschen, den ihm die barmherzigen Schwestern genäht hatten. Er nahm das Federkissen, das ihm einmal angeboten wurde, nicht an, weil es ihm gegen Gottes Gesetz zu verstoßen schien. Er wechselte erst die Schuhe, wenn man ihm ein neues Paar schenkte, und sein Gewand und seinen ewigen weißen Poncho auch nur dann, wenn er Ersatz bekam. Er aß wenig, hatte aber Geschmack bei Tisch und wußte gutes Essen und erstklassige Weine zu schätzen, ließ sich aber nicht gerne in Luxusrestaurants einladen, aus Furcht, man könne glauben, er werde zahlen. In einem solchen Lokal sah er einmal eine vornehme Dame, die einen Ring mit einem mandelgroßen Diamanten trug.

»Mit einem solchen Kleinod«, sagte er ihr ins Gesicht, »könnte ich hundertzwanzig Häuschen für die Armen bauen.«

Die Dame, verstört von dem Satz, wußte nicht, was sie antworten sollte, schickte ihm aber am nächsten

Tag den Ring mit einem herzlichen Schreiben. Das Geld reichte natürlich nicht für hundertzwanzig Häuschen, aber der Pater baute sie dennoch.

Paulina Garzón de Bermúdez, gebürtig aus Chipatá im südlichen Santander, war 1961 fünfzehnjährig mit ihrer Mutter und einer Empfehlung als versierte Schreibmaschinenkraft nach Bogotá gekommen. Das war sie tatsächlich, konnte dafür aber nicht telefonieren, und ihre Einkaufslisten waren wegen der grauenhaften Orthographie nicht zu entziffern, aber sie lernte richtig zu schreiben und zu telefonieren, damit der Pater sie einstellte. Als Paulina fünfundzwanzig war, heiratete sie und bekam einen Sohn, Alfonso, und eine Tochter, María Constanza, beide sind heute Systemingenieure. Paulina richtete es so ein, daß sie weiter bei dem Pater arbeiten konnte, der ihr nach und nach Rechte und Pflichten übertrug, bis sie ihm so unverzichtbar wurde, daß sie zusammen innerhalb und außerhalb des Landes reisten, allerdings immer in Begleitung eines anderen Geistlichen. »Um Gerüchte zu vermeiden«, erklärt Paulina. Schließlich begleitete sie ihn überallhin, und sei es nur, um ihm die Kontaktlinsen einzusetzen und herauszunehmen, was er nie selbst lernte.

In seinen letzten Jahren verlor der Pater das Gehör auf dem rechten Ohr, wurde leicht reizbar und regte sich über seine Gedächtnislücken auf. Nach und nach hatte er die herkömmlichen Gebete abgelegt und improvisierte nun eigene mit lauter Stimme und der Inspiration eines Erleuchteten. Sein Ruf, wunderlich zu sein, wuchs gleichzeitig mit dem Volksglauben, daß er die übernatürliche Fähigkeit besitze, mit den Wassern zu sprechen und ihren Lauf und Verhalten zu lenken. Seine verständnisvolle Haltung im Fall von Pablo Escobar erinnerte an einen Satz, den er geäußert hatte, als im August 1957 General Gustavo Rojas Pinilla zurückkehrte, um sich vor dem Kongreß zur Rechenschaft ziehen zu lassen: »Wenn ein Mann sich dem Gesetz stellt, dann verdient er, selbst wenn er schuldig ist, tiefen Respekt.« Als den Pater fast am Ende seines Lebens auf einem »Bankett der Million«, das sehr schwierig zu organisieren gewesen war, ein Freund fragte, was er danach machen wolle, gab er ihm die Antwort eines Neunzehnjährigen: »Ich möchte mich auf ein Feld legen und die Sterne betrachten.«

Am Tag nach der Fernsehbotschaft erschien Pater García Herreros – ohne Ankündigung oder Formalitäten – im Gefängnis von Itagüí, um die Gebrüder Ochoa zu fragen, wie er dazu beitragen könne, daß Escobar sich stelle. Auf die Ochoas wirkte er wie ein Heiliger mit einem einzigen Nachteil, der bedacht sein mußte: Über vierzig Jahre lang war der Pater durch seine tägliche Predigt mit seinen Zuhörern im Gespräch gewesen, und es war für ihn nicht vorstellbar, irgend etwas zu unternehmen, ohne erst einmal öffentlich davon zu erzählen. Entscheidend für die Brüder war jedoch, daß Don Fabio ihn für einen vom Himmel geschickten Mittelsmann hielt. Erstens, weil Escobar bei dem Pater nicht die Vorbehalte haben würde, die ihn daran gehindert hatten, Villamizar zu empfangen. Und zweitens, weil seine göttliche Aura Escobars Mannschaft dazu bringen könnte, sich mit diesem zu stellen.

Zwei Tage später eröffnete Pater García Herreros bei einer Presserunde, daß er Kontakt zu den Verantwortlichen für die Haft der Journalisten habe, und äußerte sich optimistisch über eine baldige Freilassung. Villamizar zögerte nicht einen Augenblick, ihn bei *El Minuto de Dios* aufzusuchen. Er begleitete ihn bei seinem zweiten Besuch ins Gefängnis von Itagüí, und am selben Tag lief, aufwendig und vertraulich, die Unterhandlung an, die in der Übergabe gipfeln sollte. Am Anfang stand ein Brief, den der Pater in der Zelle der Ochoas diktierte und den María Lía tippte. Vor ihr stehend, formulierte der Pater ihn aus dem Stegreif, mit der gleichen inneren Haltung, dem gleichen apostolischen Ton und dem gleichen santandereanischen Akzent seiner Minutenpredigten. Er forderte Escobar auf, mit ihm gemeinsam einen Weg zur Befreiung Kolumbiens zu suchen. Er teilte ihm seine Hoffnung mit, daß die Regierung ihn, den Kirchenmann, zum Bürgen dafür bestimmen würde, »daß Deine Rechte sowie die Deiner Familie und Freunde respektiert werden«. Aber er warnte Escobar davor, von der Regierung Dinge zu fordern, die diese ihm nicht zugestehen könne. Bevor er mit »meinen liebevollen Grüßen« schloß, sagte er ihm, was eigentlich der praktische Zweck des Briefes sei: »Wenn Du glaubst, daß wir uns an einem für uns beide sicheren Ort treffen können, dann laß es mich wissen.«

Escobar antwortete drei Tage später eigenhändig. Er war damit einverstanden, sich als Opfer für den

Frieden zu stellen. Er machte klar, daß er keine Begnadigung anstrebte, daß er keine richterliche Verurteilung, sondern disziplinarische Maßnahmen gegen die Polizisten forderte, die in den Kommunen wüteten, doch wollte er nicht darauf verzichten, gegebenenfalls mit drastischen Repressalien zu reagieren. Er war bereit, irgendeine Straftat zu gestehen, obwohl er sicher war, daß kein kolumbianischer oder ausländischer Richter ausreichend Beweise für eine Verurteilung hatte, und vertraute darauf, daß seine Gegner denselben Grundsätzen unterworfen würden. Doch die sehnlichen Erwartungen des Paters erfüllten sich nicht, Escobar ging nicht auf dessen Vorschlag ein, sich mit ihm zu treffen.

Der Pater hatte Villamizar versprochen, seine Mitteilsamkeit in Zaum zu halten, und hielt sich zunächst auch weitgehend daran, doch sein fast kindlicher Abenteuergeist war stärker als sein guter Wille. Es waren so große Erwartungen entstanden, und die Mobilisation der Presse war so weitreichend, daß er nun keinen Schritt mehr ohne eine Schleppe von Reportern und Fernseh- und Rundfunkteams tun konnte, die ihn bis an seine Haustür verfolgten.

Nachdem er fünf Monate unter absoluter Geheimhaltung und der fast sakramentalen Verschlossenheit von Rafael Pardo gearbeitet hatte, hielt Villamizar die verbale Ungezwungenheit von Pater García Herreros für ein ständiges Risiko, das die gesamte Operation gefährdete. Daher suchte und fand er Hilfe bei den Menschen, die dem Pater am nächsten waren – in erster Linie bei Paulina –, und konnte dadurch einige Aktionen vorbereiten, ohne den Pater im voraus darüber informieren zu müssen.

Am 13. Mai empfing Villamizar eine Botschaft von Escobar, der ihn bat, den Pater nach La Loma zu bringen, wo dieser so lange wie nötig zu bleiben habe. Escobar wies darauf hin, daß es sich sowohl um drei Tage als um drei Monate handeln könne, denn er müsse jeden Schritt der Operation persönlich und genau überprüfen. Es sei sogar möglich, daß sie in letzter Minute wegen irgendwelcher Sicherheitsbedenken abgeblasen würde. Der Pater stand glücklicherweise ständig ganz für diese Angelegenheit, die ihm den Schlaf raubte, zur Verfügung. Am 14. Mai um fünf Uhr morgens klopfte Villamizar an seine Haustür und fand ihn in seinem Arbeitszimmer bei der Arbeit, als sei es hellichter Tag.

»Auf, Pater«, sagte er zu ihm, »wir fahren nach Medellín.«

Die Ochoa-Frauen hatten in La Loma alles vorbereitet, um den Pater so lang wie nötig die Zeit zu vertreiben. Don Fabio war nicht da, doch die Frauen des Hauses kümmerten sich um alles. Es war nicht leicht, den Pater abzulenken, denn ihm war klar, daß eine so unvorhergesehene und eilige Reise schon einen ernsthaften Grund haben mußte.

Das Frühstück war gemächlich und ausgedehnt, und der Pater aß gut. Etwa um zehn Uhr morgens eröffnete ihm Martha Nieves, ohne es allzusehr zu dramatisieren, daß Escobar ihn von einem Augenblick zum anderen empfangen werde. Der Pater erschrak, war glücklich, wußte aber nicht, was zu tun war, bis Villamizar ihn wieder auf den Boden zurückholte.

»Es ist besser, Sie wissen es von vorneherein, Pater«, bemerkte er. »Sie müssen vielleicht allein mit dem Chauffeur wegfahren, und man weiß nicht, wohin und für wie lange.«

Der Pater wurde blaß. Er konnte kaum noch den Rosenkranz zwischen den Fingern halten, während er auf und ab ging und laut seine selbst ausgedachten Gebete sprach. Jedesmal, wenn er an den Fenstern vorbeikam, sah er auf den Weg hinaus, hin und her gerissen zwischen der Angst, daß der Wagen auftauchte, ihn abzuholen, und dem Wunsch, daß er nicht käme. Er wollte telefonieren, aber dann wurde ihm selbst die Gefahr bewußt. »Zum Glück braucht man kein Telefon, um mit Gott zu sprechen«, sagte er. Er wollte sich beim Mittagessen nicht zu Tisch setzen, obwohl es spät serviert wurde und noch leckerer war als das Frühstück. In dem für ihn hergerichteten Zimmer stand ein Bett wie für einen Bischof, das einen mit Posamenten besetzten Himmel hatte. Die Frauen versuchten, ihn dazu zu überreden, ein wenig auszuruhen, und er schien darauf einzugehen. Aber er schlief nicht. Beunruhigt las er *Eine kurze Geschichte der Zeit* von Stephen Hawking, ein Buch, das in Mode war und das von einem mathematischen Ansatz aus zu beweisen suchte, daß Gott nicht existiert. Gegen vier Uhr nachmittags tauchte der Pater in der Halle auf, wo Villamizar eingenickt war.

»Alberto«, sagte er zu ihm, »es ist besser, wenn wir nach Bogotá zurückkehren.«

Es kostete einige Mühe, ihn davon abzubringen, doch den Frauen gelang es mit Charme und Takt. Gegen Abend hatte er noch einmal einen Rückfall, aber da gab es schon keinen Ausweg mehr. Er wußte selbst, wie gefährlich es war, nachts zu reisen. Als er zu Bett gehen wollte, bat er, man möge ihm helfen, die Kontaktlinsen herauszunehmen, was sonst immer Paulina erledigte, da er es nicht allein konnte. Nach beträchtlichen Mühen gelang es den Ochoa-Frauen. Villamizar schlief nicht, schloß er doch nicht aus, daß Escobar ein Treffen im Schatten der Nacht für sicherer halten könnte.

Der Pater konnte keine Minute schlafen. Das Frühstück um acht Uhr morgens war noch verlockender als das am Vortag, aber er setzte sich nicht einmal an den Tisch. Er war immer noch verzweifelt wegen der Kontaktlinsen, niemand hatte ihm helfen können, bis es schließlich die Gutsverwalterin mit viel Mühe schaffte, sie ihm einzusetzen. Im Gegensatz zum ersten Tag wirkte er nicht nervös und lief auch nicht schwer atmend hin und her, sondern er setzte sich und hielt den Blick fest auf den Weg gerichtet, auf dem der Wagen kommen mußte. So harrte er aus, bis ihn die Ungeduld besiegte und er mit einem Sprung aufstand.

»Ich gehe«, sagte er, »diese Angelegenheit ist eine Verarschung.«

Man konnte ihn überreden, nur noch bis nach dem Mittagessen zu warten. Diese Aussicht munterte ihn auf. Er aß gut, plauderte, war so witzig wie in seinen besten Zeiten und kündigte am Ende an, daß er eine Siesta halten werde.

»Aber ich warne«, sagte er mit erhobenem Zeigefinger, »sobald ich von der Siesta aufwache, gehe ich.«

Martha Nieves führte ein paar Telefongespräche in der Hoffnung, von irgendeiner Seite eine Information zu bekommen, mit der sie den Pater, wenn er aufwachte, zurückhalten konnte. Sie bekam keine. Alle dösten in der Halle vor sich hin, als sie kurz vor drei vom Geräusch eines Motors geweckt wurden. Da stand der Wagen. Villamizar sprang auf, klopfte einmal pro forma an die Schlafzimmertür des Paters und drückte die Tür auf.

»Pater«, sagte er. »Sie werden jetzt abgeholt.«

Der Pater, noch halb im Schlaf, stand mühsam auf. Villamizar war bis ins Herz gerührt, denn der Pater kam ihm wie ein gerupftes Vögelchen vor, die Haut hing müde an den Knochen, und er wurde von Angstschaudern geschüttelt. Doch er nahm sich sofort zusammen, bekreuzigte sich, richtete sich auf, entschlossen und groß. »Knien Sie nieder, mein Sohn«, befahl er Villamizar. »Lassen Sie uns gemeinsam beten.« Als er sich wieder aufrichtete, war er ein anderer.

»Jetzt wollen wir mal sehen, was mit Pablo los ist«, sagte er.

Villamizar hätte ihn gerne begleitet, machte aber nicht einmal den Versuch, weil schon vereinbart war, daß er nicht mitfahren sollte, aber er erlaubte sich, den Chauffeur beiseite zu nehmen.

»Sie übernehmen die Verantwortung für den Pater«, sagte er zu ihm. »Das ist eine ganz wichtige Persönlichkeit. Also Obacht, was mit ihm angestellt wird. Seien Sie sich Ihrer Verantwortung bewußt.«

Der Chauffeur sah Villamizar an, als hätte er einen Schwachsinnigen vor sich, und sagte:

»Glauben Sie etwa, daß uns etwas passieren kann, wenn ich einen Heiligen dabeihabe?«

Er holte eine Baseballkappe hervor und sagte dem Pater, er solle die aufsetzen, damit man ihn nicht an seinem weißen Haar erkenne. Der Pater setzte die Mütze auf. Villamizar mußte ständig daran denken, daß Medellín eine Stadt im Kriegszustand war. Er machte sich Sorgen, daß der Pater angehalten werden und das Treffen platzen oder daß er in eine Schießerei zwischen Söldnern und Polizei geraten könnte.

Pater García Herreros wurde vorn neben den Chauffeur gesetzt. Während alle dem sich entfernenden Wagen nachsahen, rief der Pater Villamizar zu: »Keine Sorge, mein Sohn, ich lenke doch den Lauf der Wasser.« Ein Donner hallte in der weiten Landschaft wider, und der Himmel öffnete sich in einem alttestamentarischen Wolkenbruch.

Bekannt ist nur eine Darstellung von Pater García Herreros Besuch bei Pablo Escobar, und zwar die, die der Pater selbst nach seiner Rückkehr nach La Loma gab. Er erzählte, das Haus, in dem Escobar ihn empfangen habe, sei groß und luxuriös, mit einem Schwimmbecken von olympischen Maßen und zahlreichen sportlichen Einrichtungen. Auf der Strecke mußten sie aus Sicherheitsgründen dreimal das Auto wechseln, wurden aber an den vielen Polizeisperren wegen des kräftigen Regens, der keinen Augenblick nachließ, nicht aufgehalten. Andere Sperren waren, wie ihm der Chauffeur erzählt hatte, vom Sicherheitsdienst der Auslieferbaren eingerichtet. Die Fahrt dauerte mehr als drei Stunden, obwohl man den Pater höchstwahrscheinlich in eine der Stadtresidenzen von Pablo Escobar in Medellín gebracht hatte und der Chauffeur viele Runden gefahren war, damit der Pater glaube, daß sie sich weit von La Loma entfernten.

Er erzählte, daß ihn im Garten etwa zwanzig sichtbar bewaffnete Männer empfangen hätten und daß er sie wegen ihres schlechten Lebenswandels und ihrer Weigerung, sich zu stellen, getadelt habe. Pablo Escobar persönlich erwartete ihn auf der Terrasse, er trug einen weißen Hausanzug aus Baumwolle und einen langen, tiefschwarzen Bart. Die Angst, die der Pater eingestanden hatte, als er nach La Loma kam, und die ihn auch auf der Fahrt ins Ungewisse begleitete, verging, als er Escobar sah.

»Pablo«, sagte er, »ich bin hier, damit wir diese Sache in Ordnung bringen.«

Escobar antwortete ihm mit gleicher Herzlichkeit und großem Respekt. Sie setzten sich im Wohnzimmer in zwei mit geblümtem Cretonne bezogene Sessel einander gegenüber, mit der Bereitschaft, ein langes Gespräch unter alten Freunden zu führen. Der Pater trank einen Whisky, der ihn vollends beruhigte, während Escobar Schluck für Schluck in aller Ruhe seinen Fruchtsaft trank. Doch die vorgesehene Dauer des Besuchs schrumpfte durch die angeborene Ungeduld des Paters und den Stil Escobars, der genauso präzise und bündig sprach, wie er Briefe schrieb, auf eine Dreiviertelstunde zusammen.

Besorgt über die Gedächtnislücken des Paters hatte Villamizar ihm empfohlen, sich von dem Gespräch Notizen zu machen. Das tat dieser auch, ging jedoch anscheinend noch weiter. Unter dem Vorwand, ein schlechtes Gedächtnis zu haben, bat er Escobar darum, eigenhändig die wesentlichen Vorschläge aufzuschreiben, und wenn der sie dann niedergeschrieben hatte, ließ der Pater sie mit dem Argument, daß sie unmöglich zu erfüllen seien, von ihm ändern oder durchstreichen. So kam es dazu, daß Escobar das ewige Thema der Absetzung jener von ihm aller möglichen Untaten beschuldigten Polizisten am Rande behandelte und sich auf die Sicherheit seines Haftortes konzentrierte.

Der Pater erzählte, daß er Escobar gefragt habe, ob er der Urheber der Attentate gegen vier Präsidentschaftskandidaten gewesen sei. Der hatte ausweichend geantwortet, daß ihm Verbrechen zugeschrieben würden, die er nicht zu verantworten habe. Er versicherte ihm, daß er den Mord an Professor Low Mutra, am 30. April 1990 in einer Straße von Bogotá begangen, nicht habe verhindern können, weil der Befehl bereits sehr viel früher gegeben worden und nicht mehr zu widerrufen gewesen sei. Was die Freilassung von Maruja und Pacho anging, so vermied Escobar, etwas zu äußern, was ihn als Urheber der Entführung hätte kompromittieren können, sagte jedoch, daß die Auslieferbaren die Geiseln unter normalen Bedingungen und bei guter Gesundheit festhielten und daß sie befreit würden, sobald die Bedingungen der Übergabe vereinbart seien. Speziell über Pacho sagte er allen Ernstes: »Der ist glücklich über seine Entführung.« Zuletzt erkannte er die Redlichkeit von Präsident Gaviria an und brachte seine Bereitwilligkeit zum Ausdruck, zu einer Vereinbarung zu gelangen. Dieses Papier, teilweise von dem Pater geschrieben und zum großen Teil von Escobar handschriftlich korrigiert und näher erläutert, war dessen erstes förmliches Angebot, sich zu stellen.

Als sich der Pater erhob, um sich zu verabschieden, fiel ihm eine Kontaktlinse heraus. Er versuchte, sie wieder einzusetzen, Escobar half ihm dabei, sie baten die Angestellten um Hilfe, doch es war zwecklos. Der Pater war verzweifelt. »Da ist nichts zu machen«, sagte er. »Paulina ist die einzige, die das kann.« Zu seiner Überraschung wußte Escobar genau, wer sie war und wo sie sich gerade befand.

»Keine Sorge, Pater«, sagte er. »Wenn Sie wollen, lassen wir sie kommen.«

Doch der Pater hatte nur noch das Verlangen zurückzukehren und zog es vor, ohne Kontaktlinsen zu gehen. Bevor er sich verabschiedete, bat Escobar ihn darum, seinen kleinen goldenen Anhänger, den er um den Hals trug, zu segnen. Der Vater tat es im Garten, von den Männern der Eskorte umringt.

»Pater«, sagten sie zu ihm, »Sie dürfen nicht gehen, ohne uns Ihren Segen zu geben.«

Alle knieten nieder. Don Fabio Ochoa hatte gesagt, die Vermittlung von Pater García Herreros sei entscheidend für die Kapitulation der Leute Escobars. Dieser mußte wohl das gleiche denken und kniete vielleicht deshalb mit ihnen zusammen nieder, um mit gutem Beispiel voranzugehen. Der Pater segnete alle und ermahnte sie, zu einem gesetzmäßigen Leben zurückzukehren und zu einem Reich des Friedens beizutragen.

Er war höchstens sechs Stunden weggewesen. Abends gegen halb neun, unter einem strahlenden Sternenhimmel, tauchte er wieder in La Loma auf und verließ den Wagen mit dem Sprung eines fünfzehnjährigen Schülers.

»Nur ruhig, mein Sohn«, sagte er zu Villamizar, »hier gibt es kein Problem, ich habe sie gerade alle niederknien lassen.«

Es war nicht leicht, ihn wieder ins Gleichgewicht zu bringen. Er geriet in einen alarmierenden Zustand der Erregung, und weder Palliative noch die beruhigenden Aufgüsse der Ochoa-Frauen halfen. Es regnete noch immer, aber er wollte sofort nach Bogotá fliegen und die Nachricht verbreiten, mit dem Präsidenten der Republik sprechen, um sodann die Vereinbarung abzuschließen und den Frieden zu proklamieren. Sie erreichten, daß er ein paar Stunden schlief, aber nach Mitternacht strich er schon wieder durch das schlafende Haus, sprach laut seine inspirierten

Gebete, bis ihn bei Tagesanbruch die Müdigkeit niederwarf.

Als sie in Bogotá ankamen, am 16. Mai um elf Uhr vormittags, schallte die Nachricht aus dem Rundfunk. Villamizar traf seinen Sohn Andrés am Flughafen und umarmte ihn gerührt. »Ruhig, Junge«, sagte er. »Deine Mama ist in drei Tagen frei.« Rafael Pardo war, als Villamizar es ihm am Telefon sagte, nicht so leicht davon zu überzeugen.

»Ich freue mich wirklich, Alberto«, sagte er. »Aber machen Sie sich nicht zu viele Hoffnungen.«

Zum ersten Mal seit der Entführung ging Villamizar zu einem Fest bei Freunden, und niemand begriff, wie er über etwas so froh sein konnte, das schließlich und endlich nicht mehr war als ein vages Versprechen, wie so viele andere Ankündigungen Escobars auch. Zu dieser Stunde hatte Pater García Herreros bereits eine vollständige Runde durch alle Nachrichtenredaktionen der sehbaren, hörbaren und lesbaren Medien des Landes gemacht. Er bat darum, bei Escobar Toleranz walten zu lassen. »Wenn wir ihn nicht enttäuschen, dann wird aus ihm der große Baumeister des Friedens«, sagte er. Und fügte, ohne Rousseau zu zitieren, hinzu: »Die Menschen sind in ihrem Innersten alle gut, auch wenn manche Umstände sie dazu bringen, bösartig zu werden.« Und inmitten eines dichten Wirrwarrs von Mikrophonen sagte er ohne weitere Zurückhaltung:

»Escobar ist ein guter Mensch.«

Die Zeitung *El Tiempo* berichtete am Freitag, dem 17., daß der Pater der Übermittler eines persönlichen

Briefes sei, den er am kommenden Montag Präsident Gaviria übergeben werde. Tatsächlich bezog sich die Zeitung auf die Notizen, die Escobar und der Pater gemeinsam während des Treffens gemacht hatten. Das Sonntagskommuniqué der Auslieferbaren lief im Wirbel der Nachrichten Gefahr, unbeachtet zu bleiben: »Wir haben die Freilassung von Francisco Santos und Maruja Pachón angeordnet.« Sie sagten nicht, wann. Für den Rundfunk war die Freilassung jedoch bereits erfolgt, und die aufgescheuchten Journalisten begannen, vor den Häusern der Geiseln Wache zu schieben.

Das war das Ende: Villamizar erhielt eine Botschaft von Escobar, in der er ihm mitteilte, daß er Maruja Pachón und Francisco Santos nicht an diesem, sondern am nächsten Tag – Montag, dem 20. Mai – um sieben Uhr abends freilassen werde. Allerdings sollte Villamizar am Dienstag um neun Uhr morgens dann wieder für die Übergabe Escobars in Medellín sein.

11

Maruja hörte das Kommuniqué der Auslieferbaren am Sonntag, dem 19. Mai, um sieben Uhr abends. Es nannte weder Uhrzeit noch Datum der Freilassung, so daß sie nach den Gepflogenheiten der Auslieferbaren in den nächsten fünf Minuten, aber auch erst in zwei Monaten stattfinden konnte. Der Verwalter und seine Frau stürmten ins Zimmer. Sie waren bereit für das Fest.

»Jetzt ist es zu Ende«, schrien sie. »Das muß gefeiert werden.«

Es kostete Maruja einige Mühe, sie davon zu überzeugen, daß sie auf einen offiziellen Befehl aus dem Munde eines persönlichen Boten von Pablo Escobar warten sollten. Sie selbst war von der Nachricht nicht überrascht, hatte es doch in den letzten Wochen untrügliche Zeichen dafür gegeben, daß die Dinge besser liefen, als sie nach dem niederschmetternden Versprechen, ihr das Zimmer mit Teppich auszulegen, vermutet hatte. In den letzten Sendungen von *Colombia los Reclama* waren immer mehr Freunde und populäre Schauspieler aufgetreten. Mit frischem Optimismus verfolgte Maruja derart aufmerksam die Telenovelas, daß sie sogar noch in den Glyzerintränen der unmöglichen Lieben chiffrierte Botschaften zu entdecken glaubte. Die Nachrichten von Pater García Herreros wurden mit jedem Tag spektakulärer, und es war offensichtlich, daß das Unglaubliche geschehen würde.

Maruja wollte schon die Kleider anziehen, in denen sie gekommen war, weil sie voraussah, daß sie bei einer allzu plötzlichen Befreiung in dem tristen Trainingsanzug der Entführten vor die Kameras treten müßte. Doch das Ausbleiben neuer Nachrichten im Rundfunk und die Enttäuschung des Verwalters, der den offiziellen Befehl vor dem Zubettgehen erwartet hatte, bewahrten sie davor, sich lächerlich zu machen, und sei es auch nur vor sich selbst. Sie schluckte eine hohe Dosis Schlafmittel und wachte erst am nächsten Tag, dem Montag, mit dem fürchterlichen Gefühl auf, nicht zu wissen, wer sie war und wo sie sich befand.

Villamizar wurde von keinem Zweifel heimgesucht, denn Escobars Botschaft war eindeutig gewesen. Villamizar gab sie an die Journalisten weiter, doch die hörten nicht auf ihn. Etwa um neun verkündete ein Rundfunksender mit viel Tamtam, daß Frau Maruja Pachón de Villamizar soeben im Stadtteil Salitre freigelassen worden sei. Die Journalisten stürmten los, doch Villamizar ließ sich nicht aus der Ruhe bringen.

»Die werden sie niemals an einem so abgelegenen Ort absetzen, wo ihr am Ende noch irgend etwas passieren könnte«, sagte er. »Sie wird mit Sicherheit morgen und dann an einem sicheren Ort freigelassen.«

Ein Journalist stellte sich ihm mit dem Mikrophon in den Weg.

»Das Vertrauen, das Sie in diese Leute setzen, ist erstaunlich«, sagte er.

»Es handelt sich um ein Ehrenwort im Krieg«, sagte Villamizar.

Die vertrauenswürdigsten Journalisten blieben im Flur der Wohnung – einige auch an der Bar –, bis Villamizar sie aufforderte zu gehen, damit das Haus abgeschlossen werden konnte. Andere richteten sich vor dem Gebäude ein Lager in Autos und Kleinlastern und verbrachten dort die Nacht.

Villamizar wurde am Montag wie üblich von den Sechs-Uhr-Nachrichten geweckt und blieb bis elf im Bett liegen. Er versuchte, das Telefon freizuhalten, doch die Anrufe von Journalisten und Freunden rissen nicht ab. Die Nachricht des Tages war erneut, daß die Entführten erwartet wurden.

Pater García Herreros hatte Mariavé am Donnerstag besucht, um ihr die vertrauliche Mitteilung zu machen, daß ihr Mann am nächsten Sonntag freigelassen werde. Es war nicht zu erfahren, wie er die Nachricht zweiundsiebzig Stunden vor dem ersten Kommuniqué der Auslieferbaren zu den Freilassungen bekommen hatte, doch die Familie Santos nahm sie für bare Münze. Zur Feier des Tages machten sie Fotos von dem Pater mit Mariavé und den Kindern, die sie dann in der Hoffnung, Pacho würde das als eine persönliche Botschaft verstehen, am Samstag in *El Tiempo* veröffentlichten. So war es: Kaum hatte Pacho in seiner Gefängniszelle die Zeitung aufgeschlagen, hatte er die deutliche Offenbarung, daß die Bemühungen des Paters zu einem glücklichen Ende gekommen waren. In Erwartung des Wunders verbrachte er einen unruhigen Tag, ließ in das Gespräch mit den Wächtern harmlose Fangfragen einfließen, um ihnen eine Indiskretion zu entlocken, bekam jedoch nichts heraus. Rundfunk und Fernsehen, die seit einigen Wochen das Thema plattwalzten, ließen es an diesem Samstag aus.

Der Sonntag begann ebenso. Am Morgen wirkten die Wächter auf Pacho seltsam und unruhig, doch im Laufe des Tages kehrten sie nach und nach zur sonntäglichen Routine zurück: Pizza als besonderes Mittagessen, Videos von Kinofilmen und Fernsehsendungen, ein bißchen Kartenspiel, ein bißchen Fußball. Plötzlich, als es schon niemand mehr erwartete, begannen die Nachrichten von *Criptón* mit der Meldung, daß die Auslieferbaren die Freilassung der letzten beiden Geiseln angekündigt hatten. Pacho sprang mit einem Siegesschrei hoch und umarmte den Wächter, der gerade Dienst hatte. »Ich habe gedacht, ich bekomme einen Infarkt«, hat Pacho gesagt. Doch der Wächter reagierte verdächtig stoisch.

»Warten wir, bis die Bestätigung kommt«, sagte er.

Sie schalteten rasch durch alle Fernseh- und Rundfunknachrichten, und überall kam das Kommuniqué. Eine Nachrichtensendung wurde direkt aus der Redaktion von *El Tiempo* übertragen, und da nahm Pacho zum ersten Mal nach acht Monaten wieder die Realitäten des freien Lebens wahr: die eher trostlose Atmosphäre beim Sonntagsdienst, die bekannten Gesichter in ihren Glaskammern, sein eigener Arbeitsplatz. Der Sonderreporter der Nachrichten zückte, nachdem er noch einmal die bevorstehende Freilassung angekündigt hatte, das Mikrophon wie eine Eistüte und hielt es einem Sportreporter vor den Mund. Er fragte:

»Was sagen Sie zu dieser Nachricht?«

Pacho konnte die spontane Reaktion eines Chefredakteurs nicht unterdrücken.

»Was für eine idiotische Frage!« rief er. »Hat er etwa die Antwort erwartet, ich sollte einen Monat länger festgehalten werden?«

Das Radio nahm es, wie immer, weniger genau, war dafür aber emotionaler. Alle möglichen Leute strömten gerade im Haus von Hernando Santos zusammen, und von dort aus wurden Erklärungen von jedem übertragen, der den Reportern gerade über den Weg lief. Daher erschien Pacho der Gedanke, man könne ihn noch am selben Abend freilassen, nicht abwegig, und das machte ihn noch nervöser. »Damit begannen die längsten sechsundzwanzig Stunden meines Lebens«, hat er gesagt. »Jede Sekunde war wie eine Stunde.«

Die Presse war überall. Die Fernsehkameras zogen von Pachos Haus zu dem seines Vaters, beide Häuser wurden seit Sonntagabend von Verwandten, Freunden, Neugierigen und Journalisten aus aller Welt überschwemmt. Mariavé und Hernando Santos wissen nicht mehr, wie oft sie von einem Haus ins andere eilten, je nachdem, welche Richtung die Nachrichten einschlugen. Schließlich wußte selbst Pacho nicht mehr, welche Wohnung gerade auf dem Bildschirm war. Das Schlimmste war, daß beiden in jedem Haus immer wieder dieselben Fragen gestellt wurden, und so wurde der Tag unerträglich. Es war ein solches Durcheinander, daß Hernando Santos sich nicht einmal im eigenen Haus den Weg durch die dichtgedrängte Menschenmenge bahnen konnte und sich durch die Garage hereinschleichen mußte.

Die Wächter, die keinen Dienst hatten, kamen herein, um Pacho zu gratulieren. Sie freuten sich so über die Nachricht, daß Pacho vergaß, daß es seine Gefängniswärter waren, und sich das Zusammensein zu einer Feier unter gleichaltrigen Kumpeln entwickelte. In jenem Augenblick wurde Pacho klar, daß sein Vorhaben, die Wächter zu resozialisieren, durch seine Freiheit vereitelt wurde. Es waren junge Männer aus der Provinz Antioquia, die nach Medellín ausgewandert waren, sich dann in den Kommunen verloren fühlten und schließlich skrupellos töteten und sich töten ließen. Sie kamen gewöhnlich aus zerbrochenen Familien, in denen die Rolle des Vaters negativ war, die der Mutter dafür aber um so stärker. Sie waren daran gewöhnt, bei ihrer Arbeit viel zu verdienen, und hatten keinen Sinn für Geld.

Als Pacho endlich eingeschlafen war, hatte er den ungeheuerlichen Traum, frei und glücklich zu sein, als er dann aber plötzlich die Augen öffnete, sah er dieselbe Zimmerdecke wie immer über sich. Den Rest der Nacht über setzte ihm der verrückte Hahn zu, verrückter und näher als je zuvor, und Pacho wußte nicht mehr genau, wo die Wirklichkeit war.

Am Montag um sechs Uhr früh wurde im Radio die Nachricht der Freilassung bestätigt, aber kein Hinweis gegeben, zu welcher Uhrzeit sie stattfinden sollte. Nach unzähligen Wiederholungen der Erstmeldung wurde angekündigt, daß Pater García Herreros um zwölf Uhr mittags nach einem Treffen mit Präsident Gaviria eine Pressekonferenz geben würde: »Ach, du lieber Gott«, sagte sich Pacho. »Hoffentlich fährt dieser Mann, der so viel für uns getan hat, nicht in letzter Minute die Karre in den Dreck.« Um ein Uhr mittags wurde Pacho eröffnet, daß er freigelassen werde, aber Näheres erfuhr er erst um fünf Uhr, als ein maskierter Chef ihm unbewegt mitteilte, daß Maruja – was Escobars Sinn für Publicity entsprach – rechtzeitig für die Sieben-Uhr-Nachrichten freikäme und er für die um halb zehn.

Marujas Vormittag war kurzweiliger verlaufen. Ein Chef aus der zweiten Reihe kam gegen neun Uhr morgens in das Zimmer und kündigte ihr an, die Freilassung werde am Nachmittag stattfinden. Er erzählte ihr außerdem noch einige Einzelheiten über die Bemühungen von Pater García Herreros, vielleicht damit ihm die Ungerechtigkeit vergeben würde, die er bei einem kürzlichen Besuch begangen hatte, als Maruja ihn gefragt hatte, ob ihr Schicksal in den Händen von Pater García Herreros liege. Der Mann hatte mit einem Anflug von Spott geantwortet:

»Keine Sorge, Sie sind sehr viel sicherer.«

Maruja begriff, daß er ihre Frage falsch verstanden hatte, und beeilte sich klarzustellen, daß sie immer eine große Achtung vor dem Pater gehabt habe. Zwar hatte sie am Anfang seine oft verworrenen und unbegreiflichen Fernsehpredigten tatsächlich nicht aufmerksam verfolgt, bei der ersten Botschaft an Escobar wurde ihr jedoch klar, daß dies mit ihrem Leben zu tun hatte, und sie sah sich den Pater dann Abend für Abend mit großer Aufmerksamkeit an. Sie hatte den Gang seiner Bemühungen verfolgt, seine Besuche in Medellín, den Fortschritt seiner Gespräche mit Escobar, und sie zweifelte nicht daran, daß er auf dem richtigen Weg war. Der Sarkasmus des Chefs ließ sie nun befürchten, daß der Pater vielleicht doch nicht so viel bei den Auslieferbaren galt, wie seine öffentlichen Gespräche mit Journalisten vermuten ließen. Die Bestätigung, daß sie dank seiner Unternehmungen bald freigelassen würde, steigerte ihre Freude.

Nach einem kurzen Gespräch über den Wirbel im Lande wegen der Freilassung, fragte sie den Mann nach dem Ring, den man ihr in der Nacht der Entführung im ersten Haus abgenommen hatte.

»Sie können beruhigt sein«, sagte er. »Alle Ihre Sachen sind in Sicherheit.«

»Ich bin nur besorgt«, sagte Maruja, »weil man mir den Ring nicht hier, sondern im ersten Haus abgenommen hat und wir den Typen, der ihn eingesteckt hat, nicht wiedergesehen haben. Oder waren Sie es?«

»Ich doch nicht«, sagte der Mann. »Aber, wie gesagt, Sie können beruhigt sein, Ihre Sachen sind da. Ich habe sie gesehen.«

Die Frau des Verwalters bot sich an, Maruja alles, was sie vielleicht brauchte, zu besorgen. Maruja bestellte Wimperntusche, einen Lippenstift, einen Augenbrauenstift und ein Paar Strümpfe, um die zu ersetzen, die in der Nacht der Entführung zerrissen waren. Später kam der Verwalter herein. Er war beunruhigt, weil es keine neuen Nachrichten über die Freilassung gab, und befürchtete nun, man habe, wie so oft, im letzten Moment die Pläne geändert. Maruja hingegen war ruhig. Sie badete und zog die Kleider an, die sie in der Nacht der Entführung getragen hatte, bis auf das cremefarbene Jackett, das sie erst beim Hinausgehen anziehen würde.

Den ganzen Tag über hielten die Radiosender das Interesse an der Rückkehr der Entführten wach, mit Spekulationen über die Dauer der Wartezeit, durch Interviews mit den Angehörigen, durch unbestätigte Gerüchte, die in der nächsten Minute von noch aufregenderen Gerüchten übertroffen wurden. Aber nichts Verbindliches. Maruja hörte die Stimmen ihrer Kinder und Freunde mit einem vorzeitigen Jubel, der von der Ungewißheit bedroht war. Wieder sah sie ihre neu hergerichtete Wohnung und ihren Mann, der sich nach Belieben mit ganzen Schwadronen von Journalisten unterhielt, die es müde waren zu warten. Sie hatte jetzt Zeit, sich die Einzelheiten der Einrichtung, die sie das erste Mal geschockt hatte, genauer anzuschauen, und ihre Laune besserte sich. Die Wächter unterbrachen ihr besessenes Putzen, um Nachrichten zu hören und zu sehen, und versuchten, Maruja Mut zu machen, was ihnen aber im Verlauf des Nachmittags immer weniger gelang.

Präsident Gaviria war am einundvierzigsten Montag seiner Präsidentschaft um fünf Uhr morgens ohne Wecker aufgewacht. Er stand auf, schaltete das Licht nicht an, um Ana Milena nicht zu wecken, die manchmal später als er zu Bett ging, und setzte sich dann, schon rasiert, gebadet und fürs Amt gekleidet, auf ein Klappstühlchen, das er immer außerhalb des Schlafzimmers in einem eisigen und düsteren Flur stehen ließ, um dort die Nachrichten zu hören und niemanden dabei aufzuwecken. Er hörte die Rundfunknachrichten in einem Taschenempfänger, der sehr leise gestellt war und den er sich ans Ohr hielt. Die Zeitungen sah er von den Schlagzeilen bis zu den Anzeigen rasch durch und riß dabei wichtige Sachen heraus, um sie später von Fall zu Fall mit seinen Sekretären, Beratern oder Ministern zu besprechen. Einmal war es eine Meldung über etwas, das hätte getan werden müssen, aber nicht getan worden war, und er schickte dem zuständigen Minister den Ausschnitt mit einer einzigen, schnell an den Rand geschriebenen Zeile: »Wann, zum Teufel, wird das Ministerium diese Geschichte in Ordnung bringen?« Sie wurde sofort erledigt.

Die wichtigste Nachricht des Tages war die bevorstehende Freilassung und, in diesem Zusammenhang, die Audienz von Pater García Herreros beim Präsidenten, bei der er diesem von seinem Treffen mit Escobar berichten sollte. Gaviria plante seinen Tagesablauf neu, um jederzeit verfügbar zu sein. Er strich ein paar aufschiebbare Termine und verlegte andere. Der erste Termin war ein Treffen mit den Präsidentenberatern, das er mit einem schulmeisterlichen Satz einleitete: »Gut, wir bringen diese Aufgabe jetzt zum Abschluß.«

Einige der Berater waren gerade aus Caracas zurückgekehrt, wo sie am Freitag zuvor ein Gespräch mit dem verschlossenen General Maza Márquez geführt hatte. Mauricio Vargas, der Presseberater, hatte sich besorgt darüber geäußert, daß niemand inner- oder außerhalb der Regierung sich eine klare Vorstellung davon machen konnte, worauf Pablo Escobar eigentlich hinauswollte. Maza war überzeugt, daß Escobar sich nicht stellen werde, da er nur einer Begnadigung durch die Verfassunggebende Versammlung traue. Vargas erwiderte mit einer Frage: Was nützt die Begnadigung einem Manne, der von seinen eigenen Feinden und dem Kali-Kartell zum Tode verurteilt ist? »Die Begnadigung kann ihm zwar helfen, aber sie bietet nicht gerade die vollständige Lösung seines Problems«, schloß er. Was Escobar dringend für sich und seine Leute brauchte, war ein sicheres Gefängnis und den Schutz des Staates.

Dieses Thema wurde von den Beratern wieder aufgegriffen, weil sie befürchteten, der Pater könne zu der

Audienz um zwölf mit einer letzten unannehmbaren Bedingung auftauchen, ohne deren Erfüllung sich Escobar nicht stellen und die Journalisten nicht freilassen würde. Für die Regierung hätte das ein nur schwer wiedergutzumachendes Fiasko bedeutet. Gabriel Silva, der außenpolitische Berater, empfahl zwei Vorsichtsmaßnahmen: Erstens, der Präsident dürfe bei der Audienz nicht allein sein, und zweitens, man solle nach dem Treffen ein möglichst vollständiges Kommuniqué herausgeben, um auf diese Weise Spekulationen zu vermeiden. Rafael Pardo, der am Tag zuvor nach New York geflogen war, gab telefonisch sein Einverständnis.

Um zwölf Uhr mittags empfing der Präsident Pater García Herreros in einer Sonderaudienz. Der Pater kam mit zwei Priestern aus seiner Gemeinde und Alberto Villamizar sowie dessen Sohn Andrés. Der Präsident seinerseits war von seinem Privatsekretär, Miguel Silva, und von Mauricio Vargas begleitet. Der Informationsdienst des Palastes machte Fotos und Videoaufnahmen, um sie, falls alles gut ausging, an die Journalisten weiterzugeben. Falls es schlecht ausging, würde die Presse wenigstens nicht über Beweise des Fehlschlags verfügen.

Der Pater, der sich der Bedeutung des Augenblicks wohl bewußt war, erzählte dem Präsidenten die Einzelheiten seines Treffens mit Escobar. Er hatte nicht den geringsten Zweifel daran, daß Escobar sich stellen und die Geiseln freilassen würde, und belegte seine Worte mit den gemeinsam geschriebenen Notizen.

Die einzige entscheidende Bedingung war, daß aus Sicherheitsgründen, die Escobar selbst ausgeführt hatte, das Gefängnis von Envigado und nicht das von Itagüí gewählt wurde.

Der Präsident las die Notizen und gab sie dem Pater zurück. Ihm fiel auf, daß Escobar nicht versprach, die Geiseln freizulassen, sondern sich bei den Auslieferbaren dafür einsetzen wollte. Villamizar erklärte dem Präsidenten, das sei eine von Escobars zahlreichen Vorsichtsmaßnahmen: Er hatte nie zugegeben, die Entführten in seiner Gewalt zu haben, damit das nicht als Beweis gegen ihn verwandt werden konnte.

Der Pater fragte, was er tun solle, falls Escobar ihn darum bäte, ihn bei der Übergabe zu begleiten. Der Präsident hatte nichts dagegen einzuwenden. Der Pater äußerte Zweifel über die Sicherheit der Aktion, worauf der Präsident meinte, daß niemand besser als Escobar die Sicherheit seines eigenen Vorhabens garantieren könne. Zuletzt wies der Präsident den Pater darauf hin, daß es wichtig sei – und dessen Begleiter bestätigten dies –, die öffentlichen Erklärungen auf ein Minimum zu reduzieren, damit nicht am Ende alles aufgrund eines Wortes zur ungelegenen Zeit fehlschlüge. Der Pater stimmte dem zu und machte noch ein letztes verdecktes Angebot: »Ich wollte hiermit einen Dienst erweisen und stehe zu Ihrer Verfügung, sollte ich noch für etwas anderes gebraucht werden, etwa für die Friedenssuche mit diesem anderen Herrn Pfarrer.« Für alle war klar, daß er den spanischen Priester Manuel Pérez, den Kommandanten des Nationalen

Befreiungsheeres (ELN), meinte. Das Treffen war nach zwanzig Minuten beendet, und es gab kein offizielles Kommuniqué. Wie versprochen trat Pater García Herreros bei seinen Presseerklärungen mit vorbildlicher Zurückhaltung auf.

Maruja sah sich die Pressekonferenz des Paters an und erfuhr dabei nichts Neues. Die Fernsehnachrichten zeigten wieder die Journalisten, die vor den Häusern der Entführten Wache schoben, und es hätten durchaus die Bilder vom Vortag sein können. Auch Maruja durchlebte erneut von Minute zu Minute den Vortag, und es blieb auch noch Zeit, die Telenovelas am Nachmittag zu sehen. Damaris, von der offiziellen Bekanntgabe aufgemuntert, hatte ihr die Gunst erwiesen, das Menü für das Mittagessen zu bestimmen – wie ein zum Tode Verurteilter am Tag vor seiner Hinrichtung. Ohne spöttische Absicht sagte Maruja, daß es ihr egal sei, solange es keine Linsen gebe. Am Ende wurde ihnen die Zeit knapp, Damaris konnte nicht einkaufen gehen, und so gab es als Abschiedsmahl nur Linsen mit Linsen.

Pacho Santos indes zog das an, was er am Tag der Entführung getragen hatte und was ihm nun zu eng war, da er wegen des Bewegungsmangels und des ungesunden Essens zugenommen hatte. Dann setzte er sich hin, um Nachrichten zu hören und zu rauchen, zündete eine Zigarette an der Kippe der vorherigen an. Er hörte alle möglichen Versionen über seine Freilassung. Er hörte die Berichtigungen sowie die schlichten und unverblümten Lügen seiner von der Anspannung des Wartens leichtsinnig gewordenen Kollegen. Er hörte, man habe ihn entdeckt, wie er inkognito in einem Restaurant aß, und dann stellte sich heraus, daß es sein Bruder gewesen war.

Er las noch einmal die Leitartikel, die Kommentare, die Berichte, die er, um nicht aus der Übung zu kommen, über aktuelle Ereignisse mit dem Gedanken geschrieben hatte, sie später als Zeugnis seiner Haft zu veröffentlichen. Es waren mehr als hundert. Einen Artikel, den er im Dezember geschrieben hatte, als die traditionelle politische Klasse gegen die Legitimität der Verfassunggebenden Versammlung zu wettern begann, las er seinen Wächtern vor. Pacho geißelte diese Leute mit einer Energie und einer geistigen Unabhängigkeit, die zweifellos ein Produkt seiner Grübeleien in der Haft waren. »Wir alle wissen, wie man in Kolumbien Wählerstimmen bekommt und auf welche Weise viele Parlamentarier gewählt worden sind«, hieß es in dem Artikel. Es hieß, der Kauf von Stimmen sei im ganzen Land, besonders in der Küstenregion, gang und gäbe; daß die Verlosung von Elektrogeräten im Tausch für Wählergunst auf der Tagesordnung stehe und daß viele der Gewählten durch andere politische Laster – wie etwa die Eintreibung von Provisionen auf die Staatsgehälter und auf die Diäten der Parlamentarier – ihre Position erlangt hätten. Deshalb, schrieb er, wurden immer die gleichen auf die gleiche Weise gewählt und »heulen nun lauthals angesichts der Gefahr, ihre Privilegien zu verlieren«. Und er schrieb zum

Schluß, fast gegen sich selbst gerichtet: »Die Unparteilichkeit der Medien – und ich schließe da *El Tiempo* ein –, für die so viel gekämpft worden ist und die sich langsam eingebürgert hatte, ist dahin.«

Am erstaunlichsten war jedoch der Artikel, den er über die Reaktionen der politischen Klasse auf den M-19 schrieb, als dieser mehr als zehn Prozent der Stimmen bei der Wahl zur Verfassunggebenden Versammlung erhielt. »Die politische Aggressivität gegen den M-19«, schrieb er, »die restriktive Berichterstattung (um nicht zu sagen Diskriminierung) in den Medien zeigt, wie weit entfernt wir noch von der Toleranz sind und wieviel noch fehlt, bis wir das Wichtigste – nämlich unser Bewußtsein – modernisiert haben.« Er schrieb, daß die politische Klasse die Teilnahme der einstigen Guerrilleros an den Wahlen nur deshalb gefeiert habe, weil es demokratisch wirkte, als aber deren Stimmenanteil die zehn Prozent überstiegen habe, sei sie in Beschimpfungen ausgebrochen. Und er schloß, ganz im Stil seines Großvaters Enrique Santos Montejo alias Calibán, des meistgelesenen Kolumnisten in der Geschichte des kolumbianischen Journalismus: »Ein ganz bestimmter traditioneller Kreis von Kolumbianern hat den Tiger erlegt und fürchtet sich nun vor seinem Fell.« Bei einem Menschen, der sich seit seiner Schulzeit als frühreifes Exemplar der romantischen Rechten hervorgetan hatte, hätte nichts mehr überraschen können.

Er zerriß alle Artikel, bis auf drei, die er aus Gründen, die er sich dann selbst nicht erklären konnte, aufzubewahren beschloß. Er behielt auch die Entwürfe der Botschaften an seine Familie und an den Präsidenten der Republik sowie die seines Testaments. Gern hätte er die Kette, mit der sie ihn an das Bett gefesselt hatten, mitgenommen, weil er hoffte, daß der Bildhauer Bernardo Salcedo sie für eine Skulptur verwenden könne, doch aus Angst vor möglichen verräterischen Spuren darauf, wurde ihm das nicht erlaubt.

Maruja hingegen wollte keinerlei Andenken an die schreckliche Vergangenheit behalten, die sie aus ihrem Leben zu löschen beschloß. Aber als sich etwa um sechs Uhr nachmittags die Tür von außen öffnete, wurde ihr klar, wie sehr jene sechs Monate des Leids ihr weiteres Leben prägen würden. Seit Marinas Tod und der Abfahrt von Beatriz war dies die Stunde der Freilassungen oder Exekutionen: die gleiche Zeit in beiden Fällen. Mit Todesangst wartete sie auf die unheilvolle Formel des Rituals: »Wir kommen Sie abholen, machen Sie sich fertig.« Es war der *Doctor*, begleitet von dem zweitrangigen Chef, der am Vortag bei ihr gewesen war. Beide schienen es wegen der Uhrzeit eilig zu haben.

»Schnell, schnell!« drängte der *Doctor* Maruja. »Beeilen Sie sich!«

Sie hatte sich diesen Augenblick so oft vorgestellt, daß sie von einem seltsamen Bedürfnis, Zeit zu gewinnen, erfaßt wurde, und so fragte sie nach ihrem Ring.

»Ich hab ihn Ihrer Schwägerin mitgegeben«, sagte der zweite Mann.

»Das ist nicht wahr«, sagte Maruja völlig ruhig. »Sie haben mir selbst gesagt, daß Sie ihn danach noch gesehen hätten.«

Mehr als um den Ring ging es ihr darum, den Mann vor seinem Vorgesetzten zur Rede zu stellen. Doch dieser ging unter dem Zeitdruck darüber hinweg. Der Verwalter und seine Frau brachten Maruja den Beutel mit ihren persönlichen Habseligkeiten und den Geschenken, die ihr die verschiedenen Wächter im Laufe der Haft gemacht hatten: Weihnachtskarten, der Trainingsanzug, das Handtuch, Zeitschriften und irgendein Buch. Die gutmütigen Jungen, die sie in den letzten Tagen betreut hatten, konnten ihr nur Heiligenbildchen und Anhänger mitgeben und flehten Maruja an, für sie zu beten, an sie zu denken und etwas zu tun, um sie aus dem kriminellen Sumpf zu ziehen.

»Alles, was ihr wollt«, sagte Maruja. »Wenn ihr mich einmal brauchen solltet, dann kommt zu mir, und ich helfe euch.«

Der *Doctor* wollte nicht zurückstehen. »Was kann ich als Erinnerung mitgeben?« fragte er sich, in den Taschen kramend. Er holte eine 9-mm-Patrone hervor und gab sie Maruja.

»Nehmen Sie«, sagte er, mehr im Ernst als im Scherz. »Die Kugel, die wir Ihnen nicht verpaßt haben.«

Der Verwalter und Damaris umarmten Maruja, und es war nicht leicht, sie vor ihnen zu retten. Damaris schob sich die Maske bis zur Nase hoch, um Maruja zu küssen, und bat, sie möge sie nicht vergessen. Diese war ehrlich gerührt. Es war schließlich und endlich das Ende der längsten und grauenvollsten Tage ihres Lebens – und die glücklichste Minute.

Sie zogen ihr eine Kapuze über, wohl die dreckigste und übelriechendste, die zu finden war. Sie setzten sie ihr verkehrt herum auf, die Augenlöcher waren am Hinterkopf, und sie konnte sich nicht der Erinnerung erwehren, daß man Marina die Kapuze ebenso übergezogen hatte, um sie dann zu töten. Sie brachten Maruja, deren Füße über den Boden schleiften, zu einem Wagen, der genauso komfortabel war wie der von der Entführung, und setzten sie in der gleichen Stellung auf den gleichen Platz und trafen die gleichen Vorsichtsmaßnahmen: Sie mußte den Kopf auf die Knie eines Mannes legen, um von draußen nicht gesehen zu werden. Die Männer wiesen sie darauf hin, daß sie an mehreren Polizeikontrollen vorbeikämen und Maruja sich, falls sie einmal angehalten würden, die Kapuze abziehen und gut benehmen müsse.

Um ein Uhr hatte Villamizar mit seinem Sohn Andrés zu Mittag gegessen. Um halb drei legte er sich zur Siesta hin und holte bis halb sechs den versäumten Schlaf nach. Um sechs kam er gerade aus der Dusche und begann sich anzukleiden, um seine Frau zu erwarten, als das Telefon läutete. Er hob den Hörer am Nachttisch ab und konnte nur sagen: »Ja, bitte?« Eine anonyme Stimme unterbrach ihn: »Sie kommt ein paar Minuten nach sieben. Sie brechen jetzt auf.« Dann wurde eingehängt. Es war eine unerwartete Mitteilung, für die Villamizar dankbar war. Er rief den Portier an, um sicherzustellen, daß sein Wagen im Garten stand und der Chauffeur bereit war.

Er zog zum Empfang seiner Frau einen dunklen Anzug an, dazu eine Krawatte mit hellem Rautenmuster. Er sah schlanker aus als zuvor, denn er hatte in sechs Monaten vier Kilo abgenommen. Um sieben Uhr abends erschien er im Wohnzimmer, um mit den Journalisten zu plaudern, bis Maruja kam. Ihre vier Kinder und der gemeinsame Sohn Andrés warteten ebenfalls dort. Nur Nicolás fehlte, der Musiker der Familie, der in wenigen Stunden aus New York eintreffen würde. Villamizar setzte sich in den Sessel, der dem Telefon am nächsten stand.

Maruja trennten noch etwa fünf Minuten davon, frei zu sein. Anders als in der Nacht der Entführung verlief die Fahrt in die Freiheit schnell und störungsfrei. Zunächst waren sie auf einem ungepflasterten Weg mit vielen, für ein Luxusauto keineswegs bekömmlichen Schlaglöchern gefahren. Maruja entnahm den Gesprächen, daß außer dem Mann neben ihr noch einer vorne beim Chauffeur saß. Keiner von beiden schien der *Doctor* zu sein. Nach einer Viertelstunde mußte sie sich auf den Boden legen, und der Wagen hielt etwa fünf Minuten, aber sie erfuhr nicht, weshalb. Dann kamen sie auf eine breite und laute Avenida mit dichtem Sieben-Uhr-Abend-Verkehr und bogen ohne Zwischenfall in eine zweite Avenida ein. Plötzlich, insgesamt war nicht mehr als eine Dreiviertelstunde vergangen, bremste das Auto.

Der Mann neben dem Chauffeur gab Maruja einen verzweifelten Befehl:

»Los, steigen Sie aus. Schnell.«

Der Mann, der neben ihr saß, versuchte, sie aus dem Wagen zu schieben. Maruja wehrte sich.

»Ich sehe nichts«, schrie sie.

Sie wollte sich die Kapuze abnehmen, aber eine Hand hinderte sie brutal daran. »Damit warten Sie noch fünf Minuten«, schrie er sie an. Er stieß sie mit einem Schubs aus dem Auto. Maruja spürte den Schwindel des leeren Raums, das Grauen, und glaubte, man habe sie in einen Abgrund gestoßen. Der feste Boden unter den Füßen gab ihr wieder Kraft. Während sie darauf wartete, daß sich das Auto entfernte, merkte sie, daß sie in einer Straße mit wenig Verkehr war. Ganz vorsichtig zog sie die Kapuze vom Kopf, sah die Häuser zwischen den Bäumen, die ersten erleuchteten Fenster, und da erkannte sie, daß sie wahrhaft frei war. Es war sieben Uhr neunundzwanzig, und seit der Nacht der Entführung waren hundertdreiundneunzig Tage vergangen.

Ein einsames Fahrzeug näherte sich auf der Avenida, wendete und parkte am gegenüberliegenden Bordstein, genau vor Maruja. Sie dachte, wie damals Beatriz, daß dies kein Zufall sein könne. Dieser Wagen mußte von den Entführern geschickt worden sein, um das Ende der Befreiung sicherzustellen. Maruja beugte sich zum Wagenfenster des Fahrers herunter.

»Bitte«, sagte sie, »ich bin Maruja Pachón. Ich bin soeben freigelassen worden.«

Sie wollte nur, daß er ihr dabei half, ein Taxi zu bekommen. Doch der Mann stieß einen Schrei aus. Ein paar Minuten zuvor, als im Radio die Nachrichten über die bevorstehenden Freilassungen kamen, hatte er sich gesagt: »Und wenn mir nun Francisco Santos, der ein Taxi sucht, über den Weg läuft?« Maruja brannte darauf, ihre Familie zu sehen, aber sie ließ sich in das Haus gegenüber führen, um von dort aus anzurufen.

Die Hausherrin, die Kinder, alle umarmten sie schreiend, als sie Maruja erkannten. Diese fühlte sich wie betäubt, und alles, was um sie herum geschah, erschien ihr eine weitere Täuschung der Entführer zu sein. Der Mann, der sie aufgesammelt hatte, hieß Manuel Caro und war der Schwiegersohn des Hausherrn, Augusto Borrero, dessen Frau als aktives Mitglied des Nuevo Liberalismo bei der Wahlkampagne von Luis Carlos Galán mit Maruja zusammengearbeitet hatte. Doch Maruja sah das Leben von außen, wie auf einer Filmleinwand. Sie bat – und wußte auch später nicht, warum – um einen Aguardiente und trank ihn in einem Zug. Dann wollte sie bei sich zu Hause anrufen, konnte sich aber nicht mehr genau an die Nummer erinnern und wählte erst zweimal falsch. Eine Frauenstimme antwortete sofort: »Ja, bitte?« Maruja erkannte sie und sagte ohne Dramatik:

»Alexandra, Kind.«

Alexandra rief:

»Mama! Wo bist du?«

Alberto Villamizar war aus dem Sessel gesprungen, als es klingelte, schaffte es jedoch nicht, Alexandra zuvorzukommen, die zufällig gerade am Telefon vorbeiging. Maruja begann, ihr die Adresse zu diktieren, aber die Tochter hatte weder Papier noch Bleistift. Villamizar nahm ihr den Hörer ab und begrüßte Maruja mit verblüffender Natürlichkeit:

»Wie steht's, Kleine. Wie geht's?«

Maruja antwortete im gleichen Ton.

»Prima, Liebling, kein Problem.«

Er hatte Papier und Bleistift für diesen Augenblick bereitgelegt. Er schrieb die Adresse auf, merkte aber, daß etwas nicht klar war, und bat Maruja darum, ihm jemand von der Familie zu geben. Borreros Frau gab ihm die nötigen Informationen.

»Tausend Dank«, sagte Villamizar. »Das ist nah. Ich bin gleich da.«

Er vergaß aufzulegen, denn die eiserne Selbstbeherrschung, die er in den langen Monaten der Anspannung aufrechterhalten hatte, war auf einmal dahin. Er sprang die Treppe des Gebäudes hinunter, nahm zwei Stufen auf einmal, rannte durch das Foyer, verfolgt von einer Lawine von Journalisten, die ihre Kriegsausrüstung mit sich schleppten. Andere, die aus der entgegengesetzten Richtung kamen, hätten ihn fast am Portal umgerannt.

»Sie haben Maruja freigelassen«, rief er allen zu. »Los.«

Er schwang sich ins Auto und knallte die Tür derart zu, daß der schläfrige Chauffeur aufschrak. »Wir holen die Señora«, sagte Villamizar. Er gab ihm die Adresse: Diagonal 107, Nummer 27-73. »Es ist ein weißes Haus in der westlichen Parallelstraße zur Autobahn«, präzisierte er. Aber er sagte es so überstürzt und verwirrend, daß der Chauffeur falsch losfuhr. Villamizar korrigierte die Richtung mit einem Mangel an Beherrschung, der seinem Charakter sonst fremd war.

»Passen Sie auf, was Sie tun, wir müssen in fünf Minuten da sein«, schrie er. »Und wenn Sie es nicht schaffen, werden Sie kastriert!«

Der Chauffeur, der an Villamizars Seite die fürchterlichen Dramen der Entführung erlebt hatte, regte sich nicht auf. Villamizar kam wieder zu Atem und wies ihm den kürzesten und leichtesten Weg, denn er hatte sich, während man ihm die Adresse am Telefon erklärt hatte, die Route bildlich vorgestellt, um sicherzugehen, daß er sich nicht verirrte. Es war vom Verkehr her die schlimmste Zeit, aber nicht der schlimmste Tag.

Andrés war zusammen mit seinem Vetter Gabriel nach seinem Vater losgefahren und folgte der Karawane der Journalisten, die sich mit falschen Alarmsignalen und Krankenwagentricks ihren Weg durch den Verkehr bahnte. Obwohl Andrés ein geübter Fahrer war, steckte er bald im Stau. Er blieb zurück. Villamizar hingegen kam in der olympischen Zeit von fünfzehn Minuten an. Er mußte nicht nach dem Haus suchen, da einige der Journalisten, die bei ihm in der Wohnung gewesen waren, schon auf den Hausherrn einredeten, damit er sie einließ. Villamizar bahnte sich einen Weg durch den Tumult. Er hatte keine Zeit, irgend jemanden zu begrüßen, da die Hausherrin ihn erkannte und auf die Treppe zeigte.

»Da lang«, sagte sie.

Man hatte Maruja in das große Schlafzimmer geführt, damit sie sich bis zur Ankunft ihres Mannes herrichten konnte. Als Maruja dort hereinkam, begegnete ihr ein unbekanntes und groteskes Wesen: Das war sie selbst im Spiegel. Sie sah sich, aufgedunsen und schwammig, die Lider von der Nierenentzündung geschwollen, die Haut grünlich und welk von sechs Monaten Dämmerung.

Villamizar war in zwei Sprüngen oben, öffnete die erste Tür, die er fand, doch das war das Kinderzimmer mit Puppen und Fahrrädern. Dann öffnete er die Tür gegenüber und sah Maruja in dem hellen karierten Jackett, das sie am Tag ihrer Entführung beim Verlassen des Hauses getragen hatte. Sie saß auf dem Bett, und sie hatte sich gerade für ihn geschminkt. »Er donnerte herein«, hat Maruja erzählt. Sie fiel ihm um den Hals, und sie umarmten sich innig, lang und stumm. Aus dieser Entrückung holte sie das Getöse der Journalisten, die den Widerstand des Hausherrn gebrochen hatten und scharenweise ins Haus drängten. Maruja erschrak. Villamizar lächelte amüsiert.

»Das sind deine Kollegen«, sagte er.

Maruja war bestürzt. »Ich habe mich sechs Monate nicht im Spiegel gesehen«, sagte sie. Sie lächelte ihr Spiegelbild an, und es war nicht sie. Sie raffte sich auf, faßte das Haar am Hinterkopf mit einem Band zusammen, nahm, so gut sie konnte, Haltung an, damit die Frau im Spiegel dem Bild gliche, das sie sechs Monate früher von sich gehabt hatte. Es glückte ihr nicht.

»Ich sehe grausam aus«, sagte sie und zeigte ihrem Mann ihre Finger, die geschwollen und entstellt waren. »Es war mir nicht aufgefallen, weil man mir den Ring abgenommen hatte.«

»Du siehst perfekt aus«, sagte Villamizar zu ihr.

Er legte ihr den Arm um die Schulter und führte sie in den Salon.

Die Journalisten fielen mit Kameras, Scheinwerfern und Mikrophonen über sie her. Maruja war geblendet. »Immer mit der Ruhe, Jungs«, sagte sie. »In der Wohnung können wir uns besser unterhalten.« Das waren ihre ersten Worte.

Die Nachrichten um sieben Uhr abends brachten nichts, doch Minuten später hörte Präsident Gaviria an einem Funkmonitor, daß Maruja Pachón freigelassen worden war. Er fuhr mit Mauricio Vargas zu ihr, sie ließen jedoch das amtliche Kommuniqué über die Befreiung von Francisco Santos, die jeden Augenblick erfolgen mußte, schon fertig zurück. Mauricio Vargas hatte es selbst auf die Tonbänder der Journalisten gesprochen, allerdings unter der Bedingung, daß es nicht gesendet würde, bevor die offizielle Meldung da war.

Zu jenem Zeitpunkt war Maruja auf dem Weg nach Hause. Kurz vor ihrer Ankunft kam das Gerücht auf, daß Pacho Santos freigelassen worden war, und daraufhin ließen die Journalisten den angeketteten Hund des amtlichen Kommuniqués los, der mit Freudengebell durch alle Sender raste.

Der Präsident und Mauricio Vargas hörten es im Wagen und freuten sich darüber, daß sie die Tonbandaufnahme hinterlassen hatten. Fünf Minuten später wurde die Meldung jedoch berichtigt.

»Mauricio!« rief der Präsident aus. »Was für ein Debakel!«

Sie konnten aber nichts weiter tun, als darauf zu vertrauen, daß das Gemeldete nun auch geschehen würde. Unterdessen blieben sie, da sie sich wegen der Menschenmenge nicht in der Wohnung von Villamizar aufhalten konnten, ein Stockwerk höher in der von Aseneth Velásquez, um dort, nach drei vermeintlichen Freilassungen, auf die wirkliche Freilassung von Pacho Santos zu warten.

Pacho hatte die Meldung von Marujas Freilassung gehört, dann die voreilige Meldung über seine Befreiung und die Ente der Regierung. In diesem Augenblick kam der Mann, der am Morgen mit ihm geredet hatte, ins Zimmer, und ohne ihm eine Augenbinde anzulegen, führte er ihn am Arm ins Erdgeschoß. Da fiel ihm auf, daß das Haus leer war, und einer seiner Bewacher teilte ihm lachend mit, daß sie die Möbel mit einem Umzugwagen abgeholt hätten, weil sie die letzte Monatsmiete nicht bezahlen wollten. Alle verabschiedeten sich mit herzlichen Umarmungen und dankten Pacho für das, was sie von ihm gelernt hatten. Pachos Antwort war ehrlich:

»Ich habe auch viel von euch gelernt.«

In der Garage gaben sie ihm ein Buch, er sollte es sich vor das Gesicht halten und so tun, als ob er läse.

Dann kamen die Anweisungen. Wenn sie auf Polizei stießen, mußte er sich aus dem Auto werfen, damit sie fliehen konnten. Und das Wichtigste: Er durfte nicht sagen, daß er in Bogotá gewesen war, sondern an einem Ort, der drei Stunden Fahrt auf holpriger Landstraße entfernt lag. Aus einem fürchterlichen Grund: Sie wußten, daß Pacho scharfsinnig genug war, um sich eine Vorstellung von der Lage des Hauses gemacht zu haben, und die durfte er nicht verraten, da die Wächter in den langen Tagen der Entführung ohne Vorsichtsmaßnahmen mit der Nachbarschaft zusammengelebt hatten.

»Wenn Sie das erzählen«, schloß der für die Freilassung Verantwortliche, »müssen wir alle Nachbarn umlegen, damit sie uns später nicht erkennen.«

Vor dem Polizeiposten auf der Avenida Boyacá, Ecke Calle 80, ging der Motor aus. Zwei-, drei-, viermal stotterte er, und beim fünften Mal sprang er wieder an. Alle schwitzten Blut und Wasser. Zwei Straßen weiter nahmen sie dem Entführten das Buch ab und ließen ihn an der Ecke mit drei Zweitausend-Pesoscheinen für ein Taxi heraus. Er nahm das erste, das vorbeikam, mit einem jungen und sympathischen Fahrer, der kein Geld wollte und sich mit anhaltendem Gehupe und Jubelgeschrei den Weg durch die Menge bahnte, die vor der Tür von Pachos Haus wartete. Für die Sensationsreporter war Pacho eine Enttäuschung: Sie erwarteten einen nach zweihundertvierundvierzig Tagen Haft abgehärmten und besiegten Mann und trafen auf einen innerlich und äußerlich verjüngten Pacho Santos, der dicker, leichtsinniger und lebenshungriger war denn je zuvor. »Sie haben ihn unverändert zurückgegeben«, erklärte sein Vetter Enrique Santos Calderón. Angesteckt von der jubelnden Fröhlichkeit der Familie sagte ein anderer: »Dem fehlen noch einmal sechs Monate.«

Maruja war bereits zu Hause. Sie war mit Alberto angekommen, verfolgt von den Übertragungswagen, die sie überholten, vor ihnen herfuhren, direkt aus dem Verkehrsstau sendeten. Von den Autofahrern, die im Radio die Wechselfälle der Heimkehr verfolgten, wurden sie erkannt und mit Hupkonzerten begrüßt, bis die Ovationen sich über die ganze Strecke fortpflanzten.

Andrés Villamizar hatte nach Hause umkehren wollen, als er die Richtung, in die sein Vater fuhr, verloren hatte, aber er war so wild gefahren, daß der Motor des Wagens sich lockerte und die Pleuelstange brach. Er ließ den Wagen in der Obhut der Polizisten am nächsten Posten und hielt das erste Auto an, das vorbeifuhr: ein dunkelgrauer BMW, gelenkt von einem sympathischen Geschäftsmann, der die Nachrichten hörte. Andrés sagte ihm, wer er sei, warum er es so eilig habe, und bat, ihn möglichst nah an sein Haus heranzufahren.

»Steigen Sie ein«, sagte der Mann, »aber ich warne Sie, wenn das gelogen ist, dann ergeht es Ihnen schlecht.«

An der Ecke Carrera séptima und Calle 80 tauchte eine Freundin in ihrem alten Renault auf. Er fuhr mit ihr weiter, doch der Wagen blieb an der Steigung der Ringstraße hängen. Andrés erkletterte mit Mühe den letzten weißen Jeep von Radio Cadena Nacional.

Die Steigung, die zum Haus der Villamizars führte, war von den Autos und all den Nachbarn, die auf die Straße geströmt waren, blockiert. Maruja und Villamizar beschlossen deshalb, das Auto stehen zu lassen und die letzten hundert Meter zu laufen, und stiegen so, ohne es zu bemerken, genau am Ort der Entführung aus. Das erste Gesicht, das Maruja in der begeisterten Menge erkannte, war das von María del Rosario Ortiz, der Erfinderin und Leiterin von *Colombia los Reclama*. An diesem Abend lief das Programm zum ersten Mal seit seiner Einrichtung nicht – wegen Themenmangels. Gleich darauf sah Maruja dann Andrés, der einfach aus dem Jeep gesprungen war und gerade versuchte, zum Haus vorzudringen, als ein hochgewachsener, schmucker Polizeioffizier befahl, die Straße zu sperren. Aus einer Eingebung heraus blickte Andrés ihm in die Augen und sagte mit fester Stimme:

»Ich bin Andrés.«

Dem Offizier sagte der Name nichts, er ließ Andrés jedoch durch. Maruja erkannte den Sohn, als er auf sie zurannte, und von Applaus umbrandet umarmten sie einander. Die Polizeipatrouille mußte helfen, ihnen einen Weg zu bahnen. Als Maruja, Alberto und Andrés den Hang hinaufzugehen begannen, wurde ihnen das Herz schwer, und die Rührung überwältigte sie. Zum ersten Mal kamen ihnen die Tränen, die sie alle drei hatten unterdrücken wollen. Aber es war auch Grund genug zum Weinen: So weit das Auge reichte, ließen nun die vielen anderen Menschen, die guten Nachbarn, Fahnen aus den Fenstern der höheren Gebäude wehen und feierten mit einem Frühling weißer Tücher und einer stürmischen Ovation das glückselige Abenteuer der Heimkehr.

Epilog

Am nächsten Tag stieg Villamizar wie verabredet um neun Uhr morgens in Medellín aus dem Flugzeug, obwohl er nachts kaum eine Stunde geschlafen hatte. Es war eine Auferstehungsfeier gewesen. Um vier Uhr früh, als sie es endlich geschafft hatten, die Wohnung für sich allein zu haben, waren Maruja und er noch so aufgeregt von dem Tag, daß sie im Wohnzimmer sitzen geblieben waren und bis zum Morgengrauen überfällige Erinnerungen ausgetauscht hatten. Auf der Hacienda La Loma wurde Villamizar wie immer mit einem Bankett empfangen, das diesmal jedoch mit dem Champagner der Befreiung getauft wurde. Die Erholung war allerdings nur kurz, denn nun hatte es Pablo Escobar eilig, der sich an irgendeinem Ort der Welt, ohne das Schild der Geiseln, versteckt hielt. Sein neuer Abgesandter war ein sehr großer, gesprächiger und strohblonder Mann mit langem goldenen Schnurrbart, der Mono, Affe, genannt wurde und alle Vollmachten hatte, die Übergabe auszuhandeln.

Auf Anordnung von Präsident César Gaviria war die gesamte juristische Debatte mit Escobars Anwälten von Dr. Carlos Eduardo Mejía und mit Kenntnis des Justizministers geführt worden. Bei der tatsächlichen Übergabe sollte Mejía in Abstimmung mit Rafael Pardo für die Regierungsseite agieren; für die andere Seite agierten Jorge Luis Ochoa und der Mono sowie, aus den Schatten, Escobar selbst. Villamizar war weiterhin der aktive Verbindungsmann zur Regierung, und Pater García Herreros, der für Escobar ein moralischer Garant war, würde sich für Notfälle zur Verfügung halten.

Die Dringlichkeit, mit der Escobar Villamizar am Tag nach Marujas Befreiung in Medellín erwartete, ließ vermuten, daß er sich sofort stellen wollte, doch bald zeigte sich, daß dem nicht so war, weil Escobar noch ein paar Ablenkungsmanöver brauchte. Die größte Sorge von allen, insbesondere von Villamizar, war, daß Escobar etwas zustoßen könnte, bevor er sich gestellt hatte. Nicht ohne Grund: Villamizar wußte, daß Escobar – oder seine Hinterbliebenen – ihn, gab es auch nur den leisesten Verdacht, er habe sein Wort nicht gehalten, mit dem Leben bezahlen lassen würde. Escobar selbst brach das Eis, als er Villamizar in La Loma anrief und ohne Einleitung begrüßte:

»Na, Doktor Villa, sind Sie jetzt froh?«

Villamizar hatte ihn noch nie gesehen oder gehört, und er war beeindruckt von der völlig ruhigen Stimme, die nichts von der mythischen Aura verriet. »Ich bin Ihnen dankbar dafür, daß Sie gekommen sind«, fuhr Escobar fort, ohne die Antwort abzuwarten, und unterstrich seine irdische Beschaffenheit mit der derben Aussprache der Armensiedlungen. »Sie sind ein Ehrenmann und konnten mich nicht hängen lassen.« Und kam dann gleich zur Sache:

»Lassen Sie uns jetzt ausmachen, wie die Übergabe laufen soll.«

In Wirklichkeit wußte Escobar bereits, wie die Übergabe erfolgen sollte, vielleicht wollte er aber mit dem Mann, in den er damals sein ganzes Vertrauen setzte, noch einmal alles durchsprechen. Seine Anwälte und der Direktor der Ermittlungsbehörde hatten, teils direkt, teils über die Leiterin der regionalen Abteilung, aber immer in Abstimmung mit dem Justizministerium, alle Einzelheiten der Übergabe besprochen. Nachdem die juristischen Fragen, die sich aus den unterschiedlichen Interpretationen der Regierungsdekrete ergeben hatten, geklärt waren, blieben drei Themen übrig: das Gefängnis, das Bewachungspersonal und die Rolle von Polizei und Heer.

Das Gefängnis – im ehemaligen Rehabilitationszentrum für Drogenabhängige in Envigado – stand kurz vor der Fertigstellung. Auf Bitten von Escobar besuchten Villamizar und der Mono es am Tag nach der Freilassung von Maruja und Pacho Santos. Wegen des aufgehäuften Schutts und der Verheerungen durch die schweren Regenfälle in jenem Jahr war der Anblick des Ortes eher deprimierend. Die technischen Sicherheitsvorkehrungen waren fertig. Es gab einen doppelten Zaun, zwei Meter achtzig hoch mit fünfzehn Reihen Draht, der unter einer Spannung von fünftausend Volt stand, und außer den zwei Wachhäuschen beim Eingang noch weitere sieben. Diese Einrichtungen sollten noch verstärkt werden, einmal um zu verhindern, daß Escobar floh, und zum anderen, um zu verhindern, daß er umgebracht wurde.

Villamizar nahm nur Anstoß an einem mit italienischen Kacheln ausgelegten Bad in dem Escobar zugedachten Bereich und empfahl, diese Ausstattung durch etwas Nüchterneres zu ersetzen, was dann auch geschah. In seinem Bericht zog er einen noch nüchterneren Schluß: »Das Gefängnis wirkte auf mich sehr gefängnishaft.« In der Tat, die folkloristische Pracht, die schließlich das Land und die halbe Welt empören und das Ansehen der Regierung kompromittieren sollte, wurde erst später von innen her durch Bestechung und Einschüchterung in unvorstellbarem Ausmaß geschaffen.

Escobar bat Villamizar um eine saubere Telefonnummer in Bogotá, um mit ihm die Einzelheiten der eigentlichen Übergabe absprechen zu können, und Villamizar gab ihm die Nummer von Aseneth Velásquez, seiner Nachbarin von oben. Kein Telefon erschien ihm sicherer, da dort zu jeder Zeit Schriftsteller und Künstler anriefen, die so verrückt waren, daß sie auch den Standhaftesten aus dem Häuschen brachten. Das Verfahren war einfach und harmlos. Villamizars Telefon klingelte, und eine anonyme Stimme sagte: »In fünfzehn Minuten, Doktor.« Villamizar ging gemächlich zur Wohnung von Aseneth hinauf, wo dann fünfzehn Minuten später Escobar persönlich anrief. Einmal verspätete sich Villamizar im Aufzug, und Aseneth ging ans Telefon. Die Stimme eines ungeschliffenen Paisa fragte nach Dr. Villamizar.

»Der wohnt nicht hier«, sagte Aseneth.

»Keine Sorge«, sagte der Paisa mit einem Lächeln in der Stimme. »Er ist schon auf dem Weg nach oben.«

Der da sprach, war Pablo Escobar, life und direkt, aber Aseneth wird das nur erfahren, wenn sie zufällig dieses Buch liest. Denn als Villamizar es ihr an jenem Tag aus einer grundsätzlichen Loyalität heraus sagen wollte, hielt sie, die nicht alles schlucken will, sich einfach die Ohren zu.

»Ich möchte gar nichts davon wissen«, sagte sie zu ihm. »Sie können in meinem Haus tun und lassen, was Sie wollen, aber erzählen Sie mir nichts davon.«

Damals reiste Villamizar mehr als einmal in der Woche nach Medellín. Vom Hotel Intercontinental aus rief er María Lía an, und sie schickte ihm dann einen Wagen, der ihn nach La Loma brachte. Bei einer der ersten Reisen war Maruja mitgekommen, um den Ochoas für die Hilfe zu danken. Beim Mittagessen kam das Gespräch auf den Smaragdring mit den winzigen Diamanten, den man Maruja am Abend der Freilassung nicht zurückgegeben hatte. Villamizar hatte darüber auch schon mit den Ochoas gesprochen, und diese hatten eine Botschaft an Escobar geschickt, aber keine Antwort bekommen. Der Mono, der bei dem Essen dabei war, schlug vor, daß man Maruja einen neuen Ring schenken könnte, doch Villamizar machte ihm klar, daß Maruja dem Ring nicht wegen seines Wertes, sondern wegen seiner emotionalen Bedeutung nachtrauerte. Der Mono versprach, Escobar die Angelegenheit vorzutragen.

Bei dessen Anruf in Aseneths Wohnung ging es um eine Folge von *El Minuto de Dios*, in der Pater García Herreros Escobar als reuelosen Wüstling hingestellt und ihn beschworen hatte, auf Gottes Pfad zurückzukehren. Keiner begriff diese Kehrtwendung. Escobar meinte, es müsse ein gewichtiger Grund vorliegen, wenn der Pater sich gegen ihn stellte, und machte eine sofortige öffentliche Erklärung zur Bedingung seiner Übergabe. Das Schlimmste war für ihn, daß seine Truppe sich nur im Vertrauen auf das Wort des Paters zur Aufgabe bereit erklärt hatte. Villamizar brachte den Geistlichen nach La Loma, und von dort aus gab dieser Escobar telefonisch alle möglichen Erklärungen. Demnach hatten Pannen bei Aufnahme und Schnitt der Sendung ihn dort etwas sagen lassen, was er so nicht gesagt hatte. Escobar nahm das Telefongespräch auf, spielte es seiner Truppe vor und wendete die Krise ab.

Doch es fehlte noch mehr. Die Regierung bestand darauf, außerhalb des Gefängnisses gemischte Patrouillen aus Angehörigen des Heeres und der Nationalgarde einzusetzen, den angrenzenden Wald zu roden und dort einen Schießplatz zu schaffen, und sie bestand auf ihrem Vorrecht, im Rahmen eines Dreiergremiums aus Mitgliedern der Zentralregierung, der Gemeinde Envigado und der Staatsanwaltschaft die Wachen zu besetzen, weil es sich zugleich um ein Staats- und ein Gemeindegefängnis handelte. Escobar lehnte die Nähe der Gardisten ab, da seine Feinde ihn im Gefängnis ermorden konnten. Er lehnte die gemischten Patrouillen ab, denn – wie seine Anwälte ausführten – hatte die Ordnungsmacht nach dem Gefängnisrecht im Inneren eines Gefängnisses nichts zu suchen. Er lehnte die Rodung des angrenzenden Waldes ab, erstens, weil damit ein möglicher Landeplatz für Hubschrauber geschaffen wurde, und, zweitens, weil er annahm, daß es sich um einen Schießplatz handelte, auf dem die Gefangenen das Ziel abgeben würden. Schließlich konnte man ihn aber davon überzeugen, daß, im militärischen Sinn, ein Schießplatz hier nur ein Terrain mit guter Rundumsicht bedeutete. Und das war auch in der Tat – sowohl für die Regierung als für die Häftlinge – der Vorzug des Zentrums für Drogenabhängige, denn von jedem Punkt des Hauses aus konnte man das Tal und die Berge überblikken und Gefahren rechtzeitig erkennen. In letzter Minute wollte dann noch der Direktor der Ermittlungsbehörde zusätzlich zum Stacheldrahtzaun eine befestigte Mauer um das Gefängnis errichten lassen. Escobar geriet in Wut.

Am Donnerstag, dem 30. Mai brachte *El Espectador* – unter Berufung auf vertrauenswürdige offizielle Quellen – eine Meldung über die Bedingungen, die Escobars Anwälte bei einem Treffen mit Regierungssprechern angeblich für die Übergabe gestellt hatten. Die spektakulärste davon, so die Meldung, war die Verbannung von General Maza Márquez und die Absetzung der Generäle Miguel Gómez Padilla, Kommandant der Staatspolizei, und Octavio Vargas Silva, Kommandant der Dijín, der Direktion für gerichtliche Ermittlungen der Polizei.

Präsident Gaviria zitierte General Maza Márquez in sein Büro, um den Ursprung der Meldung, die der Regierung nahestehende Personen dem General zuschrieben, zu klären. Das Treffen dauerte eine halbe Stunde, und wer beide kennt, wird nicht entscheiden können, wer von ihnen unbeirrbarer war. Der General gab mit seiner sanften und langsamen Baritonstimme einen detaillierten Bericht über seine Ermittlungen in dieser Angelegenheit. Der Präsident hörte ihm schweigend zu. Zwanzig Minuten später verabschiedeten sie sich. Am nächsten Tag schickte Maza Márquez dem Präsidenten einen offiziellen Brief von sechs Seiten, in dem er seinen Bericht minutiös wiederholte, damit es einen Beleg für die Geschichtsschreibung gäbe.

Nach seinen Ermittlungen – hieß es im Brief – ging die Nachricht auf Martha Nieves Ochoa zurück, die sie Tage zuvor exklusiv und zur Alleinverwertung den Gerichtsredakteuren von *El Tiempo* gegeben hatte, und diese konnten sich nicht erklären, wie die Nachricht zuerst in *El Espectador* gelangt war. Maza schrieb, daß er ein entschiedener Anhänger von Escobars Übergabe sei. Er versicherte erneut, daß er treu zu seinen Prinzipien, seinen Aufgaben und Pflichten stehe, und schloß: »Aus den Ihnen bekannten Gründen, Herr Präsident, betreiben viele Personen und Interessengruppen hartnäckig meine berufliche Destabilisierung, vielleicht um mich in eine Gefahrensituation zu bringen, in der es ihnen ein leichtes wäre, ihre gegen mich gerichteten Pläne auszuführen.«

Martha Nieves Ochoa bestritt, die Quelle für die Nachricht zu sein, und es wurde nicht mehr über die Angelegenheit geredet. Drei Monate später aber – Escobar war schon im Gefängnis – ließ der Leiter des Regierungsbüros Fabio Villegas im Auftrag des Präsidenten General Maza in sein Amtszimmer kommen. Er bat ihn dann in den Blauen Salon und teilte ihm, wie bei einem Sonntagsspaziergang auf und ab wandelnd, den Beschluß des Präsidenten mit, ihn in den Ruhestand zu entlassen. Maza ging in der Überzeugung, daß dies der Beweis für die von der Regierung abgestrittene Abmachung mit Escobar war, und sagte das auch: »Man hat mich verschachert.«

Escobar hatte allerdings schon zuvor General Maza wissen lassen, daß der Krieg zwischen ihnen beendet sei, daß er alles vergessen wolle und sich ernsthaft ergebe: Er stelle die Attentate ein, löse die Bande auf und übergebe das Dynamit. Als Beweis schickte er ihm eine Liste von Verstecken, in denen dann siebenhundert Kilo Sprengstoff gefunden wurden. Später sollte er vom Gefängnis aus der Brigade von Medellín noch eine Reihe von Höhlen mit einer Gesamtmenge von zwei Tonnen Sprengstoff melden. Doch Maza hat ihm nie geglaubt.

Ungeduldig über die Verzögerung der Übergabe ernannte die Regierung Luis Jorge Pataquiva Silva zum Gefängnisleiter, der kein Antioqueñer war, sondern aus Boyacá kam, und außerdem zwanzig Nationalgardisten, die ebenfalls keine Antioqueñer waren und aus unterschiedlichen Departements kamen. »So oder so«, sagte Villamizar, »wenn es ums Bestechen geht, gibt es zwischen Antioquia und Boyacá keinen großen Unterschied.« Escobar, der nun auch das viele Hin und Her leid war, widersprach kaum. Schließlich wurde festgelegt, daß das Heer und nicht die Polizei den Eingang überwachen sollte und außerordentliche Maßnahmen getroffen würden, um Escobar die Angst vor einer Vergiftung seines Essens im Gefängnis zu nehmen.

Die Direktion der Staatsgefängnisse übernahm für den Fall die gleiche Besuchsregelung wie bei den Brüdern Ochoa Vázquez im Hochsicherheitstrakt von Itagüí. Bis sieben Uhr morgens mußten die Häftlinge aufgestanden und spätestens um acht Uhr abends wieder hinter Schloß und Riegel in ihrer Zelle sein. Escobar und seine Kumpane konnten jeden Sonntag von acht Uhr morgens bis zwei Uhr nachmittags Frauenbesuch empfangen; Besuch von Männern an Samstagen und von Kindern an jedem ersten und dritten Sonntag des Monats.

Am 9. Juni lösten frühmorgens Einheiten des Bataillons der Militärpolizei von Medellín die Kavallerietruppe ab, die die Umgebung überwacht hatte, begannen mit der Montage riesiger Sicherheitsvorrichtungen, evakuierten aus den angrenzenden Bergen Personen, die nicht aus der Gegend stammten, und übernahmen die totale Kontrolle von Himmel und Erde. Es gab keine Vorwände mehr. Also ließ Villamizar Escobar in aller Offenheit wissen, daß er ihm für die Freilassung von Maruja dankbar sei, nun aber kein weiteres Risiko eingehen wolle, nur weil er sich nicht stellte. Und er ließ Escobar ausrichten, daß es ihm Ernst damit sei: »Von jetzt an übernehme ich keine Verantwortung mehr.« Escobar traf in zwei Tagen die Entscheidung mit einer letzten Bedingung, daß auch der Generalstaatsanwalt bei der Übergabe dabeisein solle.

Ein ungeahntes Hindernis hätte fast in letzter Minute für einen neuen Aufschub gesorgt: Escobar besaß keinen amtlichen Ausweis, um zu beweisen, daß tatsächlich er es war, der sich stellte. Einer seiner Anwälte trug der Regierung das Problem vor und beantragte dann einen Personalausweis, ohne zu bedenken, daß Escobar, der doch von der gesamten Ordnungsmacht gesucht wurde, ihn persönlich bei der zuständigen Abteilung des Standesamts hätte abholen müssen. Man kam auf die Notlösung, daß Escobar sich mit seinem Fingerabdruck und der Nummer eines Personalausweises, den er vor langer Zeit für einen notariellen Vertrag benutzt hatte, ausweisen und eine Erklärung beifügen solle, er könne den Personalausweis nicht vorlegen, weil er ihn verloren habe.

Der Mono weckte Villamizar am 18. Juni um Mitternacht, er müsse hinaufgehen, um einen dringenden Anruf entgegenzunehmen. Obwohl es so spät war, glich die Wohnung von Aseneth einer glücklichen Hölle, Egidio Cuadrado spielte gerade begleitet von seiner Combo Vallenatos auf dem Akkordeon. Villamizar mußte sich im frenetischen Gedränge der obersten Kulturschickeria mit den Ellbogen einen Weg bahnen. Aseneth trat ihm in ihrer typischen Art in den Weg.

»Ich weiß schon, welche Frau Sie anruft«, sagte sie. »Und seien Sie vorsichtig, denn wenn Sie nicht aufpassen, wird man Sie entmannen.«

Sie ließ ihn genau in dem Augenblick ins Schlafzimmer, als das Telefon läutete. Inmitten des Lärms, der das Haus erschütterte, gelang es Villamizar, gerade nur das Wesentliche zu hören.

»Alles klar, kommen Sie morgen früh nach Medellín.«

Um sieben Uhr morgens stellte Rafael Pardo ein Flugzeug der zivilen Luftfahrt für die offizielle Delegation, die an der Übergabe teilnehmen sollte, zur Verfügung. Villamizar, der befürchtete, daß die Nachricht vorzeitig durchsickern könnte, erschien schon um fünf Uhr früh im Haus von Pater García Herreros. Er fand ihn in der Kapelle, wo der Pater, den nahtlosen Poncho über der Soutane, gerade die Messe gelesen hatte.

»Also, Pater«, sagte er zu ihm, »es geht jetzt los. Wir fliegen nach Medellín, denn Escobar stellt sich.«

Im Flugzeug saßen außer ihnen noch Fernando García Herreros, ein Neffe des Paters, der ihn gelegentlich als Hilfspriester unterstützte, Jaime Vázquez vom Presseamt, Dr. Carlos Gustavo Arrieta, Generalstaatsanwalt der Republik, sowie Dr. Jaime Córdoba Triviño, der Beauftragte der Staatsanwaltschaft für Menschenrechte. Auf dem Flughafen Olaya Herrero, mitten im Zentrum von Medellín, wurden sie von María Lía und Martha Nieves Ochoa erwartet.

Die offizielle Delegation wurde zum Sitz des Gouverneurs gebracht. Villamizar und der Pater fuhren zum Frühstücken in die Wohnung von María Lía, bis die letzten Vorbereitungen für die Übergabe getroffen waren. Dort erfuhr Villamizar, daß Escobar bereits unterwegs war, teils im Auto und teils zu Fuß, um die häufigen Polizeisperren zu umgehen. Er war geübt im Hakenschlagen.

Der Pater war wieder einmal mit den Nerven am Ende. Eine Kontaktlinse fiel ihm aus dem Auge, er trat darauf und regte sich dermaßen auf, daß Martha Nieves Ochoa ihn zum Optikerladen San Ignacio bringen mußte, wo man das Problem mit einer gewöhnlichen Brille löste. Die Stadt war mit strengen Polizeisperren übersät, und an fast allen wurden sie angehalten, allerdings nicht, um sie zu durchsuchen, sondern weil die Polizisten dem Pater für das danken wollten, was er für das Glück Medellíns tat. Denn in dieser Stadt, in der alles möglich ist, war auch die geheimste Nachricht der Welt bereits allgemein bekannt.

Der Mono kam um halb drei Uhr nachmittags in María Lías Wohnung. Er war wie für einen Landausflug gekleidet, mit einem Jäckchen für die heiße Klimazone und weichen Schuhen.

»Es ist soweit«, sagte er zu Villamizar. »Wir fahren zum Gouverneurssitz, Sie auf dem einen Weg und ich auf einem anderen.«

Er fuhr allein in seinem Wagen. Villamizar, Pater García Herreros und Martha Nieves fuhren bei María Lía mit. Vor dem Gouverneurssitz stiegen die beiden

Männer aus. Die Frauen warteten draußen. Der Mono war nun nicht mehr der kühle und effiziente Profi, sondern verkroch sich in sich selbst. Er setzte eine dunkle Brille und eine Golfmütze auf und blieb immer in der zweiten Reihe hinter Villamizar. Jemand, der ihn mit dem Pater hatte hereinkommen sehen, beeilte sich, Rafael Pardo telefonisch zu melden, daß sich soeben Escobar – sehr blond, sehr groß und elegant – im Gouverneurssitz gestellt habe.

Als sie gerade aufbrechen wollten, bekam der Mono über Funktelefon Bescheid, daß ein Flugzeug sich dem Luftraum der Stadt näherte. Es war eine Sanitätsmaschine mit mehreren Soldaten an Bord, die bei einem Zusammenstoß mit den Guerrillas von Urabá verwundet worden waren. Die Regierungsvertreter befürchteten, es könne womöglich zu spät werden, da die Hubschrauber nicht nach Einbruch der Dunkelheit fliegen konnten. Die Übergabe aber auf den nächsten Tag zu verschieben, konnte tödlich sein. Villamizar rief daraufhin Rafael Pardo an, und dieser ließ den Flug mit den Verwundeten umleiten und wiederholte den strikten Befehl, den Himmel freizuhalten. Während er auf die Auflösung des Dramas wartete, schrieb Pardo in sein privates Tagebuch: »Heute fliegt kein Vogel über Medellín.«

Der erste Hubschrauber – ein Bell 206 für sechs Passagiere – startete kurz nach drei von der Dachterrasse des Gouverneurssitzes, an Bord waren der Generalstaatsanwalt und Jaime Vázquez, Fernando García Herreros und der Rundfunkjournalist Luis Alirio

Calle, dessen große Popularität ebenfalls entscheidend zur Beruhigung von Pablo Escobar beitrug. Ein Sicherheitsoffizier sollte dem Piloten die direkte Strecke zum Gefängnis weisen.

Der zweite Hubschrauber – ein Bell 412 für zwölf Passagiere – startete zehn Minuten später, als der Mono den Befehl über Funk erhielt. Hier flogen Villamizar und der Pater mit. Sie waren kaum in der Luft, als sie im Radio die Nachricht hörten, daß die Verfassunggebende Versammlung soeben die Nichtauslieferung von kolumbianischen Staatsangehörigen mit 51 gegen 13 Stimmen bei fünf Enthaltungen in erster Instanz beschlossen hatte, was später ratifiziert werden sollte. Obgleich es keine Anzeichen dafür gab, daß es sich um eine konzertierte Aktion handelte, wäre es schon fast naiv gewesen, anzunehmen, daß Escobar nicht davon wußte und nicht bis zu dieser letzten Minute gewartet hatte, um sich zu stellen.

Die Piloten folgten Monos Anweisungen, um Pablo Escobar abzuholen und ihn ins Gefängnis zu bringen. Es war ein sehr kurzer Flug und in so geringer Höhe, daß die Angaben wie für ein Auto klangen: Nehmen Sie die Octava, dort entlang, jetzt rechts, weiter, weiter, bis zu dem Park, genau. Hinter einer Allee tauchte plötzlich zwischen den leuchtenden Farben tropischer Blumen ein prächtiges Herrenhaus auf, mit einem richtigen Fußballfeld, das wie ein riesiger Billardtisch inmitten des fließenden Verkehrs von El Poblado lag.

»Landen Sie dort«, befahl der Mono. »Stellen Sie die Motoren nicht ab.«

Erst als sie auf Höhe des Hauses waren, entdeckte Villamizar, daß um das Fußballfeld herum gut dreißig Mann, die Waffen im Anschlag, warteten. Als der Hubschrauber auf der unberührten Wiese aufsetzte, lösten sich aus der Gruppe etwa fünfzehn Leibwächter, sie umringten auf dem Weg zum Hubschrauber besorgt einen Mann, der nicht unbeachtet bleiben konnte. Er hatte schulterlanges Haar, einen dichten und wilden tiefschwarzen Bart, der bis auf die Brust reichte, und seine Haut war braun und von wüstenhafter Sonne gegerbt. Er war untersetzt, trug Tennisschuhe, eine kurze hellblaue Jacke aus gewöhnlicher Baumwolle und bewegte sich leichtfüßig und mit einer Ruhe, die schaudern machte. Villamizar erkannte ihn auf den ersten Blick, weil er anders war als alle Männer, die er in seinem Leben gesehen hatte.

Nachdem er sich mit kräftigen, kurzen Umarmungen von seinen nächsten Leibwächtern verabschiedet hatte, wies Escobar zwei von ihnen an, den Hubschrauber von der anderen Seite her zu besteigen. Der eine wurde Mugre, Dreckskerl, genannt und der andere Otto, zwei Männer, die Escobar besonders nahestanden. Sodann stieg er ein, ohne auf die Rotoren, die sich bei gedrosseltem Motor bewegten, zu achten. Bevor er sich hinsetzte, begrüßte er als ersten Villamizar. Er streckte ihm die warme und gepflegte Hand entgegen und fragte ohne jede Veränderung der Stimme:

»Wie geht's, Dr. Villamizar?«

»Wie geht's Ihnen, Pablo?« erwiderte dieser.

Escobar wandte sich dann mit einem freundlichen

Lächeln Pater García Herreros zu und dankte ihm für alles. Er setzte sich zu seinen zwei Leibwächtern. Und erst dann schien er die Anwesenheit des Mono zu bemerken. Er hatte wohl vorgesehen, daß dieser Villamizar die Anweisungen gab, nicht aber im Hubschrauber mitflog.

»So, so, Sie sind also bis zum Ende dabei«, sagte Escobar zu ihm.

Niemand wußte, ob das Anerkennung oder Tadel bedeutete, doch der Ton war eher herzlich. Der Mono, so verunsichert wie alle, wiegte den Kopf und lächelte.

»Ach, Patrón!«

Villamizar kam, einer Offenbarung gleich, der Gedanke, daß Escobar weit gefährlicher war, als man gemeinhin glaubte, da seine Ruhe und seine Beherrschung etwas Übernatürliches hatten. Der Mono versuchte, die Tür auf seiner Seite zu schließen, wußte aber nicht, wie, und so mußte es der Copilot machen. In der Gefühlsdichte des Augenblicks hatte niemand daran gedacht, Befehle zu geben. Der Pilot, der angespannt am Steuerknüppel saß, fragte:

»Können wir starten?«

Escobar ließ das einzige Anzeichen von unterdrückter Unruhe erkennen.

»Klar«, beeilte er sich zu befehlen. »Los! Los!«

Als der Hubschrauber von der Wiese abhob, fragte Escobar Villamizar: »Alles in Ordnung, nicht wahr, Doktor?« Villamizar antwortete, ohne sich nach ihm umzuschauen, mit seiner Wahrheit: »Alles perfekt.« Nichts weiter, denn der Flug war zu Ende. Der Hubschrauber flog eine letzte Strecke in Höhe der Baumwipfel und landete auf einem steinigen Feld mit verfallenen Toren, dem Fußballplatz des Gefängnisses, neben dem ersten Hubschrauber, der eine Viertelstunde zuvor eingetroffen war. Der Flug vom Gouverneurssitz hatte insgesamt keine fünfzehn Minuten gedauert.

Die zwei folgenden Minuten waren jedoch am aufregendsten. Escobar wollte als erster aussteigen, sobald die Tür aufging, und fand sich von der Gefängniswache umringt: Eine halbe Hundertschaft Männer in blauen Uniformen, angespannt und etwas verwirrt, hatten ihre schweren Waffen auf ihn gerichtet. Escobar war überrascht, verlor einen Augenblick die Beherrschung und rief mit beängstigender Autorität aus:

»Nehmt die Waffen runter, verdammt!«

Als der Kommandant der Wache den gleichen Befehl gab, war der Escobars bereits befolgt worden. Escobar und seine Begleiter gingen die zweihundert Meter bis zu dem Gebäude, wo sie von der Leitung des Gefängnisses und der offiziellen Delegation erwartet wurden sowie von einer ersten Gruppe von Escobars Gefolgsleuten, die über Land gekommen waren, um sich gemeinsam mit ihm zu stellen. Dort standen auch Escobars Frau und seine Mutter, die sehr blaß und den Tränen nahe war. Im Vorbeigehen gab er ihr einen zärtlichen Klaps auf die Schulter und sagte zu ihr: »Ganz ruhig, Alte.« Der Gefängnisdirektor kam ihm mit ausgestreckter Hand entgegen.

»Señor Escobar«, sagte er und stellte sich vor. »Ich bin Luis Jorge Pataquiva.«

Escobar drückte ihm die Hand. Sodann schob er sein linkes Hosenbein hoch und zog eine Pistole aus dem Halfter, das er an den Knöchel geschnallt trug. Ein herrliches Kleinod: eine Sig Sauer 9, mit einem perlmuttbelegten Griff, in den ein goldenes Monogramm eingelassen war. Escobar entfernte nicht das Magazin, sondern nahm die Patronen einzeln heraus und warf sie auf den Boden.

Das war eine etwas theatralische Geste, die wie einstudiert wirkte, aber als Vertrauensbeweis gegenüber dem obersten Gefängniswärter aufgenommen wurde, dessen Ernennung Escobar den Schlaf geraubt hatte. Am nächsten Tag stand in der Zeitung, bei der Übergabe der Pistole habe Escobar zu Pataquiva gesagt: »Für den Frieden in Kolumbien.« Kein Zeuge kann sich daran erinnern, schon gar nicht Villamizar, der von der Schönheit der Waffe geblendet war.

Escobar begrüßte alle. Der mit Menschenrechtsfragen beauftragte Staatsanwalt hielt seine Hand fest, als er sagte: »Ich bin hier, Señor Escobar, um darauf zu achten, daß Ihre Rechte respektiert werden.« Escobar dankte ihm mit einer besonderen Verbeugung. Schließlich nahm er Villamizar am Arm.

»Kommen Sie, Doktor«, sagte er zu ihm. »Sie und ich haben viel zu bereden.«

Er führte ihn bis ans Ende der Außengalerie und dort, auf die Brüstung gestützt und mit dem Rücken zu allen anderen, unterhielten sie sich etwa zehn Minuten lang. Escobar sprach ihm zunächst förmlich seinen Dank aus. Sodann bedauerte er in seiner verblüffenden Ruhe, daß er Villamizar und dessen Familie dieses Leid zugefügt habe, bat aber zu verstehen, daß es für beide Seiten ein sehr harter Krieg gewesen sei. Villamizar nützte die Gelegenheit, um drei große Rätsel in seinem Leben aufzuklären: Warum war Luis Carlos Galán getötet worden, warum hatte Escobar versucht, ihn, Villamizar, zu töten, und warum hatte er Maruja und Beatriz entführt?

Escobar wies jede Schuld an dem ersten Verbrechen zurück. »Schließlich wollte jeder Dr. Galán umbringen«, sagte er. Er gab zu, an den Diskussionen, bei denen der Anschlag beschlossen wurde, teilgenommen zu haben, stritt aber ab, mit der Entscheidung oder mit der Tat irgend etwas zu schaffen gehabt zu haben. »Da haben sehr viele Leute mitgemischt«, sagte er. »Ich war sogar dagegen, weil ich wußte, was Galáns Tod für Folgen haben würde, aber als der Beschluß dann so ausfiel, habe ich das akzeptiert. Ich bitte Sie, das auch Doña Gloria so zu sagen.«

Was nun die zweite Frage betraf, erklärte er deutlicher, daß eine Gruppe befreundeter Parlamentarier ihn damals davon überzeugt hatte, daß Villamizar ein unberechenbarer und hartnäckiger Kollege war, dem auf jeden Fall das Handwerk gelegt werden mußte, bevor er die Auslieferung im Kongreß durchbrachte. »Im übrigen konnten in dem Krieg, in dem wir uns befanden, sogar Gerüchte töten. Jetzt aber, da ich Sie kenne, Dr. Villamizar, segne ich die Stunde, in der Sie heil davongekommen sind.«

Die Entführung von Maruja erklärte er ganz

schlicht: »Ich habe Leute entführt, weil ich damit etwas erreichen wollte, ich erreichte es aber nicht, niemand führte Gespräche, niemand hörte zu, so bin ich darauf gekommen, daß sich vielleicht mit Doña Maruja etwas erreichen ließe.« Er hatte keine weiteren Argumente, sondern schweifte zu einem langen Kommentar darüber ab, wie er Villamizar im Laufe der Verhandlungen kennengelernt und sich schließlich davon überzeugt habe, daß er es mit einem ernsthaften und mutigen Mann zu tun hatte, dessen Wort Gold wert sei und ihn zu ewiger Dankbarkeit verpflichte. »Ich weiß, daß Sie und ich keine Freunde sein können«, sagte er. Villamizar könne jedoch sicher sein, daß weder ihm selbst noch seiner Familie je wieder etwas zustoßen würde.

»Ich werde hier bis wer weiß wann sitzen«, sagte er, »aber ich habe noch viele Freunde, wenn sich also jemand von Ihrer Familie nicht sicher fühlt, wenn sich jemand mit Ihnen anlegt, dann lassen Sie es mir ausrichten, das reicht. Sie haben Ihren Teil getan, ich tue meinen, vielen Dank. Sie haben mein Ehrenwort.«

Bevor er sich verabschiedete, bat Escobar ihn noch um einen letzten Gefallen, Villamizar solle Mutter und Frau beruhigen, die am Rande des Zusammenbruchs seien. Villamizar tat das ohne große Hoffnungen, da beide Frauen davon überzeugt waren, die ganze Zeremonie sei nichts als eine gemeine Falle der Regierung, um Escobar im Gefängnis ermorden zu können. Zuletzt ging Villamizar ins Büro des Direktors und wählte aus dem Gedächtnis die Nummer 2843300 des

Präsidentenpalastes, damit man Rafael Pardo, wo immer der sich befand, für ihn ausfindig machte.

Pardo war im Büro des Presseberaters Mauricio Vargas, der ans Telefon ging und den Hörer ohne Kommentar weitergab. Pardo erkannte die tiefe und ruhige Stimme, die diesmal eine besondere Ausstrahlung hatte.

»Dr. Pardo«, sagte Villamizar, »ich habe Escobar im Gefängnis.«

Pardo ließ diese Nachricht – vielleicht zum ersten Mal in seinem Leben – nicht erst durch den Filter des Zweifels passieren.

»Wie wunderbar!« sagte er.

Er machte eine kurze Bemerkung, die Mauricio Vargas nicht einmal zu deuten versuchte, legte den Hörer auf und ging, ohne anzuklopfen, in das Büro des Präsidenten. Vargas, der ein geborener Journalist ist, und zwar rund um die Uhr, witterte, da Pardo es so eilig gehabt hatte und dann wegblieb, daß es um etwas Großes ging. Er hatte nicht die Nerven, länger als fünf Minuten zu warten. Er betrat das Büro des Präsidenten, ohne sich anzumelden, und sah, wie dieser lauthals über etwas lachte, was Pardo ihm gerade gesagt hatte. Dann erfuhr es auch Mauricio. Er freute sich auf die Journalistenmeute, die von einem Augenblick zum anderen in sein Büro stürzen würde, und sah auf die Uhr. Es war halb fünf Uhr nachmittags. Zwei Monate später sollte Rafael Pardo als erster Zivilist zum Verteidigungsminister ernannt werden, nachdem fünfzig Jahre das Militär dieses Amt besetzt hatte.

Pablo Emilio Escobar Gaviria war im Dezember einundvierzig Jahre alt geworden. Die medizinische Routineuntersuchung bei der Aufnahme ins Gefängnis ergab, daß sein Gesundheitszustand »dem eines jungen Mannes unter physisch und geistig normalen Umständen« entsprach. Als einzig auffallend wurde eine Entzündung der Nasenschleimhaut festgestellt und an der Nase eine Narbe, die von einer Schönheitsoperation hätte stammen können; er erklärte, es sei eine Jugendverletzung vom Fußballspielen.

Das amtliche Protokoll der freiwilligen Übergabe wurde von dem Leiter der nationalen Ermittlungsbehörde, der Leiterin der regionalen Ermittlungsbehörde und dem Beauftragten für Menschenrechte unterzeichnet. Escobar beglaubigte seine Unterschrift mit dem Daumenabdruck und der Nummer des verlorenen Personalausweises 8.345.766, ausgestellt in Envigado. Der Sekretär Carlos Alberto Bravo vermerkte am Ende des Dokuments: »Nach Unterschreiben der Akte ersucht Herr Pablo Emilio Escobar darum, daß Dr. Alberto Villamizar Cárdenas das Dokument ebenfalls unterzeichnet. Dessen Unterschrift folgt.« Villamizar unterschrieb, auch wenn man ihm nicht sagte, in welcher Eigenschaft.

Nachdem die Übergabe vollzogen war, verabschiedete sich Escobar von allen und betrat die Zelle, in der er, befaßt mit seinen Angelegenheiten und Geschäften, so wie immer leben sollte, nur daß nun die Staatsmacht auch noch für seine häusliche Ruhe und Sicherheit sorgte. Vom nächsten Tag an begann sich jedoch das sehr gefängnishafte Gefängnis, von dem Villamizar berichtet hatte, in eine Fünf-Sterne-Hacienda mit Luxus aller Art, Freizeiteinrichtungen und allen Möglichkeiten für Feste und Verbrechen zu verwandeln, erbaut mit den besten Materialien, die nach und nach in dem doppelten Boden eines Versorgungslasters herangeschafft wurden. Zweihundertneunundneunzig Tage später, als der Skandal der Regierung zu Ohren gekommen war, beschloß diese, Escobar ohne Vorankündigung in ein anderes Gefängnis zu verlegen. So unglaublich wie die Tatsache, daß die Regierung ein Jahr gebraucht hatte, um von den Zuständen zu erfahren, war, daß Escobar einen Sergeanten und zwei verschreckte Soldaten mit einer Mahlzeit bestach und dann zu Fuß mit seinen Leibwächtern durch die angrenzenden Wälder floh – vor der Nase der Beamten und der Truppe, die für seine Verlegung zuständig war.

Es war sein Todesurteil. Später erklärte er, die Aktion der Regierung sei so seltsam gewesen und so plötzlich gekommen, daß er nicht glauben konnte, er solle tatsächlich verlegt werden, vielmehr vermutete, man würde ihn töten oder an die USA ausliefern. Als ihm klarwurde, wie sehr er sich verschätzt hatte, setzte er gleichzeitig zweierlei Mittel ein, damit die Regierung ihm den Gefallen täte, ihn wieder ins Gefängnis zu sperren: die größte Offensive des Sprengstoffterrors in der Geschichte des Landes und das Angebot, sich bedingungslos zu ergeben. Die Regierung nahm seine Vorschläge nicht zur Kenntnis, das Land erlag nicht dem Terror der Autobomben, und die Offensive der Polizei erreichte unbegreifliche Ausmaße.

Für Escobar hatte sich die Welt verändert. Diejenigen, die ihm noch einmal hätten helfen können, sein Leben zu retten, hatten weder Lust noch Grund dazu. Pater García Herreros starb am 24. November 1992 an einer komplizierten Niereninsuffizienz, und Paulina - ohne Arbeit oder Ersparnisse - flüchtete sich mit ihren Kindern und ihren schönen Erinnerungen in einen ruhigen Herbst, so daß bei *El Minuto de Dios* heute niemand mehr etwas über sie weiß. Alberto Villamizar, zum Botschafter in Holland ernannt, erhielt mehrere Schreiben von Escobar, aber da war schon alles zu spät. Das ungeheure Vermögen, das auf drei Milliarden Dollar geschätzt wurde, versickerte zum großen Teil im Krieg oder zerstob bei der wilden Auflösung des Kartells. Escobars Familie fand keinen Ort auf der Welt, wo sie ohne Alpträume schlafen konnte. Zur begehrtesten Jagdbeute unserer Geschichte geworden, konnte Escobar nie länger als sechs Stunden am gleichen Ort bleiben und ließ auf seiner wahnwitzigen Flucht eine Spur von unschuldigen Toten hinter sich. Seine Leibwächter wurden ermordet, ergaben sich der Justiz oder wechselten in die Reihen des Feindes über. Seine Sicherheitsdienste und sogar sein eigener fast animalischer Überlebensinstinkt verloren ihre Verläßlichkeit von einst.

Am 2. Dezember 1993 - ein Tag nach seinem vierundvierzigsten Geburtstag - konnte er der Versuchung nicht widerstehen, seinen Sohn Juan Pablo anzurufen, der, von Deutschland abgewiesen, gerade mit seiner Mutter und seiner jüngsten Schwester nach Bogotá zurückgekehrt war. Juan Pablo, der bereits wachsamer als der Vater war, ermahnte ihn nach zwei Minuten, nicht weiterzusprechen, da die Polizei den Anrufer orten würde. Escobar, mit seinem sprichwörtlichen Familiensinn, hörte nicht auf ihn. In dem Augenblick hatte der Abhördienst bereits den genauen Ort im Viertel Los Olivos von Medellín ausfindig gemacht, von wo aus Escobar sprach. Um Viertel nach drei umstellte eine unauffällige Spezialtruppe von dreiundzwanzig Polizisten in Zivil das Gebiet, die Männer stürmten das Haus und versuchten, die Tür im zweiten Stock aufzubrechen. Das hörte Escobar. »Ich mache Schluß«, sagte er zu seinem Sohn am Telefon, »denn hier passiert etwas Merkwürdiges.« Das waren seine letzten Worte.

Villamizar verbrachte die Nacht der Übergabe in den fröhlichsten und gefährlichsten Tanzsälen der Stadt, wo er mit Escobars Leibwächtern Aguardiente für harte Männer trank. Der Mono, der schwer einen in der Krone hatte, erzählte jedem, der es hören wollte, daß Villamizar der einzige Mensch sei, bei dem der Patrón sich entschuldigt habe. Um zwei Uhr früh stand er plötzlich auf und verabschiedete sich mit einem Winken.

»Auf immer und ewig, Dr. Villamizar«, sagte er. »Ich muß jetzt verschwinden, und wahrscheinlich sehen wir uns nie wieder. Es war mir ein Vergnügen, Sie kennenzulernen.«

Bei Morgengrauen wurde Villamizar, vollgesogen wie ein Schwamm, im Haus von La Loma abgeliefert. Auf dem Rückflug am Nachmittag war die Übergabe

Pablo Escobars das einzige Gesprächsthema. Villamizar war an jenem Tag einer der wichtigsten Männer des Landes, doch in der Menschenmenge der Flughäfen erkannte ihn keiner. Die Zeitungen hatten von seiner Anwesenheit im Gefängnis ohne Foto berichtet, aber die entscheidende Rolle, die er tatsächlich bei den Übergabeverhandlungen gespielt hatte, schien dem Dämmerlicht der geheimen Ruhmestaten zugedacht.

Als er an jenem Abend heimkam, bemerkte er, daß das tägliche Leben wieder seinen gewohnten Gang zu nehmen begann. Andrés lernte in seinem Zimmer. Maruja führte schweigend den harten Kampf mit ihren Gespenstern, um wieder die alte zu werden. Das Pferd aus der Tang-Dynastie war an seinen Platz zurückgekehrt, stand zwischen den herrlichen Erinnerungsstücken aus Indonesien und ihren Antiquitäten aus der halben Welt auf dem heiligen Tischchen, auf dem sie es haben wollte, und genau in der Ecke, in der sie es in den endlosen Nächten der Entführung in ihren Träumen gesehen hatte. Sie war in ihr Büro bei Focine in eben dem Wagen zurückgekehrt, aus dem man sie entführt hatte, auf den Scheiben waren nicht mehr die Narben der Kugeln zu sehen, und ein neuer und dankbarer Chauffeur saß auf dem Platz des Toten. Keine zwei Jahre später sollte Maruja zur Erziehungsministerin ernannt werden.

Villamizar, der keine Anstellung hatte und auch keine haben wollte und dem von der Politik ein bitterer Nachgeschmack geblieben war, zog es vor, eine Weile auf seine Art auszuspannen. Er behob kleine häusliche Havarien, kostete mit alten Kumpeln Schluck für Schluck die Muße aus, ging auf den Markt und suchte eigenhändig alles Nötige aus, damit er und seine Freunde die Köstlichkeiten der einheimischen Küche genießen konnten. Es war der geeignete Seelenzustand, um nachmittags zu lesen und den Bart wachsen zu lassen. Eines Sonntags beim Mittagessen, als die Nebel der Erinnerung sich bereits über die Vergangenheit zu legen begannen, klingelte es an der Tür. Sie dachten, Andrés habe mal wieder den Schlüssel vergessen. Da das Personal seinen freien Tag hatte, öffnete Villamizar. Ein junger Mann in einer Sportjacke übergab ihm ein Päckchen, das in Geschenkpapier gewikkelt und mit einer goldenen Schleife zugebunden war, verschwand ohne ein Wort die Treppe hinunter und ließ Villamizar keine Zeit für irgendwelche Fragen. Der dachte, es könnte eine Bombe sein. Einen Augenblick erfaßte ihn der Schwindel der Entführung, doch er löste das Band und wickelte das Päckchen mit spitzen Fingern aus – fern vom Eßzimmer, wo Maruja auf ihn wartete. Es war ein Kunstlederetui, und in einem Seidennest lag darin der Ring, den man Maruja in der Nacht der Entführung abgenommen hatte. Ein Diamantsplitter fehlte, aber es war derselbe Ring.

Sie konnte es nicht glauben. Sie steckte den Ring an und stellte fest, daß sie ganz schnell gesund wurde, denn er paßte schon wieder gut auf den Finger.

»So ein Wahnsinn!« seufzte sie überwältigt. »Über das alles könnte man ein Buch schreiben.«